A COSTUREIRA DE DACHAU

MARY CHAMBERLAIN

A COSTUREIRA DE DACHAU

Tradução
Alyne Azuma

HarperCollins *Brasil*
Rio de Janeiro, 2021

Título original: *The dressmaker of Dachau*

Copyright © 2014 by MS ARK LIMITED f/s/o Mary Chamberlain.

Direitos de edição da obra em língua portuguesa no Brasil adquiridos pela Casa dos Livros Editora LTDA. Todos os direitos reservados. Nenhuma parte desta obra pode ser apropriada e estocada em sistema de banco de dados ou processo similar, em qualquer forma ou meio, seja eletrônico, de fotocópia, gravação etc., sem a permissão do detentor do copirraite.

Esta é uma obra de ficção. Nomes, personagens, fatos e lugares são frutos da imaginação do autor e usados de modo fictício. Qualquer semelhança com fatos reais ou com qualquer pessoa, viva ou morta, é mera coincidência.

Rua da Quitanda, 86, sala 218 – Centro – 20091-005
Rio de Janeiro – RJ – Brasil
Tel.: (21) 3175-1030

Diretora editorial: *Raquel Cozer*
Gerente editorial: *Alice Mello*
Editor: *Ulisses Teixeira*
Revisão de tradução: *Mariana Hamdar*
Revisão: *Anna Beatriz Seilhe e Jaciara Lima*
Diagramação: *DTPhoenix Editorial*
Capa: *Maquinaria Studio*

CIP-Brasil. Catalogação na Publicação
Sindicato Nacional dos Editores de Livros, RJ

C427c Chamberlain, Mary, 1950-
A costureira de Dachau / Mary Chamberlain; tradução Alyne Azuma. – 1. ed. – Rio de Janeiro: HarperCollins Brasil, 2015.
288 p.

Tradução de: The dressmaker of Dachau
ISBN 978.85.220.3046-0

1. Ficção inglesa. I. Azuma, Alyne. II. Título.

CDD: 823
CDU: 821.111-3

*Para os pequeninos — Aaron, Lola,
Cosmo, Trilby — e seu Ba.*

PRÓLOGO

O sol de abril iluminou as grossas peças de seda preta, transformando-as em um mar de ébano e azeviche, prata e ardósia. Ada observava Anni passar a mão pelas extremidades refinadas e frias do casaco, acompanhando os fios ricos e vivos, e percorrer com os dedos o buquê como se as pétalas fossem botões vivos e delicados.

Ela usava o casaco sobre um suéter de lã grosso e o avental de cozinheira, o que o deixava apertado nos ombros. "Não", Ada queria dizer "assim, não. Não vai servir." Porém, ficou de boca fechada. Dava para ver pelo rosto de Anni que o casaco era a coisa mais linda que ela possuía.

Anni tinha a chave do quarto de Ada em uma mão e uma mala na outra.

"Adeus", disse ela, jogando a chave no chão e chutando-a na direção de Ada.

E se afastou, deixando a porta aberta.

UM

Londres, janeiro de 1939

Ada olhou pelo espelho quebrado apoiado na cômoda da cozinha. Com a boca aberta, a língua demonstrando sua concentração, ela depilava a sobrancelha com uma pinça enferrujada, franzindo o cenho e gemendo até que só restasse um arco fino. Ela passou hamamélis, na esperança de que a ardência diminuísse. Mergulhou o cabelo em água fria e limpa na antiga pia rachada, tirou o excesso com uma toalha e fez uma risca do lado esquerdo. Dezoito anos, mais adulta. Dedo médio, pentear e alisar, indicador, enrolar. Três ondas do lado esquerdo, cinco do lado direito, cinco em cada espinha de peixe nas costas, prender os cachos com um grampo bem perto do couro cabeludo, deixar secar. Não tinha pressa. Ela abriu e vasculhou a bolsa até encontrar o pó de arroz, o blush e o batom. Nada de mais, caso ela parecesse comum, mas o suficiente para criar uma aparência revigorada e plena como aquelas jovens da Women's League of Health and Beauty, a liga feminina de saúde e beleza britânica. Ela as viu no Hyde Park com seus baús de enxoval pretos e suas blusas brancas e sabia que elas ensaiavam em uma tarde de sábado no playground de Henry Fawcett.

Talvez Ada pensasse em se juntar a elas. Ela mesma podia fazer o uniforme. Afinal, agora era uma costureira e ganhava um bom dinheiro.

Ela esfregou os lábios para espalhar o batom, conferiu se as ondas do cabelo estavam presas enquanto o cabelo secava, pegou o espelho e o levou para o banheiro. A saia marrom *pied de poule* com as pregas invertidas e a blusa creme com o broche esmaltado na gola — uma escolha inteligente. O tweed era de qualidade, um retalho de Isidore, o alfaiate de Hanover Square. Tinha apenas 15 anos quando começou a trabalhar ali. Céus, ela era uma novata, recolhendo alfinetes do chão e espanando o pó dos tecidos, as sapatilhas de ginástica *plimsoll* cinzentas por causa do giz e as mangas da jaqueta de segunda mão compridas demais. Seu pai tinha dito que era uma oficina de trabalho escravo, que o capitalista gordo que a administrava não fazia nada além de explorá-la, e que ela devia defender seus direitos e se mobilizar. Contudo, Isidore abriu os olhos dela. Ele a ensinou como o tecido vivia e respirava, como tinha personalidade e humores. A seda, dizia ele, era teimosa; o algodão, taciturno. A lã era robusta; a flanela, preguiçosa. Ele a ensinou a cortar o tecido sem enrugar nem estragar, sobre vieses e ourelas. Mostrou a ela como fazer moldes e onde passar o giz e alinhavar. E ensinou a usar a máquina de costura, sobre fios e linhas, como colocar um zíper de modo que fique escondido e costurar casas de botão e barras. "Espinha de peixe, Ada, espinha de peixe." Mulheres parecendo manequins. Era um mundo de encanto. Penteados lindos e vestidos brilhantes. Até as calcinhas eram feitas sob medida. Isidore lhe mostrou aquele mundo, e Ada o queria para si.

Ainda não tinha chegado lá. Com a mãe exigindo uma parte do pagamento, o ônibus para o trabalho e o chá com bolo em Lyons com as meninas no dia do pagamento, não sobrava muito no fim da semana.

— E não pense que você pode entrar nessa casa e agir como se fosse a dona — a mãe levantou um dedo manchado para Ada, as articulações dobradas como um verme velho — só porque paga sua parte.

Ela ainda tinha que ajudar, espanando, varrendo e, agora que tinha sido treinada, fazendo as roupas da família também.

Ada sabia que essa vida de fazer economia, mesquinharias e peças de segunda mão não era seu destino. Ela molhou o indicador e o polegar com a língua, dobrou as meias de seda *Bemberg* ajustando os calcanhares e as pontas dos pés desta e as enrolou, dobra por dobra, "cuidado para não rasgar", para a costura ficar reta na parte de trás. A qualidade é visível. As aparências importam. Enquanto as roupas parecessem boas, ninguém poderia tocá-las. Lábios apertados, nariz no ar, "com licença". Graça e pose, como os melhores. Ada ia longe, ela sabia, ia ser *alguém*.

Ela apoiou o espelho sobre o aparador da lareira e penteou o cabelo, formando ondas castanhas. Colocou o chapéu, um casquete de feltro marrom que um dos chapeleiros do trabalho fizera para ela, inclinando-o para a frente e para o lado. Calçou os novos escarpins cor de canela e, levantando o espelho e virando-o para baixo, deu um passo para trás para conferir o resultado. Perfeita. *Elegante*. Alinhada.

Ada Vaughan saltou sobre a soleira, ainda úmida da limpeza e do polimento da manhã. O céu matutino estava denso, chaminés cuspindo blocos de fuligem no ar. O terraço se estendia pela rua, a sujeira grudando nas casas amarelas e nas cortinas marrons que voavam por janelas abertas no vento da cidade. Ela cobriu o nariz com a mão para que as impurezas do Tâmisa e as cinzas da gordura derretida não enchessem suas narinas e deixassem sujeira enegrecida nos lenços que ela tinha feito e bordado no canto, AV.

O *clip-clop* ao longo da Theed Street, as portas da frente abertas, deixando ver lá dentro; eram casas respeitáveis essas, impecavelmente limpas, num bom endereço, era preciso ser *alguém* para alugar um imóvel ali, a mamãe sempre dizia. *Alguém*! Seus pais não saberiam reconhecer *alguém*, nem se estivesse diante do nariz deles. "Alguéns" não vendiam exemplares do *Daily Worker* do lado de fora do Dalton's sábado de manhã, ou rezavam seus rosários até os dedos ficarem calejados. "Alguéns" não gritavam uns com os outros, nem mergulhavam num silêncio por dias a fio. Se Ada tivesse de escolher entre sua mãe ou seu pai, seria sempre seu pai, mesmo com o gênio ruim e as frustrações. Ele não esperava pelo paraíso, e sim pela salvação aqui e agora, em que só mais um empurrão e a estrutura do preconceito e do privilégio desmoronaria, e todos teriam o mundo que Ada desejava. A salvação de sua mãe vinha depois da morte e de uma vida de sofrimento e de corações sangrando, ao sentar em uma igreja aos domingos. E ela se perguntou como era possível fazer da miséria uma religião.

O barulho dos sapatos passou pelo corpo de bombeiros e pelos sacos de areia de emergência empilhados do lado de fora. Passando pelo teatro Old Vic, onde ela tinha visto *Noite de reis* em um assento gratuito quando tinha 11 anos, fascinada pelos figurinos de veludo brilhantes e pelo cheiro de tungstênio e de casca de laranja. Ela sabia, simplesmente sabia, que havia um mundo encerrado naquele palco, com seu cenário pintado e suas luzes artificiais que eram tão verdadeiros e profundos quanto o próprio universo. Maquiagem e faz de conta, seu coração ficava apertado por Malvolio, que, como ela, ansiava por ser alguém. Ada seguiu em frente, descendo a London Road, dando a volta na St. George's Cross até a Borough Road.

Seu pai dizia que uma guerra ia começar antes que o ano acabasse, e sua mãe ficava pegando panfletos e lendo-os em voz alta: "Ao ouvir a sirene, prossiga de maneira organizada..."

Ada foi até o prédio e olhou para cima, para as letras pretas em alto-relevo no topo. "Borough Polytechnic Institute." Ela arrumou o chapéu com inquietação, abriu e fechou a bolsa, conferiu se as costuras estavam retas e subiu as escadas. Transpirando sob os braços e entre as coxas, devido ao nervosismo e não à umidade.

A porta da sala 35 tinha quatro painéis de vidro na parte de cima. Ada olhou para dentro. As mesas tinham sido empurradas para um lado, e seis mulheres estavam paradas em um semicírculo no centro. Elas estavam de costas para a porta e olhavam para alguém na frente. Ada não conseguia ver quem. Ela limpou a palma das mãos na lateral da saia, abriu a porta e entrou na sala.

Uma mulher de seios fartos, com um colar de pérolas e cabelos grisalhos enrolados em um coque, deu um passo para a frente e abriu os braços.

— E você é...?

Ada engoliu em seco.

— Ada Vaughan.

— Do diafragma — gritou a mulher. — Seu nome?

Ada não entendeu o que ela quis dizer.

— Ada Vaughan — sua voz ficou presa na língua.

— Temos um rato aqui? — explodiu a mulher.

Ada corou. E se sentiu pequena, burra. Ela se virou e foi até a porta.

— Não, não — berrou a mulher. — Entre. — Ada estava quase alcançando a maçaneta. A mulher colocou a mão sobre a dela. — Você chegou até aqui.

A mão era quente, seca, e Ada viu as unhas dela feitas e pintadas de rosa. A mulher a levou até as demais e a colocou no centro do semicírculo.

— Eu sou a srta. Skinner — As palavras soavam claras, como uma melodia, avaliou Ada, ou um pombo de cristal. — E você?

A srta. Skinner estava ereta, toda seios, ainda que sua cintura fosse fina. Ela inclinou a cabeça para lado, o queixo para a frente.

— Fale com clareza — Ela sorriu e assentiu. Seu rosto era gentil, afinal, mesmo que sua voz parecesse severa. — E-nun-ci-e.

— Ada Vaughan — disse, com convicção.

— Você pode parecer um cisne — disse a srta. Skinner, recuando um passo —, porém, se falar como um pardal, quem vai levá-la a sério? Bem-vinda, srta. Vaughan.

Ela levou as mãos à cintura. Ada sabia que a srta. Skinner devia estar usando uma cinta. Nenhuma mulher daquela idade tinha uma silhueta daquelas sem ajuda. Ela inspirou, Hummmm, tamborilou os dedos no côncavo formado entre as costelas e abriu a boca. Dó, ré, mi, fá, sol. Ela se demorou na última nota, soando como a chaminé de um navio até que só restasse um eco pairando no ar. Seus ombros relaxaram, e ela deixou o resto do ar sair fazendo barulho. "São os seios", pensou Ada, é lá que deve ficar o ar, inflando-os como bexigas. Ninguém conseguia respirar tão fundo. Não era natural.

— Fique ereta. — A srta. Skinner deu um passo à frente. — Queixo para cima, traseiro para dentro.

Ela caminhou até o grupo, aproximou-se de Ada, forçou uma mão contra a base de suas costas, estufando seu peito, e, com a outra, elevou seu queixo.

— A menos que fique ereta — a srta. Skinner, encarando Ada, jogou os ombros para trás, ajeitando o próprio torso —, você não poderá se projetar. — Ela vibrava os "Rs" como um címbalo da Sally Army. — E, se não puder se projetar — acrescentou —, não pode pronunciar.

— Srta. Vaughan, por que quer aprender oratória?

Ada podia sentir o calor subir por seu pescoço e formigar suas orelhas, e sabia que estava ruborizando. Ela abriu a boca, entretanto, não conseguiu falar. Sua língua formou uma prega. "Eu quero ser alguém." A srta. Skinner assentiu mesmo assim. Ela já tinha visto inúmeras Adas antes. Ambiciosas.

★

— Achei que você fosse uma das clientes — disse a sra. Buckley — quando a vi parada, parecendo tão esperta.

Confundida com uma cliente. "Imagine." Ela tinha apenas 18 anos quando começou a trabalhar ali em setembro. Ada tinha aprendido rápido.

A sra. B. fazia seus negócios usando o nome "madame Duchamps". De quadril quadrado e alta, de unhas pintadas e brincos discretos, ela impressionava com sua conversa sobre *couture, atelier* e *Paris!* Ela folheava as páginas da *Vogue* e invocava vestidos de baile e de festa em peças de seda e chenille, com que envolvia e adornava debutantes magras e suas robustas acompanhantes. Ada tinha aprendido o trabalho com Isidore e a ousadia com a sra. B., como as outras garotas a chamavam. Onde Isidore fora sábio, gentil e engraçado, genuíno, a sra. B. era munida pela astúcia. Ada tinha certeza de que a "honorável sra. Buckley" não era nem honorável nem senhora, e sua aparência era tão falsa quanto seu nome, mas isso não a detinha. O que ela não sabia sobre a forma feminina e o caimento de um tecido não valia a pena ser escrito.

A sra. B. era um passo além em relação a Isidore. *Paris*. Essa era a cidade que Ada queria conquistar. Ela chamaria sua casa de "Vaughan". Era um nome da moda, como Worth, ou Chanel, porém com um toque britânico.

Essa era outra palavra que tinha aprendido com a sra. B. *Cachet*. Estilo e classe, em um único termo.

— Onde a senhora aprendeu todo esse francês, madame?

As meninas sempre tinham de chamá-la "madame" em sua presença. A sra. B. abria um sorriso astuto, a cabeça ia de um lado para o outro do alto de seu longo pescoço.

— Aqui e ali — respondia ela. — Aqui e ali.

Verdade fosse dita sobre a sra. B.: ela reconhecia em Ada uma trabalhadora e uma jovem com ambição e talento. Com o sotaque britânico sem aspiração, Ada foi transformada em vitrine, a manequim de rosto jovial da loja da madame Duchamps, e as jovens da sociedade passaram a recorrer a ela para modelar suas roupas, em vez da sra. B., cuja pele e cintura se tornavam mais grossa e larga a cada dia.

— *Mademoiselle* — dizia a sra. B. — Coloque o vestido de noite.

— O *douppioni*, madame?

Azul-marinho frente-única. Ada se apoiava no quadril e se movia pela sala, girando para que suas costas nuas atraíssem olhares, e estes ficassem maravilhados com o caimento do tecido que envolvia seu corpo, por dentro e por fora, e movia a cauda do vestido. Ela virava de novo e sorria.

— E agora o *chiffon*.

Véus que instigavam mistério e um forro de tafetá, ostra, pérola e brilhos preciosos. Ada amava a maneira como as roupas a transformavam. Ela podia ser fogo, água ou terra. Elemental. Verdadeira.

Era isso o que era. Ela levantava os braços como se fosse abraçar os céus, e o tecido flutuava na brisa fina; abaixava-se em uma mesura e então desdobrava o corpo como uma flor desabrochando, cada membro uma pétala flexível e sensual.

Ela era o centro da adoração, uma escultura viva, uma obra de arte. E também uma criadora.

— Mas se você prender aqui, ou fizer uma prega ali, *voilà* — dizia ela, sorrindo.

Com um floreio de seus dedos longos e delgados, e esse *voilà* novo e astuto, ela acrescentava seu próprio toque a um dos desenhos da sra. B. e o tornava mais moderno e desejável. Ada sabia que a sra. B. a via como um trunfo, reconhecia sua destreza e seu gosto, sua habilidade de encantar as clientes e seduzi-las com uma eloquência natural, graças à orientação habilidosa da srta. Skinner.

— Se cortar enviesado — completava ela, segurando o vestido todo na diagonal para uma cliente —, pode ver como é o caimento, como uma deusa grega.

Outro vestido drapeado no busto, um único ombro nu se revelando como uma sereia em um mar de *chiffon*.

Non, non, non — desaprovava a sra. B., falando em francês quando Ada ultrapassava os limites da decência.

— Assim não vai ficar bom, *mademoiselle*. Não é para o *boudoir*, e sim para o baile. Decoro, decoro.

Ela virava para a cliente.

— A srta. Vaughan ainda tem pouca experiência, é *naïve*, sobre os pontos mais sutis do que é correto socialmente.

Ela podia até ser ingênua, porém era boa publicidade para a madame Duchamps, modista, de Dover Street, e Ada tinha esperança de um dia ser mais do que um trunfo e se tornar sócia nos negócios. Ela tinha angariado um séquito respeitável. Seu talento a destacava, a fluidez e a elegância de seus desenhos a distinguiam. Ela invocava Hollywood e o mundo glamoroso de estrelas e os levava às salas de estar do cotidiano. Tornou-se seus desenhos, um anúncio ambulante deles. O vestido floral do dia a dia, a alfaiataria sob medida, as unhas feitas e os sapatos de salto simples, ela sabia que era observada quando saía da loja e seguia para o oeste por Piccadilly, passando pelo Ritz e pelo Green Park. Ela seguia em frente, queixo elevado, fingindo morar em Knightsbridge ou Kensington, até saber que estava livre dos olhos curiosos. Então, finalmente seguia rumo ao sul, desfilando pela Westminster Bridge até Lambeth e passando por crianças maltrapilhas e risonhas que a imitavam arrebitando seus narizes e cambaleando atrás dela em sapatos de salto imaginários.

No fim de abril, uma chuva pesada caiu nas torres e tamborilou nos telhados de ardósia na Dover Street. Torrentes, vindas dos oceanos e despejadas dos céus, trovejando na terra e enchendo as rachaduras na calçada, formando rios escuros ao longo das sarjetas e redemoinhos nos declives do pavimento e nas áreas das altas casas de estuque. Respingava de guarda-chuvas e de chapéus de aba dos pedestres e encharcava as pernas das calças embaixo das capas de chuva. E penetrava no couro dos sapatos.

Ada pegou seu casaco, de cor camelo com cinto de amarrar, e o guarda-chuva. Teria de vencer o incômodo naquele dia, virar à primeira esquerda e pegar o número 12 em Haymarket.

— Boa noite, madame — ela se despediu da sra. B.

Ada parou sob o batente da porta, depois saiu pela rua molhada. Caminhou em direção a Piccadilly, olhando para baixo, desviando das poças.

Uma lufada de vento atingiu seu guarda-chuva e o virou do avesso, atacou as laterais de seu casaco, fazendo-o inflar, e arrebatou seus cabelos, transformando-os em tentáculos ensopados. Ela puxou a armação de metal.

— Por favor, permita-me — veio a voz de um homem, enquanto um guarda-chuva grande surgiu acima da cabeça dela.

Ada olhou em volta, quase esbarrando no rosto do homem, um instante próximo demais, mas por tempo suficiente para ela sentir. O rosto dele era magro e marcado por um bigode estreito e aparado. Ele usava óculos pequenos e redondos e, atrás deles, os olhos eram gentis e claros. *Azul ovo de pato*, pensou Ada, etéreos o bastante para ver lá dentro. Eles lhe provocaram um calafrio e a deixaram inquieta. O homem recuou.

— Peço desculpas — disse ele. — Eu estava apenas tentando protegê-la. Aqui, segure isto.

O homem entregou-lhe o guarda-chuva e pegou o dela com a mão livre. Ele parece ser europeu continental, avaliou Ada, com um quê sofisticado no sotaque. E ficou observando enquanto ele desentortava seu guarda-chuva.

— Não ficou exatamente novo — disse ele. — Mas vai protegê-la por hoje. Onde você mora? O caminho é longo?

Ela começou a responder, mas as palavras ficaram presas em sua boca. Lambeth. *Lambeth*.

— Não, obrigada. Vou pegar o ônibus.

— Deixe-me acompanhá-la até o ponto.

Ela queria dizer sim, contudo, tinha medo de que o homem insistisse em saber onde morava. O número 12 ia para Dulwich. Tudo bem. Ela podia dizer Dulwich, era respeitável o suficiente.

— Você está hesitante — comentou ele. Os olhos dele se enrugaram em um sorriso. — Sua mãe ensinou a nunca andar com estranhos.

Ela sentiu-se grata por essa desculpa. O sotaque dele era formal. Ada não conseguiu identificá-lo.

— Tive uma ideia melhor — continuou ele. — Tenho certeza de que sua mãe aprovaria. — Ele apontou para a rua. — A senhorita gostaria de me acompanhar? Jantar no Ritz. Não poderia ser mais inglês.

Que mal isso teria? Se ele estivesse mal-intencionado, não gastaria dinheiro no Ritz. Era quase o equivalente a uma semana de salário. E, afinal, era um lugar público.

— Estou fazendo um convite — anunciou ele. — Por favor, aceite-o. — O homem era educado, tinha bons modos. — E, enquanto isso, a chuva vai parar.

Ada refletiu.

— Vai parar? Como você sabe?

— Porque ordenei isso — explicou ele. Ele fechou os olhos, estendeu o braço acima da cabeça, levantando o guarda-chuva, e abriu e fechou o punho três vezes. — *Ein, zwei, drei*.

Ada não entendeu nada, porém, sabia que eram palavras estrangeiras.

— Dreno? — disse ela.

— Ah, muito bom! — exclamou ele. — Gostei disso. Então, você aceita?

Ele era charmoso. Extravagante. Ela gostava dessa palavra, que a fazia se sentir leve e despreocupada. Era uma palavra diáfana, como um véu de *chiffon*.

Por que não? Nenhum dos rapazes que ela conhecia sonhariam em convidá-la para ir ao Ritz.

— Obrigada. Eu gostaria, sim.

Ele a levou pelo cotovelo e a conduziu ao outro lado da rua, pelos arcos iluminados pelas estrelas do Ritz, até o lobby com seus lustres de cristal e floreiras de porcelana. Ela queria parar para olhar, absorver tudo, mas ele a conduzia rápido pela galeria. Ada podia sentir os pés flutuando pelo tapete vermelho, passando por janelas amplas adornadas com veludo franzido e drapeado, por colunas de mármore até uma sala de espelhos, fontes e curvas douradas.

Ela nunca tinha visto nada tão vasto, tão rico, tão brilhante. Sorriu, como se fosse algo a que estivesse acostumada todo dia.

— Posso tirar seu casaco? — Um garçom de terno preto com um avental branco.

— Tudo bem — respondeu Ada. — Vou ficar com ele. Está um pouco molhado.

— Tem certeza? — perguntou ele. Um calor pegajoso começou a subir por seu pescoço, e Ada soube que tinha cometido um erro. Naquele mundo você entregava suas roupas para empregados, serviçais e empregadas.

— Não — As palavras se atropelaram. — Você tem razão. Por favor, leve-o. Obrigada.

Queria dizer "Não o perca, o homem no mercado de Berwick Street disse que era pelo de camelo de verdade", ainda que Ada tivesse suas dúvidas. Tirou o casaco dos ombros, ciente de que o garçom de avental o estava segurando com seus braços, colocando-o em seguida sobre o antebraço. Ciente também de que o movimento de seus ombros fora lento e gracioso.

— Qual é seu nome? — perguntou o homem.

— Ada. Ada Vaughan. O seu?

— Stanislaus — respondeu ele. — Stanislaus von Lieben.

Um estrangeiro. Ela nunca tinha conhecido um. Era — ela procurou a palavra — exótico.

— E de onde vem esse nome?

— Hungria — respondeu ele. — Império Austro-Húngaro. Quando era um império.

Ada só tinha ouvido falar de dois impérios: o britânico, que oprimia os nativos, e o romano, que tinha matado Cristo. Era novidade para ela que houvesse outros.

— Eu não conto para muita gente — disse o homem, inclinando-se na direção dela. —, mas, no meu país, sou um conde.

— Minha nossa! — Ada não conseguiu se conter. Um *conde*. — É mesmo? Com castelo e tudo?

Ela ouviu como soava simplória. Talvez ele não notasse, por ser estrangeiro.

— Não. — Ele sorriu. — Nem todo conde mora num castelo. Alguns de nós vivem em circunstâncias mais modestas.

O terno dele, Ada percebeu, era caro. Lã. Super 200, ela não se surpreenderia. Cinza. Bem-cortado. Discreto.

— Que língua você estava falando antes, na rua?

— Minha língua materna — respondeu ele. — Alemão.

— Alemão? — Ada engoliu em seco. "Nem todos os alemães são ruins", ela podia ouvir seu pai dizendo. Rosa Luxemburgo. Uma mártir. E aqueles que enfrentavam Hitler. Mesmo assim, seu pai não gostaria de um falante de alemão em casa. "Pare, Ada." Ela estava indo longe demais.

— E você? — perguntou ele. — O que você estava fazendo na Dover Street?

Ada ponderou por um instante se poderia dizer que estava visitando uma modista, mas pensou melhor.

— Eu trabalho ali — respondeu ela.

— Que independente — comentou ele. — E no que você trabalha?

Ela não gostava de dizer que era costureira, mesmo que fosse personalizada, para damas. Não podia dizer que era uma *modiste*, como a madame Duchamps, ainda não. Então Ada deu a melhor resposta que pôde.

— Na verdade, sou manequim. — E quis acrescentar: "uma *artiste*".

O homem se reclinou na cadeira. Ada notou como os olhos deles percorreram seu corpo como se ela fosse uma paisagem a ser admirada, ou na qual se perder.

— Claro — disse ele. — Claro.

Ele tirou uma cigarreira dourada do bolso interno do paletó, abriu e se inclinou na direção de Ada.

— Quer um cigarro?

Ela não fumava. Não era tão sofisticada assim. E não sabia o que fazer. Ela não queria aceitar um e acabar engasgando. Seria humilhante demais. O jantar no Ritz estava cheio de armadilhas, cheio de lembretes do longo caminho que ela tinha a percorrer.

— Agora, não. Obrigada.

O homem bateu um cigarro na cigarreira antes de acendê-lo. Ela o ouviu tragar e viu a fumaça sair de suas narinas. Gostaria de saber fazer aquilo.

— E onde você é manequim?

Ada estava de volta a um terreno seguro.

— Na madame Duchamps.

— Madame Duchamps. Claro.

— Você a conhece?

— Minha tia-avó era cliente. Ela morreu no ano passado. Talvez você a tenha conhecido.

— Não faz muito tempo que estou lá — disse Ada. — Como ela se chamava?

Stanislaus riu, e ela notou que ele tinha um brilho dourado na boca.

— Eu não saberia dizer — respondeu. — Ela se casou tantas vezes que eu não conseguia acompanhar.

— Talvez tenha sido isso o que a matou — comentou Ada. — Todos esses casamentos.

Era possível, de acordo com os pais *dela*. Ela sabia o que os dois diriam de Stanislaus e de sua tia-avó. A moral de uma hiena. Essa era a Alemanha. Contudo, Ada ficou intrigada com a ideia. Uma mulher, uma mulher livre. Ela podia sentir o cheiro de seu corpo perfumado, ver seus gestos lânguidos enquanto seu corpo gingava e ronronava pedindo afeto.

— Você é engraçada — disse Stanislaus. — Eu gosto disso.

Já fazia algum tempo que parara de chover quando eles saíram, porém, estava escuro.

— Eu deveria acompanhar você até sua casa — disse ele.

— Não é necessário, de verdade.

— É o mínimo que um cavalheiro pode fazer.

— Em outra ocasião — respondeu Ada, percebendo como tinha soado ousada. — Não foi o que eu quis dizer. O que quis dizer é que preciso ir a outro lugar. Não vou direto para casa.

Ela esperava que o homem não a seguisse.

— Em outra ocasião, então — concordou ele. — Você gosta de drinques, Ada Vaughan? Porque o café Royal fica dobrando a esquina e é meu lugar favorito.

Drinques. Ada engoliu em seco. Ela estava fora de sua zona de conforto. No entanto, ia se virar, ela aprendia rápido.

— Obrigada — respondeu. — E obrigada pelo jantar.

— Eu sei onde você trabalha — disse ele. — Vou escrever.

Em seguida, ele bateu os calcanhares, levantou o chapéu e se virou. Ada o observou voltar para Piccadilly. Ia dizer aos pais que tinha trabalhado até tarde.

★

Martíni, *pink ladies, mint juleps*. Ada se habituou ao café Royal, e ao Savoy, Smith's e ao Ritz. Ela comprou *rayon* no mercado a preço de atacado e fez alguns vestidos para si mesma depois do trabalho na sra. B. Cortados no molde, os tecidos sintéticos e baratos emergiram como borboletas de uma crisálida e a envolveram em uma elegância noturna. Luvas longas e um casquete. Ada adornava os estabelecimentos mais chiques com confiança.

— Ele arrebatou você, esse homem — dizia a sra. B. toda sexta-feira quando Ada saía do trabalho para encontrar Stanislaus. A sra. B. não gostava que cavalheiros a procurassem na loja, pois achava que isso a deixaria com má reputação, mas via que Stanislaus se vestia bem e tinha classe, mesmo que fosse uma classe *estrangeira*. — Então, tome cuidado.

Ada fazia anéis de papel prateado torcido e passeava a mão esquerda diante do espelho quando ninguém estava olhando. Ela se via como a esposa de Stanislaus, Ada von Lieben. Conde e condessa von Lieben.

— Espero que as intenções dele sejam honradas — dizia a sra. B. — Porque nunca vi um cavalheiro se encantar tão rápido.

Ada apenas ria.

★

— Então quem é ele? — perguntou sua mãe. — Se fosse um homem decente, iria querer conhecer seus pais.

— Estou atrasada, mãe — respondeu Ada.

A mãe bloqueou o corredor ao parar bem no meio da passagem. Ela usava as meias velhas do pai enroladas até os tornozelos, e seu avental esfarrapado estava manchado na parte da frente.

— Já foi bem ruim você chegar naquele estado em uma sexta à noite, porém, agora, começou a sair no meio da semana. O que vai ser depois?

— Por que eu não deveria sair à noite?

— Você vai ficar falada — respondeu sua mãe. — É por isso. É melhor ele não tentar nada. Nenhum homem quer coisas de segunda mão.

A boca dela formou uma linha de escárnio. Ela assentiu como se conhecesse o mundo e todos os seus modos pecaminosos.

Você não sabe nada, pensou Ada.

— Pelo amor de Deus. Ele não é assim.

— Então por que você não o traz para casa? Deixe seu pai e eu decidirmos isso.

Ele nunca devia ter pisado antes em uma casa de dois quartos e dois cômodos no andar de baixo que tremia quando os trens passavam, com uma área de serviço nos fundos e um banheiro do lado de fora. Não entenderia que ela tinha de dormir na mesma cama que as irmãs, enquanto os irmãos dormiam em colchões no chão, do outro lado da cortina divisória que seu pai pendurara. Ele não saberia o que fazer com todas aquelas crianças correndo por toda parte. A mãe dela matinha a casa suficientemente limpa, porém, a sujeira escurecida grudava nos mosquiteiros, cobria a mobília e, às vezes, no verão, surgiam tantos insetos que era preciso sentar no lado de fora, na rua.

Ada não conseguia imaginá-lo ali, nunca.

— Eu preciso ir — anunciou ela. — A sra. B. vai cortar meu pagamento.

— Se você chegasse em um horário respeitável, não estaria nesta situação agora — retrucou a mãe, bufando.

Ada passou pela mãe e saiu para a rua.

— Espero que saiba o que está fazendo — gritou sua mãe para todos os vizinhos ouvirem.

★ ★ ★

Ela teve de correr até o ponto de ônibus e quase perdeu o 12. Não teve tempo de tomar café da manhã, e sua cabeça doía. A sra. B. se perguntaria o que tinha acontecido. Ada nunca se atrasara para o trabalho antes, nunca tirara folgas. Ela correu por Piccadilly. Aquele dia de junho já estava quente. Seria outro dia de muito calor. A sra. B. deveria arranjar um ventilador, refrescar a loja, para que elas não ficassem pegando alfinetes com dedos grudentos.

— Diga a ela, Ada — disse uma das garotas. Uma vadia venenosa chamada Avril, tão ordinária quanto uma moeda de um *penny* escurecida. — Estamos todas suando como porcos.

— Porcos suam — respondeu Ada. — Cavalheiros transpiram. Damas brilham.

— Você me paga — disse Avril.

Avril podia ser bem traiçoeira quando quisesse. Ada não se importava. Ciúme, provavelmente. "Nunca confie numa mulher", sua mãe costumava dizer. Bem, sua mãe tinha razão nesse caso. Ada nunca tinha conhecido uma mulher que podia chamar de melhor amiga.

O relógio da Fortnum's começou a soar 15 minutos, e Ada continuava a correr. Porém, uma figura surgiu, bloqueando sua passagem.

— Achei que você não fosse vir nunca. — Stanislaus estava parado de pernas abertas no pavimento diante dela, braços abertos como um anjo. — Eu estava quase indo embora.

Ada deu um grito, um gemido quase canino de surpresa. Ele viera encontrá-la, antes do trabalho. Ela sabia que estava ruborizada, o calor tomando suas bochechas. Abanou o rosto com a mão, grata pelo ar fresco.

— Estou atrasada para o trabalho — disse. — Não posso conversar.

— Pensei que você poderia tirar o dia de folga — disse Stanislaus. — Finja que está doente ou algo assim.

— Eu perderia o emprego se descobrissem.

— Arrume outro — disse ele, dando de ombro. Stanislaus nunca precisou trabalhar, não podia entender como ela lutara para chegar aonde tinha chegado. Ada Vaughan, de Lambeth, trabalhando com uma *modiste*, em Mayfair.

— Como ela irá descobrir?

Ele deu um passo para a frente e, segurando o queixo de Ada, roçou os lábios dela nos seus. O toque dos lábios dele era delicado como uma pluma, seus dedos quentes e secos ao redor do rosto dela. Ada se inclinou na direção dele, sem conseguir se conter, como se Stanislaus fosse um imã, e ela, uma lima frágil.

— Está um dia lindo, Ada. Agradável demais para ficar confinada em um lugar. Você precisa viver um pouco. É o que sempre digo.

Ela sentiu o cheiro da colônia no rosto dele, ácida, como lima de sabor prolongado.

— Você já está atrasada. Por que se dar ao trabalho de entrar?

A sra. B. era rigorosa. Dez minutos de atraso, e ela cortava metade do pagamento do dia. Ada não podia perder tanto dinheiro. Havia uma cesta de piquenique na calçada ao lado de Stanislaus. Ele tinha planejado tudo.

— Onde será o piquenique?

— Richmond Park — respondeu ele. — Passaremos o dia.

O dia todo. Apenas os dois.

— O que vou dizer a ela? — perguntou Ada.

— Dentes do siso — respondeu Stanislaus. — é sempre uma boa desculpa. É por isso que há tantos dentistas em Viena.

— O que isso tem a ver?

— É algo de que um figurão se queixaria.

Ela teria de se lembrar disso. *Figurões* tinham dentes do siso. *Alguéns* tinham dentes do siso.

— Bem — hesitou ela. Já tinha perdido meio dia de trabalho. — Tudo bem. O que é perder um dia de trabalho para quem já perdeu meio dia, afinal.

— Essa é a minha Ada.

Stanislaus pegou a cesta de piquenique com uma mão e passou a outra pela cintura dela.

Ada nunca tinha ido a Richmond Park, mas não podia dizer isso. Ele era sofisticado, viajado. Podia ter tido sua cota de mulheres — bem-educadas, de classe alta, mulheres como as debutantes que ela vestia e adulava e que mantinham os negócios da sra. B. À sua frente, os portões do parque emergiam com lanças ornamentadas. Lá embaixo, o rio serpenteava por bosques exuberantes até onde a relva distante e seca de Berkshire se fundia em blocos perolados e prateados contra o céu. O sol já estava alto, seus raios quentes envolvendo-a como se fosse a única pessoa no mundo, a única que importava.

Os dois adentraram o parque. Londres se revelou diante deles, a catedral de St. Paul e a prefeitura formando uma silhueta difusa. O chão estava seco, as trilhas, rachadas e irregulares. Carvalhos antigos com troncos rachados e castanheiras com amentilhos pendurados emergiam como fortes do campo cheio de tufos de grama e samambaias espinhosas. O ar estava tomado por um aroma doce e enjoativo. Ada franziu o nariz.

— Esse é o cheiro de árvores fazendo amor — comentou Stanislaus.

Ada levou a mão à boca. *Fazendo amor*. Ninguém que ela conhecia falava sobre esse tipo de coisa. Talvez sua mãe tivesse razão. Ele a tinha levado para lá com um propósito. Stanislaus riu.

— Você não sabia disso, sabia? Castanheiras têm flores macho e fêmea. Acho que é a fêmea que exala esse cheiro. O que você acha?

Ada deu de ombros. Melhor ignorar.

— Eu gosto de castanhas — continuou ele. — Castanhas quentes em um dia frio de inverno. Não há nada igual.

— Sim. — Ela estava em terreno seguro. — Eu também gosto. Castanhas-da-índia e tudo o mais.

Tudo o mais. Comum.

— Um tipo diferente de castanha — disse ele.

Como Ada ia saber? Havia tanto para aprender. Stanislaus teria notado como ela era ignorante? Ele não tinha demonstrado. Um cavalheiro.

— Vamos parar aqui, perto do lago. — Ele soltou a cesta e abriu uma toalha, sacudindo-a e fazendo-a inflar como um cisne em voo, antes de cair na terra.

Se ela soubesse que ia ter de sentar no chão, teria colocado seu vestido de verão com saia longa o bastante para arrumar, de modo que ela não mostrasse nada. Ada se abaixou, juntou os joelhos, colocou-os de lado e enfiou o tecido do vestido embaixo das pernas o melhor que pôde.

— Muito feminina — comentou Stanislaus. — Isso é o que você é, Ada, uma verdadeira dama. — Ele serviu duas canecas de *ginger beer*, entregou uma para Ada e se sentou. — Uma dama adorável.

Ninguém nunca a tinha chamado de adorável antes. Mas, até aí, ela nunca tivera um rapaz antes. *Rapaz*. Stanislaus era um homem.

Maduro, experiente. Pelo menos trinta, ela imaginava. Talvez mais. Ele se inclinou para a frente e lhe entregou um prato e um guardanapo. Havia outra palavra para guardanapo, porém, Ada tinha esquecido. Não havia muita utilidade para coisas assim em Theed Street. Ele pegou um pouco de frango, *quanto luxo*, alguns tomates frescos e um pequeno jogo de saleiro e pimenteiro.

— *Bon appétit* — disse Stanislaus, sorrindo.

Ada não sabia bem como comer o frango sem espalhar gordura pelo rosto. Era tudo novidade. *Piqueniques*. Ela comeu devagar, arrancando nacos de carne e levando-os à boca.

— Você parece uma pintura — comentou ele. — Delicada. Como uma das modelos da *Vogue*.

Ada começou a ruborizar de novo. Ela esfregou a mão no pescoço, tentando aplacar a cor, desejando que Stanislaus não tivesse notado.

— Obrigada.

— Não — continuou ele. — Estou falando sério. A primeira vez que a vi soube que você tinha classe. Tudo em você. Sua aparência, a maneira como se portava, seu modo de vestir. Chique. Original. Então você me disse que *faz* roupas. Bem! Você vai longe, Ada, acredite em mim.

Ele se apoiou em um cotovelo, estendeu as pernas, arrancou uma folha de grama e começou a agitá-la contra a perna nua de Ada.

— Sabe onde é seu lugar? — perguntou ele.

Ada balançou a cabeça. A grama fazia cócegas. Ela desejou que Stanislaus a tocasse de novo, percorresse sua pele com os dedos, desejou sentir a lufada de um beijo.

— Seu lugar é em Paris, consigo vê-la lá, passeando pelos bulevares, fazendo cabeças virarem para olhá-la.

Paris. Como Stanislaus adivinhou? Casa de Vaughan. A sra. B. tinha dito que *maison* era casa em francês. *Maison Vaughan*.

— Eu gostaria de ir a Paris — revelou ela. — Ser uma *modiste* de verdade. Trabalhar com alta costura.

— Bem, Ada — disse ele. — Eu gosto de uma sonhadora. Vamos ver o que podemos fazer.

Ada mordeu o lábio e engoliu um suspiro de empolgação.

Ele endireitou o corpo e ficou sentado com os cotovelos nos joelhos. Stanislaus levantou um braço e apontou para uma samambaia de raízes profundas à direita.

— Veja — sua voz era um sussurro. — Um macho. Grande.

Ada seguiu o olhar dele. Levou um tempo, mas ela encontrou, uma cabeça que se erguia imponente acima da samambaia, os brotos novos de galhada na coroa.

— São cultivados na primavera — explicou ele. — Um espigão para cada ano. Aquele vai ter uma dúzia até o fim do verão.

— Eu não sabia — comentou Ada.

— Fica um pouco solitário nessa época do ano — continuou Stanislaus. — Mas quando chega o outono, ele vai formar um harém. Afastar a concorrência. Ficar com todas as fêmeas.

— Isso não parece muito correto — disse Ada. — Eu não gostaria de compartilhar meu marido.

Stanislaus olhou-a de soslaio. Ela soube naquele instante que disse algo tolo. Stanislaus, homem do mundo, com sua tia casada diversas vezes.

— Não é sobre as mulheres — explicou ele. — É sobre os homens. A sobrevivência do mais forte é disso que se trata.

Ada não sabia ao certo o que ele queria dizer.

— Dentes do siso — disse ela.

A sra. B. levantou uma sobrancelha pintada.

— Dentes do siso? — perguntou ela. — Não tente me enganar.

— Não estou.

— Eu não nasci ontem — continuou a sra. B. — Você não foi a única gazeteando ontem. Um belo dia de verão. Demiti a Avril.

Ada engoliu em seco. Nunca devia ter deixado Stanislaus convencê-la. A sra. B. ia demiti-la. Ela ia ficar sem trabalho. Como ia contar para a mãe? Ia ter de arranjar outra coisa antes que o dia acabasse. Adivinhe, mãe. Mudei de emprego. Ia mentir, claro. A sra. B. não tinha trabalho suficiente para mim.

— Você sabia que havia pedidos grandes chegando. Como achou que eu ia me virar?

— Sinto muito — disse Ada. Ela levou a mão ao rosto, como Stanislaus havia feito, lembrando a ternura elegante do toque dele. *Insista na desculpa.* — Estava inchado. Doendo muito.

A sra. B. limpou a garganta.

— Se fosse qualquer outra das meninas, estaria no olho da rua. É só porque é você, e porque preciso de você, que vou deixá-la ficar.

Ada baixou a mão.

— Obrigada — Seu corpo relaxou de alívio. — Sinto muitíssimo. Não quis decepcioná-la. Não vai acontecer de novo.

— Se acontecer — disse a sra. B. —, não vai haver segunda chance. Agora volte ao trabalho.

Ada foi até a porta do escritório da sra. B., a mão posicionada na maçaneta.

— Você é muito boa, Ada — falou a sra. B. Ada virou para a mulher. — Você é a jovem mais talentosa que já conheci. Não desperdice suas chances por causa de um homem.

Ada engoliu em seco e assentiu. — A sra. B. acrescentou: — Não vou ser tão tolerante da próxima vez.

— Obrigada — disse ela e sorriu em seguida.

★

Ada abriu os dedos finos, pegou um cigarro e o levou aos lábios. Pernas cruzadas e enroladas uma na outra como se fossem pedaços de corda. Ela inspirou, inclinou a cabeça com o sorriso de uma santa e observou as colunas de fumaça saírem de suas narinas. Ela se inclinou para a frente e pegou a taça de martíni. O Grill Room. Poltronas vermelhas e luxuosas, teto dourado. Ela olhou os espelhos e viu o próprio reflexo e o de Stanislaus multiplicados por mil. Os dois se tornaram outras pessoas na infinidade do vidro, um homem trajando um terno elegante e uma mulher vestindo rosa cereja.

— Você é tão bonita — disse Stanislaus.

— Sou?

Ada esperava ter soado *nonchalant* — outra palavra aprendida com a sra. B.

— Você podia fazer um homem perder a cabeça.

Ela desenrolou as pernas, inclinou-se para a frente e o tocou rapidamente no joelho.

— Comporte-se.

Um romance relâmpago é como a revista *Woman's Own* chamaria. Um turbilhão de amor que a levou com sua força. Ada adorava Stanislaus.

— É nosso aniversário — anunciou ela.

— Ah, é?

— Dia 14 de julho. Três meses — assentiu Ada. — Três meses desde que o conheci naquele dia de abril, na tempestade.

— Aniversário? — perguntou Stanislaus, e sorriu, fazendo uma curva torta com o lábio. Ada conhecia aquela expressão. Ele estava pensando. — Então devíamos fazer uma viagem. Comemorar. Algum lugar romântico. Paris. *Parri*.

Paris. *Parri*. Ela estava louca para ir, não tinha parado de pensar nisso, desde aquele dia no Richmond Park.

— Que tal?

Ada nunca achou que ele sugeriria uma viagem tão rápido. Não agora, com todo esse falatório sobre Hitler e abrigos antibombas.

— Não vai começar uma guerra? — perguntou ela. — Talvez devêssemos esperar um pouco.

— Guerra? — Ele balançou a cabeça. — Não vai ter guerra. Isso é tudo conversa. Hitler conseguiu o que queria. Recuperou suas partes da Alemanha. Ele não é ambicioso. Pode acreditar.

Não era o que seu pai tinha dito, contudo, Stanislaus tinha uma boa formação. Devia saber mais.

— Você disse que queria ir — continuou ele. — Você pode conhecer a verdadeira *couture* francesa. Ter ideias. Experimentá-las aqui. Logo irá conquistar um nome.

Ada abriu a boca para falar, porém, sua língua parecia pesada. Ela mordeu o lábio e assentiu, fazendo um cálculo rápido. Seus pais nunca a deixariam ir, não com toda essa conversa de guerra, ainda mais com um *homem*. Mesmo os dois sabendo que ela estava sendo cortejada, não deixariam. Ada sabia que eles não iam gostar de um estrangeiro. Disse a eles que Stanislaus a levava para casa toda noite, que garantia a segurança dela. E disse a ele que seus pais eram inválidos e não podiam receber visitantes. Ela teria de faltar ao trabalho, inventar uma desculpa para se ausentar, ou seria dispensada. O que diria à sra. B.?

— Você tem um passaporte? — perguntou ele.

Um passaporte.

— Não — respondeu ela. — Como faço para conseguir um?

— Esse não é meu país — Stanislaus estava sorrindo. — Entretanto, meus amigos ingleses me disseram que tem um escritório na Petty France que os emite.

— Vou amanhã — disse Ada —, na hora do almoço. Vou tirar um passaporte imediatamente. Você me espera?

Ela diria aos pais que a sra. B. a estava enviando para Paris a fim de olhar as coleções, comprar tecidos novos. E se perguntava se a sra. B. de fato a deixaria fazer isso.

Só que o homem na Petty France disse que ela ia precisar de uma fotografia, da certidão de nascimento e que seu pai ia precisar preencher o formulário, pois tinha menos de 21 anos. Eles podiam fazer a emissão em 24 horas, mas só em caso de emergência; caso contrário, seria preciso esperar seis semanas.

— Contudo — acrescentou o homem —, não recomendamos viagens ao exterior no momento, senhorita, não pela Europa. Vai haver uma guerra.

Guerra. Era a única coisa de que se falava. Stanislaus nunca mencionava a guerra, e Ada gostava dele por isso. Ela se divertia com ele.

— Não dá para se preocupar com o que não está aqui.

O homem franziu a testa, balançou a cabeça e levantou uma sobrancelha. Talvez ela estivesse sendo um pouco tola. Mas, mesmo que a guerra estivesse chegando, ainda levaria meses.

Ela fungou e guardou a papelada na bolsa. Não podia pedir ao pai para preencher o formulário. Seria o fim da história. Ada não tinha contado a Stanislaus quantos anos tinha, e ele nunca lhe perguntou. Porém, se descobrisse que ela era menor de idade, talvez ficasse apreensivo e perdesse o interesse. Ada era um espírito livre, dissera ele, tinha visto isso desde a primeira vez que se encontraram. Como ela poderia dizer o contrário?

A solução veio naquela tarde, vendo a sra. B. fechar a conta de lady MacNeice. O pai de Ada tinha uma caligrafia lenta e cuidadosa, interligando os braços e as pernas das letras em uma valsa giratória. Ada sempre ficava hipnotizada pela maneira como ele coreografava as palavras, e tentava imitá-lo quando era mais nova. Era uma caligrafia fácil de forjar, e o homem na Petty France jamais descobriria. Ela sabia que era errado, porém, o que mais podia fazer? A foto seria tirada amanhã, na hora do almoço. Havia um estúdio de fotografia em Haymarket. Ficaria pronta no fim de semana. Ela iria à biblioteca pública no sábado, preencheria o formulário e o levaria pessoalmente na segunda. O passaporte estaria pronto em algumas semanas.

— Então precisa ser o Lutetia — anunciou Stanislaus. — Simplesmente não existe outro hotel. Saint-Germain-des-Prés. — Ele apertou a mão dela. — Você já andou de barco?

— Apenas no rio. — Ada tinha andado na balsa em Woolwich.

— Não se preocupe — disse ele. — Agosto é um bom mês para velejar. Não há tempestades.

★

Ada se decidiu. Ia ter de contar aos pais, mas o faria depois que tivesse partido. Mandaria um cartão-postal de Paris para que os dois não chamassem a polícia e a registrassem como desaparecida. Seria um inferno quando voltasse, porém, até lá era bem provável que ela e Stanislaus estivessem noivos. Ela diria à sra. B. que estava indo de férias a Paris e se gostaria que trouxesse alguns tecidos, alguns *tissus*? Diria em francês.

A sra. B. ficaria grata, e lhe diria aonde ir. *Que gentileza a sua, mademoiselle, comprometer suas férias.* Seria algo para fazer em Paris, e ela podia ter algumas ideias. Enquanto isso, traria as roupas que pretendia levar na viagem para o trabalho, uma por vez. Ada às vezes levava sanduíches para o almoço em uma sacola pequena. Era verão, e os vestidos e as saias eram de tecido leve, *rayon* ou algodão. Ela sabia como dobrá-los para que não amassassem nem ocupassem espaço. Esconderia tudo em seu armário no trabalho, onde pendurava o casaco no inverno e mantinha um par de sapatos. Ninguém olhava ali. Ia precisar de uma mala. Havia várias no quarto de despejo da sra. B., que nunca ficava trancado. Pegaria uma emprestada. Ela tinha as chaves da loja. Era só chegar cedo um dia e fazer as malas, rapidamente. Pegar o ônibus para Charing Cross a tempo de encontrar Stanislaus perto do relógio.

— Paris? — perguntou a sra. B., elevando a voz como uma buzina. — Seus pais sabem?

— Claro — respondeu Ada, deu de ombros e abriu as mãos. *Claro*.

— Mas vai haver uma guerra.

— Não vai acontecer nada — disse Ada, apesar de ter ouvido os gemidos horripilantes das sirenes de simulação junto com todo mundo, e ter visto abrigos subterrâneos serem construídos em Kennington Park.

— Não queremos uma guerra. Hitler não quer uma guerra. Os russos não querem uma guerra.

Foi o que Stanislaus disse. Ele saberia, não? Além do mais, que outra chance ela teria de ir a Paris? Seu pai tinha uma visão diferente sobre a guerra, contudo, Ada não ligava para o que ele achava. Ele estava até pensando em se alistar no ARP, Precauções contra Ataques Aéreos, em nome da defesa. "Defesa", repetia ele, para que Ada não achasse que ele apoiava a guerra dos imperialistas. Ele até tinha ouvido quando a mãe dela lia em voz alta o folheto mais recente. "É importante saber como colocar a máscara rápida e corretamente..."

— Mas vão evacuar Londres — disse a sra. B. — As crianças. Em poucos dias. Saiu no rádio.

Três de seus irmãos e suas irmãs menores estavam indo embora, para Cornwall. Sua mãe não fazia nada além de chorar há dias, e seu pai andava pela casa com a cabeça entre as mãos. *Que nada!*, pensava Ada. Isso ia passar. Todo mundo estava tão pessimista. Miseráveis. Os meninos iam voltar logo. Por que ela deveria deixar isso estragar suas oportunidades? *Paris*. Sua mãe ia entender. Ia comprar um belo presente para ela. Perfume. Um bom perfume, num vidro.

— Eu volto — disse Ada — Sã e salva terça de manhã.

Noiva. Ela estava sonhando com um pedido de casamento. Stanislaus ajoelhado. "Srta. Vaughan, você me daria a honra de..."

— Só vamos ficar cinco dias fora.

— Espero que tenha razão — disse a sra. B. — Se você fosse minha filha, eu não a deixaria sair de perto de mim. A guerra vai começar logo mais.

Ela moveu as mãos no ar na direção da vitrine da loja, que tinha uma cruz de fita para proteção, caso o vidro estilhaçasse, e a persiana que bloqueava a claridade.

— E o seu moço chique — acrescentou ela. — De que lado na guerra ele vai ficar?

Ada não havia pensado nisso. Tinha deduzido que seria do lado deles. Afinal, Stanislaus vivia lá. Entretanto, como ele falava alemão, talvez fosse lutar com a Alemanha, deixá-la e voltar para casa. Ela iria junto, claro. Se eles se casassem, Ada lhe seria leal, ficaria ao seu lado, em qualquer situação.

— Só na última guerra — continuou a sra. B. —, eles prenderam os alemães, os que estavam aqui.

— Ele não é alemão *na verdade* — disse Ada. — Só fala a língua.
— E por que está aqui?
Ada deu de ombros.
— Ele gosta.

Nunca tinha perguntado. Assim como não tinha perguntado com o que ele trabalhava. Não havia um porquê. Stanislaus era um conde. Porém, se fosse preso, não seria tão ruim. Ela podia visitá-lo, e ele não precisaria lutar. Ele não morreria, e a guerra não ia durar para sempre.

— Talvez ele seja um espião — disse a sra. B., — e você seja o disfarce dele.

— Se for esse o caso — respondeu Ada, esperando que sua voz não vacilasse — mais uma razão para eu me divertir.

— Bem, se você sabe o que está fazendo... — concluiu a sra. B. Ela parou e abriu um sorriso torto. — Aliás, existem uns dois lugares que você vai querer visitar em Paris.

Ela pegou um pedaço de papel na gaveta de sua mesa e começou a escrever.

Ada pegou o papel, *Rue Dorsel, Place St Pierre, Boulevard Barbès*.

— Faz tanto tempo que não vou a Paris — completou ela. Havia uma melancolia em sua voz que Ada nunca ouvira em momento algum. — A maior parte desses lugares fica em Montmartre, na margem direita do Sena. Stanislaus tinha falado sobre o Sena. — Então, tome cuidado.

O hotel ficava na margem esquerda, onde viviam os artistas.

★

A estação Charing Cross era um emaranhado fervilhante de mulheres impertinentes e crianças choronas, velhos irritadiços, homens preocupados olhando seus relógios de pulso, rapazes confusos de uniforme. O Exército Territorial Britânico, imaginou Ada, ou reservistas. Marinheiros e soldados. Um ou outro voluntário da ARP abria caminho a cotoveladas pela multidão. *Mantenha-se à esquerda*. As pessoas os levavam a sério agora, Precauções contra Ataques Aéreos, como se eles de fato tivessem um trabalho a fazer. Um trem para Kent foi anunciado, e a confusão avançou, uma massa gigante de pessoas. Ada se manteve firme, enquanto era empurrada contra a multidão, batendo a mala no tornozelo das pessoas. "Cuidado, senhorita", disse alguém. O frenesi da cena combinava com seu humor. *E se ele não estivesse ali? E se ela não conseguisse encontrá-lo?* Ada se deu conta de que não tinha como entrar em contato com ele. Stanislaus não tinha telefone. Ele morava em Bayswater, e Ada não sabia o endereço. Uma mulher passou por ela com duas crianças, um garoto de calça curta cinza e uma camisa branca, e uma garota de vestido amarelo franzido. Aliás, Ada se deu conta que realmente sabia muito pouco sobre Stanislaus. Não sabia nem a idade dele. Era filho único, ele tinha comentado. Seus pais tinham morrido, assim como a tia que fora casada muitas vezes. Ela não fazia ideia do que o levou à Inglaterra. Talvez fosse *mesmo* um espião.

Era ridículo. Ela não ia viajar. Mal o conhecia. Sua mãe a alertara. Tráfico de escravas brancas. A espetada de uma agulha para fazê-la desmaiar e acordar em um harém. E todas essas pessoas. Soldados. ARP. Uma guerra ia de fato *começar*. Stanislaus estava errado. Talvez ele fosse um espião. O inimigo. Ela não devia ir.

Ada o viu. Ele estava encostado em uma pilastra com um paletó azul-marinho, calça branca, uma bolsa de couro a seus pés. Ela respirou fundo. Ele não a viu. Ada podia dar meia-volta e ir para casa. Havia tempo.

Mas então Stanislaus a viu, sorriu, impulsionou o corpo para a frente, pegou a bolsa e a jogou sobre o ombro. Um espião. Uma onda forte de calor subiu pelo pescoço de Ada. Ela ficou olhando enquanto ele se aproximava. Ia ficar tudo bem. Ele era um homem bonito, apesar dos óculos. Um homem honesto, qualquer um podia ver isso. E um homem de posses. Nada com que se preocupar. Que besteira a dela. Ele deu um sorriso largo. Stanislaus andava rápido, feliz em vê-la. Paris estava acontecendo com ela, Ada Vaughan, de Theed Street, Lambeth, perto dos prédios Peabody.

★

A Gare du Nord estava cheia do mesmo tumulto suado da Charing Cross, só que a estação estava mais quente e mais sufocante, as multidões, mais barulhentas e mais indomáveis. Ada estava fascinada. Por que ninguém forma fila? Por que todo mundo grita? Ela também estava cansada da viagem. Não tinha dormido na noite anterior, e não havia onde sentar no trem para Dover. A travessia a deixou enjoada, e a vista dos penhascos brancos diminuindo até se tornarem uma faixa de terra desbotada a deixou inquieta de um jeito que não tinha antecipado. A preocupação assolava sua cabeça. *E se a guerra chegasse? E se os dois ficassem presos ali?* Ela não podia ignorar os rolos de arame farpado nas praias, prontos para capturar e cortar o inimigo. As gaivotas famintas sobrevoando as pedras desertas e as crostas de alcatrão esperando pedaços de carne. Os navios de guerra no canal.

Destróieres era como Stanislaus os chamava, enormes cascos de metal, tão cinzentos quanto a água.

Então, Stanislaus deu a ela um anel.

— Espero que sirva. — E o colocou no dedo anelar dela. Uma única linha dourada. Não era ouro de verdade, Ada identificou imediatamente. — É melhor você usar — disse ele. Não era assim que ela imaginava que Stanislaus a pediria em casamento, e isso, sabia, não era um pedido de casamento.

O estômago dela se revirou, e Ada se inclinou sobre a lateral do navio.

— Reservei o quarto com os nomes sr. e sra. von Lieben.

— O quarto? — A voz dela estava fraca.

— Claro. O que você achava?

Ada não era esse tipo de garota. Ele não sabia disso? Ela queria se guardar para sua noite de núpcias. Caso contrário, ele não a respeitaria. Porém, não podia fugir. Ela não tinha dinheiro. Ele estava pagando tudo, *claro* que esperava algo em troca. A sra. B. insinuou isso.

Stanislaus estava rindo.

— O que foi?

Ela estava inclinada na lateral do navio, esperando que a brisa levasse o pânico alojado dentro de sua cabeça como uma bola de canhão. Não estava pronta para isso. E achou que ele fosse um cavalheiro. Aquelas mulheres da sociedade eram todas livres. Era o que seu pai sempre dizia. Stanislaus achava que Ada era uma delas. Ele não via que era tudo uma farsa? A maneira como elas se vestiam, como falavam. Uma farsa, aquilo tudo. Ela respirou fundo, irritada enquanto a maresia entrava em seus pulmões. Stanislaus colocou o braço ao redor de seus ombros. *Um espírito livre.* Ele a puxou para perto, segurou seu rosto com uma mão, inclinou em sua direção e a beijou.

Talvez fosse assim mesmo, tornar-se uma mulher.

★

O hoteleiro se desculpou. Eles estavam tão ocupados, com todos esses artistas e músicos, refugiados, "Sabem como é, *monsieur*, madame..." O quarto era pequeno. Havia duas camas de solteiro, com colchas enrugadas. Duas camas. Que alívio.

Um banheiro ficava ao lado do quarto, com azulejos pretos e brancos, um lavabo e vaso sanitário com descarga. O quarto tinha uma pequena sacada com vista para Paris. Ada conseguiu ver a Torre Eiffel.

À noite, Paris ficava tão escura quanto Londres. De dia, o sol era quente, e o céu, claro. Eles passearam por bulevares e praças, e Ada tentou não prestar atenção aos sacos de areia ou o riso barulhento e nervoso dos cafés na calçada, ou os jovens soldados de uniforme bege e com equipamentos. Ela se apaixonou pela cidade. Já estava apaixonada por Stanislaus. Ada Vaughan, ali, em Paris, passeando com alguém, com um conde estrangeiro.

Ele segurava a mão dela, ou lhe dava o braço, dizendo ao mundo: "minha garota".

— Sou o homem mais feliz.

— E eu sou a mulher mais feliz.

A brisa de um beijo. Os dois dormiram em camas separadas.

A margem esquerda do Sena. A margem direita. Montmartre. *Rue Dorsel, Place St. Pierre, Boulevard Barbès*. Ada passava as sedas contra o rosto e deixava marcas na pilha de veludos onde seus dedos encostavam. Stanislaus comprou um pedaço de *moiré* verde claro que o *monsieur* tinha chamado de *chartreuse*. Naquela noite, Ada o colocou sobre os seios e drapeou a seda ao redor de suas pernas, amarrando-a com um laço na cintura. Suas omoplatas nuas marcavam os ângulos de seu corpo e, no espelho do banheiro, viu como os olhares de Stanislaus eram atraídos para suas costas e para o restante da curva delicada de seu quadril.

— Isso é genial — disse ele, e pediu dois brandys e coquetéis *chartreuse* para comemorar.

Ada observou com olhos famintos o ateliê de Chanel na *rue Cambon*.

— Uma espécie de diamante bruto, ela era — disse Stanislaus. Às vezes seu inglês era tão bom que Ada esquecia que ele era estrangeiro. — Começou na sarjeta.

38 Mary Chamberlain

Ele não tinha falado de um jeito indelicado, e a história contada deixou Ada tocada. Garota pobre que deu certo, apesar de tudo.

— Um detalhe. — Stanislaus piscou. — Tinha um ou dois admiradores ricos que a ajudaram nos negócios.

Um estilo característico. Uma *assinatura*, algo que destacasse a Casa de Vaughan. E a ajuda de um admirador, se fosse necessário também.

— Paris — disse a ele enquanto os dois passeavam de braços dados pelo Jardim de Luxemburgo — foi feita para mim.

— Então nós deveríamos ficar aqui — respondeu Stanislaus, e a beijou de leve mais uma vez.

Ada queria gritar, *Sim, para sempre*.

Na última manhã eles foram despertados por sirenes. Por um momento, ela achou que estivesse de volta a Londres. Stanislaus se levantou da cama, abriu as persianas de metal e foi para a sacada. Um raio de sol iluminou o carpete e o canto da cama, e Ada pôde ver, pelas portas-balcão abertas, que o céu azul não estava mais claro nem limpo. Eles deviam ter perdido a hora.

— Está muito quieto lá fora — disse Stanislaus da sacada. — Não é natural. — Ele entrou pelas portas-balcão abertas. — Talvez seja para valer.

— Bom, estamos indo embora hoje.

Eles estavam indo para casa, e Stanislaus não a tinha pedido em casamento, tampouco tirou vantagem dela. Isso não serviria de nada se ela tivesse de contar aos pais. Ada ia mentir. Pensou em tudo. A sra. B. a tinha enviado a Paris com uma das meninas, a trabalho. Elas compartilharam um quarto. O hotel era tão luxuoso.

— Levante — disse Stanislaus. A voz dele saiu seca, agitada. Ele estava se vestindo. Ada levou as pernas até a lateral da cama.

— Espere aqui — pediu ele.

Ela o ouviu abrir a fechadura e fechar a porta. Então foi até o banheiro, abriu as torneiras e observou a água quente caindo aos turbilhões na banheira, derretendo os sais que ela tinha despejado. Como podia voltar para casa, para uma banheira de metal na cozinha? Um banho de banheira semanal com uma barra de sabonete Fairy?

A costureira de Dachau 39

Uma hora se passou. A água esfriou. Ada entrou na banheira e se sentou, fazendo ondas que espirravam para o lado e sobre o tapete de cortiça no chão. Ela saiu, alcançou a toalha, enrolou-se no tecido felpudo, abraçando os tufos macios de algodão pela última vez. Paris. *Eu volto*. Aprender francês. Não vai demorar. Ela já tinha decorado algumas expressões, *merci, s'il vous plait, au revoir*.

Ada entrou no quarto e vestiu a calcinha e a combinação. Ia organizar um enxoval de verdade para quando ela e Stanislaus se casassem. Ele ia ter de pagar, claro. Com seu salário, ela mal conseguiria pagar as gavetas. Ela comprara uma ou duas *chemises*, e uma *négligé*. Apenas três dias em Paris, e já conhecia muitas palavras. Ela olhou para o relógio ao lado da cama. Fazia muito tempo que Stanislaus tinha saído. Ela escancarou as portas do guarda-roupa. Ia usar o vestido de listras diagonais, com as mangas bufantes e a gravata na gola. Tinha sido uma loucura, organizar todas as listras, desperdiçar tanto tecido, mas tinha valido a pena. Ada se olhou no espelho. As listras diagonais, verde escuras e brancas, acompanhavam o ritmo de seu corpo, ágeis como um gato. Ela encolheu as bochechas, mais atraente. Ficava agradecida que Stanislaus saísse do quarto pela manhã enquanto ela se vestia ou se despia, à noite. Um verdadeiro cavalheiro.

Houve uma leve batida na porta — o sinal deles —, porém, Stanislaus entrou ab-ruptamente sem esperar a resposta.

— Vai haver uma guerra. — O rosto dele estava coberto de cinzas e tenso.

O corpo de Ada ficou frio, grudento, mesmo com o quarto quente. Não deveria começar uma guerra.

— Foi declarada?

— Ainda não — respondeu Stanislaus. — Mas os oficiais com quem falei no hotel disseram que estavam posicionados, a postos. Hitler invadiu a Polônia.

Havia um tom na voz dele que Ada nunca tinha ouvido antes.

Guerra. Ela evitava essa conversa como se fosse uma vespa. Entretanto, o tema tinha pairado sobre ela a vida toda, e Ada aprendeu a viver com a dor da picada. Era a única vez que seu pai chorava, todo novembro, chapéu-coco e casaco de funeral, as palavras engasgadas nas lufadas de memória, seu corpo alto encolhendo. Ele cantava um hino pelo irmão, morto na Primeira Guerra. Corajoso o bastante para morrer, entretanto tudo o que lhe deram foi uma medalha militar —, não fora bom o suficiente para receber a maldita Cruz. Ele tinha apenas 17 anos. "Oh God, our help in ages past..."[1]

Guerra. Sua mãe rezava pelos outros tios que Ada nunca conheceu, engolidos pela grande boca faminta das Batalhas de Ypres ou do Somme, desaparecidos e considerados mortos, cobertos pela lama dos campos de batalha. Uma geração inteira de rapazes perdida. Era por isso que a tia Lily nunca havia se casado, e a tia Vi tinha se tornado freira. Essa era a única ocasião em que sua mãe praguejava. Que maldito desperdício. E por quê? Ada não podia pensar numa maneira pior de morrer do que afogada em um pântano.

— Precisamos voltar — disse ela. Sua mente estava acelerada, e ela podia ouvir a própria voz falhando. Guerra. Era real, de repente. — Hoje. Precisamos avisar meus pais.

Agora ela estava torcendo para que eles não tivessem recebido o cartão-postal. Os dois estariam mortos de preocupação.

— Mandei um telegrama para eles — disse Stanislaus — enquanto estava no andar inferior.

— Um telegrama?

Telegramas só chegavam quando alguém morria. Eles teriam um ataque quando o recebessem.

— Eles são inválidos, precisam saber que você está em segurança — continuou ele.

Ada tinha esquecido que disse isso. Claro.

— Foi — gaguejou ela enquanto procurava a palavra certa —, foi muito gentil. Muita consideração da sua parte.

Ela estava tocada. Ela foi a primeira coisa em que Stanislaus pensou em meio a isso tudo. E seus pais. Estava se sentindo mal. Disse a ele que os dois não saíam de casa. Devia até ter dito que não saíam da cama. A coisa ia ser feia quando ela voltasse para casa. Todas aquelas mentiras.

— Mandei o telegrama para a sra. B. Eu não tinha o seu endereço. Ela pode avisar seus pais. Espero que você não se importe — disse Stanislaus, acrescentado, antes que ela respondesse: — Quem está cuidando deles? Espero que você os tenha deixado em segurança.

Ada assentiu, porém, ele a olhava como se não aprovasse aquilo.

---

[1] "Our God, Our Help in Ages Past" é um hino composto por Isaac Watts que parafraseia o Salmo 90 e é entoado na Inglaterra em momentos de celebração. [N.T.]

Os dois fizeram as malas em silêncio. Oficiais de uniforme azul andavam de um lado ao outro no lobby do hotel. Havia soldados também. Ada nunca tinha visto tantos. Os outros hóspedes, muitos dos quais ela reconhecia do restaurante, discutiam em grupos ou estavam inclinados, acenando e gritando, no balcão da recepção. Ela podia sentir a ansiedade dos homens, a intensidade de sua adrenalina.

— Venha comigo. — Stanislaus pegou a mala dela. Eles atravessaram a multidão do lobby e passaram pelas portas giratórias. — Gare du Nord — informou ele ao carregador do hotel, que assobiou para chamar um táxi.

A rua, antes deserta com seu silêncio assustador, agora estava cheia de sons, de gente apressada e do trânsito ensurdecedor. Não havia táxis. Ada não fazia ideia da distância até a estação. Sentiu a tensão na cabeça. E se eles ficassem presos na França? E se não conseguissem voltar? Finalmente, um táxi apareceu, e o carregador do hotel o chamou.

— Você não pagou — disse a ele, quando se afastaram do hotel.

— Eu já tinha fechado a conta — disse ele. — Quando mandei o telegrama.

Ada fechou os olhos.

Uma parede sólida de pessoas enchia as ruas, homens, mulheres, crianças, jovens, velhos, soldados, policiais. A maioria carregava malas, ou mochilas, todos indo na mesma direção, a Gare du Nord. As pessoas estavam silenciosas, com exceção do choro de um bebê em um carrinho grande cheio de malas, e dos gritos da polícia. "*Attention! Prenez garde!*" Ninguém podia se mexer. Estavam todos fugindo.

Os dois tiveram de andar o último quilômetro. O motorista parou o táxi, deu de ombros e abriu a porta.

— *C'est impossible.*

— É impossível — disse Ada, descendo do táxi acompanhada de Stanislaus. — Existe outro caminho?

As pessoas estavam formando uma multidão atrás deles. Ela olhou rapidamente para uma rua lateral, que estava tão cheia de gente quanto a avenida principal.

— O que vamos fazer?

Stanislaus pensou por um instante.

— Esperar as multidões passarem — respondeu ele. — As pessoas estão apenas em pânico. Você sabe como são esses tipos latinos. — E tentou sorrir. — Temperamentais. Emotivas.

Ele usou as malas como bate-estacas e abriu caminho para o lado.

— Vamos tomar um café — anunciou ele. — Comer alguma coisa. E tentar mais tarde. Não se preocupe, querida.

Ada teria preferido uma xícara de chá preto, com dois torrões de açúcar. Café era razoável, se tivesse bastante leite, no entanto, não sabia se conseguiria se acostumar. Longe da estação, as multidões estavam finalmente diminuindo. Os dois encontraram um café pequeno, no *Boulevard* Barbès, com mesas e cadeiras do lado de fora.

— Era aqui que estávamos — comentou ela — quando comprei o tecido. Bem aqui. — E apontou para o *Boulevard*.

Stanislaus sentou na beira da cadeira, pegou os cigarros e acendeu um sem oferecer a Ada. Estava distraído, ela podia ver, batendo as cinzas na calçada e tragando de maneira lenta e soturna. Ele apagou a bituca e acendeu outro imediatamente.

— Está tudo bem. — Ada queria acalmá-lo. — Vamos conseguir sair. Não se preocupe.

Ela pousou a mão no braço dele, contudo Stanislaus a afastou.

O garçom trouxe o café. Stanislaus colocou açúcar, mexeu com vontade, espirrando no pires. Ela podia ver os músculos do maxilar dele contraídos, os lábios se abrindo e fechando como se estivesse falando sozinho.

— Em que você está pensando? — Ela precisava tirá-lo daquele humor. — Veja o lado bom, talvez a gente possa ficar em Paris por mais um dia.

Ada não sabia mais o que dizer. Não era o que queria, os pais loucos de preocupação, a sra. B. furiosa. Ela podia imaginá-la, preparando-se para demiti-la. Fez isso com uma das outras meninas que não voltou das férias na data combinada. "Você acha que isso é uma obra de caridade?" Era uma situação difícil a deles, mas estavam presos por enquanto. Ela não tinha a quem recorrer, apenas a Stanislaus. O garçom havia deixado um pouco de pão na mesa, que ela mergulhou no café, chupando sua doçura.

— Existe alguém que possa nos ajudar? — perguntou ela.

— Como?

— Não sei. — Ela deu de ombros. — Nos levar para casa.

Os franceses não fariam isso, ela tinha certeza, já tinham com quem se preocupar. Stanislaus virou na cadeira, colocou os cotovelos sobre a mesa e se inclinou na direção dela. A testa dele estava franzida, e sua expressão era de preocupação.

— A verdade, Ada — começou ele —, é que não posso voltar. Serei preso.

Ela respirou fundo. A sra. B. tinha dito algo desse tipo. "Não baixe a guarda, agora não, caso Stanislaus a deixe. Você não é quem eu achei que fosse."

— Por quê? — perguntou Ada. — Você não é alemão. Só fala a língua.

— Áustria, Hungria — respondeu ele. — Somos todos o inimigo.

Ada colocou as mãos no colo e moveu a aliança barata. Para cima e para baixo. Ela estava desamparada. Ia ter de voltar sozinha. E não tinha certeza se podia fazer isso, pegar o trem certo. E se fizessem um anúncio, e ela não entendesse? Isso acontecia o tempo todo na Southern Railway. "Lamentamos em informar aos passageiros que o trem 09.05 da Southern Railways para Broadstairs vai parar em…" Ela ficaria perdida. Em um país estrangeiro, totalmente sozinha, sem falar francês. E mesmo que chegasse a Calais, como ia encontrar a balsa? E se não estivesse mais funcionando? O que ela ia fazer?

— O que você vai fazer? — A voz dela saiu alta e aguda.

— Não se preocupe comigo. —Vou ficar bem.

Já era fim de tarde. O garçom saiu e apontou para as xícaras:

— *Fini?*

Ada não entendeu, então balançou a cabeça, desejando que o homem os deixasse em paz.

— *Encore?*

Ela não entendia o que estava sendo dito, mas assentiu.

— Não posso abandonar você — disse ela. — Vou ficar aqui. Vamos ficar bem.

Por um instante ela os viu, de mãos dadas, andando pelas Tuileries. Stanislaus hesitou.

— A questão, garota — a voz dele estava lenta e trêmula e, por um breve instante, não pareceu estrangeiro, de tão acostumada que Ada estava ao sotaque —, é que não tenho dinheiro. Não no momento. Com a guerra. Não vou conseguir transferir.

Ada não podia imaginar Stanislaus sem dinheiro. Sem dúvida eles não ficariam nessa situação por muito tempo. E, de todo jeito, ser pobre em Paris com Stanislaus seria diferente de ser pobre em Lambeth.

Ela sentiu uma onda de amor pelo homem que a havia arrebatado, um brilho caloroso e confortável de otimismo.

— Não precisamos de dinheiro — disse ela. — Vou trabalhar. Vou cuidar de nós.

O garçom reapareceu com mais duas xícaras de café e as deixou sobre a mesa, colocando a conta sob o cinzeiro.

— *L'addition* — anunciou ele, acrescentando — *la guerre a commencé.*

Stanislaus olhou para cima.

— O que ele disse? — perguntou Ada.

— Alguma coisa sobre a guerra. *Guerre* é guerra em francês.

O garçom assumiu uma postura de alerta.

— *La France et le Royaume-Uni déclarent la guerre à l'Allemagne.*

— Começou — disse Stanislaus.

— Tem certeza?

— Claro que tenho, maldição. Posso não saber muito francês, mas isso eu entendi.

Ele se levantou de súbito, atingindo a mesa e fazendo o café derramar nos pires. Deu um passo para o lado, como se fosse embora, e então virou e se sentou de novo.

— Você ficaria comigo? Aqui, em Paris? Podemos trabalhar, nós dois. Não vamos ficar sem dinheiro por muito tempo.

Ada tinha tanta certeza alguns momentos antes, porém, naquele instante uma onda de pânico tomou conta dela, e o medo surgiu em seu estômago. Guerra. *Guerra*. Ela queria estar em casa. Queria sentar na cozinha de casa com seus pais, seus irmãos e suas irmãs. Queria sentir o cheiro abafado das roupas que secavam no fogão, ouvir o som das panelas cozinhando batatas para o jantar, ouvir sua mãe rezar o rosário e rir de seu pai que a imitava, "Ave Marx, cheia de luta, a revolução esteja convosco, bendito sois vós entre os operários..."

No entanto, não havia como ir para casa, não sozinha. Ada assentiu.

— Você se importa se usarmos seu nome? — perguntou Stanislaus.

— Por quê?

— Meu sobrenome é estrangeiro demais. Os franceses podem me capturar.

— Eu não me importo.

— Vou me livrar do meu passaporte. — Ele falava rápido. — Vamos fingir que eu o perdi. Ou que foi roubado. Posso ser qualquer um.

Ele riu e o ouro de seu dente reluziu sob o sol vespertino. Procurou algumas moedas no bolso para pagar o garçom e pegou as malas.

— Vamos.

— Para onde? — perguntou Ada.

— Precisamos procurar um lugar para ficar.

— O hotel — disse ela. — Vamos voltar para lá.

Stanislaus passou o braço ao redor de Ada e pousou o queixo em sua cabeça.

— Está lotado. Eles me disseram. Vamos procurar outro lugar. Uma pequena pensão.

★

O quarto tinha uma cama com uma cabeceira de ferro enferrujado e um colchão velho coberto por uma lona manchada, uma mesa pequena, uma cadeira com o assento quebrado e alguns ganchos na parede. O papel de parede fora arrancado em algum momento, contudo, pedaços teimosos continuavam nos cantos acima dos rodapés, marcados e ondulados onde insetos pousavam.

— Não posso ficar. — Ada pegou sua mala e foi em direção à porta.

Stanislaus nunca tinha sido pobre, não entendia quanto eles tinham decaído.

— Não sei para onde você pode ir, sem dinheiro — disse ele. — Os hotéis vão estar lotados. O exército vai ocupar todos eles. — Ele sentou na cama, levantando uma pequena nuvem de poeira. — Venha aqui. — A voz dele era gentil, tentadora. — É só até nos recuperarmos. Eu prometo.

Os dois iam arrumar empregos, subir na vida. Ela já tinha feito isso uma vez, podia fazer de novo.

— O que você vai fazer? — perguntou ela. — Que tipo de emprego você vai procurar?

Ele deu de ombros.

— Não sei. Não estou acostumado a trabalhar.

— Não está acostumado a trabalhar?

— Nunca precisei — revelou ele.

Ada tinha esquecido. Stanislaus era um conde. Claro que condes não trabalhavam. Eram como lordes e ladies. Malditos parasitas, era do que seu pai os chamava. Enriquecendo à custa dos pobres. Por um instante, Ada olhou para ele sob um ângulo diferente, como uma espécie de alienígena. E viu outra coisa também: ele estava perdido, sem saber o que fazer. Era inocente, e ela conhecia as ruas. Ada se sentiu mal por Stanislaus. Sentiu pena. Ela podia ouvir seu pai bufar. "Pena? Eles teriam pena de você? O czar tinha pena dos camponeses? O maldito teve o que merecia." Ada se levantou. Ainda estava usando o vestido listrado. Um pouco amassado, porém, ela o alisou no corpo e estava procurando o batom na bolsa. Ela o aplicou na boca e esfregou os lábios um no outro.

— Eu já volto — anunciou Ada. Precisava tomar pé da situação. E sabia aonde ir.

★

Entrou no primeiro estabelecimento e conseguiu um emprego. Ada não podia acreditar na sorte. Era isso o que ela era: sortuda. O salário não era grande coisa, porém, trabalho não faltava. *Monsieur* Lafitte tinha um negócio bem-sucedido. Atacado, varejo e alfaiataria. Ele era um homem simpático que lembrava Isidore. Ele falava francês muito rápido, contudo, desacelerava por Ada, e se esforçava para ajudá-la a aprender a língua. Ela preencheu a vaga deixada pelo aprendiz do *monsieur*, que havia se alistado no exército, deixando-o com mais trabalho do que ele dava conta sozinho. Ainda que Ada estivesse ansiosa para inventar dobras e cortes, e de tempos em tempos sugerisse novos detalhes — a dobra do colarinho, a barra de um bolso —, ele franzia a testa e balançava o dedo. *Non*.

Em menos de uma semana, ela e Stanislaus saíram daquele quarto sujo e se mudaram para um pequeno sótão, mais próximo à loja e numa parte melhor do *Boulevard* Barbès. Entre o *monsieur* Lafitte e a zeladora, madame Breton, o francês de Ada tinha se tornado razoável, e ela até falava com os clientes.

Não conseguia acreditar que estava acontecendo uma guerra. Estava tranquilo demais, não parecia real, ainda que houvesse mais soldados nas ruas, nos bares e nos cafés. Havia pilhas de sacos de areia nas esquinas e abrigos construídos nos parques e nas praças. Homens e mulheres andavam com máscaras antigás sobre os ombros.

— Até as prostitutas — comentou Stanislaus. — Eu me pergunto como elas fazem, com as máscaras no rosto?

Eles não receberam máscaras, no entanto, Stanislaus tinha arranjado duas, batendo no nariz, "não faça perguntas".

— Estou cuidando de tudo.

Ela o amava, com seu mistério, seu charme e seu sotaque estranho e estrangeiro que aumentava ou diminuía dependendo da animação dele.

De vez em quando uma sirene soava, entretanto, nada acontecia, e à noite o bairro ficava escuro e impossível de caminhar. Os tecidos estavam escassos, pelo menos os tecidos bons, e Ada começou a cortar as peças menores e mais curtas com uma barra reduzida e escassa.

★

— O que você faz o dia todo, quando não estou aqui?

Ada e Stanislaus estavam sentados no bar du Sport. Fazia dois meses que estavam em Paris e tinham se tornado clientes, se acostumado a tomar uma taça de vinho tinto antes de jantar ali. Estava longe de ser igual aos drinques no Smith's, porém, ela fazia questão de se vestir bem.

Monsieur Lafitte deixava que ela ficasse com retalhos e sobras, e com a moda de estilos mais simples e barras mais curtas, Ada conseguiu um vestido de inverno apresentável para sair e algumas saias e blusas simples. *Monsieur* Lafitte tinha lhe dado algumas roupas antigas que, de acordo com ele, pertenceram a um tio, já falecido, que Ada ajustou para Stanislaus. Madame Lafitte ofereceu um casaco de inverno que fora ajustado. Stanislaus ia precisar de um casaco logo, e *monsieur* Lafitte deu a entender que talvez conseguisse um pouco de tecido sobressalente do exército. Eles estavam se virando, e Stanislaus tinha dinheiro de novo.

Os dois recuperaram um pouco dos velhos tempos, entretanto, havia uma diferença. Agora eles eram marido e mulher. Não legalmente, mas era quase a mesma coisa.

— Vou ser gentil — disse ele na primeira vez. — E vou usar um preservativo.

— Um o quê?

— Uma camisinha. Como se fala na sua língua?

Ada não sabia. Ela ouviu algumas coisas das garotas da sra. B., porém, ninguém nunca a explicou o que acontecia na noite de núpcias.

Sua mãe tinha falado sobre o sacramento do matrimônio, e Ada via como algo tão sagrado que bebês não podiam ser concebidos se a moça não fosse casada. Stanislaus riu disso. "Isto é para tal coisa, e aquilo é para aquela coisa." Ela sabia que era errado não ser casada, contudo, parecia natural estar tão perto que seu corpo era inundado pelo cheiro masculino dele, e sua pele se agitava e se derretia com o calor dele. Ada sabia que ele a pediria em casamento quando a guerra acabasse em alguns meses, faria dela uma mulher honesta.

— Tem certeza de que não quer ir para casa? — perguntou Stanislaus.

Ada balançou a cabeça. Estava em Paris com ele e não desejava estar em nenhum outro lugar do mundo. Além do mais, não tinha notícias de casa, apesar de Stanislaus ter dito que havia mandado outro telegrama. "Em segurança. Trabalhando em Paris." Telegramas custavam dinheiro, ela sabia; mesmo assim, eles podiam responder *alguma coisa*.

Depois de comer, quando a noite caía, não havia muito o que fazer. As luzes se apagavam e as ruas ficavam vazias, os cafés se escondiam atrás de portas e cortinas fechadas. Eles jogavam *rummy* e 21. Ada tentava ler em francês, mas era difícil. Os jornais, até onde ela entendia, estavam cheios de notícias sobre a Alemanha e a Rússia, especulações sobre os americanos, e reclamações sobre o comportamento das tropas britânicas na França. Os dois não tinham mais tanto sobre o que conversar. Stanislaus dizia que ela não entenderia seus negócios, então Ada parou de perguntar. Ele não se interessava pelo trabalho dela. Qual era a graça de fazer uma barra virada e economizar em tecido? Ela sentia falta de casa naqueles momentos, de seus irmãos e suas irmãs. De seus pais. Sentia até falta das garotas da sra. B. Pelo menos, riam juntas.

Em dezembro, os negócios de Stanislaus começaram a fazê-lo passar a noite fora. Duas ou três vezes por semana. Noites longas e solitárias sem nada para fazer. O velho aquecedor de ferro do quarto deles rangia e fazia barulho. Ada nunca se acostumou, e tinha certeza de que era um intruso, andando, esperando para atacar. Tudo bem quando Stanislaus estava junto, porém, nas noites em que ele ficava fora até tarde, ela ia para a cama mais cedo para se aquecer, com uma vela pequena a seu lado, *vá embora, não se aproxime*, até pegar no sono.

O aquecedor não esquentava muito e era desligado às dez, então o quarto se tornava lúgubre e frio ao amanhecer. Às vezes uma fina camada de gelo se formava durante a noite na tigela de água que eles deixavam sobre a mesa.

Ada esperava que um dia tivessem dinheiro para morar em um lugar melhor, com uma cozinha pequena, para que ela pudesse preparar comida e não ter de comer sempre no bar. Precisaria aprender a cozinhar. Ela sabia fazer ensopado de carneiro, que levava cevada descascada, e ela não sabia ao certo se era possível comprar isso em Paris. Havia outras coisas que ela podia tentar preparar, pratos franceses. Omelete, por exemplo, ou um suflê. Ela conseguia se imaginar batendo os ovos, como tinha visto o cozinheiro do bar fazer.

A cozinha também teria um secador de roupa, para que, quando ela lavasse a roupa, pudesse pendurá-la nele, em vez de na cabeceira da cama. Talvez eles tivessem uma pequena sala, com uma mesa e uma toalha de *chenille* vermelho, e um espelho. Ela manteria tudo arrumado, com flores frescas, se conseguisse encontrá-las, em um pote de geleia. Seu pagamento não era alto, porém, com os dois ganhando dinheiro, poderiam ter uma vida simples.

No entanto, alguma coisa estava mudando.

— A questão, Ada — disse ele —, é que preciso estar com vontade.

Ela respeitou aquilo no começo, só que agora não parecia certo. Ada tocava o rosto de Stanislaus, passando os dedos pelo nariz até o bigode, criando um ritmo nos lábios. Ele afastava sua mão.

— Não, Ada — dizia ele. — Agora, não.

Ela ouvia a respiração dele, pesada e dura, sentia o ar saindo pela boca.

— Você me ama? — perguntava Ada.

— Pare, Ada.

Ele jogou as cobertas e se levantou. Ada o ouviu vestir a calça, xingando os botões no escuro, arrancando a camisa do encosto da cadeira e pegando os sapatos com um gesto violento, sair e bater a porta. Ela ficou quieta na cama. Não devia ter perguntado aquilo, não devia ter se atirado nele. Sua mãe teria dito que nenhum homem respeitava aquilo. Os homens gostavam de caçar. Ela pediria desculpas. Ele relevaria.

O Stanislaus que conheceu em Londres a encantava com suas palavras doces e seu toque delicado. Porém, ele tinha mudado. A guerra o mudou, os negócios o mudaram. Ele ficava fora, noite após noite. Ela teria de se esforçar mais, tornar-se mais atraente. Um batom novo, se conseguisse comprar um. Parecia mais nova do que era e sabia disso. Suas bochechas ainda eram roliças como na infância. Ela tentaria parecer mais velha, mais madura. Talvez fosse o que Stanislaus queria, uma mulher mais velha, experiente. Seu cabelo estava comprido. Ela o enrolaria e prenderia com um grampo rente à cabeça, como algumas das mulheres sofisticadas que via em Paris. Ele a amaria assim. Ninguém tinha dito que o casamento era fácil.

No Natal ela comprou lenços novos e um cachimbo para Stanislaus. Embrulhou os presentes em jornal e amarrou com uma fita de madame Lafitte.

— Obrigado, Ada — disse ele, colocando os presentes no chão, ao lado da cama.

Stanislaus tinha feito uma meia para ela, uma meia cinza cheia de nozes e um vidro pequeno de perfume.

— *L'Aimant* — leu ela. — *Coty*.

Amando. Ada sabia. Ele só não conseguia dizer. Alguns homens eram assim. Ela passou o perfume atrás das orelhas. Era doce demais para o gosto dela, porém, tinha gostado que Stanislaus tivesse pensado nela, se dado o trabalho de fazer a meia, mesmo que só estivesse cheia de nozes. Seu pai fazia meias de Natal. Era mais provável que fosse com couve-de-bruxelas e algumas batatas. "Ha-ha, peguei você." Contudo, ele fazia questão de colocar uma laranja, ou peão, no dedão, e sua mãe sempre fazia roupas novas para o Natal.

Ada nunca tinha passado o Natal longe de casa. E teria dado tudo para estar em Theed Street naquele dia. Ir à missa, enquanto seu pai preparava o café da manhã. Bacon, ovos e rabanada. Então, ele e os meninos iriam ao King's Arms tomar um *pint* de cerveja *porter*, enquanto ela e sua mãe preparavam a ceia.

Almoçar no bar du Sport não parecia nem tinha gosto de ceia de Natal. Eles esbanjaram em uma garrafa de vinho. *Vin du Pays*. Era denso e pesado, de um vermelho rubi, escuro — o que a fez lembrar do suco Ribena. Ada não gostou muito, mas Stanislaus bebeu como se fosse suco de frutas e depois pediu umas duas doses de *brandy* para completar.

Ele bateu na barriga e piscou para ela.

— Nada como uma bela refeição, não é, Ada? — perguntou. — Que tal uma partida de *rummy*?

— Seria ótimo, Stanislaus — respondeu ela, afastando-se da mesa.

Sua mãe estaria servindo o pudim de Natal naquele momento. Caso seu pai recebesse o bônus, ele compraria um pouco de *brandy* do farmacêutico para despejar sobre o doce. "Apaguem as luzes." Um fósforo seria aceso sobre o pudim, que seria levado à mesa com uma chama azul.

— Você tem um cheiro bom — disse Stanislaus, ao abrir a porta do quarto e puxá-la para perto. O álcool estava envelhecido em seu hálito.

— Você está embriagado, Stanislaus?

— Só feliz, Ada. Feliz — respondeu ele. — Por que um homem não pode ficar feliz no Natal?

Ele a envolveu com os braços, apertando-a contra o corpo. Talvez ela devesse ter começado a usar perfume antes.

Stanislaus a soltou e desabou na cama, indicando o lugar a seu lado. Seus olhos estavam fechados, ele tinha adormecido, ressonando pelos lábios aveludados, um braço sobre a cabeça. Ada o observou enquanto a luz do dia diminuía. Ela devia levantar, fechar as cortinas, acender a luz. Entretanto, o quarto estava em silêncio, delicado naquele entardecer, e Stanislaus estava dormindo. Ela passou as costas da mão pelo rosto dele, acariciando sua pele macia, a aspereza do bigode.

Ele agarrou o pulso dela, apertando tanto que ela gemeu.

— Saia, Ada. —Eu já falei. — E olhou para ela como se fosse uma estranha, para em seguida colocá-la deitada de costas. — É isso que você quer?

Ele procurou o preservativo, colocou-o com dedos desajeitados, avançou dentro dela e se retirou sem emitir nenhum som. Depois, virou e dormiu.

Ada afundou a cabeça no travesseiro. Aquilo não era amor, não como costumava ser.

★

O inverno se transformou em primavera, flocos sutis de verde nos parques e nas árvores. Apesar do frio inclemente, havia algo mais seguro sobre o inverno, escondido sob o cobertor grosso do blecaute.

Agora, as noites eram curtas e os dias mais claros, como um feixe de luz iluminando tudo, e Ada tinha um sobressalto toda vez que um avião passava. Havia mais aviões sobrevoando, e soldados em movimento pelas ruas e pelos bulevares, *coturnos, coturnos*. Ada pegava o jornal quase todo dia, e *monsieur* Lafitte levava seu rádio para a loja. Madame Lafitte disse ter visto tanques britânicos perto da fronteira belga quando foi visitar a irmã, monstros desajeitados agitando as ruas.

A irmã dela dissera que os ingleses enviaram milhares de homens, então esperavam problemas. Ada não conseguia imaginar esse número. Tantos jovens de uniforme. Quem os teria conjurado?

Stanislaus deu de ombros.

— O que será, será — disse ele. — Não podemos impedir.

Ele tinha voltado a ser relaxado, feliz. Mas Ada estava aflita. A guerra marchava com coturnos que possuíam tachas nas solas, "esquerda, direita, esquerda, direita". As ruas ao redor do *boulevard* Barbès estavam cheias de refugiados, rostos assombrados em roupas esfarrapadas, empurrando suas posses em carrinhos de bebê. Stanislaus parecia não notar. Nada o preocupava. Ele era um europeu do continente, era por isso. Os europeus eram relaxados. Ele parecia estrangeiro, orelhas bonitas, rentes à cabeça, cabelo loiro e curto, o bigode aparado no centro do lábio, um pouco como Hitler, ela costumava pensar, ainda que fosse a moda naqueles dias. Olhos tímidos emoldurados por óculos que ele sempre usava. Devia ter sido um revés e tanto para ele, viver assim.

— Para você, madame. — Ele sacou uma caixa redonda de trás do corpo e a presenteou. Ada desfez o laço e pegou um chapéu, um casquete de palha amarelo com um véu preto. — Seu chapéu de Páscoa.

Não combinava com suas roupas de inverno, e o clima não estava quente o bastante para usar o vestido de verão, contudo, Stanislaus tinha se empenhado muito para comprar o chapéu quando Deus sabia que esse tipo de ráfia se tornou difícil de encontrar. Ada o experimentou, o véu sobre o rosto. Um chapéu de adulta, um chapéu de mulher.

— Obrigada.

— Vamos, como dizem os franceses, *faire une promenade*?

Ada riu. Era raro Stanislaus falar em francês, pelo menos com ela. Falava sempre em inglês e, mesmo assim, sempre abafava o som do "v" e do "w", e nunca conseguia pronunciar o "th", não importava quantas vezes ela tentasse ensiná-lo. Às vezes, ele estava de bom humor, às vezes, não. Stanislaus tinha começado a colocar o travesseiro longo no meio da cama, o lado dele e o lado dela.

Duas semanas depois da Páscoa, a Alemanha invadiu a Noruega, a neutra Noruega. Vieram notícias de resistência e de combate, de tropas britânicas enviadas para ajudar. Um blá-blá-blá interminável pelo rádio sobre a Maginot Line e o que fazer caso a Alemanha invadisse a França. Os refugiados precisavam ser investigados. Simpatizantes seriam fuzilados. Era obrigação da França se impor e contra-atacar.

Os rostos dos vizinhos estavam tensos, e *monsieur* e madame Lafitte pareciam abatidos e frágeis. Um cheiro começou a invadir o ar de Paris, que exalava dos poros das mulheres e da boca dos bebês berrando, de homens adultos e dos pelos dos cachorros urinando nos postes. Ada sentia esse cheiro nas narinas, nas roupas, em Stanislaus, deitado a seu lado na cama à noite. Ela conhecia muito bem, era o cheiro do medo.

Falava-se em racionamento. Ela se perguntou se Stanislaus mudaria de ideia, se deveria convencê-lo a ir embora. Os dois deveriam voltar, encontrar uma maneira de voltar para a Inglaterra. *Monsieur* Lafitte estava dando a entender que estava na hora de se aposentar, agora que o trabalho rareava, e ele não queria começar a fazer uniformes do exército, não nessa idade. E se ela perdesse o emprego? O que aconteceria?

— Você não deveria estar aqui — disse ele um dia. — Uma jovem como você. É muito perigoso. Vá para casa, enquanto pode.

Ada pensou em onde seus pais viviam, perto do rio, com suas docas e seus portos, lembrou-se de seus irmãos e suas irmãs menores, vivendo sabia Deus como; pensou em sua mãe, louca de preocupação, e em Stanislaus fora até tarde, deixando-a sem nada para fazer além de se remoer de ansiedade como uma raposa em uma armadilha.

★

Stanislaus voltou uma noite de maio com o nariz sangrando e o lábio machucado, usando os óculos torcidos e tortos.

— Faça as malas — anunciou ele. — Precisamos ir embora.

— O que aconteceu?

Ele lavou o rosto com a água da bacia. Gotas espirraram na mesa, claras e rosadas. A toalha com que ele se enxugou ficou manchada de sangue.

— O que aconteceu? — repetiu Ada. — Alguém bateu em você?

— Não importa — respondeu ele. — Apenas faça as malas. Agora.

Ela se aproximou para secar os cortes com a toalha, porém, ele segurou sua mão e a afastou com força.

— Faça as malas — gritou Stanislaus. — Agora!

Ada sabia que ele só levantava a voz quando estava preocupado. Talvez alguém tivesse achado que ele era alemão.

— Você está ouvindo? Precisamos ir.

Ele pegou a mala dela de cima do guarda-roupa e a jogou sobre a cama. Ela a abriu, tirou um vestido do armário e começou a dobrá-lo. Stanislaus arrancou a peça dela e a jogou na mala.

— Não temos tempo para isso. — Ele pegou o resto das roupas, o chapéu dela e jogou tudo na mala, arrancou a lingerie dela da armação da cama, onde estava secando, atirou sobre a pilha e fechou a mala com força. — Vamos.

Ele não levou nada. Ada o seguiu escada abaixo, correndo, dois degraus por vez. Tropeçaria se tentasse acompanhá-lo. Ela se segurava no corrimão.

— Mas aonde...

— Cale a boca.

A zeladora já tinha ido embora, a persiana estava baixa; sua sala, escura e vazia. Eles saíram pelo pátio, e andaram até um carro preto que estava parado ali perto, um carro que ela nunca tinha visto antes. Stanislaus abriu o porta-malas, guardou a mala e abriu a porta do passageiro.

— Entre.

Ada embarcou, o assento de couro frio contra suas pernas nuas. Ele puxou o acionador até conseguir dar a partida, sentou-se ao lado dela e saiu com o carro, os faróis encobertos formando triângulos estreitos na estrada em meio à escuridão da noite. O estômago dela estava embrulhado, e sua boca tinha um gosto de metal, de medo.

— Aonde estamos indo?

— Bélgica.

— Bélgica?

— A Bélgica é neutra.

Ela tinha razão. Tinham achado que Stanislaus era alemão. Ela queria dizer que sentia muito. Não dava para ver no escuro, porém, sabia que os lábios dele estavam fechados e apertados, e que ele não iria falar sobre isso. Era um homem valente.

— Onde você conseguiu o carro?
— Peguei emprestado.

Então Ada lembrou.

— Minhas amostras — disse ela. — Esqueci minhas amostras. Precisamos voltar.
— Esqueça.
— Por favor, Stanislaus.

Ele riu, um riso cruel, de deboche. Ada nunca o tinha visto desse jeito.

Não havia trânsito na estrada, e eles atravessaram Paris em alta velocidade, as ruas sem iluminação e os subúrbios surgindo diante deles. Talvez conseguissem voltar depois, quando a crise tivesse passado. Madame Breton guardaria as amostras para ela. Era o que as zeladoras faziam.

— Você sabe o caminho?
— Espero que sim.
— Quanto tempo vai levar?
— Cinco, seis horas. Quem sabe?

Seis horas era muito tempo. Stanislaus estava indo rápido.

— Vão nos pegar?
— Quem?
— Quem quer que esteja atrás de você?

Ele não disse nada. Os dois ficaram em silêncio. Ada fechou os olhos. Estava cansada. O zumbido do motor e o movimento do carro a embalavam e acalmavam, ainda que seu estômago estivesse embrulhado, e sua cabeça girasse cheia de perguntas. Algo tinha acontecido, algo sério. E se eles fossem capturados? Ela também teria problemas.

Ada devia ter pegado no sono porque amanhecera sem ela perceber. Uma luz acinzentada e delicada que mosqueava pelas árvores altas criava listras sutis pela estrada.

— Que bom que você dormiu — comentou ele em um tom amargo.

Ada alongou as pernas e os braços, abriu e fechou os punhos. A estrada adiante era reta, o interior, plano.

— Onde estamos?

— Picardia — respondeu ele. — Algum lugar.

O pai dela costumava cantar "Roses are shining in Picardy"[2]. Era uma das músicas favoritas dele. Junto com "Tipperary"[3]. Ada queria ouvi-la naquele momento, uma nostalgia tão forte que doía como uma facada. Ela podia ouvir o pai cantando, aquela voz doce e sutil, e começou a acompanhá-lo em sua cabeça, um dueto pesaroso, "(...) in the hush of the silver dew. Roses are flowering in Picardy, but there's never a rose like you."[4]

Stanislaus virou e a encarou.

— De onde veio isso?

— Era uma canção de guerra — respondeu ela. — Os soldados a cantavam nas trincheiras. Imagino que vocês, alemães, tenham esse mesmo tipo de música.

As articulações dos dedos dele apertavam o volante, e os músculos de seu maxilar se contraíram.

— Eu não sou alemão.

— Eu sei. — Ela estava irritada, cansada. Um erro bobo. Mesmo assim, Stanislaus não precisava ser rude. Ela não era o inimigo. — Você acha que vão lutar de novo aqui?

— Cale a boca.

Ela afundou no assento, olhando pela janela, lágrimas brotando nos olhos. Não fazia ideia de onde estava, e parecia não haver nenhuma placa. O carro passou por um pelotão de tropas, de uniforme cáqui e rifles a postos.

— São ingleses — comentou Ada. — Pare, quero falar com eles. — Queria perguntar aonde estavam indo, o que estavam fazendo. Talvez cuidassem dela. E a levassem para casa. — Por favor, pare — pediu ela mais uma vez.

— Não seja idiota. — disse ele, acrescentando: — Você é uma merda de um fardo e sabe disso, não sabe?

Ele nunca tinha usado linguajar chulo. Ada virou no assento e viu os soldados desaparecerem pelo vidro traseiro.

A velocidade do carro começou a diminuir.

---

[2] N.T.: "As rosas brilham em Picardia". "Roses of Picardy", canção popular britânica com letra de Frederick Weatherly e melodia de Haydn Wood, de 1916.

[3] N.T.: "It's a Long Way to Tipperary", de 1912.

[4] N.T. "(...) no silêncio do orvalho prateado. As rosas brilham em Picardia, mas nunca houve uma rosa como você".

— Não. — Stanislaus pisava fundo no acelerador e mudava a marcha no console, emitindo barulhos raivosos. O carro engasgou e parou. — Não! — berrou ele.

Stanislaus saiu do carro e bateu a porta. Ada ficou olhando enquanto ele abria o porta-malas, sentiu o carro balançar e então ele o fechou com força.

— Saia.
— O que aconteceu?
— Estamos sem combustível.
— O que vamos fazer?
— Andar — respondeu ele.

Ada pisou no estribo e saltou para o chão. Ela olhou para a estrada atrás, mas os soldados tinham saído de vista. Ela podia correr, alcançá-los.

Ele a agarrou pela mão e começou a puxá-la.

— Minha mala — pediu ela—, preciso da minha mala.
— Não dá tempo. Vai nos atrasar.
— Mas meus sapatos. Não posso andar com esses sapatos — pediu Ada. Ela só tinha os sapatos com que tinha viajado para a França, tanto tempo atrás, scarpins simples de salto alto e grosso, que eram usados constantemente, e havia um furo em uma das solas. Eram bastante confortáveis, mas não para caminhar.

— Então tire-os — disse ele. Stanislaus não soltava sua mão e estava andando rápido demais.

— Qual é a distância?
— Dez quilômetros. Quinze.
— Isso são quantas milhas?
— Sete — respondeu ele. — Aproximadamente. Dez.

Dez milhas. Ada nunca tinha andado tanto na vida, e lá estava ela, apertando o passo para acompanhá-lo.

Os dois pararam uma vez, quando Stanislaus precisou urinar. Ada ficou feliz pela pausa. Estava sentindo uma pontada, então sentou na beira da estrada e tirou os sapatos. Estavam velhos e gastos, porém, pelos menos não estavam machucando. Ela movimentou os dedos dos pés. Não fazia ideia de que horas eram, mas o sol já estava alto no céu. Os dois passaram por diversos pelotões. Ada queria gritar "Boa sorte, rapazes!" Quis pedir ajuda, que a levassem para casa, contudo,

Stanislaus a mandou ficar quieta, ameaçando silenciá-la, de vez, se ela fizesse algum barulho. Havia outras pessoas na estrada, caminhando como eles, ou de bicicleta, homens com namoradas ou esposas sentadas no guidão. Um casal tinha um bebê e uma criança pequena presa a uma cadeira na garupa. De tempos em tempos um carro passava, cheio de bagagem. Pessoas abastadas, pensava ela, que encontraram uma solução para a escassez de combustível. Ela se perguntou com quem Stanislaus tinha pegado o carro emprestado.

Ele estava tenso, mas, até aí, tinha responsabilidades. Estava fazendo o melhor que podia. Precisava protegê-los. Os dois ficariam bem, ela sabia. Ada tinha sorte. *Eles* tinham sorte. Nada ia acontecer, e era emocionante, de certa forma, fugir assim. Ela se arrependeu de ter deixado as amostras para trás, contudo, não havia muita coisa na mala que quisesse levar de volta para a Inglaterra. As roupas que estavam na mala — que Stanislaus colocou na mala — estavam gastas e largas. Se estavam indo para casa, ela se recuperaria em pouco tempo e poderia fazer algumas belas peças de roupa. Isso se a sra. B. aceitasse empregá-la de novo. E se não aceitasse? Ela arrumaria outro emprego, como tinha feito em Paris. Ou talvez eles ficassem na Bélgica. Ada não sabia nada sobre a Bélgica. Ela pegou o lenço e limpou o nariz. Pelo menos tinha levado a bolsa e tido a prudência de levar o batom e pentear o cabelo antes de sair. A bolsa e o passaporte estavam sempre ali, no bolso lateral.

— Não falta muito — disse Stanislaus, que parecia estar mais feliz, e estendeu a mão para ajudá-la a se levantar. O mau humor dele não durava muito. — Talvez, quando chegarmos à fronteira, você possa falar com eles? Seu francês é melhor que o meu — continuou ele.

— O que vou precisar falar?

— Eu me livrei do meu passaporte, lembra? Você vai precisar dizer que ele foi perdido, ou roubado, ou não foi encontrado na pressa de partir. Alguma coisa. Eu preciso sair da França.

— O meu passaporte não diz que sou casada. Não é o passaporte de uma mulher casada. Eu estaria no seu se fosse sua esposa de verdade.

— Você vai pensar em algo.

As multidões estavam aumentando, e Ada podia ver o que parecia ser uma fila à sua frente, que serpenteava na direção de dois oficiais que estavam parados ao longe em uma guarita.

— É ali? — perguntou ela. — A Bélgica?

Stanislaus assentiu, colocou o braço em volta da cintura dela e a trouxe para perto.

A maioria das pessoas falava em francês, mas havia outras línguas que Ada nunca tinha ouvido. Soldados andavam para cima e para baixo, garantindo que a fila mantivesse a calma e a ordem. Soldados franceses, avaliou Ada. Eles se moviam devagar, centímetro por centímetro. Stanislaus procurou um franco no bolso e o entregou a um garoto que levava um carrinho de baguetes e um recipiente de aço que brilhava ao sol. Ela estava com sede, fome, e ficou grata pelo pão e pela água, ainda que tivesse desejado que a caneca de metal para a água estivesse um pouco mais limpa. Nesse momento, os franceses não pensavam em nada disso.

A fila avançava devagar. Mais pessoas surgiram atrás deles. Devia haver centenas delas, pensou Ada, milhares. Era como se metade da Europa estivesse fugindo. Seus sapatos estavam começando a incomodar. Ela queria sentar, ou melhor, deitar e encostar a cabeça em um travesseiro macio de penas. Nesse ritmo, eles passariam o dia e a noite toda ali. Os guardas não tinham pressa, inspecionando documentos e refugiados, fazendo perguntas. Abriam malas, pegando um vestido de verão, uma faixa de smoking, relíquias levadas de uma vida passada. Stanislaus estava ao lado dela, a preocupação franzindo sua testa.

Eles avançaram. Ela diria que Stanislaus era seu irmão. Um pouco simples. Ada tamborilou a cabeça. *Que confusão.* Será que ele se importaria? Ou talvez ele pudesse ser surdo e idiota? *Meu irmão não sabe falar. Alguém roubou o passaporte dele.* Será que ele implicaria depois? *O que você acha que eu sou?* Ou talvez dissesse: *Muito bem, Ada, eu sabia que você ia pensar em alguma coisa.* Ela ensaiava frases mentalmente, com seu melhor francês. E se esquecesse do que ia dizer? Ou se vissem que era mentira? Ele não é seu irmão. *Venham comigo, monsieur, mademoiselle.* Teria de alertá-lo. *Não diga uma palavra.* Ada estava preocupada com a aparência suspeita dele, com o rosto cortado e machucado.

Devagar, devagar. A maior parte das pessoas passava, porém, algumas eram recusadas. Havia uma família grande, uma avó, seus dois filhos, uma filha, ou talvez esposa, netos. Deviam ser umas dez pessoas. As crianças tinham joelhos tortos, com meias enroladas nas pernas finas, os garotos de shorts de flanela cinza, as garotas com vestidos rodados. Estavam todos parados, olhos arregalados, observando, enquanto um dos pais apontava para os documentos, para as crianças. O guarda balançou a cabeça, e chamou outro homem com um ornamento no uniforme. Ada não conseguiu ouvir o que diziam. Um dos filhos apertou a mão do guarda, com força, sorrindo enquanto iam para o outro lado, para a Bélgica. Ada respirou de alívio. Se aquela família tinha conseguido passar, ela e Stanislaus ficariam bem. Ela acompanhou cada refugiado, um por um, enquanto o guarda os deixava passar, sorrindo com eles, por eles. Famílias, mulheres sozinhas, velhos. Avançando. Faltavam duas pessoas para chegar a vez deles no posto da fronteira. Um casal idoso estava na frente. O homem usava um sobretudo amarrado com um fio, e a mulher uma saia preta com uma barra irregular que envolvia seus tornozelos grossos, gordos. Todo mundo parecia desleixado na guerra, vestindo roupas velhas, remendadas e antiquadas. Talvez estivessem guardando as melhores peças para o armistício. O guarda carimbou os documentos, e Ada os viu sair arrastando os pés.

    Quase a vez deles. Um jovem estava na frente. Parecia ter a mesma idade dela. O rosto dele estava corado e liso, sem marcas de barba. De perto, o guarda parecia rígido, entediado. Um homem duro. E se não deixassem Stanislaus passar, pensou ela, o que aconteceria? Ele seria preso? Levado para a cadeia? Se ele começasse a falar, saberiam que Ada tinha mentido. Talvez fossem obrigados a ficar na França. Podiam se esconder. Mudar de nome. Ninguém ia saber. Eles não deviam ter vindo. Deviam voltar para Paris.

    Ada mudou o apoio do corpo para aliviar a pressão de sua bolha e pisou em um pequeno urso de pelúcia marrom que estava no chão. Era feito de lã, macio, forrado com paina, costurado na lateral, com pontos regulares e perfeitos. Talvez alguém tivesse feito um pulôver para o marido, e tricotado um brinquedo para o bebê com o tecido grosso. Ada olhou em volta. Não havia nenhum bebê em vista. Ela decidiu ficar com o urso, seu amuleto da sorte. E o guardou na bolsa. O guarda pegou os documentos do rapaz, os estava analisando, virando de ponta-cabeça, de um lado para o outro. Ele voltou com os papéis e apontou para a esquerda, uma mesa pequena a alguns metros de distância.

    — Mas... — o jovem começou a falar, os ombros caídos. Estava à beira das lágrimas. Porém, o guarda não estava ouvindo, estava chamando Ada e Stanislaus. O garoto pegou a mochila, jogou-a sobre o ombro e foi até o escritório.

Eles avançaram. Ada repassou as frases mentalmente.

Meu irmão, alguém roubou...

— Nationalité?

Ela não tinha certeza se devia mostrar o passaporte. Estava bem ali, na mão dela, um pequeno livro azul-escuro. Em vez disso, Ada apertou a bolsa onde estava o urso de pelúcia. *Deseje-me sorte.*

— *Nous sommes anglais.*

O oficial levantou o queixo, inspecionando o rosto dos dois. Ela não teve coragem de olhar para Stanislaus. Suas axilas estavam molhadas. E começou a suar atrás dos joelhos e na palma das mãos.

O guarda não disse nada, acenou para eles com um movimento do pulso e chamou os próximos da fila, uma família grande com cinco filhos.

Só atravessar, apenas isso. A tensão a tinha deixado tonta, porém, estava quase desapontada. Ninguém tinha lhe dado a chance de usar o texto ensaiado em sua cabeça sem parar. Stanislaus não saberia como ela era inteligente.

— Conseguimos — falou ele.

Eles estavam na Bélgica.

O alívio trouxe a exaustão. As pernas de Ada doíam, as costas também, outra bolha tinha se formado em seu calcanhar. Ela queria que aquilo acabasse. Queria ir para casa, abrir a porta. "Olá, mãe, sou eu." E não tinha certeza se possuía forças para andar mais um metro, não fazia ideia de onde estavam.

— Estamos longe do mar? — perguntou ela.

— Mar? — Ele riu. — Estamos muito longe do mar.

— Aonde vamos?

— Namur.

— Por quê?

— Não mais — disse ele, piscando. — Entendeu?

— Onde fica? Fica no caminho?

A família que estava atrás deles na fila avançou, arranhando a perna dela com a fivela da mala, e a empurrando para perto de Stanislaus. Ela se apoiou nele.

— Quero ir para casa — disse Ada. — Para a Inglaterra. Podemos voltar?

— Talvez. — A voz dele estava distante. — Talvez. Porém, primeiro, Namur.

— Por quê? Quero ir para casa. — Ela queria dizer: "Agora mesmo." Bater o pé, como uma criança.

— Não — respondeu ele. — Namur.

— Por que Namur?

— Negócios, Ada.—

Ela não conseguia imaginar que tipo de negócios os levariam para lá.

— Prometa para mim. — Havia pânico na voz dela. — Depois, vamos para casa.

Stanislaus pegou a mão dela e a beijou nas articulações.

— Eu prometo.

Eles pegaram carona até Mons e tomaram um trem para Namur que parava a cada estação e farol vermelho. Estava anoitecendo quando chegaram. A baguete tinha sido tudo o que Ada comeu desde que saíram de Paris, 18 horas antes, e ela se sentia fraca e debilitada. Stanislaus a conduzia pelo cotovelo, levando-a da estação, através das ruas laterais. Ela não fazia ideia de onde estavam indo, ou se Stanislaus sabia o caminho, mas os dois pararam em um pequeno café, acima do qual havia uma placa com a palavra "Pensão".

— Espere aqui — disse ele. — Vou organizar as coisas.

Ada sentou a uma mesa do lado de fora. Esse lado da rua ficava na sombra, contudo, ela estava cansada demais para andar até o outro lado, onde o resto do sol de maio ainda brilhava. Stanislaus apareceu.

— Está tudo arranjado — anunciou ele. — Madame vai nos servir uma refeição simples, e, enquanto comemos, a filha dela vai preparar o quarto.

Enquanto ele falava, a madame apareceu com dois copos de cerveja e os colocou diante deles.

Stanislaus levantou seu copo.

— A você, Ada Vaughan. Namur.

Ela levou a mão à bolsa com o urso de pelúcia, levantou o copo, brindou e sorriu para ele. *Sorte*.

Patê, pão e linguiça. A cerveja estava turva e doce, e Ada tomou dois copos longos, que a deixaram embriagada e feliz. Ela não ficava levemente bêbada desde antes da guerra. Aqueles primeiros dias com

Stanislaus pareciam fazer parte de outra era, no café Royal, um ou dois martínis, com uma cereja num palito. Contentes e corados pelo amor, eles andavam por Piccadilly até o ônibus número 12, onde ele a beijava sob o poste, lábios macios nos dela. Ela chupava balas de hortelãs a caminho de casa para que seu hálito não relevasse outro cheiro. Parecia a mesma coisa agora. O mau humor de Stanislaus sumiu, suas preocupações — as preocupações *deles* — acabaram. "Namur. Não mais." Era o fim do mau temperamento e dos silêncios taciturnos. Ele estava feliz de novo, porém oscilava tão rápido da luz para a escuridão. Isso a preocupava. Os humores dele a mudaram também. Quando Stanislaus estava bem-humorado, ela também estava, com dedos ágeis, hálito perfumado. Contudo, quando o humor dele mudava, ela se sentia sufocada como numa neblina.

Eles subiram depois do jantar. Ada estava instável, podia sentir seu cheiro acre e rançoso do dia, seu cabelo estava grudento de poeira e suor. A madame tinha deixado uma jarra de água e uma bacia sobre a mesa, além de uma toalha e de uma toalha de rosto.

— Preciso... me lavar — a fala de Ada estava arrastada.

Stanislaus assentiu e foi até a janela, olhou para a rua, de costas para ela. Ada molhou a toalha de rosto e se esfregou. Ouviu sua mãe falar dentro de sua cabeça, e se viu criança parada na pia de casa. "Para cima, até onde alcançar, para baixo, até onde alcançar." Ela riu na toalha e se pegou chorando, uma onda de saudade e medo, como se estivesse caindo em um desfiladeiro e não conseguisse parar.

Ela notou que Stanislaus a segurou enquanto sentia que caía, e a deitou na cama, tentando desajeitadamente abrir os botões da própria calça. Ela estava tonta, os olhos, pesados. Só queria dormir. Sentiu suas pernas serem abertas, e Stanislaus penetrá-la com movimentos impacientes, ondas de uma dor aguda fazendo-a gritar. Ele saiu de cima dela e deitou a seu lado. Ada estava com as pernas molhadas. Ele tinha ficado de camisa, ela viu, mesmo embriagada pela cerveja.

Estava escuro quando ela acordou. Então ouviu. O barulho distante de uma explosão, o disparo de armas pesadas. As cortinas estavam abertas e, pela janela, o céu noturno tinha rajadas brancas e vermelhas.

— Stanislaus...

Ela o buscou a seu lado. A cama estava vazia, os lençóis frios e macios. Ela sentou, desperta, o pânico tomando conta de seu corpo, a respiração, curta.

— Stanislaus. — O nome ecoou pelo quarto vazio. Ela percebeu que algo estava errado. Procurou suas roupas, vestiu-as. *Por favor, Deus, faça-o voltar*. Passos surgiram no corredor. Devia ser ele. *Stanislaus devia ter ido fumar*. Ela abriu a porta, mas era a madame subindo as escadas, iluminando o caminho com uma pequena lanterna a óleo.

— *Mademoiselle* — a mulher ofegava por causa da subida —, os alemães estão aqui. Você precisa vir para o porão.

— Meu marido — disse ela. — Onde está meu marido?

— Venha comigo — respondeu a madame, iluminando o caminho para as duas. Ela segurava a saia longa de seu vestido de noite com a mão livre.

— Mas meu marido... — O medo protestou, uma campainha estridente e persistente. — Meu marido, ele não está aqui.

As duas entraram no café. Estava escuro. Ada conseguia distinguir as mesas e cadeiras, o brilho das garrafas atrás do bar. A madame abriu a porta do alçapão e começou a descer.

— Venha — indicou ela.

Ada procurou Stanislaus na escuridão, tentou ouvir a respiração dele, sentir o cheiro dele no ar, entretano, suas narinas estavam tomadas pelo odor de cerveja velha e açúcar queimado.

— *Mademoiselle*. Agora. Você precisa vir agora. Estamos em perigo.

Uma mão puxou seu tornozelo. Stanislaus não estava ali. Ele estava lá fora, à noite, sozinho, em perigo. Uma explosão soou ao longe. A mão puxou o pé dela de novo, fazendo Ada perder o equilíbrio e obrigando-a a se apoiar em uma cadeira.

— Estou indo.

Ela procurou o brilho do cigarro de Stanislaus no porão, sua sombra na adega. "Você demorou, Ada." A madame fechou a porta do alçapão e acendeu a única lâmpada que lançava uma luz fraca na escuridão. A adega estava cheia de barris empilhados, e dois carrinhos de hotel. O chão cheirava a cogumelos. A madame tinha levado uma folha de linóleo e duas cadeiras de assento duro. Havia um cesto ao lado de uma delas, com pão e queijo. Ela se preparou para esse dia, sabia que a guerra estava chegando. Ada também devia saber.

— Meu marido — Ela começou a choramingar. — Ele não está aqui.

— Seu marido?

— Sim. Onde ele está?

— Seu *marido*?

— Sim. *Mon mari*. — perguntou-se a madame era surda, ou burra. — O homem que estava comigo ontem à noite. Bigode, óculos. Meu marido.

— Sim, sim — disse a mulher. — Eu sei quem é. Ele foi embora ontem à noite.

Ada se arrastou até a cadeira e sentou. O sangue latejava em sua cabeça.

— Ele foi embora? — sua voz estava frágil.

— *Oui* — confirmou a madame. — Ele foi encontrar a esposa. Estavam indo para Ostend, pegar a balsa, para a Inglaterra. Eu disse que achava que ia precisar de sorte, que o transporte não era mais o mesmo. Não se consegue combustível, sabe? Mas ele insistiu.

— Não — disse Ada. — Deve haver algum engano.

— Não — A mulher estava quase animada enquanto falava. — Ele estava decidido. Disse que precisava voltar para a Inglaterra.

Stanislaus tinha ido embora? Encontrar a *esposa*? Inglaterra, onde ele podia ser preso? Não fazia sentido.

— Mas e eu? — perguntou Ada.

— Ele disse que você tinha outros planos. Que você saberia o que fazer.

A força deixou o corpo dela, seu corpo desmoronou e ficou dormente. A madame devia estar falando de outra pessoa. Pela manhã, quando estivesse claro, ela sairia para procurá-lo. Ele estava lá fora, perdido. Talvez, ferido. Ela o encontraria. As armas alemãs ainda estavam longe, apesar de parecerem bem próximas.

★

A estrada corria acima do porão. Ada podia ouvir os carros passando, passos sobre os paralelepípedos, o rangido de um carrinho de mão e o sino ágil de uma bicicleta. Havia uma porta de alçapão de madeira para a rua pela qual os entregadores baixavam os barris. Ada podia ver a luz do dia pelos encaixes.

— Você não pode sair agora — disse a madame. — A última guerra... os alemães. Tantos horrores.

A mulher a segurou, a mão retorcida no braço de Ada, os dedos enrugados em seu pulso. Ada se soltou.

— Ele pode estar esperando — respondeu ela. — Lá fora. Precisamos deixá-lo entrar.

— Ele foi embora. — A madame balançava a cabeça.

Ela não conhecia Stanislaus, pensou Ada. Não entendeu o que ele disse. O francês dele era péssimo.

Era possível ouvir vozes, abafadas, uma fala urgente que Ada não conseguia acompanhar. A cidade estava viva e desperta, e Stanislaus fazia parte disso.

Ela se soltou do punho da madame, pegou a bolsa, subiu a escada e abriu a porta que dava para o café. A luz da manhã entrou, as partículas de pó dançando sob os raios de sol. Ada olhou para trás, para a madame parada ao lado da cadeira, segurando um guardanapo de tecido no colo.

— *Vous êtes folle!* — disse a mulher, balançando a cabeça.

Ada abriu os trincos da porta que dava para a rua e saiu. A claridade estava límpida, e o sol brilhava baixo e quente. Daquele lado da casa, a rua estava silenciosa e vazia, como se um exército de demônios tivesse passado e levado as almas. Havia um cheiro no ar, um bálsamo doce de uma árvore que pendia sobre a via com uma folhagem nova. Ela pensou em Stanislaus, tanto tempo atrás, "no cheiro das árvores fazendo amor". A bolha ainda machucava, e ela arrancou algumas folhas, enfiou-as no sapato e virou a esquina mancando.

As construções eram altas, paredes de tijolo vermelho com telhados que se elevavam e se curvavam. Ela virou e desceu outra rua. Vazia. Não havia sinal dos alemães em nenhuma parte. Um homem de bicicleta estava vindo na direção dela, e, por um momento, ela teve certeza de ser Stanislaus. Ele veio pedalando, um homem loiro com um olhar malicioso, virando a cabeça para encará-la ao passar. Ada segurou a gola da roupa. Ela tinha se abotoado errado e com pressa na noite anterior, deixando a blusa entreaberta, e a combinação à mostra. *Vestida às pressas. Mulher da noite.* Ela esperou o homem passar, ajeitou o vestido e começou a correr para caso ele voltasse, a bolha ficando em carne viva enquanto o sapato se chocava com os paralelepípedos. A rua se abriu em uma grande praça cheia de centenas de pessoas. Ada parou, levou as mãos ao rosto e cobriu o nariz. O cheiro do medo que descobriu em Paris tomava conta dessa praça também, seu pavor tinha um gosto amargo na língua, seu lamento ecoando em seus ouvidos. Rostos marcados pela determinação, olhos fixos à frente, cotovelos abertos, arrastando malas e crianças. Elas gritavam e choravam, levando bicicletas ou carrinhos de bebê cobertos de pertences. Havia uma senhora com um carrinho de mão, o cabelo liso e branco, o rosto abatido e tenso, lágrimas escorrendo pelas faces magras, articulações ossudas segurando as laterais do carrinho enquanto seu filho tentava mantê-lo estável. Carros buzinavam com irritação enquanto tentavam avançar pela multidão. Um cavalo com uma carreta respirava aterrorizado, fazendo força para puxar as hastes ruidosas da carroça. Os ânimos estavam exaltados. Ela já tinha visto isso antes, em Londres, em Paris. Só que agora era real. Os alemães estavam chegando. A Bélgica deveria ficar em segurança.

Ada nunca encontraria Stanislaus nessa multidão. Talvez ele de fato tivesse fugido ou sido capturado, baleado, e seu corpo já estivesse apodrecendo atrás das linhas inimigas. Ela fechou os olhos e tentou se livrar desse pensamento, tentou dar sentido àquilo tudo, a *ele*. Como ele podia ter uma esposa? Os dois passaram todos os dias juntos desde que saíram de Londres. Ele sempre voltava, não importava o horário. Ada teria notado. A madame estava errada. Mas por que outro motivo ele sairia de Paris tão rápido? Por que ir para a Bélgica? Por que Namur? Por que aquele lugar?

A multidão a empurrou. Ada reconheceu onde estava, perto da estação. As pessoas deviam estar indo para lá. Queria se livrar delas para pensar com calma. Ela tentou se virar e manter sua posição firme contra aquela força. Ninguém a notou ou se importou. Estava sozinha no meio de mil pessoas assustadas e em fuga. Nada de Stanislaus. Ela não sabia para onde ir, nem o que fazer. Não tinha a quem recorrer. E deixou a multidão levá-la. Talvez as pessoas soubessem aonde estavam indo. Talvez soubessem onde era seguro.

Paris. Ada podia voltar para Paris. *Monsieur* Lafitte, madame Breton. Os dois cuidariam dela. Ela explicaria porque foi embora sem avisar. "Um probleminha que Stanislaus teve. Acharam que ele era alemão."

E então uma verdade estapeou seu rosto. E se Stanislaus fosse alemão? E se a sra. B. estivesse certa o tempo todo? Ele era um espião, e ela era o álibi. Ada tentou virar de novo, porém a pressão das massas era muito forte. Ir para o lado, pensou ela, para o lado, para a frente e para o lado. As multidões estavam menores ali.

Um homem pisou em seu pé, e ela gritou.

— *Excusez moi, mademoiselle* — disse ele. — *Excusez moi.*

Ele não parou, seus olhos estavam concentrados no espaço adiante.

Ada chegou ao fim da praça e parou sob um arco longe da multidão. O que ele fazia em Londres? Ela nunca perguntou. Stanislaus a levou para Paris. Disse que não haveria uma guerra, que não conseguiria voltar à Inglaterra. Ada prometeu a ele que ficaria. Os dois eram um belo e jovem casal, e ela era o disfarce. De onde vinha o dinheiro dele? Em que tipo de negócios estava envolvido? Ele a amava?

Ada fora uma tola. Tinha sido enganada. E, então, a Bélgica, Namur. "Não mais." Claro. Ele sabia que os alemães estavam chegando, devia saber. Era quem ele tinha ido encontrar — não a esposa, ele não tinha esposa. Era um código. Espiões usavam códigos. Claro que Ada nunca viu o passaporte, ele não podia mostrar, pois se entregaria. "Você fala com eles, Ada, quando chegarmos à fronteira." Foi descartada, abandonada, depois que fez o que tinha de fazer. Propósito atendido, missão cumprida.

Uma aeronave sobrevoando emitiu um zumbido rítmico, como uma vespa gigante. E voou por tempo suficiente para Ada distinguir uma suástica na cauda, a cruz na lateral, e a forma fantasmagórica do piloto na cabine. Momentos depois houve uma explosão, próxima o bastante para fazer o chão tremer. As pessoas berraram e se espalharam. Ela ouviu os relinchos assustados dos cavalos, os gritos das crianças, viu gente caindo no chão, sendo pisoteada. Parou no limite da praça, paralisada. Ela percebeu outra aeronave surgir, preparando-se para atacar a multidão. Ela forçou sua passagem pelo arco, até uma rua lateral. Correndo sem parar enquanto outra bomba caiu, mais próxima dessa vez. *Levante, levante.* Ela sabia que precisava correr, sair das ruas abertas e encontrar um lugar para se proteger. Ouviu um ruído. Acima dela um prédio estava desabando, um gigante com joelhos estilhaçados, caindo em uma névoa densa de escombros. Precisava voltar para a madame, para o porão, para o abrigo.

Ada se forçou a levantar e olhar em volta. O céu estava coberto de poeira, argamassa cinzenta e grudenta que assolava seu nariz e parecia cinzas em suas mãos e boca. Ela tentou se limpar, porém, parecia envolver sua língua, como se fosse um mata-borrão absorvendo sua saliva. Não fazia ideia de onde ficava a pensão, como se chamava ou em que rua ficava. Tinha perdido o rumo. Seus pés estavam grudentos. Tinha cortado o joelho ao cair, e sangue escorria pelo tornozelo até o interior de seu sapato. A bolha latejava. Ela tirou os sapatos. Precisava correr. Fugir. Talvez a pensão ficasse à direita. Ia ter de atravessar a praça. Subir a rua, a primeira à direita. Entretanto, a rua voltou para o mesmo lugar e deu outra volta. Ela estava andando em círculos.

As multidões se dissiparam em busca de abrigo. Outro avião zumbiu ao longe, e houve um barulho agudo de disparo. O avião surgiu no céu, e Ada observou, transtornada, enquanto uma bomba longa e preta caía atrás de uma fileira de casas ali perto. O chão sacudiu. Ela ouviu o tilintar das janelas quebradas, sentiu um caco de vidro roçar seu braço e viu uma nuvem densa de fumaça preta se levantar de uma rua adjacente. Mais aviões apareceram, e mais bombas, vindo cada vez mais rápido. Nenhum lugar era seguro. Havia vidro quebrado em toda parte, e seus pés estavam descalços. Ela recolocou os sapatos, se encolhendo por causa das bolhas, e correu da explosão, descendo outra rua que não reconheceu, cada vez mais longe, a mente funcionando na mesma velocidade que as pernas, rezando pela primeira vez em meses. *Por favor, Deus, por favor, Deus...*

Virando uma esquina. Duas. Ali paradas, bem à vista, encarando-a.

Les Soeurs de la Bienveillance. Capas pretas e pesadas e véus brancos e engomados. Ada reconheceu o hábito. Pertencia à mesma ordem para a qual sua tia Vi tinha entrado 15 anos atrás.

— Por favor — pediu ela. Podia sentir as palavras sendo despejadas, abrindo espaço, implorando para serem ouvidas apesar do rugido dos bombardeiros. — Por favor, me ajudem. *Aidez moi.* Meu nome é Ada. Minha tia é uma irmã, uma de vocês, irmã Bernadette de Lourdes, talvez a conheçam. Ela fez o noviciado aqui, na Bélgica. — Ou tinha sido na França? Ada não lembrava. Era pequena na época. — Estou perdida. Meu marido... — O que ela podia dizer? — Estou sozinha.

— Seu marido? — perguntou uma das freiras.

Ela tinha que continuar a mentira.

— Sim — respondeu, rápido. Os disparos e as explosões pararam. Fumaça e poeira eram como uma mortalha, e o cheiro de alvenaria destruída e queimada enchia o ar. Podia ser sua única chance. — Perdi meu marido.

Ada estava enjoada, e sua cabeça começou a girar. Quando voltou a si, estava sentada no chão, a cabeça entre os joelhos.

— Madame — dizia uma das freiras. — Madame, você não pode ficar aqui. Não é seguro.

— Ajudem-me — pediu Ada. Sua voz estava distante, um som distante em sua cabeça. — Não tenho para onde ir.

As freiras a colocaram de pé, uma de cada lado, segurando firme seus cotovelos.

— Venha conosco.

Ela se apoiou nas irmãs, as pernas se movendo, uma na frente da outra, contudo seus ossos tinham se transformado em esponja, e não restava nenhuma força.

Ada tinha consciência de um silêncio lúgubre, nuvens de fumaça subindo no céu azul claro, um rio brilhando sob a luz do sol e um castelo no alto de uma colina. Também tinha ciência de pedras irregulares, vidro quebrado mais adiante, um arco de ferro forjado que dizia "La Résidence de Saint-Joseph". As freiras a levaram para dentro, por um grande salão com piso de mármore, padrão de tabuleiro de damas, e uma estátua em tamanho real de são José no centro. Ele equilibrava um lírio na dobra do braço, o outro estava levantado em uma bênção. Uma freira seguiu por um corredor, e a outra a levou para um longo banco de madeira.

— *Asseyez-vous* — disse. — *Attendez*.

Ada sentou. Ainda estava tonta e fraca. O barulho das bombas e os escombros desabando ecoavam em sua cabeça. Não fazia uma refeição decente havia dias, nada com carne ou batatas, tampouco teve uma boa noite de sono. Ela deslizou o pé para fora do primeiro sapato, seguido do segundo. Seus pés estavam imundos, ensanguentados e pretos da estrada. Ada apertou a bolsa contra o corpo. Estava arranhada, coberta de poeira e cheia por causa do urso de pelúcia que estava lá dentro. O urso estava dando sorte e a manteve viva até ali. Ela procurou seu pó de arroz e seu batom. Sua aparência devia estar horrível. Ouviu o barulho das contas, o som das saias pesadas e sentiu o cheio de talco comum das freiras. Uma das que ela encontrou pela manhã trazia uma bandeja. Outra, alta e magra, andava com um ar de autoridade. Devia ser a chefe. Como a tia Vi dizia que eram chamadas? Reverenda? Madre? Madre superiora. Havia uma freira mais velha atrás dela com um rosto vermelho e sério, e óculos de armação grossa. A freira que a resgatou naquela manhã colocou a bandeja ao lado de Ada no banco. Havia um copo d'água e um pouco de pão. A freira alta se aproximou dela, os braços abertos em saudação.

— *Je suis la Bonne Mère* — disse ela.

Ada tentou levantar, no entanto, seus joelhos falharam. A madre superiora sentou ao seu lado e apontou para a bandeja. *"Mangez."* Ada bebeu a água e a sentiu acalmar sua garganta. Ela partiu um pedaço de pão e o enfiou na boca.

— Você é inglesa — disse a madre superiora. — Perdeu seu marido.

Ada assentiu.

— Seu nome?

— Ada Vaughan.

— E você é sobrinha da nossa amada *Soeur* Bernadette de Lourdes?

Ada assentiu de novo. Seus lábios tremeram. Ela nunca tinha se sentido tão sozinha, nem tão assustada.

— Ajude-me a lembrar — pediu a madre superiora — qual era o nome da sua tia, antes de fazer seus votos sagrados?

— Tia Vi — respondeu Ada. E se corrigiu. — Violet. Violet Gamble.

— Quando ela se juntou a nós?

— Não me lembro — respondeu ela. Ada sabia que estava sendo testada. Podia ser uma impostora. Se desse a resposta errada a mandariam embora, de volta para as ruas. — Eu era pequena quando ela foi embora, porém, deve ter sido por volta de 15 anos atrás. Talvez dez. — E acrescentou: — Acho que ela veio para cá.

— E de onde ela veio? — perguntou a outra freira, a de rosto vermelho. Ela falava inglês, com um sotaque irlandês. E soava severa, como se Ada estivesse contando uma mentira.

— Londres. Walworth. 19 Inville Road, Walworth.

A freira de rosto vermelho assentiu para a madre superiora.

— Por favor, me ajudem — pediu Ada.

— Como? — perguntou a madre superiora. — Nós cuidamos de idosos. Precisamos pensar neles.

— Posso trabalhar para vocês.

A tia Vi dizia que as freiras sempre tinham laicos para fazer a limpeza, lavar a louça, arrumar as camas. Ada podia fazer isso. Precisavam acolhê-la.

— Deixem-me ficar, por favor. Faço qualquer coisa. Não tenho para onde ir.

A madre superiora tocou na mão de Ada, levantou-se, foi até o canto e chamou a outra freira. As mulheres deram as costas para Ada e aproximaram as cabeças. Ela não conseguia ouvir o que estava sendo dito, assim como não sabia se conseguiria entender caso ouvisse, pois a madre superiora falava rápido.

As freiras voltaram depois de alguns minutos.

— Podemos abrigar você.

Ela deu de ombros.

— Mas por quanto tempo? — ela girou as mãos, a palma para cima.

— *Je ne sais pas*. Se os ingleses nos ajudarem, se expulsarem os alemães, talvez alguns dias. Depois, você precisa ir embora.

Ada assentiu. Ficaria segura ali, mais segura do que na *pension*. Além do mais, nunca conseguiria encontrar a pensão, não agora, com as bombas e a fumaça.

— Obrigada, *Bonne Mère* — disse Ada. — Muito obrigada.

Os ingleses chegariam logo. Ficaria tudo bem. Eles a mandariam de volta para Londres, para seu pai e sua mãe.

A madre superiora assentiu, colocou as mãos atrás de suas omoplatas.

— Irmã Monica — disse ela, inclinando a cabeça na direção da outra freira que a olhava com uma expressão carrancuda — é responsável pelas noviças. Vou deixá-la aos cuidados dela. Tenho muitas coisas para fazer.

Ela deu meia-volta e saiu marchando pelo corredor.

— A madre superiora não é a única com muita coisa para fazer — anunciou a Irmã Monica, com a voz tensa. — E sem tempo suficiente.

— Eu posso ajudar — disse Ada, ainda que tudo o que quisesse fazer era dormir.

— Você? Como?

— Eu sei costurar. E limpar e...

A Irmã Monica bufou e começou a se afastar, chamando-a por sobre o ombro. — Bem, então vamos. Venha comigo. A madre superiora disse que devo fazer de você uma freira.

Ada levantou, prendendo a bolsa embaixo do braço.

— Fazer de mim uma freira?

— Ela disse para vestir você como uma de nós. — falou a freira entredentes. — Um sacrilégio. Sem falar no perigo. E se os alemães vencerem? Hã?

A costureira de Dachau 73

Havias duas portas altas no fim do corredor onde estava escrito *"Privé"*. A irmã Monica a conduziu por ali, subindo um longo lance de degraus de madeira, por outro corredor até uma grande sala cheia de prateleiras abertas onde havia pilhas de peças de vestuário, roupas de cama e toalhas.

— Você precisa de um banho — disse a freira, colocando uma toalha nas mãos de Ada e apontando para a porta do outro lado. — Não se dê o trabalho de se vestir quando terminar. Enrole-se nisso. — A freira lhe entregou uma espécie de vestido reto, longo e branco. — E volte para cá. Não demore o dia todo. Não mais do que cinco centímetros de água na banheira, e limpe-a depois.

Uma grande banheira com pés, piso e paredes de azulejo. Nada de espelho. Muito bem. Ada não ia querer ver a própria aparência. Então, abriu a torneira. Os canos rangeram enquanto a água fervente saía. A banheira não era usada com frequência, pensou Ada. Os canos estavam cheios de ar, como a bomba em sua casa. Ela se despiu e afundou na água, se encolhendo quando a carne viva das bolhas se molhou, e viu a sujeira se dissolver. Reclinou-se, molhando as pontas do cabelo. Se fechasse os olhos, podia pegar no sono.

A irmã Monica bateu na porta.

— Já chega. Não tenho tempo para esperar por você.

Ada esfregou o corpo com a toalha e passou o vestido pela cabeça, que se enrugou em sua pele molhada. Ela se sentia melhor depois do banho, da comida; sentia-se ela mesma.

— Sente aqui — instruiu a irmã, apontando para uma cadeira. Ela segurava tesouras grandes. Ada olhou para o tesourão. — Não discuta — continuou a freira. — Estou de olho em você, Ada Vaughan.

Ada sentou na cadeira, e a irmã Monica puxou seu cabelo. Ela ouviu o barulho das lâminas em ação e viu uma mecha castanha cair no chão. Ela sabia que a freiras raspavam a cabeça, mas, se eram apenas alguns dias, por que *ela* precisava fazê-lo? Logo ia estar de volta à Inglaterra e ia parecer ridícula. Mechas de cabelo roçavam seu vestido e caíam no chão.

— Agora — disse a irmã —, fique de pé aqui.

Ada sentiu a própria cabeça. Não estava raspada, mas o cabelo estava curto. Parecia seco e duro, como uma barba por fazer. Seu cabelo estava a seus pés, longas ondas de um âmbar rico como folhas caídas. Cruel. Um corte cruel. Ela teria de usar chapéu até crescer de novo.

Podia ter feito um turbante com uma das amostras deixadas em Paris, ficaria ótimo. Mas agora ela teria de sair com aqueles tufos, a menos que encontrasse um lenço para cobrir a cabeça.

A irmã Monica estava vasculhando as prateleiras, pegando peças de roupas dobradas.

— Você vai usar o hábito da irmã Jeanne. Ela faleceu semana passada. Esta é a parte de baixo. Ela vai primeiro. — A freira segurou um grande pedaço de calicó, dividido na metade. — É só entrar e puxar as fitas. Cintura. Pernas.

Ada começou a se vestir. A parte de baixo era enorme.

— Você tem um tamanho menor?

A Irmã Monica bufou.

— Imagino que você vá querer lingerie francesa feita sob medida.

Ada não disse nada.

— Agora isto.

O corpete e a anágua, túnica e escapular, cinto e rosário. Sarja, preta. A irmã Jeanne tinha sido uma freira bem grande, e Ada estava perdida nas peças. Os sapatos e as meias eram muitos números maiores.

— E agora — anunciou a irmã Monica — a touca. — Ela enfiou a peça na cabeça de Ada, puxando com tanta força para deixá-la rente ao crânio. — E você abotoa aqui.

Os dedos da freira arranharam o queixo dela enquanto forçava o botão forrado pela casa apertada no linho engomado.

— Mais uma coisa — continuou a freira: — quando vierem as suas regras, venha falar comigo e peça o absorvente. O que estou vendo é uma aliança de casamento? — apontou ela. Ada assentiu. — Deixe-a comigo.

Ada tirou o anel e o entregou.

— E você vai me explicar por que deixou uma marca verde no seu dedo?

Ada sabia que não era ouro de verdade.

— Sabe — continuou a irmã Monica, o cenho franzido com aquela expressão de quem "está de olho". — A irmã Bernadette me contou tudo sobre a sua família. Eu lembro. Vaughan é seu nome de solteira. Casada, claro que não é. Você é uma mulher perdida, uma rameira, e eu deixei isso claro para a madre superiora.

Ada estava desamparada. Por que tinha mentido? Não podia dizer a verdade agora, ninguém acreditaria, ninguém seria solidário. Ela queria se afastar da irmã Monica, encontrar a madre superiora. Podia se explicar. A madre superiora foi gentil.

— Deixe seu passaporte comigo — pediu a irmã Monica. — Vamos cuidar dele.

Ada abriu a bolsa, pegou o urso de pelúcia e o passaporte. A irmã Monica o guardou no bolso.

— Vamos precisar queimar a bolsa. Caso os alemães cheguem.

Ela queria protestar, mas não se atreveu. E entregou seu documento.

— E o urso de pelúcia.

Era seu urso de pelúcia da sorte, ainda que Ada não ousasse contar isso à freira. Ela balançou a cabeça, pegou a lateral da túnica, encontrou o bolso e guardou o urso de pelúcia.

O chão tremeu, e momentos depois Ada ouviu o estrondo. Os alemães estavam bombardeando de novo, ali perto. A irmã Monica fez o sinal da cruz e pegou a mão de Ada. Elas correram pelo corredor. As saias grossas dificultavam os movimentos. Pelas portas que diziam *"Privé"*, passando por um grande dormitório que cheirava a desinfetante, com o que deviam ser 24 homens idosos deitados de costas ou sentados no lado da cama. O cômodo tinha duas passagens e, pelas portas do outro lado, Ada podia ver uma freira empurrando uma cama para fora e, depois dela, outra. Estavam evacuando a ala, formando uma fila de camas para serem levadas pelos elevadores.

— Ajude — instruiu a irmã Monica.

Ada imitou uma jovem que ajudava um senhor a caminhar. Ela foi até a cama mais próxima, colocou os braços ao redor das costas de um homem frágil, sentiu o peso do corpo quando ele se apoiou. O velho cheirava a urina e mau hálito matutino. Ele agarrou uma bengala e começou a se mover. Ela foi para a cama seguinte. Esse homem era maior, e Ada quase cedeu sob seu peso. Ela o segurou pelo cotovelo enquanto o homem andava. Eles acompanharam os demais, dando passos lentos e dolorosos pela escadaria íngreme de pedra até as catacumbas.

★

Às vezes as explosões eram tão próximas que o chão tremia com o impacto. Em outras, havia silêncio, pontuado apenas pelo barulho distante das armas de fogo. Ada dormia na cama da finada *Soeur* Jeanne e seguia sua rotina. Acordar às cinco, *Angelus*, orações, missa. O machucado em seu joelho doía quando ela ajoelhava. Fazia quatro dias que ela estava lá, passando o tempo. Trabalhando o dia todo. Dando banho em mulheres idosas, penteando seus cabelos ralos e brancos, barbeando homens e limpando privadas. Os urinóis eram os piores. Às vezes, os idosos molhavam a cama, e Ada precisava tirar os lençóis encharcados e passar o esfregão na sujeira. *Por favor, meu Deus*, pensava Ada, *faça os alemães irem embora. Deixe-me ir para casa*. Ela era grata à madre superiora por acolhê-la, porém, sabia que não podia fazer isso por muito mais tempo, especialmente com a irmã Monica. Ada a chamava de "irmã Maligna".

A maior parte do tempo, elas passavam no porão. A madre superiora dizia que era melhor, até os alemães irem embora e as explosões pararem. Ela lhes contava o que acontecia todos os dias depois do *Angelus*, tendo recebido as atualizações do padre, que ouvia as notícias pelo rádio. Ada contava os dias. *Cinco*. Os alemães atravessaram as defesas dos Aliados nas Ardenas. Ada não sabia onde era, contudo, sabia que era sério. *Seis. Oito*. Bruxelas tinha caído. *Nove*. A Antuérpia tinha caído. Ada cobria os ouvidos com as mãos. *Dez*. Batalhas intensas. *Catorze. Dezesseis*. Mais de duas semanas. Pode durar para sempre. Faça parar. Faça ir embora. E se esses soldados não conseguissem conter os alemães? O que ia acontecer? Ela não queria viver em um porão como uma freira, ouvir a madre superiora todo dia, comandando as orações quando elas podiam está lá fazendo alguma coisa, lutando, como os soldados pelos quais Ada tinha passado, aqueles rapazes ingleses, ainda que não tivesse certeza se teria coragem suficiente.

O tecido duro e engomado da touca fazia sua cabeça coçar e arranhava seu queixo. Uma vez, Ada viu seu próprio reflexo no vidro de uma janela. Preto e sem forma. O hábito era quente, e ela ficava tentada a tirar uma das camadas, mas não se atreveu, caso a irmã Maligna descobrisse. Havia algumas freiras inglesas no convento, até onde Ada reparava, entretanto, todas tinham de falar francês, então não dava para saber quantas eram, ou quem era quem. Ela não tinha com quem conversar. E sentia falta de Stanislaus.

Então a madre superiora lhes contou que o rei da Bélgica tinha se rendido, e o exército também, depois de 18 dias de brava resistência.

O país estava sob o controle dos alemães. Elas deviam seguir sua vocação de cuidar dos pobres, dos doentes e dos idosos da mesma forma. Ada estava prestes a perguntar "E eu?", porém, a campainha soou, e soou mais uma vez. O clamor irrompeu pela pequena capela improvisada no porão onde estavam reunidas. A via-sacra estremeceu, e as velas embaixo piscaram.

A madre superiora indicou que as freiras sentassem. Havia vozes ao longe, aproximando-se. Botas no piso lá em cima, *um, dois, um, dois*, fazendo um barulho surdo na escadaria de pedra e pelo corredor. A madre superiora estava perto do altar olhando para cima, esperando. As portas da capela foram escancaradas, batendo contra a parede. Dois soldados alemães entraram, botas brilhando, uniformes cinza passados e impecáveis, colarinhos fechados e marcados com a insígnia. Ada tinha certeza de que devia haver mais do lado de fora. Eles marcharam até o altar. Um tirou o chapéu e o colocou embaixo do braço. E virou para encará-las, falando em francês.

Ada estava com a garganta seca, sem conseguir engolir. Lá estava ela, uma inglesa, com os nazistas tão perto que podia tocá-los. O inimigo. Suas pernas tremiam, e ela levou as mãos às coxas apertando com força para controlá-las. A freira a seu lado rezava o rosário, o rosto pálido. Outra, à sua frente, tremia, e Ada se perguntou se a mulher estava chorando. Não entendia o que o alemão estava dizendo: o soldado falava bem a língua, porém, ela não conseguia acompanhar tudo. Ele falava sobre passaportes, estrangeiros, inimigos. Britânicos. Para a proteção delas. Segurança. Juntar seus pertences. Reunir-se na frente.

Ele meneou a cabeça para a madre superiora e estendeu o braço:
— *Heil* Hitler!

E, com o colega, deu meia-volta e marchou de volta para capela entre as fileiras de bancos. A ponteira de aço das botas cintilava no chão frio de lajotas.

A madre superiora esperou que os dois tivessem partido e fechou a porta. O trinco fez um clique delicado, sagrado. Ela respirou fundo.
— Oremos.

As freiras ajoelharam, a cabeça abaixada sobre as mãos. Prece silenciosa. Ada gostava do momento das orações, pois parecia uma oportunidade para divagar, contudo, naquele dia ela rezou com empenho, com desespero. Aquilo era a guerra. Guerra de fato. Não a guerra de mentira que tinha visto em Paris com Stanislaus, como se nada pudesse acontecer. Estava ali, e ela estava sozinha em um país estranho, por nenhuma outra razão além da própria estupidez. Devia ter voltado para a Inglaterra no começo, quando era possível. Agora Stanislaus tinha ido embora, e ela estava muito longe de casa. *Por favor, Deus, por favor, Deus, me salve.* E acrescentou: *Salve-nos todas*. A madre superiora se apoiou no parapeito do altar e levantou.

— *Soeur* Brigitte, *Soeur* Augustine — começou ela, a voz mais delicada do que Ada já tinha ouvido. E sinalizou para que as freiras levantassem. — *Soeur* Thérèse, *Soeur* Josephine, *Soeur* Agatha, *Soeur* Clara.

Uma por uma, as irmãs se levantaram.

— *Soeur* Clara — repetiu a madre superiora, olhando para Ada.

Ela esqueceu. Tinha recebido um nome. Clara. Ada o detestava. Não era ela.

— Temos cinco irmãs que são inglesas — anunciou ela — e a irmã Clara, que tem passaporte inglês. Agora os alemães são nossos senhores. Pelo bem de todos, precisamos obedecê-los. Não podemos mentir, fingir que vocês são belgas.

A mulher respirou fundo de novo, olhando para as portas fechadas. As freiras estavam imóveis, com exceção dos ruídos dos véus roçando no peito a cada respiração. Ela demorou um tempo para falar de novo:

— Deus as abençoe, e que as proteja.

A irmã Monica foi até Ada.

— Você também — disse ela.

— Não estou entendendo — disse Ada.

— Os alemães estão reunindo os ingleses — A voz da irmã Monica estava falhando, e Ada podia vê-la mordendo o lábio, tentando conter as lágrimas. Ela não achava que a irmã Maligna pudesse ter sentimentos. — Vão levar vocês como prisioneiras de guerra. Precisam ir com eles. Não faça nada que vá trair você mesma ou as demais. Entendeu? A vida das outras depende de você se manter em silêncio.

Ada balançou a cabeça.

— Por que eu?

— Nós mentimos, que Deus nos perdoe. Dissemos que você é uma freira. Se descobrirem... — Atrás dos óculos, os olhos da irmã Monica pareciam pequenos e tristes. "Os horrores", a madame havia dito. Seu pai também: "Os alemães comem bebês, sabia?" As consequências seriam fatais e ficariam em sua consciência para sempre.

— E a senhora? — perguntou Ada. — A senhora não vem?

— Não — A irmã Monica balançou a cabeça. — Eu tenho passaporte irlandês. — Ela segurou a mão de Ada e a apertou, um gesto inesperado de carinho. — Você pode usar a sacola e a Bíblia Sagrada da *Soeur* Jeanne.

Ada saiu da capela atrás dela, uma mão no rosário, a outra apertando forte o urso de pelúcia da sorte escondido no bolso.

★

Seus antigos medos — como voltar para casa, sem dinheiro, sem roupas — pareciam pequenos e mesquinhos naquele momento. Novos medos surgiram, sacos pesados de ansiedade que Ada levava nas costas, mais pesados a cada dia. Ela estava encurralada. Eles estavam encurralados. Fugir estava fora de questão. Essa seria sua vida para sempre, viver como irmã Clara sob o domínio dos nazistas, cuidando dos idosos naquela casa geriátrica no meio de Munique.

A irmã Brigitte conseguiu forçar a abertura da pequena janela no sótão, que agora não mais fechava. Não importava, pensou Ada, o cômodo estava quente e abafado, logo abaixo do telhado. Dava para ouvir os pombos de manhã bem cedo arranhando a superfície em busca de um poleiro, chamando os parceiros. As seis freiras compartilhavam o sótão. Havia dois beliches, e elas se revezavam para dormir. Funcionava bem, uma vez que metade delas trabalhava à noite e compartilhava as camas com as demais que trabalhavam de dia.

Ada nunca sentiu tanto cansaço, o que a deixava nervosa e chorosa, como sua tia Lily, que sofria dos nervos desde que os zepelins da Primeira Guerra a deixaram com alopecia. Ela não se atrevia a pensar em seu lar, mesmo que a irmã Brigitte dissesse para se concentrar nas coisas felizes de antes da guerra, para animá-la. A irmã Brigitte se tornou a líder, a nova madre superiora. Tinham até começado a chamá-la assim. Ela não era muito idosa. Ada imaginava que não devia ter mais que trinta anos. Entretanto, era calma, sábia e uma negociadora esperta. Mantinha-se firme quando precisava, cedia quando era prudente. Conseguiu colchonetes para as camas e permissão para ouvir a missa quando o padre vinha. O padre Friedel era idoso. Ele também deveria estar na casa geriátrica. Mal lembrava do latim, *"In nomine Patris, et Filii et Spiritus Sancti"*, arrastando-se atrás do médico com sua grande sacola de padre, sem conseguir diferenciar os vivos dos mortos.

Ada, a irmã Brigitte e uma freira tímida chamada irmã Agatha trabalhavam no turno do dia nas alas geriátricas. Era o mais difícil, quando os idosos estavam acordados e precisavam ser alimentados e limpos, tomar remédio, ter as úlceras drenadas. Os pacientes tinham um cheiro de mofo, deitados nas camas dobráveis com articulações ossudas e mãos tortas. Ada tinha de cortar as unhas dos pés, as garras que se fincavam na carne. Precisava deitar o corpo quando os idosos morriam, pálidos e cinzentos sem a pulsação do sangue. Levantava um braço endurecido até estalar contra a omoplata e esfregava os trapos ensaboados na pele flácida. Braço esquerdo. Direito. Inclinar o corpo para a frente, esfregar as costas, deitá-lo, afastar a perna direita da virilha, esfregar as partes íntimas, perna esquerda. Entre os dedos dos pés. Cortar as unhas, ajeitar tudo, preparar para conhecer o Criador.

Ada não sabia por quanto tempo mais poderia suportar viver com cadáveres, com membros endurecidos e sangue grosso, com o cheiro de putrefação e formol à sua volta. Ela queria passar os dedos por tendões ativos, observar olhares que cintilam, e não fechar pálpebras de olhos vazios, sem brilho. Queria tecidos macios, sangue correndo e a esperança que vinha com a vida e a respiração. Tinha acabado de completar 19 anos. Era jovem, queria viver no mundo, porém, a morte a cercava, a aprisionava. Tantos mortos, debilitados, dementes. O padre Friedel nos túmulos, jogando água benta nos caixões.

Das oito da manhã até às oito da noite, dia após dia, semana após semana. Jantar. Descanso. *Descanso?* Era quando elas lavavam as próprias roupas, as ceroulas de algodão, as anáguas, pesadas por causa da água, mofadas antes de secar, penduradas na armação dos beliches, os absorventes mensais manchados e marrons, os véus flácidos e acinzentados. Ada remendava as meias de seda. Irmã Brigitte conseguiu barbante com o guarda e uma agulha, e Ada ficava feliz de remendar, cerzir, urdir, para dentro e para fora. Tirava sua cabeça das coisas, a fazia lembrar do trabalho que costumava ter, da vida que possuíra no passado. E as orações. Sempre as orações. Ela fechava os olhos e tentava dormir enquanto as demais rezavam, bloqueando o zumbido religioso da irmã Brigitte, balançando-se sobre os joelhos, pensando em Stanislaus.

★

Elas não achavam que sobreviveriam à jornada naquele vagão de gado, desde Namur, passando pela França até a Alemanha. O ar de junho estava rarefeito, a luz, fraca, e ficava mais quente a cada dia. Ada estava espremida entre a irmã Brigitte e outro prisioneiro, um homem de Glasgow que praguejava e se mexia sem parar, apertando-a com o cotovelo quando virava. Mais pessoas eram empurradas para dentro toda vez que o trem parava. No final, ninguém conseguia se mexer. Ada tentou mover os pés, ficar na ponta destes, abaixá-los, sentindo os tornozelos incharem mesmo nos sapatos grandes demais da irmã Jeanne. Havia um homem alto no canto do vagão que assumiu o comando. Ele era inglês, falava com elegância, e Ada podia imaginá-lo em outra vida, em casa, um grande chefe, talvez um militar ou um médico.

— Estamos indo para o litoral em um ônibus turístico! — gritou ele. — Vamos cantar. Todos juntos: "Ten green bottles sitting on the wall".[5] No começo, Ada ficou mais animada, "and if one green bottle should accidentally fall".[6] Mas conforme os dias passavam, as vozes se tornavam frágeis, e o vagão, silencioso, marcado por lágrimas aflitas e um bebê gritando. O medo oscilava como uma força, perguntas apodrecendo sem resposta naquela estrutura inóspita de metal. O homem tentou fazê-los se mexer, "manter o sangue circulando", abrir espaço para os enfermos, permitir que alguns sentassem ou encostassem nas laterais. Eles se moviam para a frente ou para trás. Pisaram nos dedos dos pés de Ada, dores que ela parou de sentir depois de um dia. Não tinham água, precisavam dormir em pé enquanto as rodas chiavam e os freios gritavam.

— Precisamos ser gratos e agradecer a Deus — disse a irmã Brigitte quando chegaram a Munique seis dias depois e entenderam o que tinham de fazer. — Nossa vocação é ajudar os idosos enfermos, não importa onde estejam. — Ela olhou para Ada. — Ou quem sejam.

A irmã Monica deve ter dito: "Fique de olho nela." Nenhuma palavra fora de lugar, pensou Ada.

---

[5] "Dez garrafas verdes sobre o muro", primeiro verso da canção popular no Reino Unido, "Ten green bottles". [N.T.]

[6] "E se uma garrafa verde caísse por acidente", outro verso da mesma canção popular no Reino Unido, "Ten green bottles". [N.T.]

Ela não concordava com a irmã Brigitte. Afinal, essas pessoas eram o inimigo, não importava quão velhas ou doentes.

Havia um balde naquele vagão. As pessoas ficavam com a roupa suja, chorando de vergonha. As narinas de Ada estavam entupidas com o próprio cheiro fétido, a garganta e a boca secas como areia.

Claque, claque, claque, claque. O trem parou. Havia gritos lá fora. As laterais do vagão foram abertas, e os prisioneiros piscavam diante da luz, respiravam fundo como peixes fora d'água, tropeçavam nos corpos dos mortos e dos que morriam por dentro. A placa da estação dizia "München".

— Bavária — disse a irmã Brigitte. — Católica.

Como se fizesse diferença. Ada não sabia onde ficava a Bavária nem se importava. Ela queria fugir, ou morrer. Podiam atirar nela, a destroçar. Entretanto, Ada estava fraca para fugir e assustada demais.

Elas não tinham permissão para conversar quando estavam trabalhando na casa, nem entre si, nem com ninguém. Ainda que não fosse uma prisão, elas eram prisioneiras, fazendo trabalho forçado, com guardas por toda parte. A casa geriátrica era um estabelecimento grande, apenas para homens, antigos oficiais e aposentados, profissionais, "alguéns" que podiam pagar. Os saudáveis eram livres para ir e vir e andar por ali. Viúvos, na maior parte, que não faziam ideia de como cuidar de si mesmos depois que as esposas morreram e não queriam uma empregada. O lugar tinha uma sala de estar confortável, uma sala de jantar espaçosa e um grande solário com portas que davam para o espaço aberto. Os doentes eram muito mais velhos e viviam no hospital anexo.

Os guardas entravam nas alas, apontando cassetetes e gritando com elas e com todas as outras trabalhando ali, polonesas, com um grande "P" presos nas roupas puídas. Elas eram forçadas a esfregar as alas, lavar as roupas pesadas, cavar os túmulos e trabalhar na horta.

— A cortesia não custa nada — disse a irmã Brigitte em uma das homilias noturnas. — Mesmo que não tenhamos permissão para falar com elas, as polonesas também são prisioneiras, como nós. Forçadas a trabalhar como escravas, contra a vontade. Então, sorriam para elas. Deixem-nas passar. Meneiem a cabeça em saudação. Lembrem-se, elas estão tão assustadas e solitárias quanto nós.

Mais assustadas, avaliou Ada, a maneira como viraram olhos vidrados para garantir que nenhum guarda tivesse visto, balançavam a cabeça para ela. "Não crie problemas para nós. Não piore tudo."

As freiras tinham permissão para levar os idosos doentes para o jardim e as camas para fora, para absorverem o sol e pegarem um ar. O verão foi quente, contudo, era outubro, e à noite as temperaturas caíam até congelar. Não havia calefação no quarto delas, e Ada se perguntava como seria no auge do inverno, com as correntes de ar entrando pela janela que não fechava e um único cobertor na cama.

— Temos sorte de estar vivas — dizia a irmã Brigitte —, e ocupadas. Mente vazia, oficina do diabo.

Os idosos eram bem-alimentados. Os que estavam em boa forma ajudavam os prisioneiros no jardim. Vegetais eram cultivados, porém, a SS levava a maior parte da colheita, e restava pouco para eles. Os debilitados ficavam amarrados à cama, e líquidos eram despejados em suas bocas. As freiras comiam sopa de repolho e bolinhos, e Ada ganhou peso.

— Podemos conversar, irmã Clara? — disse a irmã Brigitte em uma noite no fim de outubro enquanto as duas subiam pela escada até o sótão.

Ada se perguntou o que teria feito. Talvez tivesse falado durante o sino, ou usado linguagem chula. Entregado seus segredos, não que tivessem restado muitos. A irmã Brigitte sabia que ela não era uma freira de verdade, e talvez soubesse o que a irmã Monica tinha adivinhado, que também não era uma esposa de verdade. Ou talvez tivesse novidades. Ada sabia que ela falava com o guarda — não falado, porque não falava alemão —, porém desenhado uma cruz vermelha e apontado.

— Porque podem avisar nossas famílias — explicou ela.

Talvez tivesse notícias de Stanislaus. Ele estava ali, na Alemanha, a tinha localizado, tinha vindo salvá-la. *Eu me perdi naquela noite, Ada. Volte para mim.* Ela voltaria. E o perdoaria. Tudo fora apenas um mal-entendido.

— Não pude deixar de notar... — começou a freira. A irmã Brigitte sentou na cama de baixo do beliche e tocou o espaço a seu lado para Ada fazer o mesmo. — ...que você não teve suas regras. Precisa me contar algo?

Ada deu de ombros.

— É o choque. — Sua mãe costumava dizer que tinha esse efeito nas mulheres. — E as preocupações. E o cansaço.

— E você está se sentindo mal?

— Só quando preciso prepará-los. Não suporto os cadáveres. O cheiro.

— Você era casada? — A irmã Brigitte não estava ouvindo o que Ada dizia, caso contrário não perguntaria coisas tão bobas.

— Sim, mas... — Ada se conteve. Não podia dizer "na verdade, não", caso a freira não soubesse a verdade.

— E o casamento foi consumado?

Aquilo não era da conta da irmã Brigitte.

— Quando foi a última vez que você *esteve* com seu marido?

Ada queria dizer: "Fique quieta."

— Você está esperando um bebê? — A pergunta da irmã Brigitte a fez estremecer.

Ela não tinha pensado nisso. Um bebê. Claro que não. Porém, na noite que ele a deixou em Namur... Ada estava zonza, Stanislaus, em cima dela. Ela sentiu a penetração. Tinha doído. Seu corpo estava úmido quando ele se afastou, tinha sangrado um pouco. Ele não havia usado proteção.

Ada sentou no beliche olhando as próprias mãos dobradas. Quando a irmã Brigitte levantou a possibilidade, fez sentido. Nada da menstruação. Ela tinha ganhado peso. Até sentiu uma agitação dentro de si. Como chamavam aquilo? Os movimentos do feto. Ada achava que tinha sido algo que comeu, ou engoliu.

— Você não sabia? — perguntou a irmã Brigitte.

Ada balançou a cabeça, chocada. Como podia ter um bebê? Onde podia ter um bebê? Onde ele ficaria?

— O que vou fazer?

Ela ouviu a própria voz fraca como uma flauta, sentiu o estômago embrulhado. *Grávida.* E se os alemães descobrissem?

Ela não podia estar grávida. Aquela foi a única vez sem preservativo. Ninguém engravida com tanta facilidade, todo mundo sabia disso. *Um bebê.*

— Você está muito quieta — comentou a irmã Brigitte, tocando o joelho de Ada. — Deus vai nos mostrar o caminho.

— Nos?

Ela as colocou em perigo. Todas pagariam por isso quando ela tivesse o bebê, caso os alemães descobrissem que Ada não era freira; que as freiras mentiram e a protegeram. Ela começou a entrar em pânico.

— Posso dizer que fui estuprada — disse Ada. Era óbvio. — Por um soldado. Pode resolver as coisas.

— Seria uma mentira.

— Talvez eu precise mentir então. — Ela engoliu em seco com dificuldade. Aprendido a mentir bem. — Eles me deixariam ficar com o bebê?

— Quando se inventa uma mentira — disse a irmã Brigitte — é preciso viver com ela e, mais cedo ou mais tarde, a verdade vem à tona. A mentira, e viver com a mentira.

— Mas e o bebê?

A irmã Brigitte balançou a cabeça.

— Talvez uma boa família alemã possa adotá-lo.

— Quer dizer levar meu bebê?

— Irmã Clara, não podemos ficar com ele. Como vamos escondê-lo? Mantê-lo quieto?

Ada não podia doá-lo, não para alemães. Ela fugiria. Pegaria algumas peças de roupa dos velhos, ou das outras prisioneiras. Trapos. Assim, não pareceria uma freira. Teria de passar pelos guardas. Fingir que era uma das polonesas. Elas dormiam em outro lugar à noite. Escapar, quando ninguém estivesse olhando. Talvez algum alemão tivesse pena dela. E a ajudasse a voltar para casa. Ou a encontrar Stanislaus. Ele voltaria, cuidaria dos dois. *Sempre quis um filho, Ada.*

Mas ela nunca o encontraria. Foi uma tola por acreditar nele. Devia tê-lo enfrentado naquela noite em Namur, a última noite dos dois, antes da chegada dos alemães. *Estou muito cansada, Stanislaus, muito cansada.* Agora lá estava ela, prisioneira de guerra, e grávida. Viva apenas porque estava vivendo como freira, vivendo uma mentira.

E se conseguisse escapar? E se fosse descoberta? A irmã Brigitte e as outras sofreriam. Ada podia ver o guarda usando o cassetete. *Aonde ela foi? Contem.* A irmã Brigitte não se encolheria. Mas as outras, sim. A tímida irmã Agatha em especial.

E se ela ficasse? E fosse descoberta? O que aconteceria? Não havia solução. Não havia saída.

— Vamos ajoelhar e rezar — propôs a irmã Brigitte.

Ada deslizou do beliche e ficou de joelhos. Pelos seus cálculos, estava no quinto mês. Grávida. Prisioneira. Fechou os olhos. Lágrimas quentes e furiosas escorreram por seu rosto.

★

O chão de pedras estava frio. As plantas de seus pés descalços estavam dormentes, os dedos, congelados, curvados na beira da pedra. Suas pernas eram pesos mortos para o resto do corpo. O luar iluminava a área, um retângulo branco contra o preto da escadaria.

Ela se balançou para a frente, cambaleou e se recolheu.

Havia 15 degraus nesse lance, 15 no de baixo. Ada tinha contado. A casa de Theed Street tinha apenas 12, e fora o suficiente para a vizinha cair e perder o bebê.

As roupas eram finas, e Ada tremeu. Ela segurou o corrimão com uma mão e pressionou a parede com a outra. Um único impulso.

Era um pecado mortal, e não era só por ela. Era por todas, pelas outras irmãs que sofreriam. *Conte*. No três, ela disse a si mesma, no três.

Ada arqueou as costas, as mãos firmes na lateral. Tudo o que precisava fazer era se balançar e se soltar. E se quebrasse um osso? E se fraturasse a cabeça?

"Um."

Ela levantou um pé, depois o outro. Os degraus eram de pedra. As escadas da Theed Street eram de madeira. A vizinha teve apenas alguns hematomas e um galo na testa.

"Dois."

Ela respirou fundo. Era um longo caminho até o feixe de luar lá embaixo. A escadaria era íngreme e escura. Uma porta se abriu no andar de baixo, e ela ouviu vozes. Ada se inclinou para a frente, tropeçou, o hábito se enrolando em suas pernas. Ela tentou conter a queda, sentiu a cabeça se chocar em um degrau, as contas baterem contra a parede, o braço se dobrar sob o corpo, que ricocheteou de um lado para o outro. Ela se ouviu berrar, um grito agudo que ecoou ao longe. Uma luz se acendeu.

Ada estava caída torta nas escadas, uma perna sobre a outra. Não tinha ido longe. Cinco degraus, no máximo, ainda que parecesse mais.

— *Was ist los?*

—Um soldado alemão estava parado acima dela, uma bota perto de seu rosto, o cano da arma apontado para baixo. A cabeça de Ada latejava, e havia uma dor aguda na lateral de seu corpo. Ela tentou falar e ouviu seus gemidos enquanto tentava recuperar o fôlego.

— Irmã Clara — a voz da Irmã Brigitte surgiu acima dela —, você está bem?

O soldado moveu a bota para um degrau inferior.

— Ela caiu — explicou a irmã Brigitte enquanto corria escadaria abaixo. — É sonâmbula, foi isso.

Ada podia ver a irmã Brigitte gesticulando para dispensá-lo.

O soldado hesitou, virou e desceu as escadas.

★

— Você fraturou pelo menos uma costela — disse a irmã Brigitte —, se não duas. E tem um belo galo na têmpora. Mas pelo menos não perdeu o bebê.

A dor tomava conta toda vez que Ada respirava. Ela estava deitada de costas. Não conseguia virar, doía demais. Tudo isso para nada. Talvez o choque desse conta. Talvez fosse assim que funcionasse. Você perde o bebê *depois*. Foi uma bela queda. Com certeza o enfraqueceria, o faria ir embora.

— Pobrezinho — a irmã Brigitte estava tocando a barriga de Ada. — Deve ter achado que estava num abrigo antibombas.

A irmã Brigitte teria acreditado na história que contou ao soldado? Sonambulismo. Um tropeço no hábito. A perda de equilíbrio. Talvez sim, ela não podia ver que Ada tinha feito aquilo de propósito. Irmã Brigitte chamou o bebê de "ele". *Ele*. Como se o bebê já fosse uma pessoa. Ada desejou ter morrido. Quebrado o pescoço, aberto a cabeça. Porém, as escadas eram muito estreitas. Ela tinha entalado. E ainda estava ali, viva, na Alemanha nazista, com as costelas doendo e a cabeça latejando. E um bebê crescendo dentro dela. Ada sentiu enjoo.

— Está tudo bem — disse a irmã Brigitte. — Sei o que estou fazendo. Tenho treinamento de enfermeira. Apenas fique deitada e quieta.

Ada ficou deitada sem dormir a noite toda, esperando as dores começarem, o sangue escorrer por suas coxas, o lençol sob seu corpo ficar ensopado. As costelas doíam quando respirava. Ela ouviu os pombos raspando o teto do sótão, o arrulhar delicado, enquanto o amanhecer cinzento entrava pela pequena claraboia. Sentia falta de sua mãe, queria estar com ela. Não que sua mãe fosse aprovar o fato de ela não estar casada, e *aquilo*. Ela teria um ataque. *Tropecei nas escadas. Um acidente.* Sua mãe saberia o que fazer. *Descanse. Fique quieta.* Talvez ficasse com a cama só para ela. Cissie teria de dormir no chão, ou na poltrona reclinável na frente do quarto, onde o tio Jack dormira antes de morrer. Chocolate quente. Ela tomaria chocolate quente com muito açúcar, redemoinhos na caneca, fumaça aveludada.

Ela notou a irmã Brigitte liderando as orações, lavando suas mãos e seu rosto, saindo do quarto na ponta dos pés. Ada acordou quando a irmã Brigitte passou o braço por baixo de seu corpo.

— Sente e se incline para a frente — instruiu a freira.

Ada se forçou a levantar, encolhendo-se a cada movimento. Podia sentir a irmã Brigitte puxando seu hábito, expondo seus seios nus. Ada cruzou os braços.

— Bom, que modesta — a irmã Brigitte estava rindo. — Você não acha que já vi de tudo? Abra os braços.

Ela sentia como se seu esqueleto estivesse sendo separado. A irmã Brigitte envolveu seu peito com um tecido, dando muitas voltas.

— Não vai melhorar as coisas — disse ela. — Porém, pelo menos você vai poder levantar. Você precisa trabalhar.

— Não consigo.

— Você não tem escolha. Ofereça a dor em sacrifício.

Ela lançou um olhar rigoroso para Ada, dobrando o braço. Ada o segurou e se levantou da cama. A irmã Brigitte segurou seu queixo e virou seu rosto para poder olhá-la direto nos olhos.

— Isso foi um pecado. Acredito que você não vá fazer nada tão terrível de novo. Reze para Deus perdoá-la.

A irmã Brigitte sabia a verdade. Claro. Ada balançou a cabeça. Não sabia o que fazer.

★

Ada sentiu a saia da túnica rasgar enquanto passava pelo senhor. Já o tinha visto antes. Um viúvo, um dos abastados que viviam como reis na parte residencial da casa, e era servido o tempo todo. Ela parou e virou. O senhor a tinha prendido na porta da bengala. Ele estava rindo, um homem alto de colete cinza escuro impermeável abotoado até o pescoço, com uma camisa clara e uma calça de pele de toupeira esverdeada. Era bonito, de certa forma. O cabelo era branco, e os olhos do mesmo azul translúcido de Stanislaus. Por um momento de devaneio, Ada se perguntou se o homem e Stanislaus eram parentes.

— Você é uma freira muito bonita — disse ele. Ada sentiu o calor subir por seu pescoço e esperou que o véu escondesse o rubor. — Como você se chama?

Ada olhou em volta. Elas eram proibidas de conversar. Não havia ninguém em vista, além dos pacientes.

— Você fala inglês? — perguntou Ada, sussurrando.

— Um pouco — respondeu ele. — Mas você esquece uma língua se não a pratica. Como se chama?

Ela estava prestes a dizer "Ada". Tão fácil se deixar levar.

— Irmã Clara.

— Irmã Clara — repetiu ele. — E antes, antes de você virar freira?

Ela não tinha certeza se devia dizer. As freiras faziam isso? No entanto, era bom falar em inglês. O silêncio era insuportável durante o dia.

— Tudo bem. — disse ele, como se pudesse ler seus pensamentos. — Você pode me contar.

Ela olhou em volta. Estavam sozinhos.

— Ada.

— Ada — repetiu ele —, versão mais curta para Adelheid. É um nome muito germânico. Você sabia disso? — Ela balançou a cabeça. Ninguém estava na porta mais próxima nem na mais distante. Ada queria continuar a conversa.

— E você? — perguntou a ele.

Ele moveu a bengala para soltar a túnica dela e endireitou o corpo.

— Sou o *herr* professor Dieter Weiss.

Quantos nomes. Ada queria rir. Fazia meses, ela se deu conta, que não ria. E se encolheu. Suas costelas doíam.

Os dois continuavam sozinhos, nenhum guarda para estalar o chicote e gritar: *"Es ist verboten, zu sprechen."*

— *Herr* significa "senhor" em alemão, *professor* é "professor", Dieter é meu nome cristão, e Weiss, meu sobrenome.

— Eu nunca conheci um professor — comentou ela. Ada gostou desse senhor. Ele tinha nome. Isso o transformava em uma pessoa, e não um saco de carne que era preciso lavar e alimentar.

Herr Weiss sorriu.

— Estou aposentado agora, mas eu dava aula no *Gymnasium*. Vocês, ingleses, chamariam de ensino médio ou colegial. — Ele levantou a bengala e apontou para a janela, onde Ada podia ver um dos soldados encostados em uma árvore fumando. — Esses são os meus meninos. Dei aula para todos eles. Mal saíram das fraldas.

— Aula de quê?

— História — respondeu *herr* Weiss. — História da Alemanha. Você gostaria de sentar e conversar comigo?

Ada olhou em volta.

— Não é permitido.

— Por que não é permitido?

Ada deu de ombros.

— Não é.

— Mas esse estabelecimento é minha casa agora. Vou conversar com quem eu quiser na minha casa. — Ele balançou a bengala na direção das figuras do outro lado da janela. — Não se preocupe com eles. Ainda tenho respeito, como ex-professor.

Ele riu. Seus dentes eram limpos e retos, o rosto, barbeado e limpo. Não tinha o cheiro dos demais. Ada precisava sentar.

— Venha comigo — disse ele — para o conservatório. Vamos ser "odaciosos".

— "Odaciosos"?

— Não é a palavra? O que estou tentando dizer?

— Audacioso, talvez — disse Ada. — Significa ser ousado.

— Viu? — Ele a levou pelo cotovelo, conduzindo-a pelo corredor. — Você já está sendo boa para mim.

Ada se deixou levar. *Apenas ajudando um senhor idoso, comandante, apenas isso, até o solário.* Então veio a ideia. Se *herr* Weiss lhe ensinasse alemão em troca, se aprendesse a falar a língua, ela ficaria bem, conseguiria se virar. E quem sabe? Talvez conseguisse escapar. Ada segurou a bengala enquanto ele sentava em uma cadeira.

— Sr. Weiss — disse ela —, sr. professor Weiss. Se eu ajudá-lo com o inglês, o senhor podia me ensinar alemão.

Ele pegou a bengala e a bateu com força no chão.

— Você está esquecendo, minha querida. Você é a prisioneira. Eu sou seu carcereiro. Você não barganha comigo.

Ada tinha certeza de que ele fosse concordar. Ela se levantou para ir embora, porém, sua túnica ficou presa de novo. Dessa vez, ela sentiu a bengala bater em sua perna. E parou.

— Porém, se me perguntar se eu poderia lhe ensinar alemão, talvez a resposta fosse diferente.

Ele estava acostumado a ter as coisas a seu modo, Ada podia ver. Um homem em controle, mesmo assim, um homem que a achava bonita. Faça a vontade dele. Deixo-o parecer grandioso.

— O senhor poderia me ensinar alemão, por favor?

O homem se inclinou para a frente e apertou a mão dela.

— Irmã Clara, seria um prazer. E você vai ajudar a melhorar meu inglês.

O guarda que estava fumando do lado de fora entrou no solário. Ada não estava certa, mas parecia aquele que a encontrou algumas noites antes. Ela não tinha notado como era jovem. O soldado ainda não fazia a barba, e sua pele era macia como a pele de um garoto. Ele poderia ter sido seu irmão mais novo. Ada afastou a mão, pousando-a sobre o ombro de *Herr* Weiss, como se o estivesse consolando.

— *Hans* — disse *herr* Weiss —, ordene que ela me ensine inglês. Todos os dias.

Ada não conseguia olhar nos olhos do soldado. Começou a tremer, fechando os punhos para as mãos ficarem quietas. Era perigoso querer, ainda que algo tão banal quanto uma conversa. O soldado podia dizer não. Gritar em alemão. Ela podia não saber as palavras, contudo deduzia o significado: "Eu tenho o poder de vida e morte."

O soldado deu de ombros, disse alguma coisa, *herr* Weiss respondeu.

O soldado bateu os calcanhares e levantou o braço.

— *Heil* Hitler.

— *Heil* Hitler.

— Ele precisa confirmar com o comandante — explicou *herr* Weiss. — Mas você virá me encontrar todo fim de tarde, depois do trabalho, irmã Clara. Meu pequeno passatempo não deve interferir com suas obrigações para com o *Reich*.

Ele estendeu o braço pelo ar.

— *Heil* Hitler.

Ada engoliu em seco. Tinha certeza de que ele esperava a resposta "*Heil* Hitler!". Ela não conseguia, não o faria. Ensinar inglês depois do trabalho. Ela ficava muito cansada, cansada demais. Mas aquilo, Ada sabia, era uma ordem. *Herr* Weiss pegou a mão dela de novo, a apertou e esfregou o polegar na palma dela.

★

O Natal de 1940 tinha passado fazia tempo. "Lembre-se da data", disse a irmã Brigitte. "Precisamos lembrar dessa data." Um novo ano tinha começado. Ada estava feliz que *Soeur* Jeanne fosse roliça. Ela estava no oitavo mês, enchendo o hábito amplo, ainda que não conseguisse imaginar como. Não estava comendo por um, quanto mais por dois. Sopa de repolho. Uma ou duas vezes um pouco de queijo que *herr* Weiss lhe dava escondido. Mas onde estava a bondade nisso tudo? *Herr* Weiss passou a mão pela cintura arredondada dela enquanto caminhavam até a sala de estar, contando sobre a Luftwaffe bombardeando Londres, a capital. Noites claras e frias de janeiro, quando as igrejas de pedra brilhavam como fantasmas, e os pilotos jogando livremente seus explosivos, iluminando as ruas lá embaixo. Os ingleses vão se render, disse ele, depois disso. A capital ficava perto da cidade *dela*, ainda que não pudesse contar isso para *herr* Weiss.

Um bombardeio determinado, isso bastaria. Apenas um. Tinham chegado à capital rio acima? Ou rio abaixo? *Herr* Weiss não sabia.

Ele teria adivinhado tateando o corpo dela? Ada não estava grande. A irmã Brigitte disse que a primeira vez nunca ficava. "Não fica evidente. Agradeça a Deus." Ada se desvencilhou do *herr* Weiss quando o bebê chutou.

O bebê também estaria com fome? Ele devia querer viver, aquele bebezinho. Tentando se apegar à vida. Tinha sobrevivido a tanta coisa em sua curta existência. A preocupação martelava sua cabeça, devorando-a como o demônio no Dia do Julgamento.

— Deus vai cuidar de tudo — disse a irmã Brigitte.

Ada não tinha a fé da irmã Brigitte. Também não tinha sua coragem. Ela desejava ser mais corajosa. Todo dia podia ser seu último, e isso a aterrorizava. Ela podia irritar um guarda nervoso, deixar algo escapar para *herr* Weiss. Ele podia estar num dia ruim.

Os britânicos bombardearam Bremen, informou ele. "Vamos revidar." Ele também podia ser carinhoso. Era desconfortável a mão dele se demorando sobre a dela, a bengala roçando sua perna um pouco mais alto. Ada precisava ficar atenta. Vida e morte. Nunca a deixavam esquecer.

Mentalmente, ela chamava o bebê de Thomas. *Thomas*, os alemães escreviam da mesma forma, ainda que pronunciassem de um jeito diferente. O pequeno Thomas, *Tommykins*. Ela tentava não amá-lo, o pequeno *Tomichen*. Se ele nascesse doente, ou morto, ela sofreria, porém não lamentaria. E se ele vivesse? Ada sentia uma cotovelada ou uma joelhada à noite enquanto estava deitada na cama, respirava entre os soluços como se fossem seus, sabia quando ele dormia, quando acordava. Apesar da própria vontade, estava apaixonada por esse bebê ainda não nascido. "Está tudo bem", sussurrava para ele, esfregando com a mão a barriga em círculos. "Vai ficar tudo bem. Vou cuidar de você." Seu filho, outra vida que levaria esperança e amor em suas canções. Em meio a toda morte e escuridão, ele era alegria, e o futuro. Era tudo o que ela tinha. Ela não podia simplesmente varrê-lo, escondê-lo sob o tapete como sujeira. Ela amava aquele filho, o filho de Stanislaus, o filho deles.

★

Ada não estava se sentindo bem naquela noite de fevereiro.

— Alguma coisa que comi — disse ela. — Meu estômago está reclamando.

Ela não comia nada desde o café da manhã. Desconfortável. O bebê dormia deitado na barriga dela, pressionado a bexiga. Fazia quase dois dias que estava dormindo, enquanto seu estômago se agitava ao redor dele. "Ele está se preparando", informou a irmã Brigitte. "Está reunindo forças."

A freira a examinou.

— Nenhuma dor? Impressionante. Você está quase totalmente dilatada. — Ada a sentiu tocando-a por dentro. — Vamos ajudar.

Sua bolsa rompeu, escorrendo sem parar, pingando na lateral da cama. E se escorresse pelo chão, molhando o teto lá embaixo?

— Devagar, devagar — instruiu a irmã Brigitte. A irmã Agatha estava com o ouvido grudado à porta, de vigia. Ela enfiou uma cadeira contra a maçaneta, e estava fazendo uma prece, "Abençoada virgem Maria, faça os guardas jogarem baralho, mantenha-os longe." Eles nunca inspecionavam as freiras. O que freiras podiam inventar de fazer à noite, sozinhas, no sótão? Porém, precaução nunca é demais. Os guardas podiam ouvir alguma coisa.

— Shhhiiii — disse a irmã Brigitte. — Em silêncio.

As dores vinham rápido agora, como uma tempestade se formando, uma depois da outra. A irmã Brigitte a orientou a respirar através da dor, "cante uma canção na sua cabeça, cante qualquer coisa".

"She was as bright as a butterfly and as proud as a queen".[7]

— Faça força.

"Was pretty little Polly Perkins of Paddington Green."[8]

— Força.

Ele deslizou para fora de Ada nas primeiras horas daquela fria manhã de fevereiro e ficou deitado no peito dela, fraco e arroxeado. A irmã Brigitte o envolveu em uma toalha velha roubada, colocou a placenta em um balde que seria descartado de manhã e limpou Ada o melhor que pôde.

Ela também batizou o bebê.

— Por garantia — disse a freira.

Thomas. *Tomichen. Tommykins.*

— Um lindo santo — disse a irmã Brigitte.

— E agora? — perguntou Ada.

Ela teria de enfrentar. *Levem a mim, não elas. Matem-me, não elas. Poupem meu bebê. Por favor, poupem meu bebê.*

Meu bebê. Ada não previu essa onda de amor, essa avalanche de paixão. Ela massageou a têmpora dele, viu o pequeno vale macio no alto da cabeça, o bico formado pelos lábios e o encaixe do maxilar enquanto o bebê estava em seus braços. Ele dormia, tão delicado, tão quieto. A irmã Agatha pegou o hábito ensanguentado de Ada, ajudou-a a se vestir e a sentar na cama, ao lado de Thomas.

A irmã Brigitte voltou um pouco depois com o padre Friedel. Ele entrou no sótão, os olhos embaçados se ajustando à escuridão.

— Um bebê. Encontramos um bebê. Ada — disse a irmã Brigitte, meneando a cabeça para Ada, enfatizando as palavras que queria que fossem repetidas —, seu alemão é melhor que o meu. Diga ao padre como encontramos esse recém-nascido. *Do lado de fora* da porta dos

---

[7] "Ela era brilhante como uma borboleta e imponente como uma rainha. (Na verdade, o verso é *"She was as beautiful as a butterfly and as proud as a queen"*. Verso de "Pretty Polly Perkins of Paddington Green", de Harry Clifton. [N.T.]

[8] "Era a pequena Polly Perkins de Paddington Green", da mesma canção. [N.T.]

fundos. Conte a ele como o acolhemos. Peça que leve o bebê nessa sacola. Diga que o encontramos nessa caixa, na igreja dele.

Ada sabia que a irmã Brigitte tinha inventado esse plano. A irmã Agatha também era cúmplice. Ela precisava abrir mão de seu bebê. Entregá-lo ao padre. Mandá-lo embora. Desejar e rezar que alguém gentil o encontrasse. Seu bebê, seu *Tomichen*.

Ada engoliu em seco. Seu alemão era básico, mas *herr* Weiss a ensinou que o inglês veio do alemão, então, se não soubesse uma palavra, devia tentar em inglês.

— Bebê — começou ela. — *Wir haben gefunden. Vor der Tur.*

Ada pegou a ponta da toalha e a afastou do rosto dele. Queria guardar essa pequena lembrança.

— Caixa com um bebê dentro — disse a ele.

Sua voz estava fraca, as palavras eram muito difíceis de dizer.

O padre Friedel parecia confuso. A mãe dela disse certa vez como se abria uma aba para colocar o bebê ali dentro. Ada fez o movimento de uma tampa se abrindo no ar, de um pacote sendo depositado, e a tampa sendo fechada.

— *Ja, ja* — disse o padre Friedel. — *Ein Babyklappe.*

Ada não fazia ideia se estava certo, mas assentiu.

— Diga a ele — pediu a irmã Brigitte — que ninguém pode saber. Que precisamos levar o bebê agora, enquanto ele dorme. Colocá-lo nessa sacola. Não dizer nada.

Se o padre Friedel fosse descoberto, seria o fim deles. E de Thomas. Ada apontou para o bebê e para a sacola.

— Quieto — disse ela, levando os dedos aos lábios. — *Nicht ein Wort.*

Ela indicou a porta.

— *Ja, ja* — disse o padre Friedel. Ada não tinha certeza se ele tinha entendido nem se ele conseguiria entender, porém era a única esperança de levar Thomas dali, de dar ao bebê a chance de uma vida.

Ada levantou da cama. Sabia que não podia demonstrar como estava exausta, que tinha acabado de dar à luz àquele menino. A irmã Brigitte deu um passo à frente e pegou a sacola do padre. Ela a depositou sobre a cama e abriu, colocando a estola de um lado, o crucifixo e o óleo do outro. Pegou Thomas e o acomodou lá dentro. O padre Friedel observou, sorrindo.

"Ele é demente", pensou Ada. "Maluco. Santo Deus." A irmã Brigitte fechou a sacola.

— Espere — pediu Ada, enfiando a mão no bolso e tirando o pequeno urso de pelúcia. Abriu a sacola, deixou o urso ao lado do pacotinho, se abaixou e beijou a testa lisa como cera de Thomas. — Para dar sorte — sussurrou ela. — Eu volto, meu pequeno *Tomichen*. Vou encontrar você.

Então, ela levantou a estola da lateral, depois o crucifixo, e os colocou sobre o bebê. Caso os soldados fizessem o padre Friedel abrir a sacola, talvez vissem a cruz e a estola e parassem de vasculhar.

— Nós o chamamos de Thomas — explicou ela.

— Ele precisa ir — disse a irmã Brigitte.

— Por favor — pediu Ada em inglês. — Por favor, cuide dele. — Não podia dizer aquilo, as palavras mais importantes, em alemão; podia não se fazer entender. Ele só tinha três horas de vida. Seu precioso filho. Ela sabia que não podia se demorar. Teria uma vida para isso. Ada fechou o trinco e entregou a sacola para o padre.

O sacerdote deu de ombros, segurou bem a alça com a mão esquerda e levantou a direita em uma bênção. "*In nomine patris...*"

A irmã Brigitte o acompanhou até a saída. Ada ouviu os passos nos degraus de pedra. Foram 15 passos. E mais 15. Eles diminuíram com a distância. Uma porta se fechou. Ela se jogou no beliche, enterrou o rosto no colchonete duro e chorou.

Na manhã seguinte, a irmã Brigitte pegou as ataduras escondidas, sob o colchão, e envolveu a barriga de Ada.

— Você não pode falar sobre isso — disse ela, apertando as tiras. — Está entendido?

A irmã Brigitte nunca teve um bebê arrancado dela, nunca teve de ver o próprio filho ser embrulhado e levado clandestinamente. Ela nunca entenderia a angústia de Ada, sem saber onde Thomas estava, se estava vivo ou morto. Jamais entenderia sua desolação. Ada nunca se sentiu tão sozinha.

— Ofereça o sacrifício — disse a irmã Brigitte — como reparação. Além disso — ela deu mais uma volta no tecido —, nossa vida depende do seu silêncio.

— Mas o padre Friedel... — Ada começou a dizer.

— O padre Friedel não sabe de nada — interrompeu a irmã Brigitte. — Nem uma palavra. — Ela passou o braço pelas costas de Ada. — Você consegue levantar?

Ada plantou os pés no chão, se apoiando na irmã.

— Você deveria ficar na cama por dez dias — disse ela, como se fosse Ada que estivesse insistindo em caminhar. — Descansar e se recuperar. Mas elas — a freira tocou as ataduras em volta da barriga de Ada — vão garantir que você não sofra um prolapso.

Um prolapso. Era o que acontecia com mulheres velhas, motivo de cheirarem à urina. Ada tremeu.

— Não posso mais esconder você. Seus seios estão doloridos? O leite veio?

Tomichen. Tommykin. Ada tentou visualizar o rosto dele, enrugado e rosado com pálpebras inchadas, mas os detalhes tinham enfraquecido, ainda que fizesse apenas dois dias. Entretanto, ela conheceria o cheiro dele, tinha certeza disso. O bebê tinha o cheiro dela, da parte de dentro de sua carne. Ela fechou os olhos, tentando se apegar à memória perdida dele.

— Irmã Clara, você pode me responder, por favor?

— Sinto muito — Ada se desculpou. — Não consigo parar de pensar.

— Você precisa parar — disse a Irmã Brigitte, a voz firme —, ou vai enlouquecer. Agora, segure meu braço, e vamos tentar descer as escadas.

Os joelhos de Ada fraquejaram. Ela nunca havia sentido uma fadiga tão profunda. Estava no alto do lance da escada. Se desmaiasse agora, levaria a irmã Brigitte junto. Ela segurou o corrimão e deslizou o pé para frente.

★

Quando o verão chegou, *herr* Weiss começou a esperar por Ada no solário. Era uma estrutura ampla de alpendre com vista para o jardim, com cadeiras de vime alinhadas contra a parede. Durante o inverno, os dois tinham se encontrado na área comum, porém, *herr* Weiss reclamou que era muito barulhento, ainda que, até onde Ada pudesse ouvir, ninguém além deles falasse.

— Mas aqui — disse ele, indicando o assento a seu lado — estamos a sós. Você e eu.

Ele estendeu o braço e apertou a mão dela como sempre fazia.

— Conte mais sobre você — pediu ele uma noite. — Antes de entrar para o convento. Gosto de imaginar você nessa época.

Ada mal conseguia lembrar como era em Londres ou Paris, ou que já tinha sido feliz. Ela estava mais magra do que antes da gravidez. O hábito da irmã Jeanne ficava largo, os tecidos soltos. Se tivesse linha e agulha, poderia tê-lo acertado, ajustado melhor, porém não se importava mais. Ela sabia que devia estar com uma aparência terrível. Podia sentir a própria pele descamando, o rosto manchado e enrugado.

— Eu era costureira — disse ela. — De roupas femininas.

— E o que você fazia?

— Vestidos de baile, para o dia, conjuntos e saias, blusas e golas.

Ada tentou relembrar o esplendor de suas criações, porém, a lista saiu atrapalhada e boba, como uma mentira que foi revelada. Ele pegou a mão dela e a colocou sobre a própria virilha.

— Você já usou algum desses vestidos?

Ada tentou tirar a mão, contudo, ele a apertou mais contra o corpo.

— Às vezes eu era a manequim — respondeu ela, ofegando e engolindo o muco.

Ele estava fazendo aquela coisa revoltante.

— Você devia ficar linda. — A mão do homem apertou a dela, e seu pênis ficou ereto. — Conte como você ficava.

— *Herr* Weiss — suplicou ela. — Por favor. *Bitte*.

Ele riu.

— Você não gosta? — perguntou ele, apertando tanto as articulações dela que Ada gritou. — Quero ver você em um vestido de festa, a fenda de seu decote, a abertura das costas. Quero ver você vir rebolando até mim. Fale comigo.

Aquele mundo, aquela outra Ada, estava muito longe. Ela fechou os olhos. A beleza elementar, seu drama e sua graça caíam de sua lembrança como a carne de um cadáver. Tudo o que tinha sobrado eram ossos estridentes.

— Fale comigo! — gritou *herr* Weiss.

— Rosa — disse ela, o pânico tomando conta. — Um deles era rosa.

Ada pensou em si mesma e em Stanislaus juntos refletidos nos espelhos do café Royal em Londres. Eles ficavam bem juntos.

— Rosa cereja. Enviesado. Sabe do que estou falando?

Ele balançou a cabeça negativamente. Os olhos estavam fechados, e *herr* Weiss estava esfregando seu pênis contra a palma da mão dela.

— Você faz a barra em um ângulo — A respiração dela estava fraca, as palavras, curtas e entrecortadas, sufocadas pelo que ele a obrigava a fazer. — Quarenta e cinco graus. Exatos. Ele estica. Faz um drapeado. Acentua o corpo. Envolve o quadril, para na barriga.

Herr Weiss soltou um grunhido, arfou e diminuiu a força. Ele soltou a mão dela. Ada recostou na cadeira, afastando-se dele.

— Vá — disse ele. — Vejo você amanhã.

Ela se levantou e se afastou, tateando em volta até encontrar a porta. Sua boca tinha gosto de ferro, e cada batimento de seu coração parecia golpeá-la. Ela não podia contar para a irmã Brigitte, que acusaria Ada de encorajá-lo. Afinal, ela não era uma freira de verdade. Ela o tinha encorajado? Não conseguia ver como. Que tipo de idoso iria querer fazer algo tão sujo? Dava nojo.

Mas e se ele a obrigasse a fazer mais? Se Ada se recusasse, ele podia puni-la. Tinha esse poder. Ela era prisioneira. O pensamento a fez estremecer. Um velho. Era repulsivo. E ela era uma freira, ou fingia ser. Talvez pudesse usar isso. *Herr Weiss, eu fiz um voto de castidade.*

Ele insistia para que ela sentasse ao lado dele todas as noites. Não tinha escolha. Ela tentava se afastar ao máximo na cadeira, manter as mãos tensas e escondidas atrás do escapular.

— Sabe — disse ele, algumas semanas depois, pegando a mão dela e a enfiando em sua virilha —, enquanto tiver vigor, estou vivo.

Ada fechou os olhos, tentando ignorar o que podia sentir.

— Os velhos — continuou ele — sem vigor, sem masculinidade. — Ele levou a outra mão à cabeça, girando o dedo. — Um pouco desajustado aqui. Acontece, quando você envelhece.

"Seu velho louco", pensou Ada. Como se isso fosse impedi-lo de ficar demente.

— Eles não são produtivos — disse *herr* Weiss. — Eles só tomam. Não oferecem. Não passam de parasita. Como os imbecis. E os judeus. E as bichas.

— Não estou entendendo. — Ada não sabia ao certo de quem ele falava ou o que dizia.

Herr Weiss parecia não ouvir.

— Por que deveríamos deixá-los viver? Um desperdício de tempo e de dinheiro.

Ele apertou a mão de Ada, colocando-a gentilmente de lado, dando tapinhas nela.

— Talvez hoje não, querida — disse, como se aquilo tudo tivesse sido ideia dela. — Ao que parece, não estou disposto. — Ele sorriu e reclinou na cadeira. — Mas você entende, não é? Enquanto eu tiver vigor, ninguém vai me colocar na lista.

Ada recolheu a mão e a escondeu.

— Lista? — repetiu ela.

— É um jeito de dizer — explicou ele. — Aqueles cuja vida não vale a pena manter. Os retardados. Os deformados. Que vida têm? Melhor acabar com a miséria deles. Uma morte misericordiosa.

— Você os mataria?

— Gosto de pensar que é como horticultura. Foi o que disse aos meus meninos. — Ele apontou a bengala pela janela, ainda que nenhum guarda estivesse em vista. — Quer ver uma árvore crescer bela e frondosa? Basta se concentrar nos galhos mais fortes, e cortar o peso morto. É preciso ser científico, não sentimental. Eugenia. Esse é o futuro.

Ada tentou engolir, porém sua boca estava seca e sua língua parecia formar um nó. Ela achou que fosse engasgar. E tossiu, um espasmo dolorido que percorreu seu corpo.

— O povo alemão é como uma árvore — continuou *herr* Weiss — que precisa ficar livre dos parasitas e dos fracos. Dos bebês doentes. Dos velhos e dos enfermos. A escória que rouba seu vigor.

— Bebês? — perguntou Ada. — Que bebês?

— Os débeis — respondeu ele, batendo a bengala no chão. — Os incuráveis. Os órfãos. Os delinquentes. Os indesejados. Todos eles.

Thomas. Uma pontada de medo, cortante como vidro. Ada precisava saber. O padre Friedel, ele diria. Precisa dizer. Sob juramento no confessionário. Apesar do que a irmã Brigitte disse, ela precisava perguntar. Mas fazia um tempo que não o via.

— E o padre Friedel? — perguntou ela, com pânico na voz. — Onde ele está?

— Friedel? — desdenhou *herr* Weiss. — O que você quer com ele? Ele morreu, não sabia?

— Não — respondeu ela. Não conseguia se controlar. Queria chorar. — Não.

A costureira de Dachau

Herr Weiss a encarou, o corpo pronto para entrar em ação, os olhos azul-claros concentrados.

— O que ele significa para você?

O corpo frágil de Thomas, que um dia foi rosado e cheio de vida, estava azul e marmorizado em sua mente.

— Nada — disse ela, fechando os olhos. *Recomponha-se. Aja com naturalidade.* — O senhor estava falando sobre pessoas morrendo. Naturalmente, pensei no Último Sacramento. No padre Friedel. Ele estava sempre aqui.

Ada podia ver *herr* Weiss relaxando.

— Foi decapitado — revelou ele.

Ela suspirou e levou as mãos à boca.

— Algumas semanas atrás — continuou *herr* Weiss. — Por pregar contra isso. Chamar de assassinato. *Aktion T4*. Faz todo sentido.

Ele recostou na cadeira e fechou os olhos, um sorriso de satisfação estampado no rosto. E fez um gesto de que não era nada.

Seu Thomas, seu lindo e inocente Thomas, assassinado. O padre Friedel também? Ada achava que ele estava senil, porém, ele deve ter adivinhado. Se fosse o caso, devia ter escondido qualquer informação sobre o bebê. E morreu para salvar o filho dela. O pequeno Thomas era novo demais e frágil. Era tranquilo também, não tinha chorado nenhuma vez nem feito barulho; só ficou deitado no colchão de olhos fechados. Talvez fosse um bebê simples. Seria tão ruim, se ele não vivesse para ver os horrores desse mundo?

E Stanislaus. Sentado com imponência em algum lugar, na Hungria, na Áustria, na Alemanha. Não estava sofrendo. Não como ela. Não como Thomas, seu filho. Como ele pôde abandoná-la? Não tinha coração? Não tinha sentimentos? Ele devia saber que Ada seria capturada, e de como seria tratada. Ela nunca foi uma pessoa amarga, rancorosa. Contudo, Stanislaus era seu *amante*. Ela sentiu a raiva arder fundo, como lava no centro de um vulcão, sufocando a razão com sua fumaça. Nunca tinha se sentido assim antes.

A irmã Brigitte estava liderando as orações. Ada deslizou em silêncio por ela e ajoelhou em seu beliche no crepúsculo. Talvez Thomas estivesse vivo. Talvez o padre Friedel o tivesse deixado com uma família, uma boa família, que não acreditasse nessa coisa de Aktion T4. A família o amava, estava cuidando dele. Ela afundou o rosto nas mãos e pela primeira vez ficou grata pelos mantras delicados das freiras, que podia murmurar sem pensar. "Abençoados sejam os que lamentam..."

★

— *Sie* — O guarda a cutucou com o cassetete. — *Herkommen. Folgen.*

E seguiu marchando pelas portas. Ele andava rápido, e Ada teve de apertar o passo para acompanhá-lo. Ela não fazia ideia para onde estava sendo levada. Pelo corredor, para fora do prédio, para a manhã de janeiro. Estava quase amanhecendo. Era a primeira vez que ela deixava o prédio desde que entrou pela primeira vez. Era 1942. Fazia quase um ano e meio que estavam ali, e quase um ano desde que Thomas tinha nascido. Havia neve no chão, e o céu estava pesado e amarelado. Ela deve ter sido vista com *herr* Weiss em uma das sessões noturnas. Um dos guardas deve tê-la visto tocando o velho. Era proibido. Ou talvez ele tivesse se cansado, dito aos guardas para se livrarem dela, fazê-la desaparecer como fizeram com as polonesas.

Havia um caminhão diante deles, e o guarda ordenou que Ada sentasse no fundo. Ela estava sozinha. E não sabia ao certo se era o frio ou o medo que estavam causando o tremor, movimentos forte que chacoalhavam seus ossos e faziam seus dentes baterem. Dois soldados surgiram de trás de um dos prédios, fumando e fazendo piadas. Um embarcou na boleia, o outro na parte de trás do caminhão com Ada, protegendo-se com o sobretudo e enfiando os dedos em luvas grossas de couro. O caminhão sacolejou, começou a se mover, passou pelos portões e entrou na cidade.

Eles estavam no centro de Munique, *herr* Weiss tinha dito a ela. Eles passaram por ruas com prédios altos dos dois lados, por catedrais com torres imponentes e praças grandes e espaçosas. Com o tempo, as casas diminuíram e deram lugar a campos e árvores. Ada enrolou o hábito da irmã Jeanne duas vezes pelo corpo, feliz pelas sobras de sarja grossa, agarrou o escapular com as mãos, abriu e fechou os dedos dos pés para que não congelassem. Passaram por vilas com frangos barulhentos e colunas de fumaça que saíam de chaminés. Um cachorro começou a latir, se soltou da coleira, os seguiu por um tempo, parou, levantou uma perna ao lado de uma árvore; a urina saiu num jato contínuo que derreteu e amarelou a neve.

Aonde a levavam? Ada estava sozinha. Queria estar com as outras freiras. A força está nos números. Elas davam as mãos às vezes, ela, a irmã Brigitte e a irmã Agatha. Cuidavam uma da outra. Sem necessidade de dizer nenhuma palavra. *Nós entendemos*. O que Ada faria agora, sozinha? Em uma prisão, ou pior?

Mais adiante, ficava o que parecia ser uma fábrica. Longa, com prédios e uma chaminé alta que expelia uma fumaça preta e acre. Eles atravessaram alguns portões. "*Arbeit macht frei.*" Ela se perguntou o que era feito ali. "O trabalho liberta." Não para ela, não ali, não naquele momento. Sorte a deles. A estrada deu a volta na fábrica. Eles passaram por uma placa. "Dachau", Ada leu quando pararam em uma construção grande com muros altos e portões duplos no limite da propriedade.

O soldado abriu a porta traseira e pulou para fora.

— *Runter!*

Ada desceu para o asfalto. Ele a agarrou pelo braço e a empurrou na direção dos portões que envolviam a casa. Outro soldado os abriu e a conduziu até um vestíbulo na parte da frente da casa. Ele virou, fechou e trancou as portas. A sala era iluminada apenas por uma janela pequena e circular, através da qual feixes fracos de luz tocavam o chão.

Coturnos com cano até o joelho, brilhantes e polidos, dois pares de botas femininas, um par marrom e outro de camurça com pele nas extremidades e sola de borracha. Havia um par de galochas e um par de botas pequenas infantis. As paredes estavam pintadas de um cinza sem vida, e a sala não tinha calefação. Era fria, úmida, e Ada podia ver o vapor da própria respiração.

A porta para o interior se abriu, e um homem macilento entrou no vestíbulo. Sua jaqueta listrada estava suja, com uma grande estrela amarela costurada na frente. Parecia que ele não fazia a barba havia muitos dias.

— *Komm her* — disse ele, a voz monótona e sem vida.

Ele a levou para o salão principal da casa, um cômodo amplo e quadrado com painéis de madeira escura, iluminada por uma janela grande de vitral acima da escadaria. Uma mulher magra e chamativa se encostou ao balaústre do corrimão, uma piteira longa na mão. Seu vestido, Ada podia ver, era de crepe de lã, cor de vinho do porto, com uma gola de marinheiro de popeline branca com renda. Fazia tempo que Ada não via tanta elegância. Por um instante, ela flutuou por uma névoa fina de beleza e desejo, e sorriu. A mulher desencostou da coluna e se aproximou com graça, o salto dos sapatos tocando delicadamente o piso de madeira.

— Disseram que você é costureira de roupas femininas — disse ela em alemão, observando Ada em seu hábito esfarrapado, acrescentando, com uma expressão de escárnio —, mas não parece provável.

— Sou, sim — respondeu Ada.

Foi *herr* Weiss. Era por isso que ela estava ali. Ele era a única pessoa que sabia.

— Você fala alemão?

— Um pouco.

— Você só precisa entender. Venha.

Ada a seguiu até uma pequena sala depois da área de serviço. Uma grande mesa que ocupava a maior parte do espaço exibia um pedaço de papel, tesouras, giz de alfaiate, uma almofada para alfinetes, uma fita métrica e um tecido preto, *moiré*, Ada percebeu pelo brilho. Embaixo da janela ficava uma máquina de costura, manual, sem pedal. Em outro canto havia uma tábua de passar roupa e um ferro elétrico. Essas pessoas eram ricas. Uma poltrona velha estava no canto mais distante.

A mulher pegou o pedaço de papel da mesa e o acenou diante de Ada. Era uma foto, tirada de um jornal, de uma mulher num vestido de noite.

— Você vai fazer este vestido para mim — disse ela — até hoje à noite.

— Hoje à noite? Madame, é... — ela estava prestes a dizer "impossível", mas a mulher a interrompeu, seu tom agudo como uma baioneta.

— Esta é a casa do comandante, o *Obersturmbannführer* Weiss. Não discuta comigo.

Ela devia ser *frau* Weiss. Seu marido devia ter alguma relação com *herr* professor Weiss. *Herr* Weiss contou quem ela era, o que fazia. Ada se perguntou o que mais sabiam sobre ela.

— Estas são as minhas medidas — disse a mulher, apontando para um manequim do outro lado da sala. — Se as roupas servirem nela, servirão em mim. Eu não as experimento até estarem prontas.

Ada queria dizer que não era possível fazer roupas para um manequim duro de madeira. Precisava ajustar para acompanhar o movimento do corpo, para envolvê-lo quando estivesse parado. Ela quis perguntar se havia um molde, ou outra foto do vestido. Aquela estava granulada demais para ver os detalhes.

— A judia gorducha que estava aqui antes não conseguiu entender isso — continuou a mulher. — Você não pode encostar em mim.

Ada tinha achado a mulher bonita de início, porém a boca dela era dura, e sua pele impecável era quebradiça demais para qualquer delicadeza. A mulher virou e parou perto da porta.

— Seis em ponto, sem falta — anunciou ela. — Tudo que você precisa está aqui.

Ada ouviu a chave virar na fechadura atrás de si.

Mesmo com um molde e uma cliente bem-disposta, seria difícil terminar um vestido formal em um dia. Ela olhou para a foto. O vestido era justo, com um decote drapeado sobre os ombros e mangas três quartos. Não era um modelo complicado, ainda que esses decotes fossem difíceis de fazer, com o tecido cruzado e enrolado, e os ombros não fossem nem um pouco simples. O corpete e a saia precisavam ter caimento perfeito. Era o tipo de modelo que, nas mãos certas, com a costureira certa, podia ficar incrível. Malfeito, podia parecer um vestido comum, de catálogo. *Frau* Weiss, Ada podia ver, nunca compraria nada no varejo.

Ela abriu o *moiré* sobre a mesa, passando o dedo pelos padrões que brilhavam sob a luz, irradiando tons sutis de preto. As pessoas achavam que o preto era uma cor morta, sem graça, porém, esta possuía tantos matizes e brilhos quanto o azul ou o vermelho. O *moiré* não era seda, era um raiom, um tecido infeliz, ela podia ouvir Isidore dizer, que soltava fios como uma viúva chorona. Havia ao menos 4,5m de tecido, mais que o necessário para fazer o vestido. O suficiente, inclusive, para um chapéu ou um casquete. Ada levantou o tecido e o enrolou no manequim. Não havia musselina para fazer o forro. Teria de se virar sem isso.

Ela arregaçou as mangas, colocou a fita métrica ao redor do pescoço, prendeu os alfinetes da almofada no escapular e começou o trabalho. Talvez devesse ficar feliz. Talvez isso tivesse sido um presente de *herr* Weiss.

Às três da tarde, o vestido estava pendurado sem vida no manequim. *Frau* Weiss não apareceu o dia todo. Mesmo que as medidas estivessem certas, Ada sabia que o manequim não substituiria uma pessoa de verdade. Era preciso andar com ele no corpo, inspirar vida em sua forma vazia, para que o tecido se tornasse um vestido, com a carne e a pele.

Ada parou. Estava quieto lá fora. Ela passou o escapular sobre a cabeça, tirou a túnica pesada, a túnica e a anágua, e ficou de pé, tremendo com suas ceroulas. Silêncio. Ela saiu de dentro das ceroulas e colocou o vestido, torcendo o corpo enquanto o vestia, fazendo com que o decote caísse de modo oblíquo sobre os ombros e o corpete envolvesse seus seios. O raiom era tão macio quanto um bálsamo, como seda contra suas coxas. Ada ficou na ponta dos pés, como se estivesse de salto, e girou uma, duas vezes. Não havia espelho, mas ela se viu com o cabelo longo e encaracolado, o *moiré* brilhando claro e escuro contra o sol da tarde, sua pele clara e inocente contra o brilho do tecido. Era um breve vislumbre de sua antiga vida, de beleza, elegância e liberdade, do que sua vida poderia ter sido, se não tivesse conhecido Stanislaus.

Era preciso tirar um pouquinho, e a costura podia enrrugar se a tensão não ficasse certa. Ela sentiu a gola, imponente e nivelada, tocando seus ombros onde as mangas deveriam ficar. Apertar a costura ali. Ela segurou as costas com a mão. Apertar os ganchos aqui e aqui. Vieram vozes do lado de fora. Ada ficou paralisada.

Ela tirou o vestido o mais rápido que pode e vestiu as ceroulas. Vozes masculinas, indistintas. Em seguida, prendeu a anágua, colocou a túnica, enrolando o cinto duas vezes em volta da cintura. E deixou o escapular de lado. Só atrapalhava. Ela recolheu o vestido do chão e o levou até a máquina de costura enquanto as vozes diminuíam ao longe.

Suas mãos tremiam enquanto ela ajustava os alfinetes e fazia a máquina funcionar. Alfinete, prender, costurar. Se fosse pega com o vestido, sabia que a punição seria grave. Ela apertou as pregas e as franziu, colocou o vestido de volta no manequim, ajustou as mangas para não saltarem e acertou o comprimento. Não havia organza para colocar na barra e virá-la, formando um drapeado delicado como uma brisa. "A espinha de peixe, Ada, a espinha de peixe." Ganchos e colchetes, 15 deviam bastar. A luz natural estava diminuindo. Havia uma única lâmpada sobre a mesa que Ada acendeu em um interruptor na parede. Surgiu um brilho pálido, porém, se mantivesse o trabalho próximo, conseguiria enxergar. Toque final, sem apertar demais a barra. Havia uma caixa de cabides sob a mesa; Ada escolheu um e pendurou o vestido na sanca.

Mesmo com a iluminação ruim da sala, Ada sabia que era uma obra-prima. Quando a guerra terminasse, pensou ela, a Casa de Vaughan ganharia vida.

Ela olhou o resto do tecido. Havia um pouco de intertela, e o *moiré* era firme. Talvez uma rosa. Não demoraria muito, presa a uma touca pequena que ficaria rente, e *frau* Weiss poderia prender com um grampo, se eles existissem na Alemanha.

Pela primeira vez, Ada não pensou em Thomas, que nasceu quase um ano antes. Ele completaria um ano em algumas semanas. Dia 19 de fevereiro de 1942. Feliz aniversário, *Tomichen*.

Um homem vestindo um casaco com uma estrela amarela costurada no braço direito veio pegar o vestido à noite, segurando o cabide com o braço aberto.

— Desculpe — disse Ada. — O lavatório?

Ele apontou para o balde perto da porta, apagou a luz e trancou a porta ao sair. A sala ficou totalmente escura. Ela ouviu os passos se distanciando. Um bebê gritava ao longe. Ada se lembrou das botas infantis no vestíbulo. O choro estava fraco, porém, depois que ela o escutou, ele não desaparecia. A criança devia estar no quarto acima do seu. Há quanto tempo aquela criança estava chorando? Seus olhos se ajustaram ao escuro, e o luar entrou pelas barras da janela, formando uma sombra sobre a mesa. Ela podia ouvir as portas abrindo e fechando, passos, uma voz de mulher — *frau* Weiss — chamando alguém. A campainha soou, um barulho distinto e profundo, mais vozes, risos, a campainha de novo. Uma festa. O quarto dela ficava perto da cozinha, e as portas deixavam passar alguns ruídos das pessoas que entravam e saíam. Podia ouvir taças, o barulho surdo das rolhas das garrafas de champanhe, risos cada vez mais altos, enquanto acima dela a criança gritava. Ada se aliviou no balde, e sentou no banco da máquina de costura. Ela não comia desde o dia anterior nem bebia nada além do gole d'água que tomou naquela manhã. Será que tinham contado à irmã Brigitte onde ela estava? Se não, a freira ficaria aflita, preocupada que Ada tivesse feito alguma besteira, tivesse fugido. *Herr* Weiss também ficaria esperando. O velho não toleraria aquilo, perdia a paciência com facilidade. Estaria no solário, batendo a bengala no chão, dando ordens. Os guardas não ficariam felizes.

Mas *herr* Weiss devia saber. Teria dado permissão para que ela saísse por um dia. As vozes foram diminuindo, e a criança ficou em silêncio. Deve ter chorado até pegar no sono, o pobrezinho. Viriam buscá-la logo. Barulhos chegavam da área de serviço, talheres e pratos sendo lavados, taças tintilando na água com sabão. A festa tinha acabado. Eles viriam buscá-la, levá-la de volta a Munique.

Porém, a casa ficou em silêncio, o quarto, frio, e ninguém veio. Ada foi para a poltrona no canto. As almofadas do assento eram desconfortáveis, e as molas estavam quebradas, mas era mais macio que o banco, e ela podia recostar. Sentia falta da irmã Brigitte e das outras freiras, o calor e o movimento delicado de suas respirações enquanto dormiam. Queria falar com elas. Não que ela gostasse muito das irmãs, mas elas compartilhavam algo, temiam o mesmo e, ainda que Ada não acreditasse em Deus, sabia que rezavam pedindo o mesmo. Estavam do mesmo lado, e tinham umas às outras.

De manhã o homem de casaco listrado destrancou a porta e apontou para o balde.

— Venha comigo.

Ada pegou o balde, e o homem a levou pela área de serviço até um lavatório externo. Uma rosa-trepadeira fora plantada rente à parede, coberta de rosas-mosqueta cheias de cor vermelho-alaranjada. A planta tinha florescido naquele solo, então, devia pegar sol. Ada entrou. Pelas manchas na porcelana e pelo cheiro, sabia que fazia anos que o lavatório não era limpo. O homem virou assim que ela esvaziou o balde, depois a acompanhou de volta pela área de serviço, entregou-lhe uma tigela esmaltada descascada cheia até a metade de uma mistura bege. A antiga Ada não gostava de mingau, só conseguia comê-lo se estivesse cheio de açúcar, mas essa nova e diferente Ada o engoliu com avidez.

O homem esperou enquanto ela comia.

— Quem é você? — perguntou ela.

Ele fechou os lábios com força.

— Você pode falar?

Ele balançou a cabeça.

"Das ist nicht gestattet." Balançou o dedo. *"Verboten."*

O homem a levou de volta ao cômodo onde *frau* Weiss a esperava. Tinha um pino de tecido sobre o braço e o que parecia ser uma revista feminina na mão. Ada se perguntou se os alemães estavam tendo racionamento, assim como os franceses. Não parecia faltar nada àquela mulher.

Ela colocou o tecido sobre a mesa e, depois de folhear a revista, entregou-a para Ada.

— Esse — disse ela, apontando para a imagem de um terno feminino e, em seguida, para o tecido na mesa.

Ada olhou a imagem. O terno tinha cintura ajustada e estava abotoado até o pescoço com uma linha reta de tachas até o centro. A saia era godê. Tão sem graça quanto uma lixeira. Assim como o tecido, um xadrez cinza. Deselegante. Contudo, Ada podia ver que, com um abotoamento lateral, uma gola Mao, dois bolsos com abas e uma saia lápis com pregas atrás, ficaria jovial, *modisch*. Ela aprendera a palavra com *herr* Weiss. Era parecido com o inglês, com outra grafia. *Frau* Weiss estava pegando tecido para o forro e linhas. Ela não disse nada, mas Ada sabia que devia ter ficado satisfeita com o vestido, caso contrário a teria mandado embora.

Ada olhou para a alemã.

— Madame — ela respirou fundo, apontou para a imagem e continuou: —, talvez com botões aqui, bolso aqui. Mais *modisch*. — Ada esperou um grito, porém, *frau* Weiss estava ouvindo. — A senhora tem lápis e papel? Posso mostrar.

Frau Weiss saiu da sala e voltou em seguida. Ada não era boa desenhista, mas conseguiu fazer um croqui de uma pessoa estilizada, magra e angular. Ela viu *frau* Weiss esboçar um sorriso. Era uma mulher vaidosa.

— Preciso do terno amanhã.

Ja. Ela deu meia-volta e saiu do cômodo.

Ela era uma mulher ajustada, também. Ada teria de passar a noite acordada. Pegou a revista e a fechou. A insígnia nazista estava na capa, com as palavras *NS Frauen-Warte*. Ela passou os dedos pelas letras. Não sabia ler em alemão, mas adivinhou *Frau*. Havia uma foto na capa de uma alemã grande, trajando uma jardineira longa e bordada e uma blusa branca, sentada num banco tricotando uma meia. Uma criança de colo gorducha brincava em um berço a seu lado. A legenda da foto estava escrita com uma fonte estranha e antiquada. O menino da capa parecia ter mais ou menos a mesma idade que Thomas, sentado no berço, sorrindo, o cabelo cortado e repartido.

A criança do andar de cima estava chorando de novo. Por que *frau* Weiss não pegava o bebê no colo? Ada nunca deixaria seu filho chorar assim, por horas a fio. Ele ficaria com uma hérnia. A *frau* devia ser rígida como um general. Combinava com a vaidade.

Deixaram Ada sair duas vezes naquele dia. Levada até a área de serviço, foi servida de uma sopa aguada e pão preto e duro, que ela comeu junto ao homem, de pé, em silêncio. Voltou ao seu cômodo, onde cortou, drapeou e costurou. Ela precisava de pesos para que o terno ficasse com o caimento perfeito. As janelas tinham cortinas, faixas de um tecido podre pendurados no varão enferrujado. Ada tocou a bainha, procurou as pequenas peças de chumbo que criavam o peso e pegou duas. Depois, ela as costuraria na parte de baixo do terno. Quando a casa ficou em silêncio, ela o vestiu, marcando onde pegava ou sobrava, e ajustou as pences. Colocou os pesos no lugar e o forro foi alinhavado com ponto invisível. Ainda que o tecido xadrez fosse sem graça, era delicado contra sua pele, e o forro, macio. Gostou de pensar que, enquanto o estivesse usando, a *frau* não saberia que Ada o tinha experimentado e que as fibras do forro acariciaram seu corpo.

Adormeceu na poltrona. Quando o amanhecer se aproximou, *frau* Weiss entrou e levou o terno sem dizer nada.

A rotina foi a mesma do dia anterior. Ela esvaziou o balde, comeu a gosma aguada, voltou para aquele cômodo.

Daquela vez, o homem levou um cesto de roupa e o jogou nos braços dela.

— Para consertar — disse ele.

Ada mal conseguia abraçar o cesto transbordante. Retirou os itens. Meias para cerzir; meias de seda com fio puxado, logo abaixo da barra, para remendar. Cardigãs e suéteres com punhos esticados ou cotovelos puídos, calças com botões faltando, uma saia com o zíper quebrado, blusas descosturadas, vestidos para fazer barra, sutiãs sem gancho. Havia um cobertor com as pontas descosturadas, um casaco com o forro rasgado, um sobretudo grande de *tweed* que, Ada imaginou, precisasse de ajustes e um macacão infantil rasgado.

Que tipo de dona de casa podia ser aquela mulher, deixando acumular todos esses remendos, transformando uma tarefa doméstica em algo enorme? Ada sabia que algumas mulheres não sabiam costurar, e *frau* Weiss era uma delas, mas deveria ao menos tentar. "Ela deve ser uma verdadeira vadia", pensou Ada, surpresa com a crueldade de seus pensamentos e por se importar. Levaria dias e mais dias para terminar. Perguntou-se se alguma vez voltaria para a casa geriátrica e para as freiras, se veria algo além daquele cômodo e do lavatório, se falaria inglês novamente, se teria uma conversa de novo, se voltaria para casa, se seria livre.

★

Ada perdeu a noção do tempo, começou a contar em ciclos menstruais. Com os velhos da casa geriátrica, os domingos eram diferentes e era possível marcar o tempo, mas ali todos os dias eram iguais. Ela saía para comer e ir ao lavatório. Recebeu uma bacia e um trapo para se lavar. Em algum momento, um pacote chegou com um véu novo, ceroulas e um vestido. Deviam ter vindo da Cruz Vermelha. A irmã Brigitte devia ter conseguido convencê-los afinal. Talvez logo mais uma carta chegasse também.

O que a irmã Brigitte dissera? "Lembre-se das datas. Lembre." Ada começou a manter um controle, feito a giz na parte de baixo da mesa. Era verão, fim de 1942. Fazia sete meses que ela estava ali, tinha visto a neve se transformar em chuva, e a chuva dar lugar ao sol. Seus dedos suavam no calor quando costurava. Precisava secá-los em um pequeno pedaço de toalha para não deixar marcas engorduradas nas delicadas lãs e nos tules de *frau* Weiss.

Em um dia quente a porta se abriu, e *herr* Weiss entrou, elegante, de camisa branca e colete impermeável, a bengala batendo no chão.

— *Nönnchen* — disse ele. — Meu sobrinho disse que você estava aqui.

Ela estava certa. *Herr* Weiss arranjou aquilo, tinha relação com o *Obersturmbannführer*, em quem Ada ainda não tinha posto os olhos. Ficou tensa, os dedos cravados na palma das mãos, os dentes travados no maxilar.

— Venha, minha pequena irmã Clara*lein* — ele se aproximou, a ponta de metal da bengala clicando no chão de pedra. — Não está feliz em me ver?

Por que ele tinha ido até lá? Depois de todos esses meses? O que o velho queria?

— Você não sorri ao ver seu antigo professor? — Ele passou a bengala pelo chão, tocando a barra do hábito dela. — Não é bom ouvir inglês de novo?

Seja educada. Não crie problemas. Ela sorriu, um pequeno movimento dos lábios. Ele sorriu de volta, satisfeito.

— Eu esqueci como era ouvir.

O professor sorriu.

— Nunca se esquece a língua nativa. Ela repousa dentro de você, sempre. Vamos nos sentar, você e eu?

Ada sempre "fazia a cama" de manhã, ou seja, colocava as almofadas de volta na poltrona, dobrando o antigo hábito da irmã Jeanne e escondendo sob o móvel. Inventou pequenas rotinas para trazer ordem à própria vida, algo que a fizesse se lembrar de outro mundo, que lhe desse um pouco de controle.

— Só há uma poltrona — disse *herr* Weiss, apontando para a cama dela e mancando até lá. *Tap, tap.* Ele estava mais inclinado do que Ada lembrava. Um velho.

— Eu sento no banco — anunciou ela. "A uma distância segura."

— Como quiser — disse ele. — Como quiser.

Ada sentou, a tensão se espalhando, os músculos tensos. "Acalme-se", disse a si mesma. Ele estava ali para conversar, para uma aula de inglês. Nada mais.

— O que você está achando daqui? — perguntou *herr* Weiss.

— Para uma prisão — respondeu Ada — até que não é ruim.

Era verdade. Ela podia estar dando banho em corpos velhos, mortos ou moribundos, com sacos escrotais flácidos e dedos que agarravam as cobertas. Não tinha comida o suficiente, ou roupas, nem uma cama decente, e trabalhava o tempo todo, mas era um trabalho do qual podia se orgulhar.

Ainda que *frau* Weiss nunca a elogiasse, muito menos demonstrasse gratidão, Ada sabia que a mulher apreciava suas habilidades.

— Achei que fosse gostar — disse ele. — Eu teria vindo vê-la antes, mas queria que você se assentasse primeiro.

O professor era ardiloso, astuto. Os dois estavam a sós naquele cômodo, sem ninguém para interromper. A tesoura estava sobre a mesa, ao alcance dela. Se ele se aproximasse, ela podia avançar e pegá-la.

Seu coração estava disparado. Conseguiria fazê-lo? *Herr* Weiss podia ser velho, porém, era forte, "vigoroso". Ela estava magra e fraca. Não era páreo.

— Vamos, minha querida, você não parece feliz — disse ele. — A vida poderia ser pior, acredite em mim. — Ele se levantou e pegou a bengala do braço da poltrona, onde estava apoiada. — Da próxima vez que eu vier, gostaria de um pouco de gratidão. Mas, por ora, o jantar vai ser servido, e meu sobrinho faz questão de pontualidade. — Ele juntou os calcanhares e fez uma mesura. — Acredito que vamos comer javali com um excelente *claret* francês. *Vintage*, 1921. Nosso vinho alemão é bom, mas não tem o corpo dos franceses. Boa noite, irmã Clara. — O professor deu meia-volta, bateu na porta e virou. — Temos muito que celebrar. Os russos estão em retirada. — Ele sorriu e fez uma reverência. — Até a próxima.

Ada ouviu os passos se afastarem pelo corredor até só haver silêncio. Esfregou a base da mão em um olho. Depois de todos aqueles meses, achava que estava livre de *herr* Weiss, livre de seu charme pegajoso, de seus dedos ossudos apertando os dela, apertando forte a mão dela contra sua virilha enquanto ele se contorcia e grunhia. Ela ficou enjoada diante da lembrança e do futuro que se descortinava diante de seus olhos. Perguntou a si mesma se a guerra um dia chegaria ao fim, se algum dia começaria uma nova vida. O que restaria? Quem restaria? Ela não tinha muitas notícias da guerra. *Frau* Weiss nunca falava sobre o assunto. Porém, se os russos estavam batendo em retirada, isso devia significar alguma coisa. Ela não entendia muito de geografia nem de política, mas se lembrava do pai dizendo quão vasta a Rússia era. Não só a Rússia. A União das Repúblicas Socialistas Soviéticas. Podia ouvi-lo dizer: "Imagine, Ada, o país mais poderoso do mundo, e socialista. O paraíso." Se eles estavam recuando, a Alemanha deve ter se tornado o país mais poderoso agora. Do que *herr* Weiss a chamava? O Terceiro *Reich*.

Ela ansiava por ouvir a voz de seu pai. "Você se deu mal, menina." Recomeçar de onde tinha parado, antes de conhecer Stanislaus, de volta para a sra. B. Ter tomado uma decisão diferente naquela noite em que os dois se conheceram em Londres. "Não, obrigada. Preciso voltar para casa. Não posso jantar com você no Ritz." Onde estaria agora? Srta. Vaughan, nossa modista mais bem-sucedida. Podia ter conhecido um marido. Leal, não traiçoeiro como Stanislaus. Alguém como ela.

Em vez disso, estava trancada naquela prisão, refém dos caprichos de *herr* Weiss, estragando sua visão e beleza. Aquilo era trabalho escravo, contudo, pelo menos estava costurando, criando. Uma *modiste*.

Talvez quando a guerra acabasse, se um dia acabasse, ela voltasse para Paris. Afinal, teria experiência. Não precisava dizer onde tinha adquirido. *Casa de Vaughan*. Precisaria de alguém para apoiá-la, como aconteceu com Coco Chanel, alguém que enxergasse seu talento. "Uma modista excepcional." Do que chamavam aqueles mágicos antigos que transformavam metal em ouro? Alquimistas. Era o que ela era, era o que faria. Era o que aquilo era, sua própria guerra. Metal. Ela o transformaria em ouro. Em algum momento. Talvez. *Precisava* ter esperança. Tinha perdido o amante, a família, o filho, mas não perderia isso.

Ada correu para o balde, e vomitou bile. Não havia nada dentro dela para vomitar além de infelicidade. Voltou cambaleando até o banco. Estava impotente. Se algum dia conseguisse se libertar desse lugar, nunca mais deixaria alguém assumir o controle de sua vida.

Pegou sua costura e se inclinou sobre a mesa, apertando os olhos diante da agulha. No andar de cima, o bebê começou a gritar. Ouvia Thomas naquele choro, via seu pequeno rosto se contrair de infelicidade antes que a sacola do padre se fechasse sobre ele. Não conseguia tirá-lo da cabeça, seu filho, seu bebê abandonado, totalmente sozinho. Também a fazia querer gritar: "Qual é o seu problema, *frau* Weiss? Que tipo de mãe deixa seu filho sofrer desse jeito? Ele precisa ser confortado. Ou de remédio para cólica." Por horas e horas, Ada ouvia os gritos oscilarem até cessarem, e o silêncio tomar conta. Preferia ser açoitada todos os dias a ouvir impotente à angústia daquela criança. Preferia *herr* Weiss com suas necessidades indecentes e repugnantes.

Preferia morrer.

Ada olhou para a tesoura, e passou o dedo na lâmina. Quanto tempo levaria para sangrar até a morte? Uma hora? Doze? Enforcar-se seria mais rápido. Ela podia fazer uma corda, seria fácil. E pendurá-la no lustre do teto. Mover a mesa, subir no banco e depois chutá-lo. O fio da lâmpada parecia fraco. Não suportaria seu peso. Queria ter certeza de que morreria. Ela colocou a tesoura de volta na mesa. Era o que eles queriam? Fazê-la trabalhar até morrer? Enlouquecê-la? O que tinha acontecido com a pessoa que estivera ali antes dela? Essa mulher enlouqueceu com o silêncio e a solidão? Com a preocupação? Com o bebê chorando? Será que a fazia se lembrar dos próprios filhos?

Ada olhou de novo para o fio. Levou o banco até a mesa e subiu. O móvel oscilou, e ela agachou para recuperar o equilíbrio.

Era loucura. Ela não tinha nem coragem de se atirar da mesa.

"Não, maldição." Ada iria sobreviver. Eles não teriam essa vitória. Ela conversaria consigo mesma, se faria companhia. Inventaria histórias com finais felizes. Recitaria poemas que tinha aprendido na escola. "The wind was a torrent of darkness among the gusty trees". Quem escreveu esse? "The moon was a ghostly galleon tossed upon cloudy seas". Ela não conseguia lembrar. Não havia a quem perguntar. "The road was a ribbon of" — Noyes, Alfred Noyes — "a ribbon of moonlight over the purple moor".

— "And the highway man came riding. Riding, riding. The Highwayman came riding, up to the old inn-door"[9] — gritou.

★

Naquele setembro de 1942, *frau* Weiss apresentou Ada às amigas, algumas robustas e outras magras, nenhuma tão enjoada quanto a *frau*, mas ainda assim implicantes. Elas chegavam com imagens circuladas na *Wiener Bunte Mode* ou na *NS-Frauen-Warte*. Modelos simples. Roupas apáticas, práticas, que careciam de elegância e criatividade. Ada adaptava uma gola, o comprimento da barra, acrescentando ou removendo um toque para torná-los diferentes, únicos, para destacar a mulher sob a roupa.

De vez em quando, elas vinham com fotos de mulheres glamorosas chamadas Zarah Leander ou Emmy Göring, que Ada imaginava serem atrizes ou estrelas de cinema. As mulheres indicavam as imagens para ela copiar.

Não eram como as clientes que frequentavam a sra. B., de alta classe, graciosas com as atendentes. "Isso é criação", dizia a sra. B. Essas alemãs tinham dinheiro, mas não *classe*. Sotaques bávaros fortes. Os

---

[9] "O vento era uma torrente de escuridão em meio às árvores tempestuosas,/ A lua era um galeão fantasmagórico lançado em mares nebulosos,/ A estrada era uma fita de/ uma fita de luar sobre o solo roxo,/ E o ladrão da estrada vinha cavalgando/ — cavalgando, cavalgando,/ E o ladrão da estrada vinha cavalgando, até a porta da velha hospedaria", em tradução livre. Primeira estrofe de "The Highwayman", de Alfred Noyes. [N.T.]

maridos deviam ser comerciantes. Ou farmacêuticos. Médicos, até. *Führer* isso e *führer* aquilo. Um rio de palavras que percorriam lugares de que Ada nunca ouvira falar — Wannsee, Stalingrado, El Alamein — e formavam um redemoinho ao redor de pessoas que ela não conhecia — Johannah, Irma. Tal *fräulein*. "Uma modelo, pelo amor de Deus. Um fotógrafo. Aqui em Munique. Quem o *führer* achava que estava enganando? Por que Magda Goebbels não falava com ele?" Ada ouvia com atenção, tentando coletar notícias de casa nas torrentes de conversa Governo geral-Luftwaffe-Londres. Contudo, os tópicos passavam como uma maré de fofoca sobre outras mulheres, não sobre a guerra. A pele daquela *fräulein*. Perfeita demais. Devia usar pó. Batom também. *Ela* não parecia afetada pela economia durante a guerra, apertando o cinto como as demais.

Elas se arrumavam na frente umas das outras. Não a viam enquanto cortava e moldava o tecido nos corpos, prendendo aqui, colocando um alfinete ali. Seda foi encomendada, não dava para encontrar meias finas, nem manteiga. Mas *frau* Weiss lhes servia café, café de verdade, "de um homenzinho que conhecia", abria um sorriso, servia bolo adoçado com açúcar — açúcar de verdade —, e desfilava entre elas. "Sirvam-se, *bitte schön*", orgulhosa de ser generosa com seus bolos e seu café, graciosa em compartilhar seu segredo com elas, sua freira, sua costureira. Ada reconhecia uma arrivista quando a via e podia observar os modos nada genuínos de *frau* Weiss, seu comportamento falso. Se não fosse por Ada e suas habilidades, nenhuma dessas mulheres fingiria pertencer à corte de *frau* Weiss.

Todas ficavam bem nas roupas que ela fazia. Essa era sua magia, seu talento especial, passando a ferro e alisando o tecido para que caísse como a própria pele, acabando com os volumes, destacando as linhas. As mulheres não se importavam que sua cabeça latejasse à noite, que seus olhos enxergassem dobrado de manhã, que seu estômago doesse de fome. "*Sehr feminin. Modisch.*" Elas entravam naquele cômodo camponesas e saíam rainhas." *Ich könnte ein Filmstar wie Olga Chekhova sein.*" Ada sabia que era necessária. Ela as enxergava como eram; nuas e vulneráveis, o glamour delas era apenas ares e encantos vazios, mulheres comuns, em nada diferentes dela própria ou de polonesas.

Sem Ada, não eram ninguém.

Ela as odiava. Toda vez que entravam no cômodo, um ódio profundo e visceral borbulhava como enxofre no fundo de seu estômago.

Frau Weiss, fria como uma pedra, indiferente ao sofrimento alheio. "Imoral", Ada podia ouvir sua mãe dizendo. "Amoral."

Ela nem sempre concordara com a mãe, mas isso tinha acabado. Ia recompensá-la, teria sucesso. "Casa de Vaughan." Deixaria sua mãe bonita. Daria a ela boas bases, cintas, sutiãs, a envolveria em crepe da China e no melhor *charmeuse*. "Cuidado", Isidore costumava dizer, "*charmeuse*, um tecido cheio de caprichos." Suspeito. Duvidoso. Ela podia se ver em sua oficina de costura, um sótão claro com janelas do chão ao teto, como as casas daqueles artistas em Great West Road. Um manequim de alfaiate no canto, um desses expansíveis, que se pode ajustar. Uma arara dupla para suas criações, uma sobre a outra, com um varão e um gancho para levantar e abaixar os vestidos. Um tapete oriental no chão, Thomas brincando no centro, construindo pontes com seu guindaste Meccano.

"O que aconteceu com o pai de Tommy, Ada?" "Ele morreu. Uma morte terrível. Na guerra. Não gosto de falar sobre isso."

Essas mulheres, essas alemãs, *herr* Weiss, todos eles, mantendo-a ali como uma escrava, uma mulher sem sentimentos.

★

Às vezes ela ficava tonta. Estava faminta, cansada, e o ar outonal chegava até seus ossos. Estava usando as mesmas roupas desde que tinha chegado em janeiro. As pontas estavam amolecidas e puídas, mas o tecido estava duro de sujeira, e arranhava quando ela se movia. Não podia parar de trabalhar sem sentir as costas da mão de *frau* Weiss em seu rosto ou o golpe de uma cinta, mesmo pela sarja grossa do hábito. E morria de medo do retorno de *herr* Weiss, esperando o trinco da porta se abrir e ver o homem entrar. Tinha começado a tremer, calafrios incontroláveis que faziam a agulha rasgar sua pele ou a tesoura escorregar pelo tecido, até que o sino do jantar soasse, e ela conseguisse relaxar.

O outono se transformou em inverno. A geada cobria as vidraças das janelas e abria os poros da casa, fazendo a umidade cheia de fungos dos tijolos soprar pelo ar e o lugar cheirar como um porão. Ada recebeu um cobertor. Ela tinha começado a tirar as almofadas da poltrona e arrumá-las no chão. Tinha as correntes de ar, mas pelo menos ela podia deitar de verdade. A túnica da irmã Jeanne tinha farrapos sujos e cheirava a suor e sujeira, mas ela estava acostumada ao fedor, aprendera a deitar de modo que a sobra de tecido a cobrisse. Ficava mais aquecida à noite, tentando não pensar em sua casa, na cama que dividia com Cissie, no pequeno cômodo que funcionava como sala de jantar no Natal. A irmã Brigitte costumava dizer: "Imagine que você está em casa sã e salva, pense naqueles que ama e que amam você." Ela podia ver a mesa posta, o lombo e o patê de fígado, a torta de carne de porco, os embutidos, o rosbife, os rolinhos de salsicha, de língua de boi, de morcilha e de miúdos, o pudim, e a montanha de bolinhos de carne moída recheada com ovo cozido, seu prato preferido. Sua mãe e a tia Lily se encolhendo com xícaras de chá enquanto seu pai ficava no canto com uma garrafa de cerveja Watneys ou um *pint* de cerveja *porter*, tirando o tabaco dos lábios. Devia estar perto do Natal. Ela pegou o giz de alfaiate e escreveu 1942 na parte de baixo da mesa. Dezembro. Fazia quase um ano que estava naquela casa, quase dois anos e meio na Alemanha.

Ada se revirava na cama improvisada, arrastando a sobra do hábito junto. A porta de entrada de sua casa era pintada de preto, como todas as outras portas na Theed Street. Ela podia ver a mãe de quatro, um trapo cheio de cera Cardinal's, esfregando e polindo até a soleira da porta brilhar. "Perda de tempo. Quem se importava?" Ada ficou com os olhos marejados e tentou afastar a lembrança, que permaneceu como uma sujeira teimosa, cada vez maior até que ela estivesse lá atravessando a rua na ponta dos pés para que os saltos não fossem arranhados pelos paralelepípedos, no pavimento. "Terra seca", dizia, quando era pequena, ainda na época da escola, e imaginava que a rua era um oceano, ela, um navio navegando, "por um ano e um dia". Ela virava à esquerda, passando por casas pretas, sombrias e ausentes de vida que não iam além de uma viagem curta de ônibus, passando pela loja de esquina com os murais amarelos e pretos de chá da Lyons Tea, mostarda Colman's e OMO pintado no muro, e pelo carrinho parado, com o bebê dormindo. Sua mãe sempre espiava dentro dos carrinhos de bebê, e Ada não sabia por quê, mas agora entendia. Também era mãe, só que seu bebê estava longe, perdido e sozinho. Ela podia sentir seu coração pesado e acorrentado, arrastando seus grilhões.

Amor e dor, desespero e esperança, o futuro e o passado. Ada tentava não deixá-los vagar por sua mente à noite, emaranhados como uma cama de gatos enquanto estava deitada nas almofadas empoeiradas no chão. Porém, os pensamentos eram teimosos como a seda, "Thomas e sua casa".

Ela caía no sono e acordava de sobressalto. "Stanislaus." "Apegue-se à esperança", dizia a si mesma.

Percebeu que as manhãs estavam geladas ao esvaziar o balde. O homem de casaco listrado não estava mais lá. Ele tinha sumido na primavera, e havia outro em seu lugar, um senhor de meia-idade cuja pele ficava pendurada pelo corpo. Devia ter sido gordo em algum momento, bem-alimentado. Ele piscava para Ada quando ninguém estava olhando, soprava um beijo. Ela sorria.

Depois dele veio um homem cadavérico, alto, encurvado, desastrado. Ele mordia o próprio lábio, desviava o olhar, como se visse a própria miséria refletida nela. *Frau* Weiss a deixou sair uma manhã e ordenou que tirasse o corpo dele da viga do anexo onde dormia. Ele tinha cortado o casaco em tiras e amarrado uma na outra, prendido uma extremidade na viga e a outra ao pescoço. Ada encontrou a estrela amarela arrancada e presa ao balde. Fazia apenas uma semana que ele tinha chegado. Ela perdeu a conta de quantos homens vieram e foram. Outro pacote da Cruz Vermelha. Nenhuma carta. Continha dois véus novos, roupas íntimas e uma túnica. Ada se perguntou por que ainda se davam ao trabalho. Ela preferia usar roupas comuns. A túnica nova servia melhor, porém, ela mantinha a velha para usar como cobertor.

Seus dedos ficavam dormentes e desastrados com o frio. *Frau* Weiss e as amigas trouxeram *tweeds* Donegal para as saias de inverno, tecido impermeável verde escuro para os casacos, *cashmere* para os vestidos e *chenille* para a noite. Ada agarrava a lã em busca de calor, acalmava as mãos rachadas com a lanolina do *tweed*. Sobrou um pouco de *cashmere*, e Ada confeccionou para si mesma um par de luvas sem dedos que usava para trabalhar, e um par de luvas forradas e meias dos retalhos de *tweed* para dormir à noite. Ela os mantinha escondidos durante o dia, enfiados no fundo de sua cesta de retalhos. "Esconder uma árvore em uma floresta."

A primavera chegou tarde naquele ano de 1943. Dias intermináveis de nuvens finas e chuva fria que cessaram e de repente abriram espaço para o mês de maio. Ficou absurdamente quente. *Frau* Weiss, que tinha gotas de suor na testa, entregou um pacote contendo linho, um tecido desinteressante com o qual ela queria que uma calça fosse feita. "O linho é temperamental", Ada ouviu Isidore dizer, "não fique em seu caminho". Ela tirou o escapular, a túnica e o véu, que fazia sua cabeça suar e coçar. Tinha de cortar o próprio cabelo. Sem um espelho, não fazia ideia da própria aparência. Em seguida começou a trabalhar de vestido e anágua, ciente de que suas mãos estavam deformadas, seus braços, debilitados, suas veias, aparentes.

Em uma manhã quase no fim do mês, a porta se abriu, e *frau* Weiss apareceu de mãos dadas com um garotinho, uma criança de colo. Ele era loiro, tinha olhos azuis, e parecia abatido e tristonho. Em uma mão ele trazia um pequeno urso marrom de tricô. Ada viu o rosto do menino ir da curiosidade ao terror ao vê-la. Ele começou a gritar. Essa era a criança que chorava até dormir toda noite.

Thomas. Seu Thomas.

— *Nein* — disse *frau* Weiss, batendo na mão dele. — Pare de chorar. Você não é mais um bebê.

Ada deu um passo na direção dele, agachou e abriu os braços. Ela sabia que não devia, mas não conseguiu se conter. Era natural. Aquele era seu filho.

Frau Weiss pegou o menino no colo e empurrou Ada com o pé, fazendo-a cair no chão.

— Nunca toque meu filho! Nunca fale com ele! — Ela chutou Ada nas costas. — Nunca! — E chutou de novo, atingindo as costelas de Ada. — Nunca! *Nie!*

Ela estava gritando, e a criança, chorando.

— *Das ist eine Hexe* — berrou ela, agarrando o menino pelo queixo e forçando-o a olhar para Ada. — Sub-humana. — *Frau* Weiss colocou o menino no chão. — Não tenha medo dela. Você é melhor que ela. Precisa ser um homem.

Ada podia ver as gotas de suor se formando na testa da mulher, e suas mãos tremiam quando ela as pousou na cabeça do menino.

Então, Ada percebeu. *Frau* Weiss tinha medo *dela*. "Você fez de mim sua prisioneira", avaliou Ada, "sua escrava, mas estou de olho em você, *frau* Weiss. Você precisa ser cruel para sobreviver. A crueldade vai destruí-la antes de me destruir. Você se odeia e me despreza por isso. Quando eu não estiver aqui, quem a fará se sentir importante? Quem a fará se sentir bonita?"

"E se eu a atacar? Tenho uma tesoura na mão, um golpe, é tudo que levaria antes que seu sangue começasse a jorrar como um gêiser, e ela iria se contorcer como uma serpente sob os meus pés. Então eu ficaria com Thomas, seguraria ele forte e nunca o deixaria. Valeria a pena, sentir o corpo dele junto ao meu, acalmar os medos e enxugar as lágrimas dele."

— Vista suas roupas, freira — ordenou *frau* Weiss. E moveu o dedo na direção do filho. — Vamos fazer de você um homem, Joachim.

Ela saiu, trancou a porta e deixou Joachim para trás. O menino bateu na porta, o rosto vermelho e cheio de manchas, seus gritos tão violentos que ele começou a engasgar e sentir ânsia de vômito.

— *Mutti, Mutti.*

Ada vestiu a túnica, ajeitou o véu na cabeça, colocou o escapular e deixou a popelina que estava prestes a cortar sobre a mesa. O choro do menino ecoava em sua cabeça. Ela sabia que, se falasse alguma coisa, seria o menino que sofreria. *Frau* Weiss o tinha chamado de Joachim, mas Ada não tinha se deixado enganar.

Se ele fosse filho de verdade da mulher, a dor dele a tocaria. O cordão umbilical, Ada sabia, nunca era cortado entre uma mãe e um filho. A paixão que ela sentia por ele era prova suficiente de que esse bebê era dela, era seu Thomas.

Quando essa guerra acabasse, quando os alemães fossem derrotados, e Hitler, destruído, ela mostraria a *frau* Weiss o que o amor de uma mãe podia fazer. Pegar Thomas no colo. "Não chore. A mamãe está aqui." Levá-lo para casa. Encontrar um lar para os dois. Uma casinha no campo. Ada fora a Kent em um verão com o Children's Country Holiday Fund. Rosas ao redor da porta, malvas-rosa no jardim, sapê no telhado. Lindo como uma pintura. Era para lá que os dois iriam. Seriam felizes. Ela o levaria para lá. Se Stanislaus algum dia os encontrasse, Ada diria: "Suma. Que tipo de pai você foi? Não precisamos de você."

— *Mutti* — choramingou Joachim, os olhos arregalados de terror diante dela.

Ada tentou ignorá-lo. Sabia que *frau* Weiss devia ter contado sobre ela para o menino, uma bruxa, um verme, sabia que, se chegasse perto, ele ficaria histérico. "Cante", pensou, "cante."

— "She was as beautiful as a butterfly, and as proud as a Queen, was pretty little Polly Perkins of Paddington Green".

Ela voltou ao trabalho, cortou o tecido e marcou as pences. Segundo verso, bem alto, todos juntos.

— "Her eyes were as black as the pips of a pear. No rose in the garden her cheeks could compare".[10]

Thomas parou de chorar. Ada viu, de canto de olho, que ele tinha tirado os dedos dos olhos e a encarava. Um grande soluço forçou a passagem pelo pequeno corpo. Ada continuou cantando.

— "Her hair hung in ringlets so beautiful and long. I thought that she loved me but found I was wrong".[11]

Outro soluço alto preencheu o ar, como uma última convulsão. Ela cantou de novo, alto o bastante para Thomas, mas não tão alto para que *frau* Weiss pudesse ouvir.

— "She was as beautiful as a butterfly, and as proud as a Queen, was pretty little Polly Perkins of Paddington Green."

Parou de cantar. Thomas estava parado perto da porta, olhando-a. Ela começou a colocar alfinetes nas pences. O garoto começou a chorar, e ela cantou de novo.

— "When I asked her to marry me she said "Oh, what stuff", and told me to drop it, for she'd had quite enough".[12]

A criança ficou em silêncio de novo. Ada queria sorrir, conversar com ele, *"ich bin sein Mutti, Tomichen*. Não vou machucar você. Você gosta de música, hum? Não tenha medo de mim."

Ela ouviu os passos de *frau* Weiss, que entrou no quarto e agarrou o menino pelo braço, carregando-o.

★

Ada ainda contava os meses em ciclos, marcando-os com giz sob a mesa, ao lado de onde marcava os anos. Fazia um ano e meio que ela estava ali. Junho de 1943. Dias e noites longos que se estendiam até o amanhecer, enquanto ela costurava linho e o transformava em saias, lã em blusas, algodão em trajes de banho, seda em camisolas e calcinhas. Se não terminasse a tempo, *frau* Weiss bateria nela com a fivela do cinto, ou com o que tivesse à mão. A seda prendeu em seus

---

[10] "Os olhos dela eram pretos como as sementes de uma pera. Nenhuma rosa no jardim podia ser comparada às suas bochechas". Verso de "Pretty Polly Perkins of Paddington Green", de Harry Clifton. [N.T.]

[11] "O cabelo dela tinha cachos tão lindos e compridos. Achei que ela me amasse, mas eu estava errado". Mesma canção. [N.T.]

[12] "Quando a pedi em casamento, ela disse: 'Oh, o que é isso?'; e me disse para parar, pois não aguentava mais". Mesma canção. [N.T.]

dedos, então Ada teve de dobrá-la sobre a mesa, passar a agulha por baixo e puxar por cima, para que sua pele rachada não puxasse um fio e enrugasse a peça. Ela colocou as camisolas diante do rosto, passou-as pelo rosto, segurando com as costas das mãos bem-apertadas para que os dedos não pegassem as membranas delicadas. Eram macias e quentes com a mão de um bebê, seu bebê, seu *Tomichen*.

Ada tinha que fazer as roupas de Thomas agora. Ele não era mais um bebê, era um menino; usava camisas, casacos, shorts e macacões. Ela tomava um cuidado especial com as peças e bordava um carrinho no peitilho, ou um bebê urso no cinto. Ele ainda gritava à noite.

Ela se perguntou que terrores o menino tinha de visitar em seus sonhos. Durante o dia, podia ouvi-lo no gramado atrás de seu quarto. Ele tinha uma bicicleta com freios que rangiam que ela viu certa manhã quando foi esvaziar o balde e espiou pela roseira no jardim. Era uma pequena bicicleta infantil, preta e baixa, com rodas grossas de borracha e rodinhas estabilizadoras. Ele devia ter aprendido a andar nela. Seria inteligente. O garoto tinha deixado a bicicleta no gramado à noite, caída de lado, onde dormia como um relógio quebrado.

Ela esperava vê-lo lá fora, brincando no jardim. Podia ouvi-lo falando, gritando ou rindo, porém, o menino era sempre levado para dentro quando Ada saía. Em setembro, quando as noites ficaram mais curtas de novo, e a primeira das geadas tocou os espinheiros dourados e cobriu a grama com uma crosta de gelo, ela soube que não o veria de novo, não naquele verão.

★

Ada acordou de sobressalto. Podia ouvir um zumbido fraco, como uma máquina de costura, ou uma abelha, um estampido profundo e constante acima do silvo do ar. Estava chegando perto, se tornando mais alto.

Um avião. Acima dela. O ruído deu a volta, se tornou mais fraco e aumentou de novo. Havia mais do que um. De onde eram? Uma luz fraca se acendeu, e Ada ouviu o barulho de uma explosão. Estava longe, mas os sons se repetiram. *Bum, bum.* Ela se lembrou da Bélgica, de Namur, de Stanislaus. Parecia outra vida, outro mundo de novo. O céu noturno começou a brilhar como um balde de cobre. Ada sabia que não poderiam ser os alemães. "Deve ser nosso." *Nosso.* "Nossos rapazes." Seria ousado ter esperanças? A guerra acabaria logo. Ela iria para casa. Talvez estivesse em casa no Natal. O Natal de 1943. Seria em três meses.

Pela manhã, *frau* Weiss não disse nada, mas Ada percebeu que ela estava brava. O bombardeio tinha sido distante, provavelmente em Munique. Teriam bombardeado o centro? Será que a irmã Brigitte estava em segurança?

Talvez o velho, *herr* Weiss, estivesse ferido, ou morto. "Quem dera", pensou Ada, "quem dera".

Frau Weiss colocou um vestido sobre a mesa, acertando o rosto de Ada ao fazê-lo.

— Um alfinete — gritou ela. — Você esqueceu um alfinete.

A mulher o estava segurando entre os dedos e começou a espetar Ada, atingindo as palmas das suas mãos quando ela tentou se defender.

— Eu não preciso de você — continuou ela. — Nenhum de nós precisa de você. Acha que não temos nossas próprias costureiras alemãs? São as melhores do mundo. Acha que eu gosto que você faça minhas roupas?

A mulher estava usando um vestido azul simples feito por Ada, que destacava os ângulos de seu corpo, quadrados e triângulos duros que disfarçavam a elegância do corte e elevavam *frau* Weiss a outro nível. Ela parecia sublime, etérea, transformada de uma crisálida insossa a uma beleza estonteante pela arte de Ada. *Frau* Weiss precisava dela, sim. E gostava que ela fizesse suas roupas, sim. Gostava de exibi-la para as amigas, compartilhá-la.

Nenhuma outra costureira se comparava a ela, sabia disso. E sabia que *frau* Weiss também sabia e se odiava pela fraqueza que isso revelava.

— Da próxima vez — disse *frau* Weiss —, você vai para o campo de concentração. — Ela marchou até a porta, batendo com força mais uma vez em Ada com as costas da mão ao passar. — Você me enoja.

As prisioneiras polonesas da casa geriátrica vieram desses campos. Não pareciam saudáveis. Ada se perguntou se o campo de concentração tinha alguma coisa a ver com a fumaça preta que ela via no céu quando saía para esvaziar o balde. O cheiro a fazia lembrar de um lugar em The Cut, em casa, onde faziam gordura. Ela achava que vinha da fábrica. Talvez fosse onde processavam a carne, de porco ou até de cavalo, considerando quão difícil *frau* Weiss disse que era conseguir uma boa carne bovina.

Quando *frau* Weiss e as amigas falavam sobre os campos de concentração na frente de Ada, diziam que estavam cheios de bolcheviques, judeus, ciganos e homossexuais. Problemáticos. *Frau* disparava as palavras, "vermes", "*Untermenschen*". Ada conhecia muitos judeus e bolcheviques.

Ela podia ouvir seu pai, sentando na cadeira Windsor com as costas quebradas na cozinha de sua casa em Londres. "Se alguém chamar você de bolchevique, Ada, minha menina, diga que sim e que tem orgulho disso." Sua casa parecia estar em outro século. Houve um horizonte apenas uma vez em sua vida. A guerra os encolhera, murchara suas memórias, enterrando-as junto com seus sonhos. Agora seu mundo não passava daquele quarto imundo, com suas janelas sujas com barras enferrujadas.

A única coisa errada que fez fora acreditar em Stanislaus. Seu rosto queimava, quente como lava. E se ficasse presa ali pelo resto da vida? E se a guerra nunca terminasse? E se os alemães vencessem? O que ela faria? Agarrou o vestido de *frau* Weiss e o atirou do outro lado do cômodo. Depois pegou a tesoura e a arremessou no manequim, jogou o giz na janela e a almofada de alfinetes no chão. Então, segurou a cabeça entre as mãos e a apertou gritando, balançando o corpo de um lado para o outro.

Havia sangue em seu dedo. Devia tê-lo machucado com os alfinetes. Ada chupou o sangue. O alfinete. Uma dor toda vez que *frau* Weiss se virava. Um alfinete, claro. Ela riu. Um *alfinete*, em meio a todos esses bombardeios. Imagine só. Eram sempre as pequenas coisas, a última gota que fez a represa transbordar, a mosca que exauriu o elefante.

Havia mais de uma maneira de lutar em uma guerra. Ela tirou o hábito e colocou o vestido, uma lã refinada, preta e provocante ao toque. Ela o apertou contra sua pele, acompanhando a linha dos seus seios até as coxas. Seus ossos ficavam pronunciados, e o vestido folgado, mas Ada era uma mulher de novo, com o vestido, como um gato exalando seu cheiro. *Frau* Weiss nunca saberia.

Ela passou a mão no inchaço que havia se formado em seu rosto. Havia sangue. O anel de *frau* Weiss devia ter acertado sua face.

★

Ninguém abriu a porta para deixá-la sair naquele dia no fim de setembro, não muito tempo depois do primeiro bombardeio em 1943. Havia vozes estranhas na casa, barulhos urgentes, móveis sendo arrastados e movidos, passos do lado de fora da porta, gente passando pela cozinha e pela área de serviço. O sol começou aquecer o quarto, brilhando pela janela, iluminando partículas de poeira com seus raios. Ada adivinhou que deveria ser tarde. Estava com fome e com sede. A casa ficou em silêncio, oca e vazia. O crepúsculo chegou, e a noite caiu. Ada foi até o interruptor, porém, a luz não acendeu. Não havia eletricidade. Ela tinha sido abandonada, estava sozinha. Tentou dormir, mas seus pés se enrolaram no cobertor. Então, tentou soltá-los com um chute cheio de pânico. Tentou seu mantra de sempre: "Thomas. Casa. Stanislaus. Modista." Estava confinada. As paredes se fechavam a seu redor, o teto estava abaixando. Aviões passavam e voavam em círculos. Ela esperou a luz vermelha iluminar seu quarto, esperou pelo estampido das bombas. Uma ou duas explosões aconteceram próximas, balançando a casa e chacoalhando as janelas. Ela fechou bem os olhos.

Ada podia ser bombardeada, sufocada pelo entulho, enterrada viva. Ela se sentou, gritando, mas seus gritos sumiram. Em seguida, ela deitou de novo. Sua cabeça caiu da almofada, tocando o chão de pedra gelado. Seu estômago doía. Ela ia morrer ali, trancada em um quartinho, perdida para sempre. Quem sabia que estava ali? Sentiu uma câimbra na perna, teve um sobressalto e ficou andando até o espasmo passar. Ela se enforcaria, cortaria os pulsos. Conseguiria fazê-lo dessa vez. Precisava conseguir. Morrer de fome seria uma morte dolorosa.

"Por favor, não me bombardeiem. Deixem-me viver." Ada tentou imaginar o que teria sobrado de Munique. Tentou não pensar em sua família. Eles sobreviveriam. Como ela. "Sorte."

De manhã, a fechadura foi aberta com um movimento ruidoso e uma mulher robusta de saia preta e um *twin set* marrom entrou. Ada nunca a viu antes.

— Você — disse ela, apontando para Ada. — Levante quando eu falar. — Ada se levantou. Estava instável, um pouco tonta. — Sou *frau* Weiter. Eu dou as ordens agora. Esvazie isso. — A mulher apontou para o balde.

Ada ficou feliz de sair, de respirar o ar fresco e gelado do outono, ver o mais novo prisioneiro de casaco listrado. Contudo, não havia ninguém na área de serviço nem no quintal. A água da cisterna jorrou, espirrando no chão e nos azulejos. Ela olhou pela roseira, mas o gramado estava vazio. *Frau* Weiss foi embora, levou Thomas?

A bicicleta não estava ali. Na lama, estava um pequeno urso de pelúcia de tricô.

— Você — disse *frau* Weiter quando Ada voltou —, tire esse hábito de freira. — Ela jogou um vestido cinza sem detalhes no chão. — Você não é diferente dos outros prisioneiros. Por que deveria ter privilégios?

Ada pegou aquela peça de algodão sem forma. Era fino, suas fibras sem vida.

— De agora em diante, eu estou no comando — e continuou: — Meu marido é o novo comandante aqui. Ajude a cozinhar. Lave e passe a roupa. Costure e remende. Faça tudo o que mandarmos. E não fale. Coloque isso e vá.

Ela apontou para a porta, para a área de serviço, e saiu.

Ada se perguntou o que tinha acontecido, tirou o hábito e colocou o vestido pela cabeça. Aquela peça fina e sem vida a assustava. Era o que as prisioneiras polonesas usavam. Era isso que ela tinha se tornado? Uma delas? Elas vieram do campo de concentração. Ada dobrou o hábito, colocou sobre a cama e foi para a área de serviço.

Percebeu que a cozinheira não era uma prisioneira.. Era bem-alimentada, uma mulher roliça com uma cintura redonda, cabelo grisalho e gotas de suor na testa e no nariz. As axilas de sua blusa estavam molhadas e escuras.

Frau Weiter a chamava de Anni. Elas tinham longas conversas. Ada descobriu que a mulher era a cozinheira fazia muitos anos. Também descobriu que *Obersturmbannführer* Weiss tinha sido mandado para a Polônia. A mulher e a criança queriam ficar na casa. *Frau* Weiter desaprovou. Por que ela receberia tratamento especial, quando era óbvio que *Obersturmbannführer* Weiter e ela, Anni, precisavam da casa do comandante? Quando havia tanta pressão em encontrar habitações decentes naquele momento? Claro que a mulher precisava de outro lugar para morar, voltar para seu próprio povo.

Anni nunca sorria, mas cozinhava bons pratos que Ada ajudava a preparar, descascando, picando, cortando. Sopa de fígado. Javali assado. Rolinhos de repolho. *Sauerkraut. Apfelstrudel. Topfenstrudel. Auszogne.*

Não era de admirar que Anni fosse tão roliça, e *frau* Weiter, tão robusta. O marido, *Obersturmbannführer* Weiter, um homem grande, com uma barriga considerável que pesava sobre seu cinto. O casaco dele ficava com os botões franzidos, a costura das mangas, esticada. Ada nunca conhecera uma pessoa gorda, não sabia o que a gula era até aquele momento, nem por que era pecado. "Glândulas", sua mãe costumava dizer. "É por causa das glândulas. Elas não conseguem evitar." Os Weiter comiam cinco vezes por dia na sala de jantar, uma toalha de mesa limpa para cada refeição.

Linho, com bordado inglês na barra de 30cm. A costura era mais grossa que as casas de botão, os ilhoses eram pequenos e precisavam de linhas e agulhas finas. O trabalho fazia os olhos de Ada arderem e a cabeça doer. Monogramas nas toalhas, EW, costurados à mão e com a bainha feita, nos lençóis e nas fronhas. Bainha aberta nas toalhas dos hóspedes e nos jogos americanos. Os Weiter eram bagunceiros ao comer e ao dormir. Exigiam roupa de cama limpa todo dia, e Ada precisava ferver os lençóis e as toalhas de mesa, manchados em cobre, esfregar com bórax e fenol até que suas mãos estivessem em carne viva, torcer e pendurá-los no varal do quintal. Eram como velas enormes que inchavam ao vento. Os bombardeios e a guerra significavam que era difícil obter sabão e combustível, ferver a água, mas os Weiter se recusavam a ficar sem roupas limpas, gritavam com ela se algo faltasse, ameaçando mandá-la para o campo de concentração e trazer outra pessoa para fazer o trabalho.

Ada não tinha pressa em pendurar as roupas, nem em recolhê-las, observava o outono crescer e amadurecer no jardim e as flores morrerem e voltarem para o solo, as folhas apodrecidas no chão. Outro ano passou. Do pó ao pó, da terra à terra. Havia frutas silvestres nas árvores e nos arbustos com que os pássaros se deleitavam. A rosa-trepadeira subia pelo lavatório, tinha belas flores de um laranja extravagante que a faziam sorrir. Ela colheu algumas e as guardou no bolso. Olhava para elas à noite quando ficava sozinha. As flores a lembravam do jardim, de um lugar onde a vida continuava, otimista e distraída.

Frau Weiter usava *dirndls*, vestidos típicos, de lã no inverno, de veludo em ocasiões especiais, de algodão no verão, com corpetes ajustados que enfatizavam seu peito amplo. Blusas franzidas com amarrações na gola e nas mangas. Ela gostava de vestidos bordados da parte de cima até a barra com *edelweiss*, genciana e outras flores das montanhas. A mulher era imunda, uma porca, sujava as roupas todos os dias — sopa na saia, molho na blusa, gordura no corpete. Ela tinha pés suados que deixavam suas meias de seda duras, e pingava urina e coisas piores nas calcinhas. Lavar e remendar, costurar e passar roupas, além do trabalho pesado e cansativo que era alisar as rugas em seus vestidos sem esticá-los. Acordar no crepúsculo e não dormir até a madrugada. "Faça isso. Faça aquilo." Aquelas roupas transformavam *frau* Weiter em um dos pães redondos de Anni. Ou a dama de uma pantomima. Ada ria por dentro. O cabelo num coque, *frau* Weiter. Ela podia ser um homem bem-arrumado. "Widow Twanky."

Anni só falava com Ada para dar ordens. Porém, deixava sobras nas panelas e fingia não ver quando Ada lambia uma colher ou passava o dedo pela tigela antes de lavá-las. Pequenos prazeres que quebravam a monotonia da sopa aguada que ela recebia todo dia. Anni sentia calores, ondas de fogo que deixavam seu pescoço vermelho e explodiam sob seus braços. Ela escancarava portas e janelas, abanava o rosto com as mãos. Havia uma cliente americana da sra. B. que usava absorventes nas axilas. "A mudança", sussurrava essa cliente para a sra. B., como se Ada fosse jovem demais para entender a conspiração da idade, "desse momento da vida".

Ada lembrou disso. Tinha um pouco de tecido felpudo e retalhos de algodão, restos de vestidos. Não demorou muito. Dois semicírculos. Fita. Ela tinha alguns ganchos de sutiã de *frau* Weiss e prendeu às fitas, o suficiente para dois pares.

Anni a dispensou pela manhã, e Ada lhe deu os protetores, apontando para as axilas da mulher, abanando o rosto fingindo estar com calor. Ela sussurrou: "Para o suor." Anni pegou os protetores. Quem sabe, pensou Ada, ela contaria aquilo para *frau* Weiter. Não se importava. Isso a fazia se sentir viva, uma gentileza, "apenas retribuindo o favor, querida". Ela estava descascando batatas quando *frau* Weiter apareceu, ainda de camisola.

— Freira — disse ela —, pegue um balde e venha comigo.

Ada seguiu a mulher, passando pelas portas até o hall. Era a primeira vez que ela ia para lá desde sua chegada, quase dois anos antes. Era o Natal de 1943, e um pinheiro alto estava em um canto com pequenas velas presas aos galhos. Havia um tapete e um pesado aparador de carvalho entalhado com duas feias cadeiras baixas de madeira de cada lado. *Frau* Weiter subiu as escadas com Ada, passando por uma janela grande, por um corredor até o quarto do casal. O cheiro chegou antes que Ada visse a cena: *herr* Weiter deitado nu na cama, cercado de vômito.

— Limpe-o — ordenou *frau* Weiter, e apontou para a bagunça no chão. — E o resto.

Não era apenas vômito. O homem estava gemendo em seu próprio excremento. Ada sentiu ânsias de vômito enquanto o limpava, *frau* Weiter pairando atrás dela.

— Ali — disse ela. — E ali. Mais ali.

Abrindo cada dobra de pele e cada ruga, limpando os vestígios malcheirosos, sentindo a pele do homem se retesar em seus dedos como uma enorme goma pulsante. "Porco", pensou Ada. Comeu tanto na ceia de Natal que passou mal. Bem feito para ele.

A roupa de cama. O quarto. O banheiro. Ela passou a manhã limpando, e a tarde lavando tudo. *Frau* Weiter não batia nela como *frau* Weiss, porém, Ada a desprezava mais. Ela era uma vadia, porca, gulosa e preguiçosa. Ada odiava a maneira como seus pulsos formavam dobras em suas mãos inchadas, como seu corpo se encurvava pelo quarto como uma lesma sobre a grama, como ria com Anni, *"ho-ho"*, e apertava suas bochechas, "Somos tão bons para você, Annerl", as dobras de seu queixo balançando sozinhas.

Naquela noite, quando foi trancá-la, Anni colocou um pacote no bolso de Ada. Havia um copo de leite sobre a mesa. Ada pegou o embrulho. Uma fatia de *stollen*, um bolo com frutas, embrulhada em papel-manteiga. *"Danke. Frohe Weihnachten."* Feliz Natal.

Ada sentou na poltrona, segurando o bolo e chorou muito.

Ela guardava as rosas-mosqueta em uma gaveta. As flores tinham secado e encolhido, a cor perdera o brilho. Ela não fazia isso desde que era pequena, quando cortava para si as rosas-mosqueta das casas chiques em West Square, mas ainda lembrava. Ela pegou as flores secas e as colocou dentro do papel manteiga que retirara do bolo. *Frau* Weiter usava uma combinação presa por ganchos laterais que formava dobras de tecido na altura da cintura. Cada dobra formava uma espécie de bolso, e Ada costurou pequenos papelotes dentro desses bolsos. Levantou a peça. Nada estava aparecendo. Ada pegou outra.

Ela enrolou a última flor em sua mão. Havia muito mais na roseira. "Mais de uma maneira de lutar em uma guerra", lembrou Ada.

★

As amigas de *frau* Weiss ainda vinham vê-la, com tecidos nos braços e fotos nas mãos. Ada tinha que fazer roupas para as mulheres além de suas outras tarefas. Sabia que, se recusasse, seria mandada para o campo de concentração. *Frau* Weiter não precisava dela não como *frau* Weiss. Ela queria perguntar para as mulheres o que tinha acontecido com *frau* Weiss e o menino, mas sabia que não podia. Ouvia as conversas. *Obersturmbannführer* Weiss estava cuidando de outro campo de concentração, Neuengamme. Perto de Hamburgo, pelo que conseguia entender. Porém, *frau* Weiss nunca era mencionada nominalmente, nem o pequeno Thomas. A Alemanha estava indo bem. A guerra acabaria logo.

★

As árvores começaram a ganhar cor com pequenos brotos verdes. Ada guardou suas luvas de *tweed*, que ainda eram usadas à noite, e as luvas de *cashmere*, usadas durante o dia. As traças tinham feito buracos nas palmas, e os cantos estavam começando a puir. A lã estava coberta de sujeira. Por quanto tempo a guerra duraria? Ela marcou mais um mês no calendário embaixo da mesa. Março de 1944. Fazia mais de dois anos que Ada estava naquela casa. Suas dores de cabeça eram ruins e, às vezes, ela não conseguia enxergar os pontos. As casas dos botões e os ilhoses eram os piores. Ada tinha de segurá-los perto dos olhos, para ver as voltas e deixar a costura reta e uniforme. Certa manhã, em abril daquele ano, antes que Ada tivesse tempo de tirar o hábito que usava para dormir à noite, *herr* Weiss apareceu. Às vezes ela imaginava — desejava — que ele tivesse morrido. Ada tinha parado de prestar atenção aos passos dele à noite, o barulho metálico da bengala. Depois que seu sobrinho foi embora, Ada achou que ele não voltaria. Mas lá estava o homem, a boca formando um sorriso afetado e torto, meneando a cabeça. Ele viera buscar sua recompensa. Ada estava fazendo a barra de um lençol e o deixou cair no chão, a tesoura escorregando de seu colo, fazendo barulho ao cair.

— *Herr* Weiss — disse ela —, eu não estava esperando o senhor.

— Eu disse que voltaria. — O velho enfiou a mão no casaco e tirou um diário. — Eu fiz uma anotação — comentou. — Você sabe que dia é hoje?

Ada não sabia.

— É o aniversário do *Führer*. Dia 20 de abril de 1944.

Ele sorriu de novo e caminhou pelo quarto. Estava mancando mais e se encolhia enquanto andava. Sua respiração estava ofegante, entrecortada. Ada podia ver que o velho tinha estado doente.

— Você trabalha bem — disse ele, apontando a bengala para os vestidos e os *tailleurs* pendurados pelo cômodo no varão. — Sabe como você é chamada por aqui?

Ada fez que não com a cabeça.

— Chamam você de a costureira de Dachau. A cidade inteira fala em você. É uma sociedade e tanto a que temos aqui. Influente, sabe. Não só Dachau. Munique, Berlim. Ouvi dizer que as notícias já chegaram até ao próprio *Führer*. — Ele riu, um resfolegar rouco que terminou com um fio de saliva em seus lábios. — Estou exagerando. O *Führer* é ocupado demais para se importar com essas trivialidades.

Ele moveu os vestidos com a bengala, revelando as costuras impecáveis e os franzidos perfeitos. Sorriu para Ada, como se ela fosse uma criança.

— Tenho uma amiga que está procurando uma costureira nova — continuou ele. — Alguém que saiba ser discreta. Então, pensei: "Quem é mais discreta que minha *Nönnlein*?" — *Herr* Weiss foi até a poltrona e se sentou, colocando a bengala a seus pés. — Venha. — Ele apontou para os próprios joelhos. — Você deveria ficar feliz ao me ver.

Ada sabia o que ia acontecer. Pegou o banco.

— Não, minha querida. Deixe o banco. Venha sentar perto de mim.

Ela podia sentar no chão e pegar a bengala se ele tentasse alguma coisa. Ada se aproximou. *Herr* Weiss agarrou a mão dela e a puxou, forçando-a a sentar em seu colo. Ada engoliu em seco. Ele nunca tinha feito isso antes. Os dois sempre sentavam lado a lado. Porém, agora estavam a sós, e Ada sabia que seus gritos não seriam ouvidos, que não importariam.

Ele acariciou a mão de Ada.

— Sentiu minha falta? — Ela não respondeu. — Senti a sua... — *Herr* Weiss colocou a mão de Ada em sua virilha e grunhiu como uma cabra. — ...como você pode notar.

Ada tentou fechar a mão. Assim, não o sentiria.

— *Nönnlein* — disse ele, abrindo os dedos dela. — Tenho novidades.

Ele colocou os braços ao redor dela, trazendo-a para perto. Tinha um tufo de pelos brancos na face abaixo do lábio inferior. Ada podia sentir o cheiro de álcool no hálito dele, e viu a maneira como as veias estavam pronunciadas em suas bochechas, seus olhos embaçados, um tom de absinto nebuloso. Os lábios estavam rachados. Esperou que ele não a beijasse.

— Estou indo embora. Hoje. Vou embora hoje. Talvez eu nunca mais a veja. — Os músculos dela relaxaram. "Graças a Deus." — Porém, antes que eu vá — continuou ele, acariciando o rosto dela com as costas da mão —, quero o que é meu por direito. — Ada engoliu em seco. — Por tudo isso... — ele olhou ao redor, para os vestidos pendurados — ...e pelo que pode vir a acontecer.

Ele apertava a cintura dela, os dedos tão abertos que tocaram os seios.

— Basta uma palavra minha e isso pode desaparecer. Você já ouviu falar de Ravensbrück? — Ele estava levantando cada vez mais o hábito, tocando a perna dela. — É para mulheres. Criminosas. Judias. Polonesas. Ciganas. *Lésbicas*. — Cuspiu a palavra. Ela sentiu as gotas de saliva no rosto. Ele segurou a coxa dela. Ada tentou cruzar as pernas, mas ele a forçou a abri-las. — Fica muito longe daqui.

— Por favor — pediu ela —, fiz os votos sagrados.

— Eu sei. Eu não violaria uma *freira* — acrescentou ele, as palavras arrastadas pelos dentes. — Se é o que você é.

O sangue subiu pelo corpo de Ada, forçando seu coração a bombeá-lo ainda mais. "Fique calma, *calma*." Como ele podia saber? *Herr* Weiss precisava acreditar que ela era uma freira.

— Então não faça isso.

Ele a tirou de seu colo, mas segurou com força o braço dela. O homem era surpreendentemente forte — forte demais para Ada.

— Não aprendeu nada, não é? Você não me diz o que fazer, *freira*. — *Herr* Weiss a sacudiu e a encarou com amargura. — Tire a roupa.

— Por favor. Por favor, não.

Ele torceu o braço dela e lambeu os lábios.

— Pensando bem, seu corpo nu me enojaria. — *Herr* Weiss a soltou. — Você está magra demais. Não há mais nada de mulher em você. Tire tudo menos o vestido.

Os dedos dela tremiam enquanto tirava o escapular pela cabeça e abria o hábito. Ele a observava, a pele tesa em seu rosto, uma fissura de desejo. Descobriria que ela não era virgem. E depois? Ela seria mandada para Ravensbrück, levada para um bordel? Ele pegou a bengala.

— E deixe o véu. Seu cabelo não é o seu melhor. — Ele riu, um resmungo obsceno na garganta. — Agora chegue mais perto.

Ele se inclinou e pegou o braço dela, puxando-a para seu corpo mais uma vez. Ela ficou paralisada enquanto ele tentava baixar o zíper da calça. Esfregou seu pênis nela e enfiou um dedo dentro dela pelo vestido.

— Ajude — ordenou ele, colocando a mão dela em seu pênis, e gemeu.

E acabou. Quando o sino anunciou o café da manhã, ele a afastou.

— Você abriu meu apetite. Anni serve uma excelente refeição para *Obersturmbannführer* Weiter e sua adorável esposa. *Schlackwurst. Liverwurst.* Queijo. Pão fresco. Mel. Café. *Sekt.* Adeus, irmã Clara. — *Herr* Weiss se levantou, prendeu a camisa na calça, fechou a braguilha e pegou a bengala. — Vou falar de você para minha amiga.

Ele saiu e trancou o quarto.

Sujou o vestido dela. Ada pegou um trapo e esfregou a mancha. Estava tremendo. Pegou o hábito e o vestiu. Nunca mais o veria. E estava com fome.

★

Era uma fadiga profunda, insalubre, que tomava conta dos músculos e exauria o cérebro de Ada. Ela afundava em sua cama improvisada de madrugada e levantava se arrastando ao amanhecer, cansada demais para chorar ou sonhar. Ainda mantinha o controle da passagem do tempo, porém o restante daquela primavera e daquele verão passaram com trabalho pesado e tedioso. *Frau* Weiter a tinha feito lavar os *Federbetten*, grossos edredons de penas que eram usados no inverno. Ada precisava bater nas penas com um pedaço de pau enquanto *frau* Weiter ficava sentada observando. "Mais. Precisa bater mais.

Esforce-se." Ela mal tinha forças para levantar o bastão. Precisava tirar as cortinas de todos os cômodos, brocado pesados que mantinham as correntes de ar do lado de fora, e levar os anos de poeira acumulada, pendurá-las para secar e arejar no sol do verão, recolher, passar e deixá-las prontas.

— Coloque um vestido limpo. — *Frau* Weiter a instruiu em uma manhã de outono enquanto ela pendurava as cortinas de brocado limpas para o inverno. — Não se esqueça de lavar as mãos e o rosto.

Ela fez o que foi mandado. *Frau* Weiter a trancou no quarto. Ada esperou, olhando pela janela enquanto o sol subiu e se escondeu atrás das casas. Não tinha tomado o café da manhã nem almoçado, e seu estômago doía por causa das cãibras, dores agudas que apertavam suas entranhas. Havia tarefas para fazer. Ela ficaria acordada a noite toda para conseguir lavar e passar tudo. A porta se abriu e *frau* Weiter entrou, acompanhada por outra mulher que Ada nunca tinha visto antes e dois terrier escoceses. *Frau* Weiter mantinha uma distância da outra mulher, um rosnado de desaprovação na boca, o nariz levantado.

Um dos cachorros se aproximou de Ada, farejou seus tornozelos e abanou seu toco de cauda. O hálito do bicho era quente contra sua pele, o focinho, frio e molhado. Ela queria acariciá-lo e sentir o calor sedoso de seu pelo, queria que ele pulasse em seu colo, ganindo de alegria, a língua tremendo prestes a lambê-la, o afeto de outro ser vivo.

— Negus! — disse a mulher. — *Komm!*

A mulher bateu na própria coxa, e o cachorro virou-se e foi até ela. Ada queria dizer: "Tudo bem. Eu não me importo." Desejava que o pequeno animal dissesse: "Você está aí. Outro ser humano." Até cachorros tinham nome.

— *Sitz* — disse em seguida a mulher, levantando o dedo para o cachorro.

Ada não conseguia não olhar para a mulher. Magra, seios fartos, corpo voluptuoso. O cabelo era castanho, nem comprido nem curto, ondulado. O rosto era redondo e comum. Ela era jovem, atraente até, mas aquele não era um rosto belo, tampouco duraria à passagem dos anos. A pele era clara, destacada por um toque de batom. *Batom*. Nenhuma das mulheres tinha batom naqueles dias.

Estava usando um *tailleur* branco. A saia era reta, até o joelho, e o casaco, curto, com babado e um decote profundo. Estava abotoado, apertando seus seios, e, sob eles, Ada podia ver um suéter fino de tricô. Dava para imaginá-la no mercado em The Cut. "Dois quilos de batata, duas cebolas, quatro maças, cozinheiros." Ela e Widow Twanky, isso se Widow conseguisse se livrar da mancha de desdém ou que os ambulantes o fizessem por ela. "Pisou em merda de cavalo, senhora? Tenha cuidado." Uma mulher de aparência tão ordinária, que não fazia o melhor por si mesma.

— Esta é a freira — disse *frau* Weiter —, a costureira de quem você ouviu falar.

A mulher olhou em volta. Ada estava fazendo um vestido de noite para uma das amigas de *frau* Weiss, uma criação verde-garrafa frente única. Estava pendurado no varão, e Ada estava esperando para fazer a bainha. "Deixe-o fluir, Ada, deixe-o fluir", costumava dizer Isidore. "O talento se revela na bainha." Havia um pouco de tecido sobre a mesa, um algodão florido que outra amiga de *frau* Weiss havia encomendado para uma blusa e, dobrado ao lado, uma estampa que Ada tinha cortado.

— *Ja* — disse a mulher. — Imagino que ela seja tão boa quanto todo mundo diz.

A mulher abriu o embrulho que tinha trazido, revelando um pino de seda preta, e o colocou sobre a mesa na direção de Ada, que o puxou para si, percorrendo-o com os dedos, sentindo a textura e as nervuras, o brilho e a força. *Douppioni*. Ela não tocava uma seda de qualidade tão boa desde a sra. B.

— Preciso de um vestido para noite. Disseram que você é a melhor.

Era um elogio, e Ada corou — ondas de glória invadiram seu corpo. Ninguém a tinha elogiado, não desse jeito. De mulher para mulher. Ela ficou envergonhada, não se reconheceu. Alguma criatura covarde implorando aprovação. Essa mulher jogando migalhas de lisonja que ela recolhia com prazer, como um pardal faminto. "Obrigada. Muito agradecida."

— Eu tenho três costureiras — dizia a mulher a *frau* Weiter. — Uma aqui em Munique. Uma em Berlim. Uma em Berghof. Não posso nem falar das minhas contas. Uma fortuna. Eu pago pelo silêncio delas, claro. Eu não me importaria — continuou a alemã — se elas fossem boas. Saias. Calças. *Dirndls*. — A mulher balançou a cabeça. — Competentes. Mas mágicas? Elas não são.

A alemã abaixou e pegou um dos cachorros, levantando o queixo para que o animal o lambesse. Ela sorriu, deixou o cão pular no chão e virou para Ada.

— E você tem magia, posso ver — constatou a mulher. E foi até o vestido verde, passou o dedo pela saia e virou para *frau* Weiter. — Malícia. Mentiras. Mas por que a verdade ficaria no caminho da fofoca, *frau* Weiter? Ajustado — ela deu um giro e encarou Ada. — Quero que fique ajustado. Evasê abaixo do joelho. Como uma sereia.

O *Douppioni* era forte, formaria uma cauda, mas não gostava de ser esticado. "Ele é espectador de esportes", ela podia ouvir Isidore dizer, "não é um esportista." A mulher era magra, mas tinha panturrilhas musculosas, ombros quadrados. Ada podia vê-la jogando tênis, nadando, ou na Women's League of Health and Beauty em Londres, calcinha azul-marinho e uma blusa azul, nadando costas e *crawl*. O vestido teria de ser tão maleável que estaria tão vivo quanto a pele dela, não esticado e justo, como uma mortalha.

— Gola alta — continuou ela . — Costas abertas. E rosas. — A mulher pegou um pouco de tecido vermelho da sacola e o mostrou para Ada. Seda, um carmim exuberante. Raro. Ela o amassou e o colocou perto do pescoço para mostrar a Ada. — Rosas. Aqui, em volta do pescoço.

Rosas ficariam espalhafatosas com uma cauda sereia, estragaria a silhueta, a simplicidade que Ada tinha em mente. Rosas seriam um desastre. Mas uma única rosa, grande, um ornamento para o vestido, levemente à esquerda, logo abaixo da gola, seria um detalhe de *classe*. Ela engoliu, respirou fundo e não disse nada. A mulher tinha mau gosto. Ada teria de mostrar para ela. "Deixe-o puro, dê graça ao vestido. Mais elegante."

Essa era a magia. Ela se odiava por pensar assim, por precisar dizer: "Madame, talvez desse jeito..." Por que se importava com a aparência dessa alemã? Porque era a única coisa que podia fazer que fosse sua, que a mantinha plena, que a tornava uma pessoa.

— Vou precisar tirar suas medidas, madame — disse ela. — Sem roupas. Para ficar exato.

— Você vai ter de tirar as roupas — *frau* Weiter disse, acrescentando: — não se preocupe. Eu fico com você.

A mulher deu de ombros.

— Sei o que precisa ser feito — respondeu ela para *frau* Weiter em um tom ríspido. — Você não precisa me dizer. — A mulher abaixou e brincou com um dos cachorros, acariciando-o atrás da orelha. — Ela não precisa me dizer o que eu já sei, não é, meu *Stasile*?

O cachorro deitou de costas, a pata traseira chutando enquanto a mulher coçava a barriga do bicho.

— *Mutti* já fez isso tantas vezes.

Ela levantou, desabotoou o casaco, procurou um gancho e, por fim, entregou-o para *frau* Weiter como se ela fosse um cabideiro. Ada tossiu para esconder o sorriso.

A mulher ficou parada só de lingerie de cetim, um sutiã claro e uma pantalona combinando, a cinta e o limite das meias aparecendo logo abaixo da bainha de renda. Era forte, essa alemã, atlética, nenhuma gordura naquele corpo. Ada tirou as medidas, acima do busto, abaixo do busto, busto. Acima do quadril, abaixo do quadril. Comprimento. E anotou tudo em um pedaço de papel. Da nuca à cintura, da cintura ao tornozelo, e guardou o papel perto da máquina de costura com os demais pedidos para não perdê-lo.

★

Os bombardeios se tornaram mais intensos naquele outono. Ada via o céu brilhando, esperando a explosão das bombas, contando o tempo entre a luz e o barulho, como se fosse uma tempestade. "Trinta quilômetros de distância. Vinte. Quinze."

O Natal passou. Ela o marcou a giz. 1944. O sexto. A maioria naquela casa. Quantos outros teria de passar ali? Thomas completaria quatro anos em fevereiro. Ada esperava que ele estivesse em segurança e feliz. Esperava que *frau* Weiss o confortasse durante os bombardeios. "Tudo bem, *Tomichen*, *Mutti* está aqui. *Vati* vai cuidar de você."

Widow Twanky e *Obersturmbannführer* Weiter e Anni esperavam os ataques aéreos passarem no porão, subiam pela manhã, desarrumados e raivosos. Os russos estavam chegando mais perto; os britânicos e os americanos também. Ada só ouvia falar de como os alemães estavam indo bem, ainda que duvidasse. Já que estavam tão bem, por que ainda entravam em combate? Agora ela sabia da verdade. A Alemanha podia perder. A Alemanha estava perdendo. Via *frau* Weiter apertar os olhos de ódio, como se fosse sua culpa.

A caldeira ficava no porão, uma fornalha preta que Ada precisava alimentar de manhã e à noite. Aquele inverno, de 1944 para 1945, foi amargo. Ada nunca sentira tanto frio. Ela tremia durante o dia com seu vestido fino, ficava deitada nas almofadas à noite esfregando as próprias pernas para se manter aquecida. Vestia o hábito, a túnica, as ceroulas, até o véu, se cobria com o cobertor dobrado, assim como o hábito velho da irmã Jeanne, mas ainda conseguia sentir a geada se infiltrando pelas janelas e as correntes de ar gélidas soprando em seu rosto. *Bum. Bum.* Ada contava, "oito, sete, seis". As bombas estavam chegando mais perto. Elas vibravam as portas e balançavam a casa. Ada colocava o crucifixo, para dar sorte.

A irritação na pele de *frau* Weiter ainda estava lá. Deixava manchas redondas e violáceas ao redor do pulso nas quais Anni precisava passar calamina. O médico não sabia a causa.

— O que ele sabe? — perguntou com desdém *frau* Weiter, a voz aguda como a de uma criança. E cuspiu em Ada, uma cusparada nojenta de saliva que passou perto e caiu no chão como uma escarrada. — É você. Micose. Impetigo. Cobreiro. Você é toda suja. Cheia de doenças.

A mulher arrancou a loção de Anni, coçando as bolhas, furiosa, levantou o vestido e passou as tiras pelos ombros. Ada esperou até que ela tivesse ido embora. "Widow Twanky."

As roupas lavadas congelavam no varal. Ada recolheu os lençóis quebradiços e os pendurou em volta da caldeira no porão. A neve estava funda e vinha se acumulando na casa até o peitoril das janelas. O céu era azul claro. Ada o preferia amarelo. Ficava mais quente, logo antes de nevar. A fumaça da fábrica no campo perto dali era expelida dia e noite, nuvens feias e pretas que pairavam sobre o jardim e deixava uma fuligem arenosa no chão. Ela ouvia barulhos do campo de concentração que nunca tinha ouvido antes, caminhões passando, ordens sendo gritadas. "*Raus! Beeilung!*" O ruído surdo de pessoas perambulando. Alguma coisa estava mudando. No inverno, quando as árvores estavam nuas, ela podia espiar a entrada do campo de um canto do jardim. Toda manhã, quando pendurava a roupa lavada no varal, toda noite, quando a recolhia, cada vez mais pessoas chegavam. Elas pareciam encurvadas, exaustas. Alguém caiu, e um dos guardas avançou. Houve um clarão, um estampido como se um galho tivesse sido quebrado. O homem não levantou.

O campo de concentração. A fábrica. Ada sempre pensava em prisões como grandes construções vitorianas com barras nas janelas. Ela segurou o lençol congelado. Aquela prisão era diferente. Ela estremeceu. Alguma coisa não estava certa. A fumaça, o cheiro. As palavras que os alemães usavam. "*Untermensch.*" "*Ungeziefer.*" "Vermes." Ela tinha ouvido falar que matavam os ratos de esgoto com gás em Londres, e queimavam os corpos.

Ada quase desistiu da mulher com a seda *Douppioni* e os cachorros, mas ela reapareceu em uma manhã em janeiro de 1945 para uma prova, usando uma saia simples e um *twin set*, com os dois cachorros a tiracolo. Havia bastante tecido para uma cauda sereia, mas Ada tinha cortado o vestido reto, ajustado, simples. Deixe-a ver no corpo. Deixe-a apreciar a magia.

— E se a senhora ainda quiser a cauda sereia, eu tenho o suficiente — disse Ada.

Ela fez uma única rosa, cortando a seda em cruz, dobrando e torcendo de modo que a flor ficasse arredondada e aberta. E a prendeu logo abaixo da gola, à esquerda. A mulher colocou o vestido enquanto Ada prendia os ganchos na parte de trás.

A alemã ficou ali parada, a pele de seus ombros nus com um brilho marfim contra a seda de ébano, o rosa no pescoço, um sedutor vislumbre carmim.

— Não tem espelho — disse Ada. — A senhora precisa ir com *frau* Weiter.

Toda cliente precisava usar o espelho que ficava no andar de cima, em um quarto, distorcendo o reflexo, de um lado para outro, a parte de trás, da frente, falar sobre a roupa longe de Ada, como se não tivesse sido ela que a fez. Elas tinham medo de que Ada fosse estragar alguma coisa? Conseguir um caco e segurá-lo contra o pescoço das mulheres? Ela podia fazê-lo com mais facilidade com a tesoura. Ou será que eram vaidosas demais? E não podiam deixá-la ver que não estavam à altura das suas criações?

— *Komm* — a mulher chamou os cachorros.

— Pode deixá-los — disse Ada. — Eu cuido deles.

A mulher hesitou e sorriu.

— *Bleib!* — disse ela, levantando o dedo até os dois cachorros sentarem e depois deitarem.

Ada esperou até que a alemã tivesse saído antes de chamá-los, os corpos magros, quentes e seu pelo sedoso se contorcendo sob os carinhos, gemendo enquanto tentavam lamber seu rosto. Ela podia sentir as cócegas da barba dos animais quando os abraçou forte, beijando o topo da cabeça deles como se fossem as últimas criaturas vivas que fosse conhecer, o último gesto de afeto que compartilharia. Começou a chorar, enxugando as lágrimas do pelo dos cachorros, e passando a mão no rosto para secar suas faces.

— *Schön* — disse a mulher ao voltar. — Elegante. *Perfekt*. — Os cachorros correram para ela. — *Sitz* — comandou ela, e os dois sentaram, tremendo, a cauda batendo no chão.

— Sem cauda de sereia? — perguntou Ada. — E uma única rosa?

— Você tinha razão. Obrigada. *Danke*.

Quem já tinha se dado ao trabalho de agradecê-la antes? Ela odiou se sentir tão grata, era patético, mas era preciso se apegar à gentileza.

— Preciso fazer a bainha — disse ela. — Por favor, se puder, suba aqui. — Ada foi buscar o banco. — Aqui. Cuidado ao subir.

A mulher se inclinou ao subir no banco. *Frau* Weiter parecia contrariada. Ada nunca tinha se atrevido a pedir que ela subisse num banco. *Frau* Weiter era pesada demais, tinhas pernas gordas demais. Ada pressionou a parte macia da perna dela com o dedo, logo acima do tornozelo.

— Eu acho, madame — continuou ela —, que este seria o comprimento ideal. Mais longo, arrastaria no chão. Mais curto, não é nem uma coisa nem outra.

Ada colocou o alfinete, "vire quando eu pedir", outro alfinete quando a mulher desenhou um círculo com passos pequenos até que a bainha toda estivesse marcada. Ela nunca tinha falado com as outras mulheres, nem com *frau* Weiss, nem *frau* Weiter, muito menos perguntado: "é para uma ocasião especial? A senhora vai a um lugar bonito?" Não tinha certeza se podia perguntar para essa mulher, mas o que tinha a perder?

— O vestido combina com a senhora, madame — disse Ada. — Posso perguntar qual é a ocasião?

— *Nein* — gritou *frau* Weiter. — Como você se atreve?

— Por que ela não deveria perguntar? — questionou a mulher. E virou para Ada. — É segredo — disse, levando o dedo aos lábios. — Vamos dizer que é para o dia com que toda mulher sonha.

Widow Twanky estava arfando de raiva. Ela poderia ter uma convulsão, pensou Ada. A qualquer instante. Que bom. Ada poderia trabalhar para a outra mulher. Dizer a ela que preto não era a cor certa para *essa ocasião especial*. E sim para um funeral.

— Use salto — disse Ada. — E o cabelo amarrado para trás, fora do rosto.

Ela sorriu. Uma mulher comum, gentil.

— A freira não está sendo inconveniente — disse ela para *frau* Weiter. — Não vá puni-la.

Frau Weiter respirou fundo e ficou em silêncio por um instante. Ada adorou o desconforto.

— Então você aprova minha pequena costureira? — perguntou ela finalmente, a voz dócil e bajuladora.

— Muito — disse a mulher. — Meu namorado vai gostar desse vestido. Vai ser o favorito dele, não tenho dúvidas. E sem pagar nada! — Ela riu. — Ele vai gostar ainda mais disso.

A alemã desceu do banco, ficou na ponta dos pés e deu um giro.

— Mande para mim quando estiver pronto — disse ela para *frau* Weiter. — Para Berlim. Talvez, irmã Clara, nós nos encontremos de novo.

Ela tirou o vestido, recolocou suas roupas, chamou os cachorros e foi embora.

Tinha sobrado tecido. A mulher não havia pedido o restante de volta. Um metro, talvez mais. O suficiente para uma jaqueta pequena, um bolero, uma sobrecapa com manga raglan, um toque de carmim no seio esquerdo, seda suficiente para uma rosa pequena.

Os aviões tinham começado a vir todos os dias. Às vezes, havia clarões e explosões; outras vezes, eles passavam sem soltar bombas. *Frau* Weiter estava mais agitada, a irritação em volta de sua cintura sangrava e Ada precisava lavar as combinações. Um trabalho horrível, mas valia a pena vê-la sofrer. *Obersturmbannführer* voltava para casa cada vez mais tarde a cada dia. Ada entendeu que *Obersturmbannführer* Weiss estava voltando, retomando suas atividades no campo. Ela ouviu *frau* Weiter gritando com o marido sobre isso. "E Thomas?", pensou Ada. "Onde está Thomas? Por favor, que ele esteja em segurança. Mandem-no para algum lugar no campo, longe das bombas." A guerra estava indo mal para a Alemanha. Ada ouviu *frau* Weiter gritar para Anni. Os alemães tinham feito os americanos recuarem na França, mas isso havia custado tudo que eles tinham, e agora os russos estavam se aproximando. Completamente selvagens, indisciplinados, vingativos. Quem iria protegê-los?

— Quem está no comando? — berrou ela. — O que vai acontecer conosco? Quem vai se importar conosco agora?

As noites se tornavam mais leves, mas o frio persistia. O chão era gelado onde Ada pisava enquanto lavava a roupa e mais de uma vez ela tinha escorregado, caído de costas e ficado sem ar. Anni cozinhava, mas a comida era escassa. As ferrovias e estradas tinham sido bombardeadas. Não havia transporte. Os ingleses explodiram os campos e as fábricas, os aeródromos e a munição. A guerra tinha que acabar logo.

A esperança só piorava tudo. Ela parecia um cavalo impaciente que devia ser domado todo dia. Não tinha certeza se aguentaria. Suas mãos tremiam, e ela tinha crises de choro que não conseguia controlar, parada sobre a pia, cotovelos na água, vendo as lágrimas caindo como pedras, atravessando a superfície e formando círculos, igual a crise de nervos da tia Lily. Sua tia ficou com sua família na época, e passava os dias gritando e chorando. Ada estava tendo uma crise de nervos também? Estava tendo um colapso? Justo agora, quando tudo estava acabando? Depois de ter resistido todos aqueles anos?

Ainda havia alguns vegetais que os prisioneiros tinham plantado, mas estavam acabando, e a safra da primavera não estava pronta para colheita — algumas cebolas estavam moles no centro; as batatas ainda iam brotar; os repolhos eram mais folhas do que substância. Ada se alimentava com as cascas, porém Anni a deixava raspar as panelas e tomar o resto da sopa. O peixe em lata estava acabando, e a farinha não duraria até o fim do mês. Anni ainda fazia pão, apesar das dificuldades: um pão por dia — e nenhuma fatia para Ada. Ela também montava armadilhas pelo jardim, já tendo pegado até um pombo, que torceu o pescoço, tirou as penas e colocou no guisado. Ada sentia dores que a deixavam enjoada e estava constipada. Estava cada vez mais magra e fraca. Não tinha forças para lavar, passar nem remendar roupas pesadas. *Frau* Weiter gritava o tempo todo, a espancava, a empurrava e a surrava com a tira. Sua menstruação não vinha havia muito, como se o esforço para isso estivesse além dos limites de seu corpo, além de não desperdiçar sangue precioso.

O vestido de seda preta fora enviado para a mulher. Ada precisava terminar o casaco. Ele deveria ser forrado, mas não havia nada para fazer o forro. Teria que fazê-lo assim mesmo. Franzir as costuras. *Douppioni* puído. Filamentos delicados que se soltavam da trama. Como os soldados, pensou Ada, que eram mais forte juntos. Porém, podia-se puxar um por um, *rompendo-os*.

Uma manhã, entrou na cozinha e entregou o casaco a Anni, fazendo sinal de silêncio com um dedo nos lábios. "Quieta. Um presente. Para você." Não podia contar que eram os restos de outra mulher, a outra única pessoa que lhe demonstrara alguma gentileza.

A neve começou a derreter. A grama ficava enlameada, e Ada tinha que tomar cuidado para não derrubar os lençóis. Brotos de narciso começaram a colorir os canteiros e as árvores, a revelar um verde delicado e luminoso, assim como em todos os anos que Ada tinha passado lá.

Frau Weiter entrou na área de serviço.

— Freira, qual é o seu nome? — perguntou ela.

Ada pensou por um instante.

— Irmã Clara.

— Irmã Clara — disse ela. *Frau* Weiter tinha perdido peso, todo mundo tinha. A pele do rosto e do queixo estava solta, e os *dirndls* ficavam frouxos na cintura. — Você não tem do que reclamar aqui, tem? Nós a tratamos bem, *Obersturmbannführer* Weiter e eu, não concorda? A alimentamos e a mantivemos aquecida? Você é uma freira. Nós respeitamos seu chamado. Você não tem nada contra nós, tem?

Ada não respondeu.

Naquela noite a casa inteira tremeu. Ada estava deitada na cama, com o hábito bem apertado ao redor do corpo, e o escapular cobrindo os olhos. Parecia um terremoto. As paredes aguentariam? O telhado cederia? Os vidros nas janelas do quarto dela vibraram, e um deles caiu no chão, estilhaçando-se até restarem apenas cristais. Ela podia sentir o cheiro de poeira, argamassa e cinzas. Abaixou o escapular e viu chamas vermelhas e furiosas pelo céu. "Está chegando perto", pensou Ada. Um *bum, bum, bum* implacável. O chão tremeu ao seu redor, e ela ouviu a casa rachar.

Logo em seguida, os tremores pararam. Os aviões zumbiam ao longe até não serem mais ouvidos. A casa estava tensa e vazia. O cinza vagaroso do amanhecer surgiu, e as luzes oscilantes do fogo recuaram.

O sol de abril estava baixo e fraco, lançando colunas finas de luz sobre uma peça espessa de seda preta, transformando-a em um mar de ébano e azeviche, prata e ardósia. Ada viu Anni passar a mão pelas bordas onduladas e finas do tecido, acompanhando as fibras exuberantes e cálidas, tocando a flor como se as pétalas fossem brotos delicados feitos com filamentos naturais. Anni usava o casaco sobre o suéter de lã e o avental de cozinheira, o que o fazia ficar apertado nos ombros. "Não, assim não", Ada queria dizer, mas ficou calada. Podia ver pelo rosto de Anni que o casaco era a coisa mais bonita que ela já havia possuído.

Anni estava com a chave para o quarto de Ada em uma mão e uma mala na outra.

— Adeus, freira — disse ela, jogando a chave no chão e chutando-a na direção de Ada. — *Auf wiedersehen*.

E se afastou, deixando a porta aberta.

Ada se levantou da cama. Era um truque. Os alemães a estavam testando, esperando que ela fugisse. *Frau* Weiter devia estar lá fora, pronta para agarrá-la quando passasse. "Você achou que ia escapar, não achou, freira?" O quarto estava frio. Ada tremeu, seu coração batia acelerado. Ela cambaleou até a porta, inclinou-se no batente e olhou para a cozinha. Estava silencioso. Nenhum barulho de Anni enchendo a chaleira e a lebado ao fogão, nenhuma batida da colher de madeira na panela escurecida, nenhum ruído das dobradiças da porta da despensa. Ada olhou para o corredor. Anni tinha deixado a porta entreaberta. Lá dentro, Ada podia ver que a grande porta de madeira estava aberta e, depois dela, a porta da entrada. A casa estava vazia.

Ela atravessou o corredor na ponta dos pés em direção à entrada, tocando as paredes ao passar, preparada a parar se ouvisse algo. Olhou pela porta da entrada. Não havia ninguém. Era como se um fantasma tivesse passado e travado todo o ar da casa. Havia uma sacola aberta no pé da escada, retalhos de tecido espalhados pelo chão, uma escova de cabelo, um sapato de *frau* Weiter. Pastas vazias estavam jogadas nos cantos, e cinzas ardiam na lareira. Ada não conseguia entender o que estava acontecendo. Todos tinham ido embora às pressas, de repente, correndo pela porta, "não há tempo para isso, não há tempo para aquilo". Paris. Stanislaus. "Deixe. Vai nos atrasar."

Algo tinha acontecido. Ela podia sentir o gosto de metal na boca, o estômago apertado. Suas mãos e axilas começaram a suar. Estava sozinha. Eles tinham ido embora. Seu maxilar começou a tremer e os dentes, a bater. Seu corpo todo tremia. Eles podiam voltar. Ela ia chorar de novo. Seus nervos se agitaram e as lágrimas surgiram, envoltas em uma valsa macabra. "Esquerda, dois, três. Direita, dois, três."

Ada deu outro passo. Seu pé chutou um pequeno tubo no tapete, que brilhou ao rolar para longe. Um batom. Ela o pegou e girou a base. Uma ponta chata de vermelho surgiu. Ela olhou as escadas vazias e, em seguida, o corredor deserto. Não havia ninguém ali. Passou o batom nos lábios e os esfregou, sentindo o cheiro de cera do cosmético. Repetiu o gesto, deslizando o bastão de um lado ao outro, estalando os lábios. Sua respiração ficou rápida, inspirava e expirava em lufadas frenéticas. Ela encostou as costas da mão no rosto, passou-a pela boca e viu uma mancha de vermelho nos dedos.

Nenhum pássaro, nenhum cachorro. Nem carros, nem aviões. Nem vozes, nem palavras. Nenhuma persiana balançando ao vento, nenhuma porta batendo. O vento parecia não existir. O mundo estava mudo, quieto. Ada ouviu os próprios pés descalços enquanto foi até a porta. O aparador ficava à esquerda. Ela se apoiou e parou. Havia um grande espelho na parede acima do móvel.

Um rosto desconhecido a encarou, de olhos vazios e fundos, uma mancha vermelha e forte no centro. Um tecido cinza e sujo estava amarrado na cabeça e um pescoço esquelético como o de uma ave, acima de um hábito de freira esfarrapado. Ada levantou a mão, tocou o próprio rosto e viu o reflexo repetir o gesto. Sentou-se no chão, abraçando os joelhos. Ficou olhando a porta aberta, para o vazio do outro lado. Estava tremendo e não conseguia parar. Das profundezas de seu ser, ouviu um grito baixo e paralisante.

Havia dois soldados na entrada apontando rifles para a casa. Ada os viu se aproximar. Ela devia levantar e sair correndo, mas suas pernas estavam pesadas, como duas toras. Não importava mais. Não sentia nada. Estava morta. Quanto tempo fazia que estava sentada lá? O dia todo?

A noite toda? Ouviu disparos. O *ra-ta-tá* das metralhadoras, o *bum* das explosões ecoando ao longe. Os soldados entraram, sincopados; armas apontadas para a esquerda e para a direita. As botas pesadas faziam barulho no chão, as solas gemiam. Os homens se aproximaram. Ela sentiu o cheiro do metal do cano pressionando sua têmpora.

— Levante.

Ele estava falando em inglês? Soava estranho, estrangeiro. Não pertencia àquele lugar, principalmente àquele lugar, a casa do comandante. Ada olhou para a frente, sem piscar, mãos e pernas chacoalhando, os lábios tremendo.

— Você consegue levantar, senhora? — A voz estava mais próxima, mais gentil. Americana.

Ela abriu a boca. "Quem são vocês?" Não tinha certeza se a frase saiu, se foi em inglês. O primeiro soldado se pôs trás dela. Ada se encolheu, sentiu os braços sob os seus quando ele a colocou de pé.

— Quem são vocês?

— Americanos — respondeu o soldado. — Sexto batalhão. Você fala inglês?

Ela olhou os soldados com os grossos uniformes verde-oliva. "Americanos."

— Eu sou inglesa — respondeu Ada. Ela se apoiou no soldado que a ajudou a se levantar, sentindo a aspereza da lã da jaqueta. O corpo do homem era firme e quente. Ela tinha esquecido como era tocar outro corpo. E se aproximou. — Acabou?

— O que você está fazendo aqui? — perguntou o outro soldado.

— Acabou? — repetiu Ada. — Acabou?

— Quase — respondeu o primeiro soldado.

— O que você está fazendo aqui? — repetiu o outro.

"O que ela estava fazendo ali?" Ada soltou outro suspiro longo e trêmulo.

— Eu quero ir para casa. Levem-me para casa.

Seus pensamentos estavam confusos, desorientados. Suas mãos tremiam, suas pernas estavam dormentes e sua voz, fraca como a de uma criança.

— Quem é você? — perguntou o soldado.

— Por favor, levem-me para casa.

— Você precisa vir conosco.

— Por favor.

Ela queria gritar.

— Qual é o seu nome? — perguntou mais uma vez o soldado.

Ela tocou o crucifixo no pescoço. Quem era?

— Irmã Clara — respondeu, mordendo o lábio, sentindo o gosto doce de marzipã do batom.

— O que está fazendo aqui?

— Fui aprisionada. — Ela voltou a soluçar. — *Frau* Weiss. E o bebê. Meu bebê. Thomas. Onde ele está?

— Quem era *frau* Weiss?

— A mulher dele. A mulher do comandante. E *frau* Weiter. Thomas... preciso encontrá-lo. — Ela se afastou do soldado, tentando se soltar. — Deixem-me ir.

O soldado a segurou com mais força.

— Não, moça. Você vem conosco. Agora.

O soldado a empurrou em direção à porta.

— Meus sapatos — disse Ada. — Preciso dos meus sapatos. E do meu vestido. Preciso pegá-los. Não é permitido.

Ela se mexeu, apontando para trás, mas o soldado ainda a segurava firme.

— É um truque — disse ele.

— Vá junto — disse o segundo soldado, apontando o rifle para Ada. — Ela pode pegar as roupas.

O homem a soltou, foi até o corredor com o rifle a postos, checando se o caminho estava livre antes de entrar e sinalizando para Ada acompanhá-lo. Ela entrou de lado, e o soldado a seguiu. A cama desfeita ainda estava no chão. O cobertor e o antigo hábito da irmã Jeanne estavam desarrumados sobre as almofadas.

Os cacos de vidro da janela quebrada ainda estavam no chão.

— Você não pode entrar — disse ela. — Não é permitido. *Es ist nicht gestattet.*

O soldado se aproximou.

— Você fala alemão. É uma maldita nazista. — Ele a pegou pelo queixo e forçou seu rosto a encará-lo. O soldado não tinha feito a barba, que estava áspera. Havia uma mancha de comida em seu rosto.

— Você é uma maldita nazista. Vamos fazê-la pagar por isso. — Ele começou a gritar, balançando o braço livre em direção ao campo de concentração. — Por tudo isso. — Ada podia ouvi-lo engasgar, quase chorar. — Vocês fizeram isso. Malditos alemães. Sua *vadia* maldita.

Ele apertou o queixo de Ada e a empurrou.

— Não — disse Ada, esfregando seu rosto. — *Nein*. Eu não sou alemã. Sou inglesa. *Britische*.

— Ah, é? — O soldado estava rosnando, partículas de saliva surgindo em seus lábios. — Então, você é uma maldita colaboradora. Uma traidora. Você vai ser enforcada por isso.

— Eu não entendo. — O que estava dizendo? Não conseguia falar em inglês. Tinha esquecido as palavras. — *Ich verstehe nicht*.

O soldado sacou uma pistola da cintura e a apontou para Ada. Ela olhou para a arma, para o soldado. Seu braço estava estendido e firme, o cano apontado para a cabeça dela.

— Seria tão fácil — disse ele.

Não eram americanos. Era um truque. Eram guardas. Do campo de concentração. Impostores. Tinham vindo buscá-la. *Frau* Weiss tinha ameaçado.

— Meu vestido. Preciso usar meu vestido. *Frau* Weiter não me deixa usar o hábito.

Ada pegou o vestido da mesa, começou a vesti-lo pela cabeça, mas a sarja grossa ficou presa. Ela rasgou o tecido — pôde ouvi-lo rasgando — e o jogou na cama, sobre o hábito amassado da irmã Jeanne.

O soldado deu um passo para frente, a pistola mais próxima.

— Vou costurar — disse ela, se abaixando para recolhê-lo. — Vou costurar. A sacola da irmã Jeanne. Preciso encontrá-la. Preciso devolver.

Ada pegou o hábito, o vestido rasgado, enrolou os dois com mãos trêmulas e os colocou embaixo do braço.

— Que diabos você está fazendo?

Ele destravou a pistola.

Ada se encolheu.

— Ajude-me — pediu ela. — Você precisa me ajudar a encontrar. Preciso levar de volta. — Ela podia ouvir as palavras sendo despejadas. Fazia tanto tempo que não falava em inglês, não em voz alta. A guerra tinha acabado. *Der Krieg ist vorbei*. O fim. *Das Ende*. "Terminada, para sempre?" Ela precisava pensar. Sua cabeça estava confusa e suas palavras saíam confusas e arrastadas. Ela precisou se apoiar na mesa para estabilizar o corpo. Estava tonta.

— Pegue seus sapatos, Kraut — gritou o soldado.

Ada se encolheu.

— Sim, meus sapatos. Preciso dos meus sapatos. Estão ao lado da cama. Bem aqui. Aqui.

Ela os levantou para mostrá-los ao soldado e os colocou no chão. Estavam sem cadarço, e o calcanhar estava quebrado. Ada deslizou os pés para dentro.

— Minha costura — disse ela. — Preciso costurar meu vestido. Onde você colocou minha costura? Preciso arrumar essa bagunça, e lavar a roupa de *frau* Weiter. A sacola da irmã Jeanne... não consigo encontrá-la.

Ada se ouviu choramingar. Estava embaixo da mesa. Claro. Estava sendo usada para guardar o resto de material. Ela a pegou e virou do avesso, deixando o tecido livre.

— O hábito da irmã Jeanne. Espero que ela não fique chateada.

O que ela estava pensando? Devia parecer louca, demente. Não conseguia se controlar. Ada enfiou as roupas na sacola, mas era muito pequena, e a túnica ficou sobrando na abertura. O tecido estava engordurado. Ela não tinha notado antes.

— Pare de enrolar — gritou o soldado. — Vagabunda alemã.

Ada teve um sobressalto diante das palavras.

— Não, não. Eu não sou alemã. *Britische*.

— Por Deus, é melhor você estar falando a verdade.

— Aonde vamos? — perguntou ela, olhando em volta e vendo a máquina de costura perto da janela. — Eu preciso daquilo. Não posso ir sem.

— Deixe — disse o soldado. E agarrou o braço dela pelo cotovelo. Ela tentou se soltar.

— Não posso. Preciso colocar a tampa. Aqui está. Aqui está a tampa.

Ada a colocou sobre a máquina, ajustou e fechou as travas.

— Deixe — berrou o soldado, acenando a pistola para ela.

— Não — disse Ada. — Você não entende. Preciso levá-la. — Ada levantou a máquina da mesa. O peso a fez se encurvar. Ela endireitou o corpo, pegou a alça e a arrastou em direção à porta.

O outro soldado entrou no quarto. Ada não o tinha visto chegar.

— Ela enlouqueceu. O sargento está aqui.

O soldado pegou a máquina de costura das mãos dela e foi para o corredor. Ada foi atrás. Mais dois soldados tinham aparecido.

— Ela é uma *Kraut* — disse o primeiro soldado. — Fala esse alemão de merda.

Os homens começaram a conversar entre si. Ada não sabia o que estavam dizendo. Ela pescava palavras que não faziam sentido. Achavam que ela era alemã. Uma inimiga. Iam prendê-la? Atirar nela? Ada precisava contar quem era, por que estava ali. "Não sou alemã. Fui capturada. Não tive escolha." Por que não conseguia encontrar as palavras? Fazê-los enxergar a verdade?

Ela parou no centro do hall, com os dedos de uma mão no crucifixo e a sacola lotada da irmã Jeanne na outra. Um dos soldados se aproximou. Não tinha rifle, mas Ada notou que tinha um revólver no coldre e três tiras beges costuradas na manga. Um sargento.

— Diga: você fala inglês?

Ela assentiu.

— Você é algum tipo de freira?

Não. Sim. Ada o encarou, a boca aberta.

— O que vão fazer comigo? Não sou alemã. Não sou.

— Bem — disse ele, prolongando a palavra. — Encontramos um monte de freiras em Munique ontem. — Aproximou-se ele. — Então, irmã, o que é esse vermelho no seu rosto?

O coração de Ada estava disparado, batimentos fortes em seu peito. Ela estava zonza, flutuando. Os soldados não eram reais, não podiam ser. Aquele não podia ser o fim da guerra. Não daquele jeito. Americanos. Ela não era alemã. Ada estendeu o braço e tocou a mão do sargento, sentiu os pelos nas pontas dos dedos e a maciez da pele. O vermelho em seu rosto. Havia algo vermelho em seu rosto.

— Quer me contar como você veio parar aqui? — perguntou ele, sem esperar a resposta.

Ada moveu a cabeça de repente. Seu pescoço estalou, e uma onda de dor atravessou seu crânio. Ela começou a cambalear. O sargento a segurou antes que caísse.

— Quando foi a última vez que comeu? — perguntou ele por sobre o ombro. — Você tem uma daquelas barras da ração? — O soldado pegou um pequeno pacote no bolso e o entregou. — Chocolate — disse ele, colocando a barra na mão de Ada.

Ela sentiu o cheiro de açúcar e de cacau, doce e amargo, e negou com a cabeça.

— Vai fazê-la se sentir melhor — insistiu o sargento. Ela o encarou. — Quer me contar como veio parar aqui? — perguntou ele mais uma vez.

— Não sou alemã — disse ela. — Acredite em mim.

— Conte o que está fazendo aqui.

Ada nunca tinha contado para ninguém, não a história real e completa, nem mesmo para si mesma, mentalmente. E não tinha certeza de como fazê-lo, onde começar. Tinha acontecido há tanto tempo.

— Os alemães vieram — começou ela.

— Onde você estava? — perguntou o sargento.

— Na Bélgica, em Namur.

"Não mais." Stanislaus.

— E?

— Eles nos levaram. As freiras inglesas. Mandaram-nos para cá, para cuidar de idosos. Só que *herr* Weiss... — Ela podia sentir a mão artrítica dele sobre a sua, pressionando-a contra a virilha dele. — mandou-me para cá.

— É confortável aqui. Uma bela casa — disse ele. — Tem certeza de que você não é uma voluntária?

— Voluntária? — repetiu Ada. — Eles me obrigaram.

— Sabe, irmã, preciso ter certeza de que você está dizendo a verdade.

— E meu bebê — disse Ada. — Eu perdi meu bebê.

O sargento deu um passo para trás.

— O que ela diz faz sentido. Foi basicamente o que as outras freiras disseram.

— *Frau* Weiss está com o meu bebê — continuou ela.

— Claro, irmã — disse o sargento, com a voz gentil e delicada. — Você está um pouco confusa.

— Foram embora. Foram todos embora.

O sargento olhou para ela com dureza, em seguida sorriu.

— Como é o seu nome mesmo?

— Irmã Clara.

— Bem, irmã Clara. Estou confiando em você. Deveríamos levá-la, ter certeza de que é uma prisioneira de fato e não uma alemã fingindo, ou uma traidora mentirosa, desculpe o linguajar, irmã — disse ele, pegando o chocolate no bolso e oferecendo mais uma vez.

— Não quer experimentar?

Ada fez que não com a cabeça.

— Aquele campo não é lugar para uma freira — disse ele. — Não posso mandar você para lá com os outros prisioneiros. Acredite, senhora, você não quer ir para lá. — Ele parou e franziu o cenho concentrado. — Agora, essas outras freiras — O sargento mordeu o lábio. — Consegue me dizer alguns dos nomes?

— Irmã Brigitte — respondeu Ada. — Irmã Agatha, irmã...

— Irmã Brigitte. Sim. Ela é uma espécie de chefe, responsável por você?

Ada assentiu.

— Bom, a irmã Brigitte diz que as freiras vão ficar onde estão. Que não podem abandonar os idosos. Guerra ou paz, não faz diferença. Elas servem a Deus e a sua vocação. — O homem levantou as duas mãos e revirou os olhos. — Então por que não a devolvo para sua congregação? Vamos registrar e classificar todas vocês depois.

— Quando posso ir para casa? — perguntou ela. — Preciso encontrar meu bebê. *Frau* Weiss ficou com meu bebê.

— Claro — disse o sargento. — Claro. — Ele virou para um dos soldados. — Pegue o jipe e leve-a. — Em seguida apontou para a máquina de costura no chão. — E leve isso, se a deixa feliz. Vou pedir a Battelli para ir com ela.

O soldado que tinha ido com Ada até o quarto e a ajudou a embarcar no jipe, estava muito carrancudo. Havia uma lona cobrindo o teto e as laterais, e uma tampa traseira rústica. Ele apontou para um assento, colocou a máquina de costura aos pés dela e lhe entregou um cobertor. Deu meia-volta e foi em direção a casa. Ela podia ver a estrada adiante, pela parte de trás do veículo. Uma fumaça melancólica pairava no ar, densa como uma nuvem. Havia um cheiro de queimado, de borracha, o fedor amargo de cordite.

Outro soldado embarcou e sentou ao lado dela. Era jovem, com cabelo grosso e preto e olhos castanhos escuros. Parecia mais amigável que os demais. Sorriu para ela.

— Irmã, meu nome é Francesco, mas me chamam de Frank. Eu também sou católico. Fui designado para cuidar de você.

Ela olhou além do rapaz, para a lona atrás nele. Estava desbotada por causa do sol e riscada por causa da chuva. Os ilhoses estavam enferrujados e as cordas, amarronzadas. Não sou freira. Ela devia dizer. Não sou a irmã Clara. Não sou católica. Não mais. Não sou nada. Ada olhou para as próprias mãos, cobertas de veias saltadas, as articulações tão visíveis quanto um rochedo. A pele estava em carne viva e as unhas, roídas até o limite. Era tudo o que era. Ossos e veias. Uma carcaça vazia.

O motorista deu a partida no jipe, e eles saíram da entrada da casa, passando por caminhões. A camuflagem verde suja de lama. Do lado esquerdo podia-se ver as ruínas bombardeadas de um grande prédio, poeira e fumaça pairando sobre o entulho e os vestígios deformados de um trem e uma ferrovia, retorcidos como um cabide quebrado.

— Sim — dizia Frank. — Pegamos o maior. Munição. Explodiu como Coney Island no feriado de 4 de julho.

Tinha sido na noite anterior? Ou no mês anterior? *Bum, bum*. Ada se encolheu diante do comentário. Céu brilhando. Explosões. O vidro da janela estourou do caixilho, estilhaçando-se no chão de pedra, o barulho mortal da casa atingida. Munição. A maior. Fazia sentido.

Frank pegou um maço de cigarros. "Old Gold", ela leu. O soldado pegou um e acendeu. Ela não fumava um cigarro desde aqueles Gauloise que ela e Stanislaus costumavam fumar em Paris anos atrás.

— Por favor. Você pode me dar um? — pediu ela.

Frank pareceu confuso.

— Achava que freiras não fumassem — disse ele. — Tem certeza que quer um?

Ada assentiu.

Ele levantou as sobrancelhas e ofereceu o maço.

— Acho que está precisando. — O soldado piscou para ela. — Não vou contar para a madre superiora.

Ele se aproximou e acendeu o cigarro. Ada tragou profundamente. O gosto do tabaco era horrível e fez sua língua formigar. Ela sentiu a fumaça áspera encher seus pulmões e tossiu, vendo a fumaça sair pelo nariz.

— Então, não inspire — disse Frank. — Apenas dê uma baforada. Acho que você nunca fumou antes.

O cigarro a deixou ainda mais tonta do que antes, porém, clareou sua mente, revelando uma lembrança. Um homem, cuidando dela, acendendo seu cigarro. Essa era ela, Ada, voltando à vida. Um segundo cigarro não teria gosto tão ruim.

O jipe passou por outra fábrica. Os portões estavam abertos. *Arbeit macht frei*. Sim, ela tinha passado por ali quando chegou e se lembrou das palavras. "O trabalho liberta." Havia uma aglomeração lá dentro. Algumas pessoas usavam casacos e calças listradas como os homens que via na casa de *frau* Weiss. Ada podia ver soldados segurando pranchetas.

— O que aconteceu ali? — perguntou ela a Frank. — O que eles fizeram?

Os músculos do maxilar do soldado ficaram tensos quando ele desviou o rosto.

— Cadáveres. — Frank pegou o que restou do cigarro entre os dedos e jogou a bituca para fora do jipe. — Era um campo de concentração.

O campo. *Esse* era o campo.

Frank acelerou. Dachau era uma vila maior do que Ada se lembrava. Eles passaram por outra estação ferroviária, sem telhado. Havia uma grande cratera na plataforma. As janelas e as portas das casas adjacentes tinham explodido. O jipe passou por uma igreja e uma torre de água, percorrendo ruas de paralelepípedo longas e sinuosas com casas altas dos dois lados. Soldados estavam na estrada. "Americanos", Ada adivinhou pela cor do uniforme. Um homem de casaco listrado atravessou a rua cambaleando, o rosto sombrio. Ela virou o corpo para vê-lo melhor. Talvez já o tivesse encontrado, talvez fosse um *daqueles* homens. Ele também se virou e sua expressão era vazia e fantasmagórica. O jipe parou. Um grupo de crianças estava atravessando a rua. Elas usavam casacos cinza esfarrapados idênticos e sapatos arranhados, com meias franzidas nos tornozelos. Ada jogou sua bituca fora, se arrastou até a traseira do veículo e desceu do jipe.

— Ei! — chamou Frank.

Ada levantou a túnica e correu atrás das crianças, agarrando o último pela manga e fazendo-o virar.

— Thomas — chamou ela. O garoto gritou, e a professora à frente do grupo parou e se aproximou.

— Vá embora — disse ela, o rosto marcado pelo medo. — Solte o menino.

— Thomas — disse Ada. — Estou procurando Thomas. Ou Joachim. Sim, Joachim. Esse é o nome. Ele está aqui? — As crianças pararam e a olhavam. Ela inspecionou os rostos pálidos, notando como as faces estavam rachadas e os lábios, machucados. Elas deviam ter oito ou nove anos. Eram velhas demais para Thomas. — Não. Onde ele está?

Frank a alcançou e, segurando-a pelo cotovelo, levou-a dali.

— Venha comigo — disse ele. — Não faça mais isso.

Ele a levou para o jipe, abaixou a parte de trás e a ajudou a embarcar. Thomas ainda era um garotinho. Um menino tão pequeno. Um filho da guerra. Era tudo o que ele conhecera, o estrondo negro da guerra.

Ada fechou os olhos.

— Achei que o tinha visto — disse ela. O motorista avançou. — Para onde vocês estão me levando?

— Munique.

Havia uma corrente de ar no jipe, e Ada se enrolou com o cobertor.

A estrada estava cheia de poças, e o jipe precisou desviar e desacelerar. Eles tiveram de parar em dois pontos de verificação. "Certo, amigo, tudo bem." Passaram por uma idosa e uma mulher mais jovem com um menino. A mulher mais jovem estava empurrando um carrinho cheio de malas, com um homem mais velho se equilibrando sobre elas. O campo tinha uma aparência invernal. Montes de neve sobre os campos marrons e áridos. Os vilarejos estavam desertos e as casas, escuras e desarrumadas. Eles passaram por uma floresta de faias, árvores com troncos cobertos de musgo e galhos nus que iam até onde os olhos podiam ver.

— Estou livre? — perguntou ela.

— Claro — respondeu Frank.

— Acabou?

— Claro.

"Livre."

— E *frau* Weiter? — continuou ela. — E Anni?

— Não sei de quem você está falando.

A costura. Ela precisava remendar as roupas. Revirou a sacola de irmã Jeanne e pegou o hábito velho. A sacola ficou vazia.

— Eu esqueci a costura — disse Ada. Estava na mala, sobre o guarda-roupa, com todas as outras amostras de Paris. *Stanislaus* precisava parar o jipe. — Precisamos voltar.

— Esqueça — disse Frank.

— Por favor.

— Por que precisa da costura? Acabou, irmã. — O soldado riu. — Você é engraçada.

Ela balançou a cabeça. Esse não era Stanislaus. Era outro homem.

— Onde eu estou? — perguntou ela. — O que está acontecendo?

Frank desacelerou o jipe mais uma vez, e Ada viu que estavam em uma rua ampla com casas cercadas de grandes jardins. Tinham chegado a uma cidade. Para além desses jardins, ela podia ver outros prédios, a torre de uma igreja, telhados.

— Quase lá — disse Frank.

Viraram a esquina. As casas de um lado da rua foram destruídas, como se um braço ou uma perna tivessem sido arrancados, expondo a articulação. Papéis de parede estavam em pedaços, um colchão virado como um músculo arrancado de seu tendão, uma mesa com bordas ásperas, jogada como um osso. Outra esquina. A estrutura de uma igreja. Um leão de bronze foi derrubado de seu pedestal e caíra de lado, as patas no ar. Havia poeira por toda parte, e fumaça. Também havia pessoas vagando, perdidas e em silêncio. Construções em chamas, pilhas de entulho tão altas quanto montanhas. Metade de um viaduto ferroviário, os trilhos curvados como uma montanha-russa. O jipe passou por uma praça. Portas e janelas de todos os prédios foram destruídas, lembrando olhos vazios e bocas famintas. Os escombros estavam por toda parte. Havia troncos de árvore num canto, e soldados inclinados sobre eles. Ada fixou paralisada.

— Tudo bem, irmã — disse Frank. — São dos nossos.

Nada estava como ela se lembrava da breve viagem de caminhão anos antes. Imaginou que estavam no centro de Munique. A casa geriátrica havia sobrevivido. Tinha perdido os portões e as paredes, e os jardins estavam tão nus quanto os campos, mas ela a reconheceu. Frank a ajudou a desembarcar, pegou a sacola da irmã Jeanne e a máquina de costura.

— Você primeiro — disse ele.

Ada foi até a entrada, abriu as portas, entrou no hall, com seu piso de tabuleiro de damas. A irmã Brigitte estava lá.

— Irmã Clara — disse ela, e se aproximou de braços abertos.

Ada se jogou nos braços da freira, e a irmã Brigitte a apertou.

— Graças a Deus — disse a irmã. — Graças a Deus.

A irmã Brigitte ateou fogo ao hábito da irmã Jeanne e ao de Ada também.

— Não precisa devolver — disse ela, empurrando Ada para a cama e afofando os travesseiros atrás dela. — Agora, deite-se e pare de se debater.

— *Herr* Weiss? — perguntou ela. Ada podia vê-lo batendo a bengala pela sala, deitando na cama a seu lado.

— *Herr* Weiss? Ele faleceu, que Deus o tenha.

"Que Deus o faça *apodrecer*."

— E a máquina de costura?

— A máquina de costura está embaixo da cama. Ninguém vai levá-la embora.

— Seja gentil com ela — disse a irmã Brigitte para a irmã Agatha.

"Exaustão nervosa." A guerra tinha terminado de fato agora. Hitler estava morto. A Alemanha tinha se rendido. Ada estava deitada na cama, coberta por um edredom macio. Um *Federbetten*. *Frau* Weiter tinha um. Ada não entendia como ele podia aquecer sem cobertores, mas funcionava, era aconchegante e confortável. Ela estava em um quarto grande e iluminado, e via os jardins pelas janelas. Não havia nenhum guarda. Apenas uma bétula comprida com folhas novas e dois homens com cobertores sobre os ombros, se arrastando de braços dados com a irmã Josephine. A freira era mais alta que os dois, com seu véu branco e novo. Era um milagre que todos tivessem sobrevivido: os idosos, as irmãs — até a irmã Thérèse, passando os dedos velhos e com artrose pelo rosário e roncando baixinho à noite. Havia seis camas no quarto, uma para cada freira. Camas de verdade, com pernas, cabeceiras e roupa de cama, franzida nas bordas e gasta no meio, mas limpa. Elas acordavam ao amanhecer, faziam suas orações, cuidavam das tarefas, deixando Ada descansar. Ela ia procurar Thomas assim que estivesse recuperada.

Seu filho não podia estar longe. Ela escreveu para casa: "Queridos papai e mamãe, espero que vocês estejam bem e tenham dado ao sr. Hitler o que ele mereceu." Podia imaginar o rosto deles quando recebessem a carta. Todo mundo saberia. Selo estrangeiro. Os vizinhos iam comentar. "Aposto que é de Ada. Deixe-me ver." "Estou bem", continuou a escrever. Ela não queria preocupá-los. Já deviam estar aflitos o suficiente. "Foi uma aventura e tanto aqui." Era melhor não falar nada sobre Thomas, não ainda. "Conto tudo quando chegar, o que vai ser logo, espero. Sua amada filha, Ada."

— Frank perguntou de você hoje — comentou a irmã Brigitte, colocando uma bandeja sobre o colo de Ada. — Ele vem duas vezes por semana, com as rações. Gostou de você, pelo jeito.

Ada sorriu. Frank era um homem bonito.

— A senhora pode me passar o espelho? — pediu ela.

— Não, não posso. Não até você melhorar — disse irmã Brigitte.

Ela se sentou na beira da cama de Ada, que teve de equilibrar a bandeja. — Eu sei que você não é uma freira, irmã Clara, mas estamos orgulhosas de você. Você nos trouxe muita satisfação. Qual é o seu verdadeiro nome?

— Ada — respondeu ela. — Ada Vaughan.

Ela respondeu com delicadeza, repetidas vezes. Era *Ada Vaughan*. Não dizia essas palavras desde, desde quando? Ela reviu os anos, contando nos dedos. Desde que os alemães a tinham capturado, em 1940. Quase cinco anos exatos. Ela podia ser Ada de novo, voltar a ser quem era, retornar para casa, voltar a ser normal. "Uma excelente costureira." Podia acender a luz quando quisesse, usar meia de seda, lavar a cabeça. Precisaria descobrir qual era a última moda. Dançar. Conhecer um rapaz e criar raízes. Ela e Thomas. Uma pequena família. Esperança.

— Bem, Ada — disse a irmã Brigitte, sorrindo. — Você já considerou uma vocação? — Ada não conseguiu se conter. Ela gargalhou, o que fez a cama balançar, derramando sopa na bandeja. — Talvez não, afinal.

— Não — respondeu Ada. — Talvez não. — Ela pegou a colher e mexeu a sopa. Respirou fundo. — Quando eu estiver melhor, irmã Brigitte... — ela fez uma pausa, sem saber como formular a pergunta. — Preciso encontrar Thomas. A senhora me ajuda?

Ada viu o perfil do rosto da irmã Brigitte. A freira tinha envelhecido com a guerra, linhas de preocupação ao redor da boca.

— Não alimente suas esperanças, minha querida — respondeu ela. Sua voz saiu baixa. — Coisas horríveis aconteceram nessa guerra. Descobrimos mais a cada dia. Por favor, tome a sopa.

— Eu não quero — disse Ada, levantando a bandeja.

— Eu insisto — disse a irmã Brigitte. — Você precisa recuperar sua força. Física e mental. — Ela meneou a cabeça para a sopa e esperou Ada pegar a colher. — Aos poucos. — A freira levantou e foi até a janela. — Sobrevivemos porque cultivamos nossos vegetais. E mantivemos um porco, frangos, patos. Roubaram os frangos e os patos. Teriam roubado o porco, mas ele fazia muito barulho. Eles sabem, os porcos. Animais inteligentes. Sabem quando sua hora chegou. E não morrem em silêncio — continuou ela, olhando para Ada. — Ainda assim, tivemos de revirar o jardim para nos alimentar. Agora são os americanos que nos alimentam. Vamos plantar flores logo, em seu devido lugar. Para que nossos idosos possam olhar para a beleza. Terminou?

Ada assentiu e a irmã Brigitte recolheu a bandeja, equilibrando-a no quadril e apoiando em um braço.

— O padre Friedel foi morto.

— Eu sei — disse Ada. — Por se pronunciar.

— Bem — continuou a irmã Brigitte — não foi exatamente assim. Ele foi morto em retaliação a um bispo que se manifestou. O padre Friedel era um pouco velho. Não tenho certeza se ele sabia o que estava acontecendo. Foi pego no dia em que seu bebê nasceu.

Ada levou as mãos à boca e inspirou, tensa.

— Não achavam que ele estava com um bebê, foi o que nos disseram. Mas não fazemos ideia do que ele fez com a criança. Agora não temos como perguntar.

— Talvez tenha sido levado a um orfanato, para um orfanato católico — sugeriu Ada.

Irmã Brigitte franziu o cenho, respirou fundo e abriu a boca como se fosse dizer alguma coisa, mas, em vez disso, arrumou a bandeja.

— Sim — acrescentou Ada, antes que a irmã Brigitte continuasse. Estava tão perto de encontrá-lo agora, de segurá-lo, de chorar com o rosto encostado em seu cabelo. "Thomas." — Deve ter sido isso. Vou até lá. Quando estiver melhor. — Um orfanato, claro. O padre não o teria entregado para *frau* Weiss. — A senhora pode vir comigo?

Levou um momento até a irmã Brigitte responder.

— Talvez. — Sua voz saiu hesitante, e ela fez outra pausa. — O orfanato foi bombardeado. — Ada deu um grito. — As crianças foram evacuadas.

— Para onde?

A irmã fez outra pausa:

— Dachau.

Tudo fazia sentido. *Frau* Weiss. Ela tinha ficado com Thomas. Em Dachau. Um lindo bebê. As crianças por quem tinha passado eram órfãs. Ela ia voltar para Dachau, encontrar o orfanato.

Elas podiam contar tudo a Ada, ajudá-la a encontrar Thomas.

★

Seu cabelo tinha crescido, e ganhara peso. Ela passou duas semanas acamada antes de receber permissão para levantar, cambaleante a princípio, dois pés no chão, sair da cama, como uma criança. "Devagar", diziam. A cada dia ela andava um pouco adiante: pelo dormitório, atravessava o corredor, ia até o solário. Seu corpo se enrijeceu ao pensar em ver *herr* Weiss ali. "Venha, minha querida. Sente ao meu lado." A irmã Brigitte lhe disse que ele morreu. Suicídio. Tinha cortado os pulsos com uma navalha afiada. Deixara um bilhete para o sobrinho, o *Obersturmbannführer* Martin Weiss. "De acordo com os planos do *Führer*." Ada continuou andando. O jardim. O tempo estava frio para maio, mas o sol do meio-dia guardava a promessa de calor. Irmã Brigitte trouxera algumas roupas para ela, um par de sapatos, uma saia antiquada que era comprida e grande demais, uma blusa de algodão escovado.

— Frank as trouxe. Disse que pagou diversos cigarros pelas peças.
— O rosto da freira ficou sério. — Ninguém tem comida. Estão desesperados. Estão dispostos a vender tudo. Cigarros são a nova moeda.
— Ela apontou para a máquina de costura embaixo da cama. — Você pode usar a máquina para diminuir, ajustá-las.

— Eu a trouxe comigo? — perguntou Ada. — O que eu estava pensando?

— Você não estava pensando — disse a irmã. — Estava transtornada.

Ada colocou a máquina sobre uma mesa. Ainda tinha linha da casa em Dachau. Precisava de um pouco de óleo, mas funcionava perfeitamente. Cortar e ajustar.

— E um espelho? A senhora prometeu — disse ela.

A irmã Brigitte a levou pelo corredor até o depósito. Havia um grande espelho de corpo inteiro no canto, coberto de poeira. Elas o levaram para o centro da sala, e a irmã o limpou com a manga.

Ada parou diante do espelho, não conseguia enxergar tão bem, costurar naqueles situações precárias tinha prejudicado sua visão. Coisas distantes ficavam embaçadas. Ela chegou mais perto. Seu rosto estava abatido e as maçãs do rosto, pronunciadas. O formato de seu crânio estava visível sob a pele. Porém, seus olhos não estavam mais vazios como crateras assombradas, sua pele, rosada e saudável, seu cabelo, grosso, na altura do queixo. Ela tirou a mecha de cabelo do rosto, colocou-a atrás da orelha e prendeu o cabelo todo no alto da cabeça. Virou para esquerda, para a direita. Ada Vaughan. Magra como uma vareta. Mas com sorte. "Sortuda."

A irmã parou atrás dela e tirou um pequeno tubo do bolso.

— Encontramos isso na sua túnica — disse ela, colocando o objeto na mão de Ada.

O batom. Ada o abriu, aproximou-se do espelho e o passou pelos lábios.

— Obrigada — disse ela, e puxou a freira, abraçando-a e beijando-a no rosto, o que deixou a marca vermelha de sua boca.

★

— Queria que tudo fosse tão fácil assim — comentou o tenente americano, entregando os papéis e a passagem de trem. — Muitos outros não são tão diretos.

Ada pegou a documentação e leu o título: "Cidadã britânica em perigo". Passou o dedo pelo próprio nome. "Ada Vaughan. Cidadã britânica, desalojada durante o conflito, qualificada para repatriação para o Reino Unido."

Ela ouvira que os alemães tinham bombardeado Londres. E se sua casa não estivesse lá? Como encontraria sua família?

— Vai ficar tudo bem — disse a irmã Brigitte. — Vão ficar tão felizes em ver você.

A passagem estava em sua mão. "Mantenha esses papéis com você o tempo todo. São documentos valiosos. Intransferíveis."

Ada não tinha muito tempo.

O jipe estava com a porta aberta. Era o começo de junho. O tempo tinha mudado, e o ar estava suave e quente.

— Não é uma limusine, eu sei — disse Frank, que estava com a irmã Brigitte no banco da frente. Ada se equilibrava no pequeno banco traseiro. — Não foi feito para damas, devo dizer. Mas é um cavalo de guerra robusto. — O soldado bateu no volante com carinho. — E vai nos levar até lá. — Frank virou para trás e sorriu. — Nunca acreditei que você fosse uma freira. Soube assim que coloquei os olhos em você. Você tinha que ser outra coisa.

Frank estava dirigindo rápido, e Ada precisou se segurar firme na parte de trás do assento. Ele buzinou para um cachorro esquálido e desviou de um buraco na estrada.

— "Você acredita?", perguntei ao sargento. Você se lembra dele? Falei para ele: "Sargento, sabe aquela freira que resgatou? Bem, pelo jeito ela não era freira. Só uma dama comum." Mas, sabe, Ada... — ele virou de novo. — Você é muito bonita.

Ada sorriu em agradecimento. Uma onda não familiar de calor subiu por seu rosto. O cabelo curto de Frank estava espetado embaixo do capacete. Havia caspa no colarinho dele. Suas mãos seguravam o volante, pelos escuros saíam dos punhos do uniforme.

— Então, você vai voltar para casa — continuou ele. — E me deixar sozinho...

Munique estava cheia de gente desmazelada e magra, vagando com sacolas nas mãos ou pacotes embrulhados com papel pardo. Uma pessoa parou um soldado americano e tirou um relógio do embrulho. O soldado fez que não com a cabeça. Entulho foi empilhado a uma altura de quase dez metros com uma escavadeira. Mulheres e crianças se aglomeravam ao redor dos escombros, revirando-os com as mãos nuas, pegando restos de madeira quebrada ou raspando a superfície. Uma mulher pegou algo bem enterrado, puxando o objeto de baixo de tijolos quebrados que rolavam pela pilha.

— O que você vai fazer lá? — perguntou Frank.

— Onde? — perguntou Ada.

— Em casa.

Ada deu de ombros. Ela não tinha pensado, não tinha ido além do momento em que abrisse a porta e visse todos eles, seus pais, irmãos e irmãs.

— Venha para os Estados Unidos — disse ele de repente. — Posso cuidar de você. Alimentá-la. — Frank olhou de lado para a irmã Brigitte. — Deus e a irmã Brigitte são minhas testemunhas, eu faria de você uma mulher honesta. Nós não seríamos ricos, mas ficaríamos bem. Deixar tudo isso para trás. Começar de novo. A terra das oportunidades. O que me diz, Ada? — Ele virou para trás e sorriu. — Case comigo.

— Casar com você? — Ada riu. — Eu nem o conheço.

— O que isso tem a ver? — Frank estava gritando por causa do barulho do motor. — Soube assim que a vi que você é a mulher certa para mim.

— E Thomas?

— Crianças, também, amo todas elas.

Ada viu os ombros dele levantarem, altos o bastante para engolir o céu.

— *If you were the only girl in the world, and I was the only boy.*[13]

A voz dele pairou acima do ruído da rua, pura como uma carícia, imaculada o suficiente para o paraíso — o que a fez se lembrar do pai, que cantava como um rouxinol. Ele também cantava essa canção, ao lado do piano do pub, ou fazer serenatas para a mãe dela na cozinha, nos dias bons, quando os dois não estavam discutindo. Fazia muito tempo que Ada não ouvia nada tão lindo. Talvez ela pudesse seguir aquela voz. Estados Unidos. Casar com Frank.

Ele diminuiu a velocidade, virou e a encarou.

— *Nothing else would matter in the world today. We could go on loving in the same old way.*[14]

Frank parou de cantar e se concentrou em dirigir pela rua esburacada. Uma mulher correu até eles com uma saia velha, camisa e sapatos masculinos, e bateu na lateral do jipe.

— Vocês, ianques gordos — gritava ela. — E nós, alemães?

Ada desviou o olhar, respirou fundo e abriu a boca.

— *A Garden of Eden just made for two, with nothing to mar our joy.*[15]

Cante, Frank. Cante, por favor.

Eles tinham saído da cidade e estavam na estrada para Dachau. Aqui e ali um fazendeiro arava a terra, ou a semeava, o que faria o campo voltar à vida. Havia pomares, com poucos locais com frutas novas. Maçãs ou cerejas, imaginou Ada. Vilarejos com casas de madeira e pesados telhados inclinados. Uma ou duas das casas tinham caixas de gerânios na varanda, brotos de um vermelho berrante contra a madeira preta e envelhecida. "Thomas."

— Ada, eu não acho que você deveria ter muitas esperanças — alertou a irmã Brigitte. — Não quero que se decepcione nem se

---

[13] "Se você fosse a única garota do mundo, e eu, o único rapaz". Verso de "If You Were the Only Girl (in the World)", de Nat D. Ayer e Clifford Grey. [N.T.]

[14] "Nada mais importaria no mundo hoje. Poderíamos continuar amando à moda antiga." Mesma canção. [N.T.]

[15] "Um jardim do Éden feito só para nós, sem nada para estragar nossa alegria." Mesma canção. [N.T.]

chateie. — Ela virou e olhou para Ada. — Talvez seja melhor deixar para lá.

— Não posso — disse Ada. — Eu preciso saber. — Ela vivia com o coração partido por causa de Thomas, com o medo e o desespero de perdê-lo. Não podia parar a busca agora, antes mesmo de começar. — E se o padre Friedel não o tiver levado para o orfanato? E se tiver entregado Thomas direto para *frau* Weiss? Precisamos encontrá-la.

— Você não tem provas de que aquela criança era seu filho. Só porque você quer que seja verdade não faz ser verdade. Já pensou nisso?

Se a irmã Brigitte achava que era uma busca idiota, Ada ia provar que ela estava errada. Sabia, como apenas uma mãe pode saber, que a criança era seu filho. E iria encontrá-lo, resgatá-lo. O orfanato ia dizer onde ele estava. *Frau* Weiss seria encontrada. Thomas a reconheceria e iria ao seu encontro. Ada teria de lhe ensinar inglês, mas ele aprenderia rápido. Bater na porta em Theed Street. "Ada? Ada, é você? Oh, meu Deus! E quem é esse rapazinho?" "Tommy. Este é Tommy." Ela olharia para trás e sinalizaria para o garoto entrar. "Oh, quase esqueci. Este é o Frank, mãe. Vamos nos casar."

— Chegamos — anunciou Frank. Ele manobrou o jipe até a entrada de uma casa grande, estacionou e ajudou-as a saltar do veículo. Ele se inclinou sobre o capô e pegou o maço de cigarros no bolso. — Eu espero aqui.

Ada apertou a mão da irmã Brigitte. "Aqui vamos nós." Elas apertaram a campainha e a ouviram tocar lá dentro, um sino retumbante, como um címbalo. Ninguém apareceu. Tocaram mais uma vez. Ada olhou para Frank e o chamou.

— Tem certeza que é aqui?

— Até onde sei.

— Espere — disse Ada, encostando na porta, a orelha contra a madeira. — Alguém está vindo.

Elas ouviram trincos sendo movidos e uma chave girar. Uma mulher de vestido cinza, avental branco engomado e touca abriu a porta.

— *Ja? Was wollen sie?*

Ada respirou fundo. Fazia um mês que não falava alemão e não sabia por onde começar.

— Estou procurando uma criança — disse ela. — Um garotinho. Meu garotinho. Acredito que ele pode ter vindo para cá, quando era bebê.

— Acredita? — indagou a enfermeira. — Pode? Ele veio ou não? — A mulher espreitou os olhos. — Você não é alemã, é?
— Não — respondeu Ada. — Sou inglesa.
— Como nós poderíamos ter um bebê inglês aqui?
— Vocês não tinham como saber que ele era inglês — disse ela. — Um padre, o padre Friedel, o trouxe. Ele era recém-nascido. — Ainda coberto de sangue do parto, o cordão umbilical amarrado com um pedaço de barbante velho. Ada podia vê-lo, braços e pernas abertos, uma pequena rã de olhos inchados. — Em 1941, fevereiro de 1941.
— Tanto tempo atrás. — disse a enfermeira após bufar.
— Mas você tem registros — disse Ada. — Pode checar.
— Registros? Foram todos destruídos com o bombardeio. Pergunte a ele. — A enfermeira meneou a cabeça para Frank. — Pergunte para os americanos onde estão os registros.
— Mas você se lembra? — perguntou Ada. — Padre Friedel. Ele era velho. Deve ter trazido o garoto em uma sacola.
— Como vou saber? Eu nem estava aqui na época. — Ela virou para Frank e gritou: — Precisamos de comida, remédios! As crianças estão doentes! Tifo! Precisamos de ajuda! — E voltou a encarar Ada.
— E não de distrações.
A mulher entrou e começou a fechar a porta. Ada colocou o pé na entrada.
— Ele estava com um urso de pelúcia — disse ela. — Um pequeno urso de tricô.
A enfermeira revirou os olhos.
— Todas as crianças têm um urso de tricô.
— Marrom.
— Marrom.
A mulher apertou a porta contra o pé de Ada. Ela ficou tensa. Não podia desistir.
— *Frau* Weiss. Você a conhece?
— Weiss?
— Sim, a mulher do comandante.
— Comandante? — perguntou ela. — Oh, não. Não tenho nada a ver com essa gente. Nunca tive. Nazistas? Nunca fui nazista. Não, você não pode me acusar. — E forçou mais a porta.
— Eu perdi meu filho. — A voz de Ada estava trêmula. "Mantenha a calma. Calma." — Ela tinha um garotinho. Ela e *Obersturmbannführer*.

— Vou te contar a história — A enfermeira bufou de novo. — Martin Weiss nunca se casou.

— Casou, sim. — Ada tinha certeza.

— Não. — A enfermeira fez que não com a cabeça. Espreitou os olhos para Ada, se inclinou e sussurrou: — *Sodomita*.

Ada levou as duas mãos à boca. A irmã Brigitte parecia confusa, e Ada não tinha certeza se a freira tinha ouvido.

— Ele costumava vir aqui — continuou a enfermeira baixinho. — Eu não nasci ontem. Eu pus um fim naquilo. Quase custou meu emprego.

A enfermeira tinha soltado a porta e estava parada com as mãos na cintura.

— Não — repetiu Ada. — Não é possível. Ele tinha uma esposa. E um filho.

— Não sei quem era a vadia naquela casa enorme — continuou a enfermeira. — Mas não era esposa dele. E aquele não era o filho dele.

Ela chutou o pé de Ada e bateu a porta. O som reverberou por seu corpo, partindo sua esperança ao meio e jogando-a no cascalho morto da estrada. Não havia nenhuma esposa, nenhuma *frau* Weiss. Era alguma outra mulher sem nome, desaparecida para sempre.

— Eu sinto muito — disse a irmã Brigitte, levando Ada de volta para o carro. — Sinto muito mesmo.

— Mas *frau* Weiss...

— Era um pseudônimo — disse Frank. — Quem quer que estivesse vivendo com ele, sumiu. É uma causa perdida. — Ele parou ao lado do jipe. — Sem documentos. Sem registros. Sem nada. Uma agulha em um palheiro.

— Você não tem como saber! — gritou Ada.

Frank não tinha o direito de dizer coisas tão cruéis. Ela percebeu que nunca poderia ir para os Estados Unidos. Não sem o filho. Precisava ficar ali e procurá-lo.

— Ada — disse a irmã, pegando a mão dela e a acariciando. — Você fez tudo o que podia.

— A irmã está certa — emendou Frank. — Volte depois, quando tudo estiver de volta ao normal, em um ano, mais ou menos, e o procure. As pessoas não sabem nada agora.

Ada olhou para Frank.

— Você sabe onde ele está. Você me disse. Vocês, americanos, sabem onde ele está. Ele foi feito prisioneiro. Weiss. Pergunte a ele. Qual é o nome dela? Onde ela está?

— Ouça, Ada — começou ele, apertando os olhos por causa do sol, franzindo o rosto. — Sinto muito pela sua perda e tal. Mas acho que temos questionamentos maiores para fazer a Weiss do que o nome da namorada dele.

Ele disse com ironia. "Da namorada dele."

Fazia quatro anos, quatro meses e dez dias que Thomas tinha sido levado. Ele estava vivo.

— Ada.

Ela correu para a estrada. Podia ver a chaminé do campo acima dos telhados. As ruas estavam cheias de gente, e ela precisou desviar, olhando para os paralelepípedos irregulares e para a agitação ao seu redor. Ela podia ouvir o jipe de Frank vindo. Estava buzinando, o motor acelerando. Ada virou a esquina.

E lá estava ele.

Com um chapéu de feltro marrom e um sobretudo bege. Bigode, óculos, sorriso.

— Olá, Ada.

— Stanislaus! — gritou ela. — Stanislaus!

Ele atravessou a rua. Ela correu atrás dele, a respiração ofegante, dolorida. Estava fraca, prestes a desmaiar. Precisava alcançá-lo. Conversar com ele. "Diga que se perdeu. Que me procurou. Que sonhou comigo todos os dias. 'Você e eu, Ada, quando a guerra acabar, vamos fazer uma vida.'" Ela tinha pensado nele todos os dias, os pensamentos jorrando como fogos de artifício giratórios, fagulhas de amor e ódio. Stanislaus e Thomas. Sua família.

Ele desapareceu. Ada parou, ofegante. Devia estar imaginando coisas.

DOIS
Londres, julho de 1945

Ada estava sentada na ala feminina do trem, olhando para o espelho velho do outro lado e os anúncios de Eastbourne e de Bexhill--on-Sea, céus azuis e areia amarela. Southern Railways. O trem estava sujo, as janelas cobertas de fuligem. Ela sorriu para as mulheres segurando sanduíches embrulhados em papel-manteiga. "Patê de peixe. Patê de fígado. Sardinhas." A mulher do serviço de voluntárias, uma figura graciosa de uniforme e batom rosa, tinha distribuído os sanduíches quando elas embarcaram. Fazia muito tempo que Ada não via alguém como ela, uma figura *feminina*. Ela passou a mão pelos vazios do próprio corpo. As coisas que deveriam ter se *desenvolvido diminuíram*. Peito reto. Sem quadris. Ela estava com mais peso do que antes, graças à irmã Brigitte, mas ainda conseguia contar as próprias costelas. As outras mulheres também estavam magras, todas cidadãs britânicas como ela. "Cidadãs britânicas em perigo", era assim que as chamavam. Ada achou ter sido uma prisioneira ou uma prisioneira de guerra. Isso, pelo menos, tinha personalidade, uma pessoa com um passado, depois de todos esses anos. Mas uma das "cidadãs britânicas em perigo" significava o quê?

Casa. Ela deveria bater à porta ou abri-la e entrar? "Olá. Sou apenas eu." "É a nossa Ada. Ela voltou." Cissie, sua irmã, tinha 11 anos quando Ada foi embora. Ela seria uma jovem mulher agora. E estaria trabalhando. A irmã mais velha, em casa, segura. Todos juntos de novo. Alf e Fred, Bill e Gladys, sua mãe e seu pai. Sentados naquela cozinha quente por causa do fogão e coberta de vapor das roupas lavadas e penduradas para secar. "Ada, querida, coloque a chaleira para ferver. Vamos tomar chá." Talvez seu pai mandasse Fred comprar uma jarra de *stout* no pub. "Que bom ter você de volta, menina." Sua mãe faria um banquete: pescoço de cordeiro de O'Connor's, cevada, bolinhos. "Você precisa engordar, comer um pouco."

Ada esfregou a janela com o punho, mas a sujeira estava do lado de fora. Era difícil enxergar. O trem passou por cidades destruídas, e vilarejos miseráveis. A Inglaterra estava mais pobre do que ela se lembrava. Os campos entre as cidades cintilavam cores ocre e verde com a luz forte do sol de julho, revelando vida. Bosques, carvalhos pesados, bétulas e mais casas. Subúrbios. Casas geminadas cobertas de cascalho. Terrenos e jardins com favas e brotos de batata. Sua mãe sempre quis se mudar para um lugar como aquele. Purley. Purley Oaks. Sanderstead. Sua amiga Blanche tinha se mudado para as zonas residenciais.

— Pequena burguesa — dizia seu pai. "Ninguém mora em Purley."

O trem estava indo mais devagar. Balham. Clapham Junction. Eles estavam em Londres? Ruas inteiras desapareceram, nada além de faixadas e muros tortos. Começou a ficar ansiosa. Pressionou o nariz contra o vidro. Algumas ruínas tinham cercas e placas desajeitadas de "Mantenha distância" e "Perigo". Ela podia ver crianças subindo pelas pedras, fazendo armas com os dedos. Bangue-bangue. Battersea, a usina ainda de pé. Vauxhall. Lá estava o Tâmisa, totalmente visível. A água estava baixa, as margens, marrons como lesmas, o rio parecia um verme sujo, tomado por rebocadores, batelões e dragas. Ela abriu a janela. Dava para ouvir as buzinas, vindas de todos os lados. Ada costumava ouvi-las quando criança. Eram como trompetes melancólicos.

O County Hall ainda estava lá. O Big Ben também. Ela se inclinou para a frente. O rio estava errado. Não deveria estar visível, não daquele ponto. Onde estava tudo? Os depósitos de madeira e fábricas de tijolo? O Tramways Department e as gráficas? O depósito e o cais? Onde estavam as pontes de guindaste? Onde estava Belvedere Road?

A boca de Ada estava seca, o gosto salgado e metálico do pânico. E a casa de sua família, e a sua rua? E se não estivessem lá? Sua família havia sido assassinada? Morta numa explosão, seus braços e suas pernas retorcidos e seus corpos torturados enterrados sob tijolos quebrados e tábuas tortas? E se tivessem se mudado? Como os encontraria?

O trem parou em Waterloo. A máquina de costura era pesada demais para levantar até o bagageiro e nenhum carregador tinha aparecido para ajudá-la, então Ada a colocou embaixo do assento. Ela a pegou e desembarcou. As mulheres foram levadas da plataforma até um escritório improvisado com "Joint War Organisation", escritório associado de guerra, escrito à porta. A mulher responsável tinha um busto tão grande que esticava o tecido na altura dos botões do uniforme. A saia era justa nos quadris e amarrotada na área da virilha, marcas de ficar sentada. A mulher estava bufando, organizando papéis, incomodada, como se Ada a importunasse.

— Se você fosse um soldado, uma verdadeira prisioneira de guerra, eu saberia o que é o quê. Eu não estaria lidando com você para começo de conversa. Mas uma civil — disse ela, empilhando arquivos em sua mesa. E curvou a boca. — *Mulheres*. O que vamos fazer com você?

— Não quero ser um incômodo — desculpou-se Ada, olhando para trás, para as outras mulheres na fila. — Não sou a única.

A mulher a encarou e meneou com a cabeça.

— Que pena. — Ela pegou uma grande caixa de dinheiro de uma gaveta e a soltou sobre a mesa. — Não há muito mais que possamos fazer por nenhuma de vocês, além de fornecer a tarifa de volta para casa — disse a mulher, entregando quatro moedas de dois *xelins* e seis *pence* para Ada. — *Ex gratia*. — disse ela.

Ada não sabia o que aquilo significava, mas parecia caridade. E não sabia porque a faziam se sentir uma vagabunda.

— Você tem para onde ir, imagino?

— Ah, sim. — respondeu Ada, encarando-a e deixando as moedas sobre a mesa. — Está tudo bem. Eu não preciso do dinheiro. Moro virando a esquina.

A mulher levantou uma sobrancelha.

— Pegue. É tudo o que vai receber. Pode se inscrever para receber cupons. Ali naquela porta — disse ela, apontando para alguns formulários. — Você é solteira?

Ada assentiu.

— Hum — rosnou a mulher, se inclinou para o lado e, olhando por sobre o ombro de Ada, chamou: — Próxima.

Ada pegou o dinheiro e a máquina de costura e foi para o pátio da estação. Waterloo. Ela queria se beliscar. Estava ali, finalmente. Em casa. A máquina era pesada. Ela segurou uma moeda entre os dedos. Armário de bagagens. Ela viria buscá-la depois. Pediria que seu pai viesse pegá-la, ou Alf ou Fred. "O que você está fazendo com isso, Ada? Trouxe de lá, foi?"

Ela pegou a Waterloo Road, sem a máquina de costura. A St. John's Church estava ali. E o Lying-In Hospital. A Stamford Street, Peabody Buildings. "Tudo ali e em ordem, sir, mas um pouco piorado pelo uso, se não for um problema que eu diga, sir." Se aquelas construções estavam bem, a rua dela também devia estar. Ada atravessou a rua. Exton Street. Roupell Street. As casas estavam de pé. Todas elas. Uma ou duas estavam com as janelas cobertas por tábuas. As cortinas de renda estavam esfarrapadas e as portas e janelas precisavam de uma mão de tinta, mas não foram bombardeadas. Estava tudo bem. Ia ficar tudo bem. Ada começou a correr, os olhos marejados. Parou e limpou o rosto. "Nada de chorar." Sua casa, virando a esquina. Theed Street. A fileira de casas pequenas com portas e janelas iguais, com vidros quadrados e antiquados.

Seus passos pelo pavimento irregular, passando por onde os Chapman e os O'Connor viviam, as portas da frente de suas casas ainda abertas para a rua, de modo que pudesse ver dentro dos imóveis, casas respeitáveis, bons lares. As coisas não tinham mudado, afinal. Ela estava sorrindo. Talvez alguém saísse dessas casas, a reconhecesse. "Meus Deus, se não é Ada Vaughan."

E lá estava. O número 11. Sua casa. Ada fechou a mão e bateu, um toque delicado na porta velha. Ela inspirou e pegou a maçaneta. Virou. Empurrou. O corredor era muito menor do que se lembrava, mas era o mesmo papel de parede floral desbotado, as mesmas marcas de sujeira na escada e o mesmo rodapé verde e lascado. A porta da cozinha se abriu, e sua mãe apareceu, limpando as mãos no avental, apertando os olhos diante dela como se não a conhecesse.

— Quem está aí?

Ada mordeu o lábio.

— Sou eu. — Sua voz estava tão tensa quanto um fio esticado. — Ada.

Sua mãe deu dois passos e a agarrou pelo braço, beliscando seu cotovelo.

— Você tem muita audácia, entrar aqui valsando depois de todo esse tempo.

Ada se encolheu, sem entender. Ela estava pronta para abraçar a mãe, afundar o rosto em seu cabelo, sentir o cheiro de suor e pêssego em sua pele. Lá estava ela, sua filha, desaparecida e dada como morta, de volta do túmulo. Um milagre. Mas não ganhou nem um "olá" de sua mãe, quanto mais um abraço.

— Causando a mim e a seu pai um monte de preocupações — continuou sua mãe. — Isso o matou, sabia? Caiu morto. Assim.

Seu pai? Morto? Seu estômago revirou, e sua boca ganhou um gosto de ferro. Seu sonho não tinha sido assim. Seu pai, morto? Ela não tinha pensado nisso, não de verdade. Engoliu com dificuldade, tentando conter as lágrimas. Nunca tinha dito que o amava. Não tinha se despedido. Nem dito: "Obrigada, papai."

— Quando? — ela conseguiu perguntar.

— Ele me deixou aqui. — Sua mãe a ignorou. — Nenhuma ideia de onde você estava, se estava viva ou morta. Nenhuma notícia. Nenhuma palavra.

— Não é verdade! — Ada lutou para dizer. — Stanislaus mandou um telegrama.

— Stanislaus? Esse era o nome dele? Alemão maldito.

O nome dele tinha escapado. Ada não queria tê-lo mencionado.

— Ele... — corrigiu-se ela, tentando melhorar as coisas. — Nós mandamos um telegrama. Dizendo que estava tudo bem. Para vocês não se preocuparem.

— Bom, nunca chegou aqui.

— Foi enviado para a sra. B. Ela ia contar para você.

— Quer dizer que você não teve nem a decência de mandá-lo para mim? A sra. B nunca me falou nada sobre um telegrama. Ela esteve na minha porta no dia em que a guerra começou. No mesmo dia. "Ada voltou? Ela não foi trabalhar hoje." Foi quando ficamos sabendo. Tinha simplesmente ido para Paris com um sujeito elegante. O começo de toda desgraça. Pensar que uma filha minha faria *isso*.

Aquela guerra tinha acontecido fazia tanto tempo, *anos* atrás. Tanta coisa tinha acontecido desde então, e lá estava sua mãe desenterrando tudo como se tivesse sido ontem, como se fosse o mais importante, como se não tivesse sentido falta daquilo tudo. Ada a encarou. Sua mãe tinha se tornado amarga, rugas de preocupação ao longo da testa e ao redor da boca, os lábios finos e maldosos.

— Eu mandei uma carta quando a guerra acabou — explicou Ada. — Não consegui escrever antes.

— Que bela carta foi aquela. Uma aventura e tanto, você disse. "Uma aventura?", pergunto. Você tem alguma ideia de como foi para nós? — O rosto de sua mãe estava próximo, o hálito de alguém idoso, que acabou de acordar. — Enquanto você estava se divertindo, nós estávamos no inferno. *Inferno.* Com os bombardeios, o racionamento e depois os mísseis. Todo mundo teve que fazer sua parte. Teve que se esforçar. Mas você? Você estava vivendo sem preocupações, você e seu namorado nazista.

— Não — disse Ada. — Não foi assim, eu também passei dificuldades...

— Você teve dificuldades? Você não faz ideia do tipo de sofrimento que nós tivemos.

— Eu fiquei internada.

Sua mãe bufou.

— O que isso significa, em alguma casa?

— Uma prisioneira. Fui aprisionada.

— Prisão? Sã e salva, aposto. Nada com que se preocupar.

Ada não sabia o que dizer. Como poderia descrever o que passou? E o que tinha visto? Tudo o que queria era voltar para casa, mas estava sendo tratada como uma traidora. Ela não era uma traidora. Sua mãe acreditaria? *Alguém* acreditaria nela?

— Em algum momento você parou para pensar em mim e no seu pai? — continuou sua mãe. — E nos seus irmãos? E nas suas irmãs?

Ada precisava sentar. Seus ossos pareciam soltos e desconectados, sua cabeça girava.

— Como eles estão?

— Agora você pergunta? — Saliva se acumulava no canto da boca de sua mãe. — Fred foi morto em El Alamein. Deu a vida por gente como você. — Ela cuspiu nos sapatos de Ada, que nunca tinha visto a mãe assim, não com ela. Seu pai costumava ser a vítima de sua língua ferina e respondia à altura. Porém, Ada tinha se tornado o alvo do veneno. — Alf está bem. E as meninas também. Mas você? Você sempre foi a egoísta. Desonesta. Partiu nosso coração.

Ada esfregou os dedos na testa. Saber da morte de seu pai parece ter esvaziado sua cabeça. Ela queria sentir o cheiro de tabaco na pele dele, sentir seu abraço apertado, o cheiro de suor quando os lábios dele roçassem sua cabeça, saber que era amada de novo. "Você sempre foi minha preferida, Ada."

— Sinto muito — disse Ada. — Não pude evitar. — Sua voz estava falhando, e ela estava contendo as lágrimas.

— Sente? — Parecia que sua mãe ia explodir. — Tarde demais para sentir muito. Você não é bem-vinda aqui. Então pode sair. Agora.

— Sair? — Ada não conseguia entender o que a mãe estava dizendo. — Não posso ficar?

— Não, não pode.

— Eu não tenho aonde ir.

— Você devia ter pensado nisso antes. — Sua mãe torceu o braço de Ada, forçando-a em direção à porta. — Considere-se sortuda por não estar carregando um bastardo. Ou está? Não me surpreenderia, vindo de você. Nada me surpreenderia. — Ela a empurrou. — Suma. E nunca mais venha sujar esta porta de novo.

Ada foi empurrada pela entrada, sentindo o vento enquanto sua mãe batia a porta com força.

Ela ficou parada na entrada, no belo arco que sua mãe esfregava antes. Respirou fundo. "Recomponha-se." Sua mãe estava chateada. Era o choque de revê-la. Era isso. Ela sempre teve um temperamento difícil. Mesmo assim, podia ter sido um pouco mais compreensiva. Fazia quase seis anos que não se viam. Seria de imaginar que ela ficaria feliz. Ela se acalmaria, se arrependeria do ataque. Era só uma questão de tempo. Toda aquela preocupação represada tinha que explodir em algum momento. Mais alguns minutos. Ela bateria na porta de novo. "Mãe, por favor."

Algumas crianças tinham desenhado um jogo de amarelinha com giz no chão. Ada pegou uma pedra e jogou. "Salto, salto, salto, salto, os dois pés, salto, salto." Ela se equilibrou em uma perna, pegou a pedra e jogou de novo.

Uma janela se abriu, e sua mãe colocou o corpo para fora.

— Você me ouviu — gritou ela. — Suma. — E bateu o caixilho.

Ada deixou a pedra cair no chão. Sua mãe podia ser engraçada. Era muito geniosa. E rancorosa. Podia manter um conflito vivo por anos. Ada sabia que ela não ia mudar de ideia, não naquele dia. "Bem", pensou ela, "se é o que ela quer, que seja. Problema dela."

Ela deu meia-volta e andou pela rua. Suas pernas estavam fracas, e suas mãos tremiam. Não tinha casa, roupas, amigos, ou dinheiro, exceto pelos dez xelins da Cruz Vermelha. Tinham sobrado nove e onze, depois que um *penny* foi usado no armário da estação. Ela tocou o bilhete do armário de bagagens. "Recolher no mesmo dia. Itens não reclamados serão descartados." Tudo o que tinha no mundo era uma máquina de costura. Não dava para dormir sob uma máquina de costura.

Ada tinha perdido todos. Seu filho. Sua mãe. Seu pai. Stanislaus — "Já foi tarde." E Frank. Ela podia ter ido para os Estados Unidos. Podia ter tido uma boa vida. Frank era um homem bom, honesto. E lembrava seu pai. Ela parou e inspirou. Não sabia nem aonde o pai estava enterrado. "Oh, Ada, não adianta chorar pelo leite derramado", podia ouvi-lo falar. Não havia nada que ela pudesse fazer para melhorar as coisas. "Sua mãe se alimenta de rancores como um ganso em uma sarjeta." Bom, ela podia passar sem essa. Tinha sobrevivido à guerra. Iria sobreviver agora. Lembrou-se de uma música de sua infância e ouviu seu pai cantá-la em sua cabeça. *"Pack up your troubles in your old kit bag and smile, smile, smile."*[16] Mas não era mais assim. A guerra tinha mudado tudo.

Um trem militar devia ter chegado. A Waterloo Road estava cheia de soldados do Exército e da Aeronáutica de uniforme carregando bolsas de viagem. Estavam indo para casa. A guerra era coisa de homem. Heróis. Sorte a deles. Tinham seu lugar. Mas as esposas e as mulheres, quem se importava com elas? Ninguém ouvia. Como sua mãe entenderia a guerra de Ada? Alguém entenderia? Tinha sido uma guerra diferente. Ser levada pela torrente, como um pequeno vestígio dos destroços de um navio, sozinha.

Havia um vendedor de jornal na entrada da estação de trem, um homem baixo, roliço, de rosto corado e cabelo grosso e branco. Estava apoiado em uma muleta. Ele lhe entregou uma edição do *Evening News*. Ada balançou a cabeça.

— Anime-se. — Ele sorriu. — Podia ser pior.

Era a primeira vez que alguém sorria para ela desde que tinha voltado a Londres. Ada engoliu com dificuldade e sentiu a testa franzir. "Não adianta sentir pena de si mesma, minha Ada."

O vendedor mancou para frente. Tinha um rosto gentil, rugas felizes ao redor dos olhos.

— Uma linda menina como você devia estar explodindo de felicidade — disse ele.

---

[16] "Guarde seus problemas no jornal e sorria, sorria, sorria." "Pack up your Troubles in your Old Kit-Bag", canção da Primeira Guerra Mundial, de George Henry Powell e Felix Powell. [N.T.]

— Não tenho para onde ir. O senhor acredita nisso? — perguntou ela.

— De onde você é? Manchester? Acabou de chegar a Londres?

Ela olhou para o homem.

— Sim.

— Procure a Ada Lewis House. Em New Kent Road. É uma pensão. Para boas meninas, se me entende. — Ele se virou e entregou um exemplar do jornal para um homem de terno usando chapéu coco. — Você pode pegar o ônibus ali. — indicou ele, apontando para um ponto do outro lado da rua.

— Obrigada — disse Ada.

Ela imaginou que devia ser mais ou menos cinco horas. Estava com fome e precisava de uma cama para passar a noite. Entrou na estação, pegou a máquina de costura e começou a andar em direção ao ponto de ônibus.

— Posso ajudar, senhorita? — perguntou um soldado.

— Obrigada.

— Aonde você está indo?

Ada apontou para o ponto. "Qualquer ônibus para Elephant e ande até lá", tinha dito o homem. Talvez o soldado estivesse indo na mesma direção. Seria bom ter a companhia e a ajuda dele. Ada entrou na fila, e ele deixou a máquina no pavimento.

— Até mais — o soldado despediu-se.

Ela pegou o número 12. *Dulwich*, pelo que se lembrava. Chique. O motorista pegou a máquina de costura e a deixou num canto embaixo dos degraus. Ela se sentou num banco longo, olhando pela janela, para as ruas que um dia tinham sido familiares, agora sombrias e maltratadas. Inclinou o pescoço. Havia casas bombardeadas. O antigo hospital Bedlam estava lá. O convento e Notre Dame também. As construções próximas, onde estavam? O metrô estava ali, assim como o prédio da South London Press. Metade dele, na verdade; a outra metade era um monte de tijolos e argamassa. Mas e o resto? O Tabernacle? O Trocadero?

Ada desceu do ônibus, batendo o tornozelo na máquina. Demorou um momento para se situar e seguir caminho para New Kent Road. Dez passos. Parar. Mudar de mão. A máquina era pesada, mal conseguia carregá-la. Ninguém ajudou. Ela foi mancando, carregando aquele peso, olhando os nomes nas placas. As fileiras de casas à esquerda eram um amontoado de entulho fétido e tijolos enegrecidos, portas quebradas e colunas de gesso demolidas, tudo abandonado havia tempo, com mulheres desesperadas revirando a sujeira para pegar uma caçarola velha, um álbum de fotos, uma panela usada. Ada tinha visto isso em Munique, mas não achava que veria a mesma cena ali. As pessoas pareciam tão pobres quanto antes da guerra. Mulheres tentando pegar a última batata que tinha rolado para baixo do armário. Garotos com joelhos ralados subindo escadas correndo: "Mãe, o que tem para comer?" Famintos e crescidos antes da hora. "Eu conhecia você." Tinha sido para isso que ela havia voltado.

O local que ela procurava estava cercado por chapas de ferro enferrujadas. Estava escrito "Proibido colar cartazes" com tinta branca, que tinha escorrido pelos sulcos. Atrás de toda aquela proteção, uma única casa estava de pé: uma parede arrancada, os cômodos expostos, um ao lado do outro. Podia ver retalhos de papel de parede e um espelho ainda pendurado na parede, torto. Havia uma mesa com uma perna faltando, inclinada como um pedinte. Ao longo da casa havia um muro de tijolos ainda de pé. Alguém tinha desenhado um Mr. Chad e escrito embaixo "O quê? Não tem açúcar?".[17] Ada podia ver o toco de uma nogueira queimada, suas raízes mortas saindo do asfalto como veias escondidas, partindo o pavimento em dois.

Ela pegou a máquina de costura. Ada Lewis House. Era uma construção alta de tijolos com janelas longas e arredondadas. Um cubículo por um preço razoável com refeições incluídas. Teria de servir, pelo menos até ela se recuperar. Crianças e animais não eram permitidos. Ela ia precisar de um emprego. E depois de uma casa de verdade, para Tommy. Sobraram apenas quatro xelins depois que ela pagou por duas noite de alojamento e pensão completa.

— Que tipo de trabalho você faz? — perguntou a administradora.
Ada respirou fundo.
— Sou costureira. De roupas femininas.
Uma modista.
A mulher fez uma careta.

---

[17] Grafite derivado da versão americana "Kilroy was here". Em geral vinha acompanhado do desenho de um homem careca com o nariz aparecendo olhando por sobre um muro. A frase "Wot? No sugar" é uma referência à escassez e ao racionamento de alimentos. [N.T.]

— Não tem mais muita demanda. É tudo *prêt-à-porter* agora. Pronto para usar. Você devia procurar as fábricas em East End, Whitechapel, essas bandas.

Fábricas. *Arbeit macht frei*. Frank tinha contado sobre os corpos. Ela não podia trabalhar em uma fábrica, não depois daquilo. Além do mais, não tinha sobrevivido à guerra para arrumar um trabalho escravizante.

— Organize seus cupons — disse a administradora. — Até lá, você pode pendurar a conta.

O jantar era às seis. Tripa com cebola. Cenoura e batata. Saboroso. Ada devorou a comida. O chá. Uma xícara de chá. Estava forte e quente. Ainda bem que ela não gostava de açúcar.

Acordou cedo, pegou o metrô até o Green Park. Tinha esquecido como o metrô era quente, como cheirava a fuligem e a ar fechado, além de ser lotado, ficando apertada entre estranhos, quase esmagando-a. Forçou o caminho para sair do vagão, em direção ao ar quente de julho, na Dover Street. Se a sra. B. não a recontratasse, ela iria procurar Isidore. Ada era boa no que fazia, e tinha muita experiência agora.

Mas a casa em Dover Street fora destruída por um bombardeio. Outras construções na rua estavam intactas. A bomba só tinha atingido aquela casa. Um homem esbarrou nela. Estava com um terno barato e largo, e um chapéu de feltro manchado pelo tempo. Tinha um cachimbo na boca.

Ada segurou a manga do homem quando ele passou.

— Com licença. O senhor sabe o que aconteceu aqui? As pessoas estão bem?

Ele deu de ombros e saiu andando, deixando um cheiro de tabaco doce.

Talvez a sra. B. tivesse se mudado. Ada continuou andando, apertando os olhos diante das placas nas portas, depois voltou para a ruína. Ela não fazia ideia de onde a sra. B. morava. Cruzou os dedos, fechando os olhos. "Tomara que ela esteja viva." Quando os abriu, esperava encontrar a sra. B. ali parada com os lábios pintados e as bochechas empoadas, mas a rua estava vazia. Ela caminhou pela Bond Street até a Oxford Street. As janelas dos diferentes andares das lojas grandes estavam cobertas com tábuas, ou tinham peças faltando, como soldados velhos e feridos. John Lewis. Ada parou para olhar.

Nada além de restos chamuscados e pretos. Buddlejas esquálidas tinham surgido e tufos de grama, nascido em meio ao entulho. Não era mais a Londres que ela conhecia. Ada não tinha certeza se aquele era seu lugar.

Os Hanover Square Gardens foram revirados. O porão de Isidore ainda estava lá, mas a placa da entrada havia desaparecido. Ada se abaixou e olhou pelas janelas próximas ao chão. Estava vazio, com exceção de um caixote e alguns jornais velhos espalhados pelo ambiente. Ela cambaleou até a Hanover Street, passando pela Regent Street. Dickins & Jones. As cicatrizes de batalha estavam por toda parte. O café Royal. Ela parou sob o toldo, olhando para as portas giratórias. Como podia ter sido tão burra? Ser enganada por um vigarista comum, Stanislaus von Lieben. Se não fosse por ele, ela estaria bem. Nunca teria sentido tanta dor e tanto sofrimento. "Canalha." Talvez ela tivesse um pouco de sua mãe. Faria mais do que falar mal dele. Ela o *mataria*.

Ada meneou a cabeça para o empregado que estava na porta do café Royal e continuou andando. Havia algumas moças em Piccadilly Circus, dando a volta na estátua de Eros com seus lábios vermelhos e blusas decotadas, fumando. Ela também as tinha visto em Munique. Às vezes iam para lá com as mães. "Vamos, ianque?" Elas aceitavam cigarros como pagamento pelo programa. Seria igual ali?

Ada se perguntou como seria um homem diferente, toda hora. Nenhum homem olharia para ela naqueles dias, com seu peito reto e sua cintura sem forma. Ninguém a *desejaria*, tocaria seu rosto com dedos delicados e a puxaria para perto, a beijaria com a promessa delicada do amor. Ninguém a amaria agora, nem mesmo sua família. Uma onda de perda e de tristeza se espalhou em seu interior, e Ada engoliu as lágrimas. Aquele vendedor estava de gracejo e chamaria qualquer mulher de bonita. Ada conhecia o tipo. Não significava nada. Não era bonita, não mais.

Ela deixou as moças maquiadas para trás e foi para Haymarket. O estuque tinha se soltado, e havia andaimes nos pórticos. Muitas fachadas estavam protegidas por tábuas e cobertas de pôsteres. O Theatre Royal estava intacto. *Lady Windermere's Fan*. Que tipo de peça seria aquela? Virou a esquerda na Trafalgar Square. "Vitória sobre a Alemanha, 1945", ela leu. Ainda era cedo, mas a praça estava cheia de soldados com uniforme, perambulando com garotas. Havia trabalhadores com ternos esfarrapados, jovens garotas com sapatos confortáveis e saias justas. Uma ou duas estavam sentadas nas bordas das fontes comendo sanduíches, enxotando os pombos que pairavam em busca de migalhas. Uma mulher levava uma xícara de chá em uma mão e uma garrafa térmica na outra. Uma xícara de chá. Ada olhou para a Lyons Corner House em frente à Charing Cross. Eles costumavam servir um bom chá. Ela revistou o bolso. Tinha o suficiente.

Havia um aviso na vitrine. "Procura-se garçonete. Pergunte no interior da loja." Uma onda de esperança. Ela podia ser garçonete, uma jovem iniciante, até arrumar um emprego de verdade. Ada empurrou a porta. Portas cobertas de painéis de madeira de um marrom intenso e iluminação escondida atrás de vidraças grossas. Ela tinha esquecido como era luxuoso ali dentro. Casais estavam sentados às mesas também de madeira, inclinados para a frente, imersos em conversas. Maridos e esposas, pensou Ada, passando um belo dia fora, de volta da guerra. Mulheres solteiras também lá dentro, de tornozelos cruzados, olhando pela janela. Uma estava fumando, um maço de Players sobre a mesa, outra estava lendo um livro. Vocês, pessoas de sorte, pensou ela.

Ada foi até uma mesa vazia no centro, passando por uma mulher roliça de meia idade e sua acompanhante idosa.

— Magra como um vara-pau — ouviu ela ao passar. — Definhando.

A garçonete se aproximou, num uniforme preto e impecável, avental e colarinho brancos e limpos e touca preta com uma borda.

— Posso ajudar?

— Sim — Ada não hesitou. — Vim perguntar sobre a vaga.

A garçonete fechou os lábios.

— Você precisa falar com a gerente. Quer pedir alguma coisa?

— Uma xícara de chá, por favor.

A gerente estava atrás de uma escrivaninha e fez sinal para Ada sentar, apontando para uma cadeira de encosto alto, a mesma usada no restaurante, encosto duro e assento brilhante.

— Se não se importa que eu diga, você está muito magra — disse a mulher, se inclinando para a frente. — Esteve doente?

— Não — respondeu Ada.

— Se não for uma doença contagiosa, nós poderíamos contratá-la.

— Não, não é contagiosa.

— Problemas nos nervos?

Ada fez que não com a cabeça. "Foi uma guerra ruim, apenas isso." O que poderia dizer? A gerente não poderia imaginar. Ada já tinha notado que ninguém queria ouvir isso.

— Não — disse ela. — Só perdi meu apetite.

— Minha nossa — exclamou a mulher. — Que azar. Espero que você o tenha recuperado.

— Estou comendo como um cavalo — assentiu Ada.

— Fico feliz de saber. Você já fez algo assim antes?

— Não. Mas eu aprendo rápido — disse ela, acrescentando. — Sou muito perspicaz.

— Quando você pode começar?

— Imediatamente.

— Duas libras e dez xelins por semana, uniforme incluído. Você o lava, com exceção da touca e do avental. Mantenha o cabelo limpo e preso, e as unhas curtas. Que tamanho?

— Tamanho? — perguntou ela.

— Do uniforme. Não sei se temos algo pequeno o suficiente para você. Você é boa com agulhas?

— Sim — respondeu Ada. — Para dizer a verdade, sou, sim.

— Então você pode diminuí-lo. Venha comigo.

Ada colocou os uniformes sobre o braço. "Sortuda." O pagamento não era ruim, e talvez até sobrasse alguma coisa no fim da semana. Quando resolvesse a história dos cupons, compraria algumas coisas. Ela precisava de roupa íntima, sabão, pasta de dente. Necessidades básicas. Talvez até fizesse amigas. Muitas moças trabalhavam ali. Teria de ir e voltar a pé, pelo menos na primeira semana. Ela olhou para o relógio em Charing Cross. 15h10.

Eram 35 minutos de caminhada. Em seu cubículo, ela colocou o uniforme sobre a cama. Tinha uma boa bainha, e os pontos eram generosos. O colarinho branco era destacável, para que pudesse ser lavado de um dia para o outro, se fosse o caso. Ela desabotoou a blusa e tirou a saia. Sua combinação estava molhada por algo. Ada olhou o tecido.

Sangue. *Sangue*. Ela não se lembrava da última vez que tinha menstruado. Ada gemeu e riu. Queria escancarar a janela e gritar. "Está tudo bem. Vai ficar tudo bem." Lá estava ela, Ada Vaughan, uma mulher de novo. Estava voltando à vida. Estava em condições de ser considerada uma mãe. Mais alguns quilos, e seu corpo voltaria ao normal. Levaria uns dois meses, mas já tinha começado. Ela ficaria bem. Ia viver. Tudo estava indo bem. Ada abriu a bolsa. Precisava ir ao Boots, comprar alguns itens básicos.

★

Aquele primeiro Natal foi o pior. Mas havia outras garotas que estavam em Londres sem a família. A administradora serviu um bom jantar, frango com todos os acompanhamentos, recheado com sálvia e cebola, molho e até um pudim de Natal. Todas abriram presentes, leram piadas em voz alta e colocaram chapéus de papel. Também trocaram presentinhos embrulhados com papel crepom que tinha sobrado das decorações. Sais de banho. Um pente. Dez cigarros Woodbines.

Ada se perguntou se sua mãe teria contado aos outros que ela tinha voltado e o que sua família estaria fazendo naquele momento. Seu pai e Fred, que Deus os tivesse. Ada. O que tinha acontecido com ela. Era típico sua mãe não falar tudo. "Não fale comigo sobre ela." Ela tinha tentado, fora até lá num domingo no fim de novembro, encontrara a mãe depois da missa. Sua mãe fingiu que não a viu. Ada esperou ela virar a esquina antes de encostar em um muro e chorar. Deus sabia que ela tinha tentado.

Sua menstruação voltou a ser regular, seu corpo tinha ganhado forma — ainda era magra como uma manequim, mas tinha curvas. Ela precisava de óculos, não enxergava de longe, segundo o médico, que prescrevera a receita. Ada mal enxergava o número dos ônibus até estarem bem próximos. Precisava apertar os olhos para enxergar o que escrevia. "Você vai ficar com rugas, franzindo o rosto assim", disse a gerente. Ada não podia revelar por que seus olhos estavam ruins. Ela economizou para comprar os óculos, uma armação boa, moderna, que tinha visto em uma edição antiga de *Everywoman*. "Você pode ser bonita e usar óculos", dizia o anúncio. "Glamour de óculos."

Ela não tinha dinheiro para fazer permanente, mas comprou água oxigenada para descolorir o cabelo, e o prendia toda noite para que ficasse enrolado de manhã, para depois ajeitá-lo formando cachos na frente, nas laterais e atrás. Talvez atraísse o olhar de um rapaz um dia desses, ainda que estivesse com 25 anos e um pouco velha. Ainda assim, mais sábia. Não se envolveria com alguém como Stanislaus de novo.

Estava indo bem, com o salário e as gorjetas. Dividia o dinheiro toda semana. Tanto para hospedagem quanto para as necessidades básicas, tanto para as meias e os sapatos quanto para as roupas e outras coisas. Tentava poupar um pouco para uma emergência — e para Tommy —, mas era difícil. Era preciso guardar cupons por meses para comprar um casaco de inverno ou sapatos decentes, e os óculos tinham consumido o orçamento das necessidades básicas. Mas ela nunca precisou pedir dinheiro emprestado ou um adiantamento para a gerente. Agora que o Natal passara e tendo o que considerava essencial, talvez ela pudesse tentar fazer o dinheiro render um pouco. Sua única saia era aquela da Cruz Vermelha, então precisava de outra. E de um vestido. Mas eram 11 cupons. Blusas. Era uma sorte trabalhar de uniforme.

Berwick Street Market. Esse era o lugar. Podia ir até lá e voltar no horário de almoço.

Não tinha mudado desde antes da guerra — "A melhor couve-flor, duas por um *penny*" — mesmas barracas, mesmos vendedores. Apenas *seu* homem não a reconheceu, não de início.

— Que surpresa, Ada. — Ele apertou os olhos, como se para ter certeza. — Você está diferente. Óculos. Tingiu o cabelo e tudo. Combina com você, o loiro. Veja só — ele se inclinou sobre a barraca. — O que aconteceu? Você está pele e ossos. Precisa comer mais.

Ela conseguiu alguns bons retalhos e sobras, um pouco de seda barata. Com o fim da guerra, daria para fazer uma combinação e calcinhas.

Havia uma sala de costura na pensão, e Ada recebeu autorização para deixar a máquina lá. Ela costurou duas saias lápis, com prega macho. Uma blusa aberta sobre a mesa, marcada com suas medidas e seu corte, acabamento e bainha, chamou atenção.

— Você pode fazer uma para mim, Ada?
— E para mim, se eu comprar o material?

Ada cobrou. Era apenas um pequeno extra, mas fazia toda a diferença. Precisava começar de algum jeito. As garotas ali não eram as clientes de sua preferência, e ela não queria fazer nada no mercado negro. Porém, o racionamento não ia durar para sempre. Ela pouparia. Daria a entrada em algum lugar por ali. Levaria alguns anos. Enquanto isso, tudo seria uma boa prática. Começar um negócio. Casa de Vaughan. Encontrar um lar. Se algum dia encontrasse Stanislaus de novo, mostraria a ele. "Voltei, como uma fênix. Você não conseguiu me destruir." Seria bom. Encontrá-lo de novo. "Você achou que eu estava acabada. Tenho uma novidade para você." Sim.

Era o começo do verão de 1946 quando o homem do mercado da Berwick Street a chamou de lado e tirou um pino de *moiré* azul de baixo da barraca. Fazia quase um ano que Ada estava de volta a Londres.

— Ficaria lindo em você — disse ele. — Combina com o cabelo loiro e tal.

Ela não via nada como aquilo desde antes da guerra. As marcas d'água dançavam como arabescos sob o sol, prometendo luz, mistério e elegância.

— É caro, como você imagina — disse o homem.

Ada passou os dedos pelo tecido. A seda era teimosa, ia resistir. "É preciso ser firme com a seda."

Ela lhe entregou todos os cupons que tinha, e mais um tanto em dinheiro. E sabia que o vendedor tinha dado um pouco a mais de comprimento. Valia a pena, não importava o preço. "No mercado negro." Todo mundo fazia isso. Ela folheou as páginas da *Everywoman* e da *Woman's Weekly* em busca de inspiração sobre as últimas tendências, e pegou a *Vogue* na biblioteca. O *moiré* azul cobalto não era para o dia a dia. Ada fechou as revistas e os olhos. Corte justo, uma única tira diagonal. Destacaria seus seios pequenos, revelaria a magreza de seu pescoço, sua pele agora impecável, seus ombros, seu colo. Zíper invisível. O desenho precisava de cuidado — um movimento em falso estragaria tudo. Ela duvidou que conseguiria mais daquele tecido, com a mesma qualidade, não com o que o governo vinha falando.

O caimento era como uma película de água acompanhando seu corpo, envolvendo seus seios e formando um ângulo sobre o quadril como uma onda nas pedras. Ada o pendurou no armário e o experimentava toda noite, passando as mãos pelo tecido. Quando a seda era domesticada, ela obedecia igual a um servo fiel. Ela não sabia ao certo quando o usaria, mas era bom sonhar. A vida não tinha graça. Nada além de trabalho, trabalho, trabalho. Ela não tinha dinheiro para sair, a menos que usasse suas economias. As outras garçonetes só gostavam de ficar em Leicester Square e tomar chá — qual era a graça disso? Além do mais, ela era mais velha que as outras. Elas eram crianças na época da guerra.

Tommy não ia querer uma mulher antiquada, ou amarga e frustrada, como mãe. E Ada não queria ser como a própria mãe, brava e geniosa. Não faria mal sair de vez em quando. Ela tinha o suficiente em suas economias e na caderneta de cupons, então comprou um par de sandálias que combinava com o vestido. Tommy entenderia. Ele devia ter crescido e se tornado um menino. Cinco anos. Os dentes de leite começariam a cair. Ele ia gostar de ver sua mãe feliz. Ada reporia o dinheiro na semana seguinte.

Ela levou o vestido para o trabalho, junto com as sandálias, e o pendurou em seu armário para se trocar no fim do dia.

— Vai a algum lugar interessante? — perguntou uma das garçonetes. — Nada mal. Você tem um rapaz?

Ada estava diante do espelho, passando o batom novo que tinha comprado em Woolworth's, vermelho papoula.

— Não vou contar.

— Aonde você vai então?

— Não vou contar — respondeu ela, gostando do mistério.

Ela subiu a Strand, balançando sua bolsa de mão. Os homens prestavam atenção. Fazia tanto tempo que Ada não sentia aquele tipo de olhar. Ela sorriu enquanto caminhava. Era como nos velhos tempos. Ada Vaughan. Manequim. *Modiste*. Ainda tinha a magia. Um toque da varinha mágica, e o opaco se tornava dramático e o corpo, uma paisagem de sonhos e desejo. Ela virou à direita, saindo da Strand, até as portas do Smith's Hotel. Os funcionários menearam a cabeça e a conduziram para o interior. Ada deslizou pelo salão, uma borboleta azul, esbelta, bebendo néctar.

Nada havia mudado. Ainda tinham lustres de cristal, espelhos chanfrados, piso com padrão de tabuleiro, escadarias, o hall coberto por painéis de madeira e sofás Chesterfield de couro. O Manhattan Bar, pelo que lembrava, ficava à esquerda. Ada subiu a escada.

O *maître d'hôtel*, que estava parado atrás de um atril discreto no topo da escada, a cumprimentou com a cabeça quando ela se aproximou. "Bajulador", teria dito seu pai, "lacaio da bourgeoisie". Mas Ada entendia. Os dois estavam juntos naquilo. Dois durões contra os figurões. Luta de classes.

— A madame vai encontrar alguém?

Madame. Ada sorriu. Não mais *senhorita*. Uma mulher madura.

— Oh, não — respondeu ela, olhando por sobre o ombro para o vidro e o cromo do bar ao longe.

— Sinto muito — disse o homem —, não permitimos a entrada de mulheres sozinhas.

Ada encarou o *maître d'hôtel*.

— O quê? Pode repetir?

— É a nossa política — repetiu ele. — Mulheres desacompanhadas não podem entrar na área do bar.

Ada não esperava por isso. E não podia recuar agora. Seria motivo de riso.

— Se a senhora fosse encontrar alguém, seria diferente — continuou ele.

O *maître d'hôtel* tamborilou com o dedo no atril. *Dum, du-dum, dum, du-dum*, e olhou a parede atrás de Ada.

— Acabei de me lembrar — retrucou ela, entendendo o que o homem estava sugerindo. — Vou encontrar alguém, sim.

Ele virou para encará-la, tamborilando com uma mão e enfiando a outra no bolso. Não fizeram nenhum movimento. Ele tossiu, um pigarro educado, olhou fixamente para a própria mão, que ainda batucava o atril oco.

Ele queria uma gorjeta. "Que abusado." Ela tinha atacado suas economias para estar ali, trouxera dinheiro para um drinque, para o ônibus de volta e um extra por garantia. Não achou que teria de gastá-lo, não com um empregado. Porém, o que fazer? Ada abriu a bolsa e pegou a carteira. O homem não parecia o tipo de sujeito que aceitaria trocados. Ela pegou uma moeda prateada de seis *pence* e a colocou sobre o atril. O *maître d'hôtel* a cobriu com o dedo e a deslizou, levando-a até seu bolso. "Você já fez isso antes", refletiu Ada.

Ele a conduziu a uma mesa de canto do lado direito. Havia um espelho no centro da parede, e Ada deu uma olhada em si mesma ao passar, seu longo cabelo loiro caindo em cachos anelados sobre os ombros nus. Seu corpo se retorcia ao caminhar, barriga para *dentro*, quadril para *fora*, o passo coreografado da passarela. Ela deslizou pelo banco, colocou a bolsa ao seu lado e agradeceu ao *maître d'hôtel*.

Um drinque. E só. Se bebesse devagar, poderia fazê-lo durar. Ela sabia o que queria. Nada muito doce. Gim. Lima. Cointreau. O salão estava mais esfarrapado do que ela se lembrava, com o carpete surrado em algumas partes. Os espelhos eram os mesmos, brilhantes e inclinados, e as paredes, um tom creme manchado de nicotina, mais escuro onde encontravam o teto.

Ada recostou no banco de veludo azul, passou a palma da mão no tecido macio. Que regra estranha, nada de mulheres sozinhas. Ela sempre estava com Stanislaus quando ia lá antes da guerra, e nunca tinha notado que apenas casais podiam entrar.

O garçom trouxe seu drinque, colocou um porta-copo de linho e deixou a taça sobre ele. Um White Lady. Ada o esperou ir embora e levou a bebida aos lábios, respirando o aroma ácido, cítrico e pungente e a secura do zimbro do gim. Precisava ter cuidado. Fazia anos que não bebia. Desde aquela cerveja em Namur, não bebera mais. Ela recostou, tirou da bolsa um maço de Senior Service — outro presente de aniversário para si mesma — e o deixou sobre a mesa, com o desenho azul do navio para cima. Pegou um cigarro e o segurou entre os dedos. Não tinha fósforos. O garçom teria um isqueiro. Ada pediria quando ele aparecesse.

— Posso?

Ada, que não o viu se aproximar, levantou a cabeça. O nariz dele tinha uma fissura, que acompanhava a do queixo. Ele era ruivo, cílios loiros, olhos cinza. Estava sorrindo, acendendo o isqueiro prateado. Ela levou o cigarro aos lábios e tragou.

— Você está esperando alguém? — perguntou o homem. Ele tinha uns trinta anos pelo menos, usava paletó, camisa xadrez da Viyella e gravata azul-marinho com uma insígnia. "Seu regimento", pensou Ada. "Devia ter servido na guerra. Um oficial, pelo jeito." Ele trazia uma taça.

— Acho que não vão vir — respondeu ela, fungando. — Estão muito atrasados.

— Você quer companhia?

— Seria ótimo — disse Ada. — Só por um tempo.

Ele se sentou, colocou a taça sobre a mesa e procurou os próprios cigarros no bolso.

— Meu nome é William.

O homem estendeu a mão sobre a mesa. Ada encaixou os dedos nela. Ele os apertou com delicadeza. A mão dele era quente.

— Quem quer que você estivesse esperando é um tolo por não aparecer — disse ele. — E obviamente não sabe o que está perdendo.

Ada sorriu. O homem tinha uma fala pausada, como um cavalheiro, dizendo o tipo de coisa que se diz nos filmes. Ela não acreditou nem por um instante, mas era bom de ouvir.

— Qual é o seu nome?

Ada. Um nome tão comum, barato.

— Ava — respondeu ela.

— Como a estrela de cinema?

— Não exatamente. As mesmas iniciais. — Ela formou um bico com os lábios e o encarou por sob os cílios. — Não, sou uma Ava comum. — E pensou rápido. — Ava Gordon.

— Bom, posso garantir que você não tem nada de comum, minha querida. — Ele levantou a taça no ar. — Tim-tim.

Ele tinha servido como oficial, RAF, a Força Aérea Britânica, em Berlim, no fim da guerra. Nunca tinha visto nada assim. "Deve ter sido horrível." Fora mencionado nos despachos, estava sendo considerado para uma medalha. "Não fiz nada para merecer." "Aposto que você foi muito corajoso." Estava sendo difícil voltar para a Civvy Street. "Ninguém quer falar sobre a guerra." "É uma pena."

— Você serviu? — continuou ele. — Posso imaginar você como uma WREN, no Real Serviço Naval para Mulheres, com os especialistas.

— Não — respondeu Ada.

— Exército? — Ele riu. — Você não parece ter a dureza necessária.

Ada fez que não com a cabeça.

— Bom, você deve ter feito algo.

— Não posso falar sobre isso — respondeu ela. E era verdade.

Ele apagou o cigarro e se inclinou para frente.

— Que interessante. Você era uma espiã? Daria uma Mata Hari deslumbrante.

— O que você faz agora?

— Está mudando de assunto?

— Estou. O que faz?

Agricultura. Basicamente aráveis, como beterraba e cevada. Ada estava bebendo mais rápido do que queria. Os pais dele administravam a fazenda enquanto ele estava na guerra, mas precisavam se aposentar. Ele estava feliz em assumir, era um rapaz do campo, de coração. Estava em Londres para falar com o banco. Agricultura não dava dinheiro. Precisava refazer a hipoteca, investir.

— Beba — disse ele. — Vou pedir outro para você.

O homem era antiquado, de paletó e *brogues*, mas a fazia rir. Ela não se lembrava da última vez que tinha rido com um homem, que tinha se divertido. Ele era bonito à sua maneira, mesmo com o cabelo ruivo. Tinha um rosto enrugado, mas era magro, com ombros largos.

— Está com fome? Vamos jantar.

Smith's Grill. Toalhas brancas. Engomadas. Ada passou os dedos pelas dobras brilhantes da barra e conferiu a costura. Bainha aberta. Alguém tinha costurado aquilo. Sozinha, encurvada, noite adentro. Seus dedos ficaram suados e frios diante da lembrança. Ela a afastou, pegou o guardanapo, limpou a boca, deixando uma marca de batom. E sorriu para William.

— Eu gosto do Smith's Grill — comentou ela.

Sole meunière. Ada nunca tinha provado antes. Feito com manteiga de verdade.

— Gostaria de um último drinque?

Os dois beberam vinho durante o jantar. Ela não devia beber mais, porém estava se divertindo. A noite tinha saído melhor do que imaginava. Ela preferia voltar para o bar, mas ele parecia um bom homem, não o tipo que tentaria alguma coisa. Pegaram o elevador até o quarto andar e atravessaram o corredor. William abriu a porta.

— Depois de você.

Ada mal tinha entrado quando ele a agarrou pelos ombros, puxou-a para perto e beijou-a, língua e tudo. Ela se afastou.

— Você está indo um pouco rápido, William.

— Não me provoque.

— Não estou. Você falou em um drinque.

— Quando chegar o momento — disse ele. E segurou o rosto de Ada entre as mãos. — Você realmente é a mais linda das criaturas, Ava.

Fala de cavalheiro, mãos de fazendeiro. A pele era áspera, mas a carne era firme. Cheirava a sabonete. Ele a puxou de novo, estava ofegante, e ela sentiu o poder de seu peito inspirando e expirando, o vigor e a vida nos braços que a envolviam. Fazia tanto tempo que ninguém a abraçava e a desejava dessa maneira. A força dele trouxe vida de volta a seu corpo adormecido, a tornou jovem e saudável de novo.

Ele a pegou pela mão e a levou para a cama. Ada pensou no quarto de hotel de Paris. Esse também devia ter banheiro. William a deitou sobre a colcha de cetim e a trouxe para perto. Ela estava nos braços dele, o tecido duro do paletó arranhando seu rosto. Estava excitada e cheia de desejo. Ele a chamou de linda. Ada sentiu os dedos de William no zíper de seu vestido, deslizando para dentro do corpete, procurando seus seios. Ele agia rápido, era preciso admitir. Devia achar que ela era promíscua. Ada tentou afastar a mão, mas ele a manteve firme. Era quente contra sua pele delicada. Isso a incomodava e a excitava. Por que recusá-lo? Ela não era uma virgem. Por que fingir ser boa, quando ela sabia não ser? Ada queria isso, queria amor, carinho, afeto. Queria esquecer a guerra, a dor, a perda, a solidão, mergulhar em outro ser humano, ser acariciada e cuidada, sentir o cheiro almiscarado de um corpo masculino e afundar em seu calor. Viver de novo. Ela retribuiu o beijo.

William acendeu a luz e olhou o relógio.

— É melhor você ir.

Ela sabia que não podia ficar. Não seria bom passar a noite com ele. Ada saiu da cama, recolheu suas roupas e entrou no banheiro. Cubos de sais de banho embrulhados em papel-alumínio estavam na beirada da banheira. Ficou tentada a pegar alguns, mas não queria ser exposta como uma ladra. Já era ruim o suficiente estar no quarto de um hóspede naquele horário. Ela tinha gostado de William. Ele a acariciou, foi gentil e cuidadoso. "Se você fosse a única garota do mundo." Ada gostaria de vê-lo mais uma vez. Parecia ser um bom homem. Ela se vestiu, penteou o cabelo com os dedos, passou batom e saiu.

William estava de pijama, parado na porta, a bolsa dela em uma mão, algumas moedas balançando na outra.

— Dois *xelins* para um táxi — disse ele, colocando o dinheiro na mão dela. — E mais dois para o porteiro, pelo incômodo. Vamos lá.

— Eu posso andar — disse ela. — Não é muito longe. E é muito dinheiro.

— Você vai ficar mais segura num táxi.

— Obrigada, William. E obrigada pela noite. — Ele não estava falando nada sobre o encontro. — Gostei muito.

— Por favor, vá agora — pediu ele. — Tenho um dia cheio amanhã.

Seria muito ousado pedir para vê-lo de novo, e ela não podia contar onde morava, em uma pensão para moças. Ele abriu a porta e acenou para Ada sair. Tinha se tornado frio. Ela teria feito algo errado? Imaginou que, se ele quisesse vê-la mais uma vez, encontraria uma maneira. Ou ela o faria. Perguntaria o nome completo dele na recepção, e o endereço.

No lobby, um dos porteiros se aproximou.

— A senhorita precisa de um táxi?

Ela assentiu.

— A senhorita tem alguma coisa para mim, pelo incômodo?

Ada queria dizer: "Não, na verdade, não." Podia conseguir um táxi sozinha. Esse povo não perdia tempo quando se tratava de ganhar um dinheiro extra. Com a gorjeta do *maître d'hôtel* e agora a do porteiro, essa noite estava saindo cara. Ele ficou parado, com as mãos enluvadas nas costas. Mas William tinha dado o dinheiro, então não ia lhe custar nada.

Ela lhe entregou um florim, e o porteiro a conduziu pela porta giratória e assobiou para chamar um táxi.

— É só dizer ao taxista aonde a senhorita vai.

— Não é sempre que faço esse trajeto — disse o motorista. — Do Smith's para a Ada Lewis House. Você se divertiu, menina?

O táxi a deixou na pensão. Ela tinha a chave, entrou, tirou as sandálias, subiu a escada na ponta dos pés, atravessou o corredor até seu quarto. Não podia acender a luz, ia acordar as demais. Tirou a roupa e foi para baixo das cobertas.

Pela claridade, Ada imaginou que tivesse perdido a hora. Devia ser meio-dia. Ela tinha bebido demais e estava com dor de cabeça. Puxou sua bolsa para procurar um cigarro. Havia uma nota de cinco libras dobrada lá dentro.

Ada tirou a nota e a segurou contra a luz. Nunca tinha recebido uma de cinco libras antes. Havia uma tira grossa na cédula. Era real. William. William devia tê-la colocado ali por algum motivo. Ela teria de devolver, claro. Assim, conseguiria o endereço dele. "Caro William, obrigada pela noite tão agradável, mas acredito que isso seja seu, e estou aproveitando para devolver. Deve ter havido um engano. Espero que nos encontremos de novo." Ada não poderia dar seu endereço, Ada Lewis House. Ia abrir uma caixa postal. Assim ele não teria como saber. Será que custava caro?

Porém, poderia ser um presente. Se essa fosse a intenção dele, poderia ficar ofendido se ela devolvesse. "Que presente estranho, dinheiro, especialmente depois da quantia que ele gastou com ela a noite toda. Que generoso."

"Oh, meu Deus!" Ele tinha *pago* por ela. Ela devia ter se dado conta antes. Teria se dado conta se sua cabeça não latejasse tanto. E acreditar que estava no controle de tudo. Ada riu alto, engasgou com o cigarro e o apagou no cinzeiro. Foi por isso que William mudou depois. Precisava se livrar dela. Caso contrário, teria de pagar o dobro pelo quarto, e a esposa dele descobriria. A esposa. O canalha devia ter filhos também. Um casal. Ada podia imaginá-los na fazenda, um garoto forte de suéter com estampa *fair isle*, uma menina robusta de tranças. Ele sabia como funcionava. Dinheiro na bolsa. Uma gorjeta para o porteiro. William não devia nem ser o nome verdadeiro dele.

Ada passou os dedos pela nota. Era o dobro de seu pagamento semanal na Lyons. Ela teria de abrir uma conta nos correios e depositar o dinheiro. Devolver o dinheiro que foi tirado de suas economias para a noite e guardar mais a cada semana. Pouco a pouco.

Ada acendeu outro cigarro e refletiu.

Ela tinha gostado da noite. Aquilo não era um pagamento de verdade; era mais um agradecimento por sua companhia. Ela não tinha se prostituído. Não como aquelas criaturas que zanzavam ao redor de Eros, ou aquelas esquálidas em Munique que faziam qualquer coisa por um cigarro. Não, William e ela se divertiram. Ele tinha usado preservativo. Provavelmente nunca mais o veria, mas ele a achou atraente, desejável. Qual era o mal?

Ela poderia fazer aquilo de novo. Talvez encontrasse outra pessoa, alguém permanente. Podia usar o vestido azul. Dava *sorte*. E se não pudesse, e se o homem não estivesse em busca disso? Era muito dinheiro para nada, na verdade. Ela tinha aprendido como funcionava. Seis *pence* para o *maître d'hôtel*. Dois xelins para o porteiro, se fosse para o quarto. Se fosse de vez em quando, juntaria dinheiro rápido. Ia precisar de mais roupas. Teria de usar um pouco de suas economias, gastar dinheiro para ganhar dinheiro, porém valeria a pena. E não iria com ninguém que não a atraísse. O Smith's atraía gente de classe, nenhum bronco. Ela seria difícil, explicaria os termos. Cinco libras na bolsa, quatro xelins em moeda para os custos. Nada que a deixasse desconfortável. Era preciso usar preservativo. Se fosse duas vezes ao mês, seriam dez libras. Ela fez as contas: conseguiria sair da pensão e encontrar uma pequena quitinete. Tommy ia precisar de uma casa. Ada a deixaria linda para ele pintar carros nas paredes, compraria uma bola. Podia encontrar um imóvel comercial, uma oficina. Algum lugar elegante. Colocar uma placa na porta: Vaughan, Modista. Tinha uma máquina de costura que era forte como um cavalo. Conseguir uma mesa. As ferramentas de sua profissão. Uma tesoura boa. Teria de fazer propaganda. "Senhoras. Façam os cupons de vestuário renderem." Qual era aquela revista que a sra. B. deixava na sala de espera? *The Lady*. Colocaria um anúncio nela. Deveria pagar por isso, mas ela o faria. Enquanto isso, ia aproveitar, ganhar dinheiro. Não podia dar errado.

Não o tempo todo. Aquelas moças ao redor de Eros pareciam vulgares, ordinárias. Ada não queria ser como elas. Apenas duas vezes por mês. Menos na semana de sua menstruação. Continuaria trabalhando no Lyons até ter o suficiente para abrir uma loja. Gostava das meninas. Eram divertidas, e ela não tinha outra companhia. A pensão era razoável, porém, se estivesse em uma quitinete, podia se sentir sozinha. Trabalhar durante o dia. Sair nos sábados à noite.

Três vezes por mês eram quinze libras.

★

Levou apenas três meses, mas Ada tinha o depósito em mãos, o valor da caução e do aluguel de uma semana, tudo adiantado. A senhoria era uma chantagista — tinha aumentado o preço —, mas era uma boa quitinete na Floral Street. Quatro andares de escada, ela não seria incomodada pelos ambulantes urinando no porão.

— Nada de homens — alertou a senhoria.

— E se eu tiver um noivo? — perguntou Ada.

— Você tem?

— Vivo na esperança.

A senhoria sorriu.

— Na verdade, sou viúva — disse Ada. — Tenho um menino. Só preciso de um bom lugar até me recuperar.

— E onde está o garoto? Não aceito crianças aqui.

— Estão cuidando dele.

— Bem, esta é uma casa de respeito — continuou a senhoria como se Ada não tivesse dito nada. — Todo cuidado é pouco. Boas moças não moram sozinhas. Moram com a *família*. — E acrescentou: — A menos que venham de muito longe.

Era um cômodo grande, que ocupava todo o último andar, com o que a senhoria tinha chamado de "copa e cozinha", uma bancada com um único queimador, com a lateral adornada, e uma bacia.

Havia água corrente, prateleiras para xícaras e pratos, um gancho para a panela, um armário pequeno para latas e perecíveis. O quarto tinha cama, uma poltrona, uma mesa e um guarda-roupa. A cama teria de ser grande o bastante para caber Tommy também, por enquanto. Quando ele crescesse, precisaria comprar outra cama. Ela convenceria a senhoria a aceitá-lo. Passaria uma cortina de blecaute pelo quarto para ele. Não daria para dividir o quarto.

Havia um lavatório no segundo andar, e um banheiro com um aquecedor de água pago e um grande aviso: "Hóspedes, lembrem-se: Não mais do que cinco centímetros de água na banheira".

Ada usou seus cupons e o resto de suas economias para deixar seu lar aconchegante. Não tinha o bastante para cortinas novas, mas comprou alguns lençóis de flanela de algodão, uma colcha bordada de segunda mão que combinava com o calendário de 1946, que tinha a imagem de um cachorro. A gerente a tinha presenteado com violetas totalmente floridas, que teriam de servir até que ela conseguisse comprar flores no verão. Era conveniente ter o mercado tão perto.

— Onde conseguiu o dinheiro? — perguntara sua chefe.

— Minha avó morreu e me deixou uma pequena herança — respondeu ela.

Ela conseguiu comprar, em dinheiro, dois pratos, canecas e talheres, uma panela e uma frigideira. Fez uma toalha para a mesa, para que a máquina de costura não aranhasse a madeira. Conseguiu um rádio de segunda mão. Ele ocupava todo o espaço acima da despensa, demorava cinco minutos para as válvulas aquecerem, mas era uma boa companhia à noite, quando ficava sozinha. Às vezes ela sentia falta dos barulhos do dormitório, de Beryl falando coisas sem sentindo durante o sono — que as outras usavam para provocá-la de manhã —, Maureen a dois cubículos adiante com suas adenoides, roncando como um trem. Mesmo assim, ela sempre conseguia conversar com Scarlett no porão se se sentisse muito sozinha.

De vez em quando, Ada acordava de madrugada. Vozes do lado de fora. Uma voz de mulher. Gritos. *Frau* Weiss? Seu coração disparava. *Frau* Weiter? Ela se virava e alcançava a cruz, se preparando. "Freira, levante." Os dedos dela agarravam o lençol. A cruz tinha desaparecido. Ela tateou o colchão. Estava em uma casa, não no chão. Estava em seu quarto, em Londres. Claro. Ada prestou atenção. Que língua falavam? Quem estava falando? Seus ouvidos tentavam discernir. Era Scarlett. Ela ouviu uma voz masculina. "Stanislaus." Era Stanislaus. O que ele estava dizendo? Estava perguntando por ela? "Tudo bem, tudo bem, tudo bem." Não, não era ele. Quem era? Estava chegando ou partindo?

Partindo. Scarlett terminava o trabalho à meia-noite. Janelas fechadas. Fechada para os negócios.

— É como uma loja, está vendo? — explicou para Ada. — Mas sou notívaga, então apareça se vir a luz acesa. Podemos tomar um chocolate quente.

Todo sábado de manhã bem cedo, tirando os sapatos de salto, passando creme, tirando a maquiagem. Scarlett parecia desleixada sem salto nem maquiagem. Comum. Era como um camaleão, sem graça como um paralelepípedo de dia, brilhante como néon à noite. Homens não conseguiam mudar como as mulheres, colocar um vestido novo, passar pó de arroz, batom e *rouge* no rosto. Seu verdadeiro nome era Joyce, mas ela era conhecida como Scarlett.

— Scarlett? — perguntou Ada. — Que tipo de nome é esse?

— Você não conhece? — A voz de Scarlett ficou aguda de incredulidade. — Scarlett O'Hara. ... *E o vento levou?*

— O que é isso?

— O que é isso? O melhor filme que já vi, é isso. Clark Gable. Minha paixão?

— Não conheço.

— Nossa! Onde você estava na guerra?

Ada hesitou.

— Longe — respondeu ela. — No campo.

— Bem, você devia estar na porcaria de Scapa Flow para não ter visto ... *E o vento levou.*

Ada segurou sua caneca de chocolate quente com as duas mãos e olhou para Scarlett, sentada de pernas cruzadas na cama, o vestido esticado sobre os joelhos, um maço de Woodbines entre eles. Seus dedos eram amarronzados e sua voz, rouca, porém Ada gostava dela.

Scarlett arranjava preservativos, três por dois xelins, e disse a Ada para se certificar de que os homens colocassem o dinheiro na bolsa *antes* de começarem qualquer coisa.

— Você é iniciante e pode não entender isso. Precisamos nos unir, nós mulheres.

Ada fez uma saia para ela com uma sobra de tecido que conseguiu no mercado, como forma de agradecimento. De um rosa delicado, xadrez de Dayella, "não encolhe".

Por dois anos, ela faria isso. E pronto. Até lá, teria dinheiro suficiente.

★

Ada tinha uma rotina. Começar a manhã com o uniforme de garçonete, um vestido preto simples, o colarinho e o avental brancos e engomados, caminhar pela Strand até o J. Lyons. Era conveniente, ela podia voltar para casa no horário de almoço, ainda que preferisse sentar com as meninas e dar risada antes de voltar ao trabalho, rebolando entre as mesas de avental e touca. "Dois bules de chá e um *scone*, saindo." Ela reparava que os homens a olhavam. Podiam perceber que ela era melhor do que daquilo. Ela sabia e eles também, dava para notar.

Ela preferia o restaurante à lanchonete. O trabalho não era tão corrido, e havia outros tipos de clientes, mais velhos e mais bem-pagos, que davam boas gorjetas. Eram clientes regulares, que trabalhavam em escritório, provavelmente gerentes, que vinham no horário de almoço, sentavam sozinhos com um jornal e pediam algo do bufê de carnes, carne de porco assada com molho de maçã, presunto e picles. Nas quartas-feiras, o comércio fechava mais cedo, então as meninas da loja saíam para comer — carne e torta de rim, linguiça e batata frita. Às segundas e sextas-feiras, mulheres com tempo e dinheiro, almoço com as amigas, e voltavam para casa em Beckenham ou Turnham Green para preparar o jantar do marido. Ada gostava mais delas, belos vestidos, chapéus e luvas, *sempre assim*. Conhecia todas. Tinham faxineiras, filhos que estudavam em escolas preparatórias particulares nos bairros residenciais. Também tinham costureiras, uma moça virando a esquina.

A mulher sorriu para Ada ao se levantar da mesa, ajeitando o vestido para que ficasse reto. Tinha um belo corpo, magro e atlético, e um belo rosto cor de pêssego. O vestido era de *rayon*, cor de damasco claro, com pregas ao redor do busto e plissado no quadril.

— Sempre sobe e prende — comentou ela, passando as mãos pelo quadril.

Ada não sabia ao certo com quem a mulher estava falando. Sua amiga retocava a maquiagem, segurando o espelho a favor da luz e empoando o nariz. O vestido não estava bem-ajustado. Justo demais no quadril; solto demais no busto. A mulher pegou a bolsa e as luvas e foi ao banheiro feminino. As garçonetes não tinham autorização para entrar lá. Ada se certificou de que ninguém estivesse prestando atenção e foi atrás dela.

— Se a madame não se importa que eu diga, é o plissado. Ele não cede o bastante.

A mulher virou, surpresa.

— Pelo jeito, você entende do assunto?

A voz dela estava carregada de sarcasmo. "O que essa garçonete pode saber?"

— Na verdade — respondeu Ada —, entendo. Se você dobrar as pregas na horizontal, encurta o tecido. É preciso deixar ceder um pouco, deixar uma folga.

— Você é costureira, certo? — A voz tinha desdém, mas ela estava prestando atenção.

Ada juntou os calcanhares e endireitou o corpo.

— Sou. E sou boa. — A mulher olhou para o relógio. — Só estou fazendo isso pelo dinheiro — acrescentou Ada, apontando para o avental. A mulher estava com pressa, ansiosa para não perder o trem das 15h10 que saía de Charing Cross, ou o metrô de Embankment. — Quero montar meu negócio.

A mulher passou o braço pela alça da bolsa.

— Você pode ajeitar este aqui? — perguntou ela.

— Primeiro, preciso vê-lo — respondeu Ada. — Quanta folga tem a costura. Não precisa ser muito. Meio centímetro de cada lado. Soltar as pences.

— Do jeito que está, eu quase não uso — explicou a mulher. — Mas não posso jogá-lo fora. Vou trazê-lo para você semana que vem. — Ela colocou uma moeda no pires ao lado da bacia. — O que tenho a perder?

Chamava-se Bottomley. Sra. Bottomley. E levou o vestido na segunda-feira seguinte. Ada o virou do avesso e inspecionou como a peça foi feita. A costureira que o confeccionou não entendia de tecido, não sabia nem fazer uma costura em linha reta. O plissado estava torto, as dobras estavam presas nos pontos.

— Deixe comigo — disse Ada. — Trago de volta na semana que vem.

A sra. Bottomley o experimentou na semana seguinte e voltou para a mesa, o vestido embrulhado.

— Perfeito — anunciou ela. — Você tem um cartão?

— Não — respondeu Ada. Um cartão? Nem a sra. B. tinha cartões. — Mas a senhora pode me encontrar aqui.

— Para uma prova?

Ada conteve um sorriso.

— Posso passar meu endereço. Fica virando a esquina. Podemos discutir os termos — Ada gostava daquela palavra. — Trabalho meio-período às quintas-feiras.

A sra. Bottomley pegou sua agenda de endereços, um caderno fino com capa de couro. — Seu nome?

Ada soletrou VAUGHAN. E acrescentou, *modiste*.

Um *tailleur* de *tweed* para a sra. Bottomley e um vestido de algodão para a filha. Um vestido fino para a mãe da amiga da filha para ser usado num batismo. Roupas bem-feitas com tecido bom. Nada para brilhar, mas era um começo.

★

Ada ouviu as notícias no *Home Service*. Precisava estar atualizada, *au fait* com os últimos acontecimentos, porque às vezes seus cavalheiros falavam sobre esses assuntos. Não que esperassem que ela soubesse algo sobre o mundo, mas Ada se interessava. Problemas na Palestina e na Índia. Julgamentos em Nuremberg e Dachau. Era estranho pensar que ela tinha estado lá, no território inimigo. Pensar que tinha feito roupas para as *fraus*, que fora mantida na casa do comandante. Nunca poderia contar isso para ninguém. Seria um segredo, para sempre. *Obersturmbannführer* Weiter tinha se suicidado, e Martin Weiss foi enforcado — ela tinha visto no *Daily Herald* —, porém não havia nada sobre a esposa e a família. Talvez *frau* Weiss, ou quem quer que fosse, tivesse mudado o próprio nome e o de Joachim.

Como ela o encontraria? E Stanislaus. Ada tinha certeza de que era ele em Munique naquele dia. Ele estava vivo, ao menos. Munique parecia estar num passado tão distante. E Londres, antes da guerra. Ela nem sempre conseguia lembrar como as coisas eram antes que as bombas transformassem tudo em entulho. Nem sempre lembrava de Stanislaus. Às vezes, achava que sua memória lhe pregava peças, ou que o tinha inventado. E não estava certa de que o reconheceria agora.

★

Ela nunca tinha visto um inverno tão rigoroso como aquele, nem enquanto esteve na Alemanha. Janeiro de 1947. A neve chegava até a cintura ao longo da Strand. Havia fotos de nevascas no interior na *Picture Post*, montes de neve pesada cobrindo campos e florestas, ferrovias e estradas. O quarto dela tinha aquecimento a gás, mas era antigo. Os tijolos refratários estavam rachados, e nem todos os tubos estavam limpos. Era difícil controlar o gás, e o calor a deixava com frieiras. As janelas traziam correntes de ar, e um vendaval soprava por baixo da porta, até que ela encontrou um tecido rústico no mercado e fez um rolo recheado com jornais para colocar ali. Comprou uma garrafa de água quente feita de pedra, a enrolou na toalha para deixar sobre a cama, contendo a umidade gelada.

O amigo ambulante de Ada sabia de sua situação. A barraca dele estava coberta de tecidos grossos e materiais pesados, com um bom custo-benefício, o código CC41 carimbado na borda. Porém ele mantinha pinos de tecido por baixo desta, e os retirava quando ninguém estava olhando. Ada tinha meios agora. O *moiré* azul era bom no verão, mas ela precisava acompanhar a mudança das roupas, e o tempo estava tão impiedoso que ela precisava de um ou dois trajes bons. Não pensou duas vezes sobre o *petersham* azul-marinho para um casaco de inverno, nem sobre o jérsei preto para um vestido novo, ainda que isso significasse mais uma semana sem conseguir poupar.

Ela reporia o dinheiro.

O jérsei era ganancioso, queria ser mais do que era, ia aonde não devia. Ela trabalhou nele à luz de velas quando a eletricidade caiu, graças ao maldito Manny Shinwell. Seus olhos sofriam, mas se mantivesse a costura perto do rosto, conseguia trabalhar, como fazia em Dachau. Ada costurava nos fins de semana enquanto ouvia o rádio, a antologia de Dick Barton num sábado de manhã, *Much-Binding-in-the-Marsh* num domingo à tarde. Mangas três quartos, com os ombros à mostra, que tinha visto na *Everywoman*, *peplum* — tinha um pouco de tecido de forro que sobrara, então fez um suporte para evitar que a saia ficasse muito folgada.

Sábado à noite, o primeiro de fevereiro. Ela tomou cuidado ao pisar na calçada de salto alto, pela Floral Street, dando a volta na St. Paul's Church, passando pela neve derretida e pelas folhas de repolho partidas no mercado, desceu a South Street, "cuidado era pouco", até a Strand. A neve se infiltrou em seus sapatos. A sola de suas meias estava molhada e a parte de trás destas tinha respingos de neve enlameada. Ela se limpou no banheiro feminino, se olhou no longo espelho da penteadeira. As ombreiras a faziam parecer alta e o jérsei estava justo, sem enrugar. O decote cavado destacava os seios e o *peplum*, seu quadril. Sua cintura era um vale esbelto entre eles. *Ava Gordon*. Mesmo com os óculos, ela ficava bonita arrumada. Deixou o casaco na chapelaria e foi até o Manhattan Bar. Entregou seus seis *pence* habituais ao *maître d'hôtel* e se sentou.

O salão estava quieto.

— É o tempo — explicou o barman. — A neve. As pessoas não conseguem entrar nem sair. E a greve no Savoy. Deixa todo mundo aflito. Com medo de que se espalhe. O de sempre?

A rotina era sempre a mesma. Ela bebericava o White Lady, colocava o maço de cigarro sobre a mesa, pegava um e o rolava entre os dedos. Nunca sentava no balcão. Seria vulgar. Tampouco olhava em volta para ver quem estava ali, ou a atenção de quem ela chamaria. Isso seria óbvio. Esperar um cavalheiro e ver se o barman piscava — o que significava "está num quarto aqui". Tirar os óculos, guardá-los na bolsa, e esperar mais um pouco.

Quando as calças desciam, os homens eram todos os mesmos garotinhos.

— São imorais — dizia Scarlett. — Todos eles. Às vezes eu os vejo com as esposas e os filhos e me pergunto como podem fazer isso.

Um ou dois homens queriam fazer com ela coisas que não fariam com a esposa — coisas nojentas, peculiares. Ada se considerava boa julgadora de caráter naqueles dias, podia resumir um sujeito só de olhar para ele. Mas nunca se sabia, na verdade.

— Cobre mais caro — disse Scarlett. — Esses tipos têm fala doce, mas, assim que ficam a sós com você, são ratos num bueiro.

— Não.

Ada era uma boa companhia, não uma profissional, não como Scarlett. Ela levantava e saía, com o dinheiro na bolsa. Sabia que eles não podiam reclamar.

Os homens gostavam de conversar, todos eles. Coisas que não podiam contar para a família. Pobres coitados. Às vezes, Ada achava que deveria ter se tornado uma daquelas novas tais psiquiatras. Dia D. El Alamein. Mortos de medo. Ninguém entendia, ninguém queria ouvir. Ficaram tanto tempo fora que os filhos não os reconheciam, as esposas não os queriam. A vida de civil era difícil. "Como foi a guerra?" Não adiantava dizer que havia sido ruim. Quem teria tido uma guerra boa? Ela entendia. "Eu sei como você se sente." Tudo preso lá dentro, uma rolha tão encaixada que ela achava que ia arrebentar. Eles sempre diziam: "Você é primeira pessoa com quem pude falar sobre isso.". Ela desejava ter alguém com quem conversar, colocar tudo para fora.

— Pode confiar em mim — dizia ela.

Podia ter feito uma fortuna na guerra vendendo segredos. Podia fazer uma fortuna agora se cobrasse mais para ouvir. "Uma moeda pelos seus pensamentos." Montar um negócio como "tia da agonia", "um problema compartilhado é meio problema". A mente deles se acovardava das lembranças dos mortos que nunca tinham conhecido, mas que fizeram em pedaços. A guerra nunca ia embora. Não a guerra oculta, a guerra não mencionada. Ela ficava infestada como uma ferida vergonhosa, supurada, atormentando em silêncio. Ada sabia perfeitamente o que era aquilo.

Ela prestava um serviço — era isso. E os homens podiam pagar, com as gratificações do exército.

— Permita-me.

Ele tinha uma caixa de fósforo com Smith's na frente. Seu cabelo era ondulado, repartido e penteado para o lado, cheio de modelador Brylcreem. Era um homem pesado, de cabelo escuro e moreno, mas com um rosto arredondado e infantil, como um daqueles bebês dos anúncios de produtos infantis da Cow & Gate. Devia ter deixado o exército fazia tempo. A maioria dos homens que encontrava ainda tinha a aparência abatida e o rosto faminto das rações do serviço militar. Ele protegeu a chama e se inclinou na direção de Ada. Tufos de pelos pretos e macios apareciam sob os punhos do paletó. Seu terno era bem-cortado, não era nem o terno da desmobilização do serviço militar nem um terno barato. Era um homem de negócios.

— Obrigada — respondeu Ada.

— Está esperando alguém? — O homem falava com um sotaque que ela não conseguia identificar. Italiano ou espanhol.

Ada conhecia o roteiro. "Estou. A pessoa está atrasada. Sim, eu ficaria muito feliz se você me fizesse um pouco de companhia." Podia recusar se não gostasse da pessoa. Mas esse homem era atraente, à sua maneira.

— É sua primeira vez em Londres?

— Não — respondeu ele. — Moro aqui há muitos anos. Eu já me considero um londrino. E você?

— Bem — começou Ada. — Na verdade, eu também.

— Ora, veja só, já temos muito em comum. Gino Messina.

Ele estendeu a mão, pegou a dela e a levou aos lábios.

— De onde você é?

— Malta — respondeu ele. — Uma pequena ilha no Mediterrâneo.

— Aposto que faz calor lá — disse Ada. — É por isso que você é tão moreno?

Ele riu. Ela riu junto, há-há-há. E se sentiu relaxada.

— E seu nome?

— Ava — disse ela. *Modiste.* — Ava Gordon.

— Ava Gordon.

A guerra tinha sido boa para ele, nada do que reclamar.

— Mas não gosto de falar dessa época.

— Nem eu — concordou ela, aliviada. Era uma mudança em relação aos outros. — Olhar para o futuro, é o que sempre digo.

Ada cruzou as pernas e passou a mão por onde o tecido da saia tinha amarrotado. A neve deixara uma mancha nos sapatos. Um pouco de graxa resolveria isso.

Ela não cobrava adiantado como as garotas no bar, mas deixava a bolsa aberta, "discretamente". Conferia se estava tudo ali, para táxi, porteiro e sua taxa. Ela gostava dessa palavra, taxa. A sra. B. cobrava uma taxa por seus serviços, o médico também.

— Você vem aqui todo sábado? — perguntou Gino enquanto ela se vestia para ir embora.

— Quase todo sábado.

— Que tal semana que vem, então? — propôs ele. — Guardar meu lugar na fila.

— Não tem fila.

— Fico feliz em saber. Nesse caso, você se guarda para mim.

Ele era muito agradável, charmoso até, um charme continental, e um rosto de bebê.

Ada assentiu.

Naquela semana ela tricotou um cardigã rosa de decote V usando a linha de um antigo cardigã que tinha encontrado em um bazar. Estava sentada perto do fogo. Dava um ponto, colocava uma pérola falsa. Ouvia uma peça no rádio. Gino queria vê-la. Ia usar seu vestido de *moiré* azul, mas precisava de alguma peça de lã para aquele tempo. Ela o tiraria quando ele chegasse, mas podia se manter aquecida enquanto esperava. Não podia arriscar outro tom de azul que não combinasse, e preto era sombrio demais. O rosa tinha sido um achado.

Ada pediu para sentar no banco de veludo do canto, longe das correntes de ar da janela. Estava bebericando seu White Lady, devagar para fazê-lo durar.

— Não, obrigada — respondeu ela ao cavalheiro alto que se aproximou com um isqueiro dourado e acendeu seu cigarro. — Estou esperando uma pessoa.

Dessa vez estava dizendo a verdade. Só que ele estava atrasado. Ada terminou sua bebida e pediu outra. Talvez ele tivesse esquecido. Ia esperar mais meia hora. E ficou de olho no homem alto que conversava com uma das garotas no bar. Ele ficava olhando em sua direção. Ela só precisava sorrir, e isso o traria de volta. Não podia perder cinco libras assim. Quanto tempo deveria esperar por Gino? Seria bem-feito para ele se ela fosse embora com outro homem. Não devia deixar uma garota esperando, à toa, como se não tivesse nada para fazer. Era grosseiro. Não, era mais do que isso. Gino estava mostrando a ela quem mandava. "Espere por mim, Ada. Não eu por você." "Bem, Gino Messina, Ava Gordon tem uma novidade para você."

Ela pegou seus óculos na bolsa e os colocou, vendo traços naquele rostos pela primeira vez, as manchas no carpete, a fumaça subindo pelo ar. Tirou o cardigã e pegou outro cigarro, enrolando-o entre os dedos, enquanto olhava para o homem do bar.

— Então, você esperou. — Ela não tinha visto Gino chegar, abrindo a embalagem de fósforos para acender um palito. — Não reconheci você de óculos.

Ada podia vê-lo claramente agora, de óculos, na luz clara do bar. Ele tinha olhos pretos, fixos como um lago, profundos o bastante para que ela visse a própria imagem refletida. Sua boca e sua testa eram vincadas. Bem-alimentado. Estrangeiro. Uma voz dentro dela sussurrou: "Não confie nele. Não aprendeu?"

— Eu estava quase desistindo de você — disse Ada. — Achei que não viesse mais.

Ele estendeu a mão e pegou um cigarro do maço dela, como se fosse o dono. "Que abusado."

— Peço desculpas. Eu me atrasei.

— Percebi — disse Ada. — O que aconteceu?

— Negócios. Nada que você entenderia. — Ele tocou a lateral no nariz com o dedo. — No meu país, temos um ditado. *Chi presto denta, presto sdenta*. A curiosidade matou o gato.

Ela estava sem nada novo para vestir. Uma coisa era sair com homens diferentes, que nunca a veriam repetir uma roupa. Porém, ela e Gino estavam se vendo sempre. Precisaria de mais roupas. Gostava dessa ideia, deles se encontrando, como se estivessem saindo juntos. Ele era um homem do mundo, podia perceber, viajado, refinado. Tinha classe, cavalheirismo à moda antiga.

— É disso que você precisa: clientes regulares — disse Scarlett.

— Clientes? — repetiu Ada. — Eu não sou o que você acha que sou.

Ela não *caçava* como Scarlett, que ficava parada na rua até conseguir alguém.

Scarlett gargalhou.

— Talvez a lei discorde.

Gino não era um cliente. Era como um acompanhante. Ele a tratava bem, mimando-a com tudo que havia de melhor, vinho do porto em todas as vezes que se encontravam. Nunca a enxotava, não como alguns homens que mal podiam esperar para que ela fosse embora, como se tivesse sujado a cama.

O amigo ambulante de Ada tinha um pouco de crepe de lã.

— É só um pedaço esta semana, Ada, mas tem um pouco mais de um metro de largura. Faço um preço bom para você.

Crepe de lã, vinho. Ada se lembrou de *frau* Weiss, da primeira vez em que a viu, em crepe de lã com um colarinho Peter Pan branco, bem-ajustado, a piteira à mão. Ela também tinha cabelo loiro, brilhante como o sol, que era destacado pelo tecido cor de rubi. Ada tinha esquecido tamanha elegância e beleza diante de toda aquela feiura e miséria.

Ela cortou o tecido naquela noite. Não era o suficiente para um corte enviesado, e sim para um vestido simples, reto, com manga justa e uma abertura em forma de diamante logo abaixo da gola, um pouco de decote, de bom gosto, nada comum, perfeito para o Smith's.

O *maître d'hôtel* balançou a cabeça em aprovação quando ela entregou os seis *pence* naquela noite. O barman serviu o drinque.

— Você está deslumbrante hoje, Ava. Até eu estou interessado em você. Vai encontrar o mesmo cavalheiro? Já são cinco semanas seguidas. Pode-se dizer que vocês estão namorando.

Ada gostava daquela ideia. Ela gostava de Gino, e Gino gostava dela. Teve certeza disso quando os olhos dele percorreram seu corpo e ele passou o braço por sua cintura.

— Linda — disse ele. — *Bella*. Você tem um excelente gosto.

— Obrigada.

— Onde compra esses vestidos?

— Comprar? Eu não *compro*, Gino, eu *faço* minhas roupas. Faço os desenhos e tudo mais.

— Bom, você tem um talento raro, Ava Gordon. Poderia ser *couture*, direto de Paris.

— Gostaria de fazer mais — comentou. — Abrir meu próprio negócio. Ter minhas próprias clientes, meu próprio nome.

— Você se sairia bem.

— Eu faria dar certo. Já tenho clientes.

A sra. Bottomley a apresentara a outra mulher que queria um traje para o casamento do filho. "Algo clássico, que não fique datado." Ela tinha recomendado Ada para alguém que procurava uma costureira. Disse que lhe faria uma recomendação por escrito quando quisesse.

"A srta. Vaughan é uma mulher de caráter firme, disposição agradável e habilidades exemplares de costureira."

— Você precisa de capital — disse ele. — Investimento.

— Eu sei — disse Ada. — Mas vou conseguir, um dia. Espere só.

Gino riu.

— Gosto de garotas ambiciosas. — E apertou a cintura dela. — Precisamos ver o que podemos fazer, não é?

Nós. Gino e ela. Sabia que ele tinha dinheiro. Talvez pudesse ser um investidor, não seria difícil para um homem como Gino ajudá-la a abrir seu negócio. Afinal, ele insinuou isso.

Daquela vez, havia um par de meias, além do dinheiro, em sua bolsa. Meias Bear Brand, nylon da melhor qualidade, com costura.

Gino bateu as cinzas de seu cigarro, que caíram no carpete.

— Um presente para você, Ava.

— Oh, obrigada, Gino.

Meias de nylon eram um artigo de luxo, e era um presente de Gino.

— Bom, sei como é difícil para vocês, moças, conseguirem as coisinhas de que tanto gostam.

Ele deu um grande trago do cigarro, fazendo a fumaça sair por seu nariz com a força de um cavalo.

— Imaginei que você fosse tamanho 36. — Ele abriu um sorriso torto, uma meia curva em seus lábios. — Existe mais de onde veio essa.

— É mesmo? Como? — quis saber Ada.

— Perguntas, perguntas. — disse ele, batendo o dedo na lateral do nariz. — Na verdade, tenho mais alguns pares comigo. Bear Brand. Park Lane. Você pode ganhar um dinheiro. Meu contato as vende para mim, eu as vendo para você, e você as vende para suas amigas. O que me diz, Ava?

Ada pensou nas garotas do trabalho. Se o preço fosse bom, podia vender alguns pares. A gerente não saberia. Ela não desejava parar diante de um juiz, ainda que sempre pudesse argumentar que seu namorado é americano. Porém, não era nada de mais, todo mundo vendia coisas por baixo dos panos.

— Você compra por seis *pence* e vende por um xelim — explicou Gino. — Cem por cento de lucro. É um bom negócio, Ava. Um bom preço.

Se não conseguisse vendê-las, Ada poderia ficar com elas. Era preciso ter muito cuidado com meias de nylon. Um fio puxado era o suficiente para arruiná-las.

— Deixe uns dois pares comigo que eu vou tentar — disse ela.

Gino pegou duas caixas de sua pasta e as entregou a Ada.

— Eu confio em você, Ava. Vamos nos ver na semana que vem. Mesmo lugar, mesmo horário. Aí você me paga.

— E se eu não as tiver vendido?

— Você pode devolvê-las. Sem problema. Eu explico tudo para o meu contato — disse Gino. — Aqui, coloque as caixas entre essas páginas. Não queremos que façam perguntas.

Ele lhe entregou uma edição do *Evening News*, e Ada colocou as caixas entre as folhas dobradas.

— Caso alguém pergunte, diga que as conseguiu com um marinheiro americano.

Ada colocou as meias embaixo do braço.

Ela podia ter vendido vinte pares sem fazer esforço.

— Não posso prometer — disse Ada, anotando o tamanho das garotas durante uma pausa no trabalho na semana seguinte.

Sábado à noite, ela entregou o dinheiro para Gino e fez um pedido para mais vinte pares de meias.

— Estão fora da caixa — disse ele, entregando as peças —, mas são novas. — Ada as colocou entre as páginas do *Evening News* e conferiu se o dinheiro estava na bolsa. — Mesmo horário semana que vem, Ava. Mesmo lugar. Faça o pedido.

— Não posso fazer um pedido por semana — disse ela.

As meninas do trabalho não ganhavam bem. Meias de nylon eram um artigo de luxo, não do dia a dia, exceto para Scarlett ou ela mesma, que tinham um pouco de dinheiro extra.

— Achei que você fosse boa no que faz. Elas custam uma pechincha, Ava. — Ele estava sentado em uma cadeira com uma toalha enrolada na cintura. Gino levantou, foi até o guarda-roupa, pegou a mala de couro — cara, viajada, com fivelas cromadas —, abriu-a e tirou um vidro de esmalte. — Se conseguir um pedido, talvez ganhe algo. — E segurou o esmalte na direção dela.

— E se eu não conseguir?

— Você vai encontrar uma maneira.
Ada pegou o esmalte, Dura-Gloss, American Beauty.

Ela entregou o florim para ao porteiro e voltou a pé pelo mercado. Era engraçado, o dinheiro, a maneira como funcionava, uma parte para o *maître d'hôtel*, uma parte para o porteiro e uma parte para sua senhoria. Uma parte para Ada por vender as meias, uma parte para Gino por fornecê-las, e uma parte para o contato dele. Quem havia feito o trabalho? O que essas pessoas recebiam por seus esforços? "Malditos parasitas", podia ouvir seu pai dizer. "Capitalismo." O capitalismo era assim, tinha vida própria.

Anotou um pedido para 11 meias de nylon naquela semana, e uma solicitação de cupons para vestimenta, caso o contato de seu namorado os tivesse sobrando, ou de cupons para pão, se ele conseguisse.

— Vamos ver o que acontece, Ava — disse ele. — Vamos ver.

★

Gino e ela se encontraram nas semanas seguintes. Ele não era como os outros. Ada estava começando a gostar dele. Ele parecia gostar dela também, ainda que fizesse questão de manter tudo profissional, dinheiro na bolsa, sem perguntas, a compra e a venda. Comissão, era como ele chamava. "Comissão."

Dorchester e o Savoy, Smith's e o Ritz. Ele frequentava quase os mesmos lugares que Stanislaus. Trazia sempre muito dinheiro. Seus negócios, o que quer que fizesse, dava dinheiro. Ada tinha curiosidade, mas Gino nunca dizia nada.

— Você é bonita demais para se preocupar com meu trabalho, Ava — dizia ele. — É um mundo de homens.

Martínis, *Pink Ladies*, *Mint Juleps*. Ele era um homem atraente, sabia tratar bem uma mulher, ainda que não as *amasse*, não como William. Ada estava se acostumando ao corpo dele, próximo e familiar. Gino ainda era um enigma. Ela não conseguia desvendá-lo, talvez porque viesse da Europa continental. Porém, dessa vez, disse a si mesma, estava mais esperta, uma mulher diferente da que havia sido antes da guerra. Conseguiria decifrar o caráter de homens como Gino Messina, cedo ou tarde.

A costureira de Dachau   213

— Você me deixa orgulhoso. As pessoas se viram para nos ver passar. Perguntam-se "O que esse sujeito tem que eu não tenho?" ou "Como homens feios conseguem mulheres bonitas?"

Ele provavelmente tinha outras ao longo da semana. Às vezes uma pontada de ciúme a atingia nas costelas, pegando-a desprevenida. "Podemos fazer um acordo, Gino? Eu saio exclusivamente com você, se você só sair comigo." Ada sabia que ele era casado. Todos eram. Ele dizia que a esposa não o entendia.

— Eu queria me divorciar, mas ela não aceita por causa da criança.
— Quantos filhos você tem, Gino?
— Um menino.
— Quantos anos ele tem?
— Seis.

A mesma idade de Tommy.
— Como se chama?
— Gerardo — respondeu Gino —, mas o chamamos de Jerry. Nasceu no Blitz. Meu amigo, aquele de quem falei, meu contato, disse: "Chame-o de Jerry, por causa dos soldados de Adolf."

Soava engraçado, com o sotaque, o "rr" pronunciado e as vogais prolongadas. Tirando isso, ele falava inglês perfeitamente. Sabe-se lá onde havia aprendido. Gino estava rindo. Ada não tinha contado sobre Tommy, não tinha certeza se devia mencioná-lo. Gino podia não gostar. Ele considerava Ada livre e sem frescuras. Independente. "É do que eu gosto em você, Ava. Também é ambiciosa. Quer abraçar o mundo."

A gerente tinha um sobrinho, um garotinho. Ela dizia que meninos eram carinhosos, muito mais que meninas; que eles jogavam os braços ao seu redor e subiam no seu colo. "Eu amo você." Ada ainda conseguia lembrar do alemão. *"Ich liebe dich."* Não podia esquecer. *"Mutti."* Ela pensava em Thomas todos os dias. Fazia aquilo por ele.

— Posso conseguir material para você — disse Gino. — Sem intermediários. Com meu contato.

— Ah, é? — Ada estava de olho nele. Devia ser material fornecido com a etiqueta de marca cortada. — Arranje cupons.

Ela os usaria para comprar com seu vendedor, que vendia produtos legítimos. Talvez conseguisse abrir seu negócio antes do que imaginava. Ada Vaughan, *modiste*. Fazer o que ela fazia melhor, o que sonhava havia tanto tempo. Seu amigo vendedor ambulante parecia saber onde obter material. Todos estavam cansados da guerra, do racionamento, de apertar os cintos, dos produtos fornecidos e da austeridade. Ela faria roupas para animar as pessoas. Renda e cambraia, crepe de seda e cetim, tule e zibelina. Roupas que balançassem e dançassem, que cantassem e rissem. Roupas que se tornariam o corpo, que o transformariam em uma escultura viva. "Dobre o *toile*, esquerda para enviesar, direita para caimento reto. Nunca tenha medo", diria Isidore, "o tecido não é o inimigo". Encolher e estivar, passar e dar forma. É o trabalho invisível que conta, que eleva um vestido de algo abatido para paradisíaco.

Ela teria de vendê-los no mercado negro, mas Gino e o amigo podiam ajudar. Teria de ser boca a boca. Não havia nada de errado com isso. Ela conseguira alguns clientes assim, e a sra. B. tinha lucrado dessa forma. Era a melhor publicidade, dizia ela. Muito melhor que anúncios pagos, isso era para vestidos prontos, pagos em prestações, ou para lojas de departamentos.

As peças dela seriam feitas *sob medida*, uma moda para cada tipo de humor. Ela gostava disso. Casa de Vaughan, "uma moda para cada humor". A sra. Bottomley tinha dito isso. "Suas roupas ajudam a alegrar o meu dia." Logo tudo voltaria ao normal.

— Cupons? — perguntou Gino.

— Sim — respondeu Ada. — Podem ser úteis, posso fazer coisas e vendê-las. Sei que posso me livrar deles. São mais fáceis de esconder que as meias, mais fáceis em geral.

— O que a faz pensar que ele pode conseguir cupons?

— Ele parece capaz de conseguir quase tudo. — Ela hesitou. Precisava dizer. — Eu gostaria de abrir um negócio, Gino. Pode me ajudar? Pode ser meu investidor? Um empréstimo bastaria. Pretendo devolver o dinheiro.

Gino acendeu um cigarro, recostou na cama, apertando os lábios e soltando a fumaça em anéis com um pequeno *puf-puf*.

— Talvez — respondeu. — Teríamos de colocar as coisas em termos mais profissionais.

— Claro.

Talvez Gino quisesse mais retorno para seu dinheiro. O lucro das meias era dividido ao meio, pelo que ele dizia. Talvez quisesse uma participação maior pelos cupons por um risco maior — ou uma participação nos negócios.

— Você pode ser sócio — disse Ada. — Eu não me importaria. Sei que posso fazer dar certo.

Gino via os anéis de fumaça flutuando e se dissolvendo.

— Bem — disse ele, as palavras lentas e líquidas. — Não foi exatamente o que eu quis dizer.

— Então, o que quis dizer?

— Essas noites de sábado. São arriscadas, não acha?

— Não estou entendendo.

— Você nunca sabe quem vai encontrar. Uma mulher linda como você. Como posso saber o que faz quando não estou por perto? Com quem você conversa? Estou me colocando em risco.

— Não tenho mais ninguém, Gino — disse Ada. — Só você.

— Como posso ter certeza?

— Tem minha palavra.

— Sua palavra não significa nada. Como pode garantir que sou seu único homem?

O que Gino estava insinuando? Que ela não era de confiança? Ada podia sentir uma onda de irritação surgindo.

— Precisa acreditar em mim, Gino.

Ele apagou o cigarro em um cinzeiro, formando um monte de cinzas no centro.

— Por que não lhe dou um adiantamento? — perguntou ele.

— Um adiantamento?

— Por uma semana. Guarde-se, só para mim.

Scarlett estava certa. Ada achou que tinha um amante. Porém, ele era apenas um cliente regular. *Clientele*. Dois podiam jogar esse jogo. Se era para se tornar uma concubina, teria de valer a pena.

— Quanto?

— Dez libras.

Ela fez que não com a cabeça.

— É uma oferta generosa, Ava — disse ele. — Essa sua atividade é perigosa. Devia pensar em se proteger.

Havia alguns clientes estranhos por aí, depravados, sem escrúpulos. Sabia por Scarlett que nem todas as garotas escapavam desses encontros. Ela mesma tinha passado por alguns momentos complicados. Sempre fora cuidadosa, mas também tivera sorte. Precisava se cuidar, por Tommy. O que poderia fazer por seu filho estando morta? Também precisava do dinheiro, para ter um lar para seu menino. Aquelas coisas não eram baratas, e ela não tinha com quem contar.

— Só mais uma coisa — disse ele. — Quero usar sua casa.

— Qual é o problema do Smith's?

— Mudar de ares — respondeu ele.

Era apenas uma vez por semana, explicou Ada para a senhoria, aos sábados. "Nada de homens." Gino era seu noivo. "Com um nome desses? Não se envolva com italianos." "Ele vai embora à meia-noite." "Nenhum homem depois das dez, noivo ou não." A senhoria já foi jovem. Dez horas da noite era um pouco cedo. Ada não causava problemas. Pagava o aluguel em dia. Nunca fazia barulho ou bagunça. Não era como Scarlett, no porão, cujos visitantes iam e vinham, ou a suposta vidente do primeiro andar, que recebia clientes a qualquer hora. Parecia cruel expulsá-lo às dez horas. "Onze, no máximo." Às 23h seria ótimo. "Mas vou ter de cobrar a mais, para cobrir alguns custos." "Custos?" "Se eu for acusada de manter um bordel."

— Não — disse Ada. — Não é isso. Só existe um homem para mim e ele se chama Gino Messina.

— Fico feliz em saber — disse a senhoria. — Mas vou aumentar seu aluguel mesmo assim. Quatro libras por semana.

— Quatro libras? É mais que o dobro.

— Você vai ter que trabalhar mais então, não vai? Você e Gino.

— Não sou o que você acha — disse Ada. — Eu trabalho no Lyons. Não tenho todo esse dinheiro.

Ada queria acrescentar: "sua chantagista". Queria ameaçá-la, dizer que ia chamar a polícia, mas sabia que não podia — eles também poderiam prendê-la.

— Vamos ver — continuou a senhoria — qual é a situação desse seu noivo.

★

A neve derreteu, as enchentes acabaram, o céu foi de cinza para azul. Partículas de poeira dançavam no ar de abril, vestígios do pó acumulado no alto dos armários e nos rodapés. O quarto precisava de uma faxina de primavera. Ada queria manter sua casa limpa, a preservava para ela e Tommy. Ele estava crescendo rápido. Seria difícil localizá-lo agora. Seis anos era muito tempo. Ada não tinha certeza se Covent

Garden era o melhor lugar para criar um filho. Era grosseiro, com todos os ambulantes e pubs que ficavam abertos a noite toda, e as garotas de Shaftesbury Avenue e Seven Dials atrás da St. Paul's Church. Mas era conveniente para o trabalho e os ambulantes a conheciam e ofereciam algumas cenouras ou uma couve-flor no fim do dia, ainda que estivessem trabalhando.

Ada não gostava de ter Gino ali em seu quarto. Ele ficava muito à vontade, então o quarto não era mais *só* dela. Tirando os sapatos e andando de meias cinza, colocando a chaleira para ferver sem perguntar.

— Isso custa dinheiro — disse Ada.

— Vou tomar uma xícara de chá sempre que quiser. Lembre-se de quem está pagando suas contas — disse ele.

Gino não gostava que ela saísse, nem com as garotas do trabalho.

— Tenho espiões, sabe? — disse ele, e passou o dedo pela garganta.

Ada se perguntou se aquilo valia a pena. Talvez as coisas fossem melhores antes, quando ela estava por conta própria e no comando. Contudo, não sabia como sair daquela situação. Gino se acalmaria quando estivesse mais seguro em relação a ela.

— Além do mais, este lugar é um muquifo. Tenho posses. Propriedades em Mayfair. Podia colocá-la num pequeno flat, num lugar bom, Stafford Street, Shepherd Street. Talvez precise dividi-lo, mas seria uma companhia, para você não se sentir solitária.

Ada gostava de morar sozinha. Sua quitinete podia ser pequena, mas era sua casa. Ela não queria se mudar.

— Está tudo bem — disse ela. — Obrigada.

— Acho que você não está entendendo, Ava — disse Gino. — Uma garota sozinha. Pense nos perigos.

Stafford Street. Seria caro. Duas vezes o que ela pagava ali, que já era caro o suficiente. Ela nunca conseguiria se sustentar, quanto mais guardar dinheiro.

— Cuidado — disse Scarlett. — Em seguida, ele vai virar seu cafetão. É como todos começam.

— Quem?

— Oh, querida, você é *novata*. Cafetões são tão bons para suas garotas, e de repente viram a chave, fazem você trabalhar para eles, vivem às nossas custas.

— Gino não faria isso.

— Escreva o que estou falando, ele é um cafetão. *Nós* escolhemos nossos homens, não eles.

— Mas eu não sou uma prostituta.

— Exatamente. Você é uma amadora. Não é uma ameaça, não para mim.

Gino não era assim. Era só um pouco genioso, possessivo.

★

Ada se sentiu sozinha naquela primavera. Sua mãe se manteve firme, recusando-se a vê-la, mesmo que ela aparecesse uma vez por mês, às vezes mais. Mandou seu novo endereço para os irmãos e as irmãs, porém eles também nunca entraram em contato. Ninguém se preocupava se ela voltava para casa ou não. Ninguém sabia se ela fora jogada do píer, caso precisasse reclamar seu corpo. A gerente podia até declará-la desaparecida caso não fosse trabalhar, mas as garotas sempre abandonavam o emprego. A mulher não pensaria que algo de diferente tinha acontecido com ela.

Ada acordara cedo. Um bebê estava chorando, um grito alto, vibrante, que se infiltrou entre o barulho dos carros noturnos nos paralelepípedos e os gritos dos comerciantes da madrugada. Fazia um tempo que a criança estava chorando, tinha adquirido um ritmo constante. Ela fechou os olhos, tentou se lembrar do rosto de Thomas e de seu choro de recém-nascido. Esquecera como ele era, fazia tanto tempo. Ele tinha chorado? Estava dormindo, era um bebê tão tranquilo. Cansado do parto. Deve ter sido difícil para ele.

★

Gino disse que seu amigo podia conseguir as cadernetas do racionamento. Roupas. Pão. Açúcar. As coisas estavam mais apertadas do que na guerra, havia mais demanda do que nunca. Ada não teve problemas em repassá-los, lidar com o dinheiro, receber sua parte, fazer os pedidos da semana seguinte. Era uma entrada regular de dinheiro, gerava uma renda extra que economizaria para Tommy e para seu negócio.

— Da maneira como vejo, Gino, como corro todos os riscos no trabalho vendendo as coisas, acho que mereço uma parcela maior

— disse Ada, se aninhando no peito dele e levando os dedos até seu pescoço.

— Não seja gananciosa, Ava — disse ele.

— Não estou sendo. Só estou falando de uma participação nos negócios.

— O que isso quer dizer?

— Podemos montar uma sociedade, você, eu e seu amigo. — explicou ela, e respirou fundo. — Ele fornece, eu vendo. Roupas, vestidos. Achei que você quisesse me ajudar a montar uma pequena firma.

Ele afastou o braço dela, se sentou e pegou um cigarro. Voltou a deitar na cama, fumando em tragos longos e deliberados.

— Talvez você não tenha entendido a natureza dos negócios — disse Gino, soltando anéis de fumaça no ar. — Como posso colocar em termos que você entenda? — Ele se inclinou e bateu as cinzas no chão. Podia ter usado um cinzeiro, mas fez aquilo para mostrar quem mandava ali. — Digamos que eu e meu amigo sejamos o sr. Marshall e o sr. Snelgrove. Ou o sr. Dickins e o sr. Jones. — Ada sabia que ele não ia concordar, podia ver em como se mexia, o peito retesado, os músculos tensos. — Lojas grandes. Muitos departamentos. Diferentes produtos. Nós a vemos como uma das nossas funcionárias. Um armarinho, digamos. Você é talentosa, Ava. Podemos até vê-la como chefe do departamento. Mantém os pedidos entrando, paga em dia. Mas uma sócia? — Ele alcançou o cinzeiro e apagou o cigarro com força no centro. — Não. Isso não é uma maldita cooperativa, nem John Lewis.

Gino a afastou e jogou as pernas para a lateral da cama. Ele se vestiu e abriu a porta. Ela ouviu os passos na escada, o barulho discreto da porta da frente. "Vamos deixar uma coisa clara, Ava. Eu estou no comando e não se esqueça disso."

Miosótis. Marianinhas. Ada murmurava diante do preço.

— Eu a conheço. — O vendedor molhou o dedo do meio e o tamborilou na palma da outra mão, como se estivesse mexendo numa caderneta de cupons. — Valem cada centavo.

Ele tinha pregado uma foto da princesa Margaret na lateral da barraca — ela estava sentada, com um vestido de corpete asseado e uma saia longa e cheia que se avolumava à sua volta.

— Organza, é o nome desse tecido — comentou ele. E bateu em dois rolos de tecido. — Chamam de *new look*. Mas se é bom o bastante para alguém como ela — ele moveu o polegar na direção da foto — é bom o bastante para alguém como você, Ada.

Ela estava planejando vender os cupons para as meninas no trabalho e guardar o dinheiro para Tommy.

— Claro, com esse maldito racionamento ninguém gosta de parecer extravagante. Mas não incomoda aquele povo — dizia o homem, inclinando a cabeça para trás.

Ela teria o suficiente com os cupons, se ficasse com eles. Ada nunca tinha perguntado a Gino onde seu amigo os obtinha, e o vendedor da Berwick Street nunca pareceu tão próximo. Quase três metros para a saia. Mais ou menos um e meio para o corpete. Mais o forro. Agulhas. Linha. Zíper.

Ela olhou com atenção para a foto da princesa Margaret enquanto o vendedor cortava o tecido. Corpete enviesado, mangas raglã. A saia seria bem fácil. Faria o forro primeiro, como um molde. A organza era frágil, precisava de cuidados. Ela começaria no fim de semana, à luz do dia.

— Está fazendo algo bonito para você mesma, Ava? — Gino olhou a máquina mais de perto. — Naumann. O nome parece estrangeiro. Alemão.

Na maioria dos sábados, Ada guardava a máquina quando Gino chegava, mas era pesada e difícil de carregar, e ela estava no meio de uma costura. Nunca tinha lhe ocorrido que ele olharia.

— Uma Singer não é boa o bastante para você?

Isso não era da conta de Gino. Ele não tinha o direito de criticá-la. Ada deu de ombros.

— Onde você a conseguiu?

— Por que quer saber? — perguntou ela, a voz leve e aérea, uma voz de organza.

— Não quero confraternizar com o inimigo, por isso é da minha conta.

— Bem, não está confraternizando — respondeu, a voz tensa. Esperava que Gino captasse.

— Onde você a conseguiu? — Ele agarrou o braço de Ada e o apertou. Não era da conta dele. Por que ele se importava? — Quem deu essa máquina a você?

— Você está me machucando, Gino.

— Quem?

— Se faz questão de saber... — Ele diminuiu a força, e Ada livrou o braço, esfregando-o com a mão. Ficaria um hematoma aparente sob a manga do uniforme quando ela fosse trabalhar. Ela respirou fundo. — Se faz questão de saber, meu irmão a trouxe para mim. Da guerra. Ele esteve na Alemanha. — Ada elaborou a história. — Pagou cinco cigarros por ela. Pobres coitados. Ele disse que estavam desesperados. Teriam vendido qualquer coisa. Até as filhas. Mas é uma boa máquina.

A luz do sol brilhava atrás dele. O rosto de Gino formava uma silhueta, escura e sem definição.

— Onde na Alemanha?

— Munique — respondeu ela. — Ele estava em Munique.

— Então ele é americano, seu irmão?

— Não, por quê?

— Eram os americanos que estavam em Munique.

— Oh. — pensou ela por um instante. — Bom, talvez não fosse Munique. Nunca fui boa de geografia.

Gino avançou e sentou na poltrona.

— Não, mas você é boa em outras coisas. — Ele bateu no próprio joelho, gesticulando para Ada sentar. — Aliás — continuou, passando o dedo pela saia dela. —, conheço alguém que esteve em Munique no fim da guerra. Numa pequena cidade perto de Munique.

Ada afastou a mão dele.

— Conhece? — Ela tentou controlar a voz, mas saiu fina e aguda.

— Então é por isso que você sabe sobre os americanos. — Ada observou o rosto escuro dele, o olhar sombrio, a curva do lábio, os sulcos de suas linhas de expressão. — O que ele estava fazendo lá?

— Negócios — respondeu Gino, acrescentando —, negócios com o exército. — E começou a rir. — Sei onde você pode conseguir as peças. — Gino apontou com a cabeça na direção da máquina de costura. — Se precisar.

Ele a tirou de seu colo e lhe deu uma palmada na nádega quando Ada levantou.

★

O corpete servia como uma membrana, liso e macio. Azul miosótis. Ela fez um par de protetores para as axilas. Não faria sentido estragá-lo com suor. Ela lembrou da pobre Anni, a cozinheira dos Weiter. Onde ela estaria? Talvez morasse em alguma quitinete em Munique. Ada tentou não pensar naqueles dias. As duas tiveram uma espécie de amizade. Nunca trocaram uma palavra, um tipo diferente de linguagem. Anni a manteve viva. Ela entendia, talvez até amasse.

Ada ficou na ponta dos pés e girou, cada vez mais rápido enquanto a saia rodava, como os anéis de Saturno, até ficar tonta. O vestido fazia dela uma mulher, tornava-a livre para dançar e girar, para *ser*. Ela estava sublime, voando pelos céus, um ser celestial de alegria e de felicidade. Em seguida, se apoiou na cadeira, esperando a tontura passar. Colocou as mesmas sandálias que usou com o vestido de *moiré* azul-cobalto. Azul era sua cor da sorte.

O barulho dos saltos. Trafalgar Square. Pall Mall. Haymarket. Piccadilly. Camadas de organza como as asas de um anjo rodopiando, enquanto ela gingava o corpo de um lado para o outro, a cintura ondulando com o movimento. Ada notou os olhares de luxúria e de cobiça dos homens. A guerra terminara. Ela tinha sobrevivido. Aturaria Gino por enquanto, mas logo se livraria dele. Não sobrevivera à prisão em Dachau para se tornar uma prisioneira novamente na própria casa. Queria liberdade para voar, para dançar num céu lápis-lazúli somente ela e a lua.

Gino disse que seu contato queria conhecê-la. Falar de negócios. Piscou o olho ao revelar isso.

"Casa de Vaughan", pensou Ada.

Café Royal. Não ia àquele lugar desde antes da guerra. Não era um dos pontos habituais de Gino. "Sem quartos, entende?" Ele disse que esperaria no Grill Room. Os seis *pence* estavam a postos, caso ela chegasse adiantada e a casa tivesse o mesmo procedimento que o Smith's. Ela tomaria champanhe enquanto esperava, as borbulhas elegantes em sua língua, subindo para seu nariz. Sentada na cadeira dourada, cercada de espelhos, perdida nos próprios reflexos.

Ele já estava lá, conversando com outro homem jogado em uma cadeira, a gravata solta no pescoço, o primeiro botão da camisa aberto. Usava óculos pequenos e redondos. Cabelo curto, engomado e penteado para trás.

— Aqui está ela — disse Gino, acenando.

O homem virou. Atrás dos óculos, os olhos eram delicados e pálidos. "Olhos na cor azul ovo de pato", pensou Ada, etéreos o bastante para ver através deles. Uma onda de pânico atravessou seus nervos. "Stanislaus." Não havia como negar.

— Este é Stanley, Ava.

Ela ficou paralisada enquanto o homem tentava levantar, apoiado no braço, que cedeu, golpeando a mesa e fazendo os copos balançarem.

O olhar dele passou direto, seus olhos vazios e vítreos.

— Esta é Ava Gordon — apresentou Gino.

— Ava Gordon. Invergordon. É um prazer conhecê-la — disse ele, arrastando as palavras e desabando de novo na cadeira.

Ele tentou olhar com atenção, mas suas pálpebras estavam pesadas. "Stanislaus." Ela tinha mudado, e sabia disso: estava magra como um palito, com o cabelo todo loiro, usando óculos. Porém, ele não a reconhecera. Estava bêbado demais. E atendia por Stanley. Não soava mais estrangeiro. Mesmos olhos, mas as pálpebras estavam vermelhas e inchadas, e o rosto enrugado. Fazia mais de sete anos que Ada não o via. Ele engordara, não envelhecera bem. Mas ela percebeu que *era* ele em Munique, chapéu para baixo, gola levantada. Ela não tinha se enganado. Suas mãos ficaram molhadas de suor. "Mantenha a calma. Finja. Aja normalmente."

Gino chamou o garçom.

— Um Manhattan para mim. Um *Pink Lady* para a madame.

Ada queria champanhe, mas ele não perguntou. Gino esperou os drinques chegarem e se inclinou para frente.

— Bem, Ava. Temos uma coisa para comemorar — anunciou.

— Sim?

— Seu carregamento chegou, por assim dizer.

— É mesmo? — Ada sabia o que ele iria dizer. Ia querer investir dinheiro no negócio dela. Gino e Stanley. Porém, ela não desejava mais o dinheiro deles. E podia sentir o pânico surgindo. "Finja", disse a si mesma, "finja que não o conhece". Ela precisava de tempo para pensar. — Quer me contar sobre isso?

— Ainda não — respondeu Gino. Havia um cigarro apagado entre seus lábios que balançava quando ele falava. Seu olhar era intenso, sem um sorriso. — Mas tenho muitas expectativas em relação a você, Ava.

A cabeça de Stanley caiu para frente, e ele acordou e a levantou. Estava muito bêbado.

— Conte-me — pediu Ada.

— Não, ainda não. — Gino pegou os fósforos, acendeu o cigarro e deu uma tragada tão forte que deixou uma fileira de cinzas na ponta. Não levantou o olhar nem por um instante. — Você está linda esta noite, se me permite dizer. Atraindo olhares, como sempre. — Ele se virou para Stanley. — Eu escolho minhas garotas a dedos. Apenas as melhores.

Ele bateu o cigarro no cinzeiro e abriu um sorriso afetado.

— Faça tudo direito com Stanley. Quem sabe o que pode acontecer?

— Como assim? — perguntou Ada, observando Stanley, Stanislaus, que assentia como uma marionete e sorria. "Ele deve saber quem eu sou."

— Ele e eu. Queremos investir em você. Ajudá-la a abrir seu negócio — respondeu Gino.

— Sabe — disse Stanley, inclinando o corpo para a frente e apoiando os cotovelos na mesa —, você é legítima. — Seu braço se abriu em um longo arco enquanto ele apontava o dedo para Ada. — É o maldito casamento de Canaã. — Ele babou enquanto falava e se limpou passando o punho da manga pela boca, para em seguida encará-la mais uma vez, as pálpebras baixas e apáticas, os olhos turvos e sem foco. — Você transforma água em vinho. Metal em ouro. — Stanley parou de falar, a cabeça pendendo para o lado.

— Cupons em roupas. Dinheiro sujo em limpo — continuou Gino. — Se você cooperar com Stanley hoje à noite, é tudo seu.

— Cooperar?

— Ava, não banque a inocente. Não combina com você. — O aviso de Scarlett ecoou em seus ouvidos. — Vá com Stanley hoje. Faça o que ele quiser, e quem sabe aonde isso pode levar?

— Não, Gino. Não. Estou com você.

— Você está comigo aos sábados à noite — retrucou ele, seu rosto roliço praticamente rosnando e seus olhos pretos focados e penetrantes. — Mas nas outras noites você vai com quem eu mandar.

— Não. — De repente, ela se levantou, chocando-se com a mesa e fazendo os copos balançarem. Gino a agarrou pelo braço e a forçou a sentar.

— Você é meu presente para ele. A recompensa por sua lealdade. — Ele cravou o polegar nos ossos delicados do pulso de Ada com força suficiente para quebrá-lo. — Você faz parte da minha *família* agora. Preciso lhe ensinar uma lição sobre obediência?

Ada gritou de dor. Scarlett estava certa. Ele era um cafetão. E a dera de presente a Stanley como se fosse uma garrafa de bebida barata. "Palavras, palavras." Ela precisava se livrar de Gino. Não sabia ao certo como faria isso, mas encontraria uma maneira. E Stanislaus. Ele não a reconheceu. Podia deixá-lo.

— Seja uma boa menina, ou sofrerá as consequências — continuou Gino.

Ele se levantou, ajustou a gravata e saiu do salão.

Stanley afastou a cadeira e se aproximou de Ada.

— Gino e eu — disse ele. Sua fala continuava arrastada e os olhos, vítreos e confusos. Ele cruzou os dedos e os sacudiu diante do rosto de Ada. — Somos próximos, assim. Como irmãos. Nós nos conhecemos há muito tempo. Desde antes da guerra.

Ada estava chocada demais para falar. Stanislaus, ali, em Londres. Depois de todos aqueles anos.

— Londres. Paris. Bélgica — continuou. As mãos de Ada ficaram tensas ao redor da taça. — Imagino que você nunca tenha ido a Paris, não é? — Stanislaus fungou, terminou sua bebida e fez sinal para o garçom. — Vamos nos divertir hoje à noite — disse ele, sem esperar resposta. — Você e eu. Beba.

"Corra, agora." Ele estava bêbado demais para alcançá-la. Ada se levantou e virou, pronta para fugir.

Gino estava parado na entrada, observando.

Stanislaus precisou de ajuda para sair do restaurante. Dois porteiros o ajudaram a descer as escadas. Ele cambaleou e tropeçou. Tinha afrouxado mais a gravata, e seu paletó estava caindo dos ombros. Colocou o braço ao redor dela, apoiando todo o seu peso nela, movendo-se com passos hesitantes, um pé arrastando o outro.

— Acho que você devia ir para casa — disse Ada, quando eles se aproximaram de Charing Cross. — Você não está em condições.

— Casa é onde você estiver. — Ele soltou aquelas palavras como um ventríloquo, lento e articulado. — Não vou deixar você aqui. Você é minha. Esta noite.

O relógio da estação anunciava 21h30, o dia estava se esvaindo, os últimos raios do sol dando ao céu um tom intenso de azul índigo. Ainda estava quente, Ada estava com calor naquele vestido e desejou ter feito as mangas mais curtas.

Stanley, que era pesado, segurava seu ombro com força. Ela mal podia suportá-lo. Se Ada se mexesse, ele cairia de rosto no chão. Assim ela poderia fugir, deixá-lo ali. A polícia o deixaria sóbrio em uma cela. Ela tentou afastar a mão dele, mas ele não soltava. Ela girou o corpo para se livrar de suas garras, mas ele a apertou com mais força e golpeou o peito dela com sua mão livre, deixando-a sem ar. Ada não era páreo para ele, mesmo bêbado. E Gino? Ainda estava observando? O que faria se ela não obedecesse? Era um homem grande, forte. E sabia onde ela morava. Sabia onde trabalhava. Ele a encontraria. Ela teria de se mudar. Encontrar outro apartamento. "Consequências", dissera Gino. "Consequências."

Ela precisou ajudar Stanley a subir a escada até seu quarto. Ele desabou na cama. Ada colocou a chaleira no fogo, sentou no escuro vendo seu peito subir e descer e tomou seu chá. Ela podia escapar naquele momento. Procurar Scarlett, ela saberia o que fazer.

Ele indicou a cama.

— Venha aqui, Ava — disse, juntando as palavras. — Venha me abraçar.

Ela podia sair correndo.

— Agora! — A voz dele soou como uma arma. Stanley podia estar bêbado, mas dava para ouvir a ameaça em sua voz. Ele podia sair da cama e se jogar sobre Ada, impedi-la de fugir. — Ou eu conto para Gino.

"Gino paga você para isso." Não havia para onde ir. Ela foi até a cama, um pé vagaroso diante do outro.

— Boa menina — disse ele. Ada tirou o vestido e o colocou na beira da cama. — Já vi muita coisa na minha época, mas nada tão adorável quanto você. — As palavras saíram arrastadas.

Ela subiu na cama e se deitou ao lado de Stanley. Gino a tinha enganado quando disse que os dois a ajudariam a montar seu negócio. Não estava falando de fazer vestidos. Esse era o negócio que ele tinha em mente. E lá estava ela, lado a lado com Stanislaus. Só que ele se chamava Stanley agora. Stanley *com sotaque cockney*. Não o *conde* Stanislaus.

— Estou feliz que a guerra tenha acabado. — A fala dele estava arrastada. — Não me entenda mal. Mas isso me deu uma chance na vida, foi uma alavanca, por assim dizer.

A voz dele estava baixa, melancólica por causa do álcool. Ada já tinha ouvido isso antes. Eles precisavam falar, esses homens. Até Stanley. Desabafar. Contar suas histórias. Stanislaus. Stanley. Quem era ele?

— O que você *fez* na guerra, Stanley?

Ela podia vê-lo em Namur, a sombra dele na porta. Podia lembrar a maneira como a gola do casaco dele estava levantada em Munique, o chapéu baixo. Ada precisava saber onde ele tinha estado nesse meio tempo. Nunca teria outra chance de descobrir.

— Tenho um coração problemático. Tive febre reumática, quando era garoto.

— É mesmo? — perguntou Ada. "Agrade-o."

— Sim — A voz dele estava distante. — Fui dispensado. Eu gostaria de ter lutado.

Ada podia sentir o coração batendo forte. E tinha certeza de que Stanislaus estava ouvindo.

— Então o que fez? — As palavras saíram agudas, abafadas.

— Eu estava fazendo negócios. — Ele tocou a lateral do próprio nariz. "Negócios, Ava, negócios."

— Então você não teve nenhuma aventura?

Ada sabia que esses humores bêbados mudavam rápido e precisava perguntar logo. Precisava saber o que tinha acontecido.

— Não, na verdade, não — respondeu ele, e se apoiou em um cotovelo. Ela podia sentir o cheiro de uísque no hálito dele. — Um detalhe importante, eu estava na Bélgica quando os alemães invadiram. Foi bem interessante.

O sangue parecia ter sumido da cabeça dela, descendo por sua coluna. Foi *bem interessante*. As bombas ecoando em sua cabeça, sua pele sendo esfolada pelo calor e pela poeira enquanto ela corria, sozinha, em busca de proteção. Sua vida destruída, e tudo o que ele podia dizer é que tinha sido bem interessante.

— Ah, é? — A voz dela era um fiapo.

— Sim. — Stanley pegou um cigarro, acendeu-o e reclinou-se, um braço atrás da cabeça. — Eu estava em Namur, na realidade.

Ada queria sacudi-lo pelos ombros com tanta força que a língua dele ficaria pendurada na boca e o cérebro bateria no crânio. Queria gritar: "Você não está me reconhecendo?" Namur, *na realidade*, como se nada tivesse acontecido antes.

— Consegui pegar o último barco que estava partindo. Foi por pouco, devo dizer — continuou ele.

— Namur fica bem longe do mar.

— Tive sorte. Sou um homem de sorte, Ava, isso sim. Último trem, último barco. O último bar da estrada, esse sou eu. — Ele soprou anéis de fumaça que se desenharam na escuridão, ao redor de fantasmas da memória que pairavam como auréolas cinzentas. — Muitos idiotas não conseguiram. Refugiados. Parados no cais, implorando. Teriam vendido a avó para sair dali.

"Eu não consegui", refletiu Ada. "Você não me salvou. Sequer me reconheceu."

— O mundo não faz favores a ninguém, menina Ava — Stanley estava dizendo. — Sem dinheiro ou inteligência, por que esperar que os outros ajudem você? É cada um por si. Esse é meu lema na vida.

A bebida o deixou falante, uma onda de energia antes da queda.

— Você estava sozinho? — perguntou Ada. Ela tremia, mas esperava que ele não tivesse notado. Se isso acontecesse, diria que estava com frio, ali, deitada, totalmente nua.

— Por que você quer saber?

— Só estou curiosa.

Ele apagou o cigarro, soprando o restante da fumaça e deixando um cheiro amargo.

— Uma vadia idiota grudou em mim. — Stanley recostou na cama, apoiando a cabeça no travesseiro. — Podia ter ganhado um bom dinheiro com ela, mas tive um pequeno problema. Fico feliz de ter me livrado da vagabunda.

Ada engoliu seco.

— O que aconteceu com ela?

— Como vou saber? Eu a deixei em Namur. Uma chata. Aliás — ele levantou e a olhou —, você se parece com ela. Que engraçado.

"Canalha." Que a abandonou. Nunca se importou com ela. "Estúpido." Não a tinha reconhecido. Não havia se *importado* o bastante para se lembrar dela. Provavelmente nunca pensou nela.

A costureira de Dachau

— E você, Ava? — perguntou Stanley. — O que você fez na guerra? — Ele estava mais calmo.

Ela se levantou da cama e foi até a janela. A noite estava clara e dava para ver as estrelas espalhadas pelo céu há um milhão de quilômetros de distância.

— Você não se lembra de mim?

— Não — respondeu ele. — Deveria?

— Ada Vaughan?

— Soa familiar. — Ele estalou os lábios, como se não tivesse nenhuma preocupação no mundo.

Ada voltou para a cama e ficou de pé ao lado dele.

— Eu era a garota em Namur. Você me levou para Paris, me prometeu uma vida, depois me deixou. Em Namur.

Stanley se apoiou nos dois cotovelos e olhou para ela, os olhos gélidos e inclementes.

— É mesmo? — riu, uma espécie de cacarejo vazio, amargo. — Achei que você parecia familiar. — Ada sentiu sua cabeça doer, seus pensamentos descontrolados, como um peão girando sem controle.

— Sim, agora me lembro de você. Fiquei um pouco confuso por um momento. São as vadias francesas que ganham dinheiro em Londres, não vadias inglesas em Paris. É fato. — Sua boca estava tão aberta que as palavras saíam com clareza. — Ao menos você subiu na vida, desde então. Uma das vadias de Gino Messina. Veja só.

Ada se espantou e tentou lhe dar um tapa, mas Stanley a agarrou pelo braço e a forçou a voltar para a cama. Ele passou a mão pelo cabelo de Ada, puxando com tanta força que ela gritou de dor.

— Seu maldito — gritou. A dor, a raiva e a desorientação ricocheteavam em sua cabeça, suas palavras sendo arrancadas das profundezas. — Achei que você me amasse. Fiquei com você. E você me abandonou. *Por quê?* Você me disse que seu nome era Stanislaus. Stanislaus von Lieben. *Por quê?*

— Que curioso você se lembrar disso. Nós nos divertimos em Paris, não foi? — disse ele, sacudindo a cabeça e sorrindo. — Pois é, eu era Stanislaus na época. Eu tinha muitos nomes, todos estrangeiros. Rendeu muito. Documentos e tal.

Ele a tinha prendido na cama.

Todo o sangue e o calor tinham desaparecido do corpo dela, deixando uma marca fria e vazia de ódio. Ela nunca tinha sentido tanto asco.

— Você me abandonou. E ao nosso filho. O nome dele era Thomas. *Thomas*.

— Filho? Não tenho nada a ver com isso. Você devia ter usado um preservativo — disse, puxando-a para perto. — Como a profissional que é. Além do mais — ele começou a beijá-la, seus lábios desajeitados cheirando a uísque e vinho, tabaco e mau hálito. — Achei que vocês garotas soubessem cuidar de coisas assim.

Ada tentou afastá-lo, mas Stanley fez mais força contra a cama. Ela se contorceu sob seu corpo, pressionando a mão contra seu queixo, cravando as unhas em seu rosto. Ele deu um tapa forte no rosto dela e a penetrou com força.

Namur. Tinha sido em Namur. Ele não usou preservativo.

Stanley estava deitado de bruços, um braço sobre ela, desacordado. Ada se desvencilhou. Ele não se moveu. Ela vestiu seu penhoar, abriu a porta, segurando firme a maçaneta, para que o *clique* não o acordasse e foi até o lavatório.

Stanley Lovekin. Stanislaus von Lieben. Ada conhecia o tipo. Ele a tinha abandonado no meio de uma guerra. "Cada um por si." Não se importava com ela. Nunca havia se importado com ela. E ela tinha achado que ele a amava. Ela puxou a corrente do lavatório com tanta força que o objeto saiu em sua mão. Envolveu o corpo com o penhoar e amarrou o cinto com firmeza. E agora tinha Gino. Farinha do mesmo saco. Os dois a controlavam, ela percebia isso agora. Scarlett tinha razão. Era isso que Stanislaus havia planejado para ela em Paris, ou em Namur? Escrava branca? Ele ia montar um bordel? Ele sabia que os alemães invadiriam? *Ein wunderschönes junges Mädchen, Herr Beamter*. Estava se preparando para se tornar o cafetão dela. Claro. Toda aquela gentileza, sugando-a para que Ada precisasse dele. Como Gino agora. Ele e Gino. Stanley tinha dito que os dois se conheciam havia muito tempo. Paris. Talvez ele tivesse ido encontrar Gino na Bélgica, em Namur.

Ela voltou para o quarto. Ia expulsá-lo. Gritar: "Não volte nunca mais." Estava pensando em denunciá-lo para a polícia. Ele estava fora de combate. Ada foi até a pia pegar um pouco de água. Jogar nele. Fazê-lo acordar. Ou deixá-lo. Ele não acordaria por horas. Ela tirou o penhoar, pegou o vestido na beira da cama e o vestiu pela cabeça. Stanislaus se mexeu durante o sono. Ada ficou paralisada. Ele se acalmou e começou a roncar, um rugido melado vindo da garganta. Ela deslizou os pés para dentro dos sapatos, equilibrando um pé, depois o outro, prendendo a tira do tornozelo, e colocou a bolsa sobre a cama. Ele tossiu e se moveu. Ela se apoiou na coluna da cama e o observou.

Stanley estava ali dormindo, como se nada tivesse acontecido. Ada havia sofrido coisas inimagináveis, tudo por causa dele. "Sempre um homem", pensou ela. "Sempre um maldito homem." Stanislaus. *Herr* Weiss. Gino. E se ela se livrasse de todos eles, como seria? Ela seria dona de si mesma, senhora de seu destino. Bufou. Fazia muito tempo que não pensava naquele poema. "I am the captain of my soul." Sim. "The mistress of her fate."[18] Doce vingança.

Ela merecia, por todo o sofrimento ao longo dos anos. Agora seria a vez deles sofrerem. Ada suava, as axilas úmidas. Olhou para Stanislaus, o rosto prateado sob o luar. As lembranças recortadas começando a se mover, enchendo a cabeça dela com um clamor desvairado. Thomas, imóvel como uma fotografia na sacola marrom do padre. Ela, sozinha em Dachau, faminta, enquanto sua pele rachava e sua carne se devorava. Bombas caindo ao seu redor, explodindo no céu e castigando a terra. Ela sentiu o sabor amargo do terror emergir e se espalhar como veneno por suas veias e seus nervos. Stanislaus havia destruído sua vida e a de Thomas. Olho por olho. Sua boca tinha um gosto azedo e metálico de sangue. Ele continuava dormindo, fungando como um bebê. Ficaria livre dele para sempre. Ada Vaughan. Depois encontraria Tommy e o traria para casa. Começaria a vida do zero.

Ela pegou a bolsa, atravessou o quarto na ponta dos pés e fechou as cortinas, segurando os ganchos acima do trilho de metal para não rangerem, prendendo os cantos de tecido no peitoril da janela e juntando as laterais para que nenhuma fresta de luz entrasse.

Parou para deixar os olhos se acostumarem à escuridão. Stanley continuava roncando, a estrutura da cama tremendo com sua respiração. Ela se aproximou, esperando a mão dele agarrá-la, mas o corpo dele continuou inerte. Ela esperou, contando "um, dois, três". Foi até o aquecedor, "quatro, cinco, seis". Respirou fundo, "sete, oito, nove". Abriu o gás, ouviu o chiado e sentiu o cheiro azedo do enxofre. Ela

---

[18] Verso do poema "Invictus", de William Ernest Henley, que termina com os versos: "I am the master of my fate,/ I am the captain of my soul". ("Sou o senhor do meu destino/ Sou o capitão de minha alma."). [N.T.]

pegou a bolsa, saiu na ponta dos pés, fechou a porta e prendeu a borracha de vedação da porta com firmeza para que o gás não escapasse para o corredor. "Dez."

Desceu os degraus da escada, quatro andares, saiu. Ela tinha prendido a respiração e, naquele momento, estava deixando o ar entrar com tanta força e rapidez que atingia dolorosamente seus pulmões, que se chocavam contra suas costelas. Ada vomitou no pavimento.

— Tudo bem, querida? — Uma voz de mulher.

— Sim, obrigada — respondeu. — Só fiquei sem fôlego.

Levantar. Ir embora. Como se nada tivesse acontecido. "Andar."

Suas pernas eram apenas fibras e tendões. Com um pé se agitando diante do outro, ela cambaleou até o fim da Floral Street e pegou a Garrick Street, parando para recobrar o fôlego na esquina, uma mão no muro de um prédio para se apoiar. Ada tremia, seu corpo se agitava sob a pele. Porém, estava enfim livre. Podia ir com quem quisesse. Não estava atrelada a nenhum homem. Nunca mais. Não mais. "Namur."

Ela olhou para o relógio da estação. Onze horas da noite. Não era muito tarde. O empregado do Smith's abriu a porta e levantou uma sobrancelha. Ada caminhou até o lavabo, seu cabelo estava um horror. Ela pegou o pente na bolsa, se arrumou, enrolou a parte de cima, a de baixo, as laterais do cabelo. Procurou o batom, aplicou-o nos lábios e os estalou. Nova em folha. Como se nada tivesse acontecido. Subiu a escada. O dinheiro estava a postos.

O *maître d'hôtel* ainda estava lá, o mesmo de antes.

— Quanto tempo.

— Andei ocupada — disse Ada, colocando os seis *pences* sobre o atril com força.

Ele pegou o dinheiro e avisou:

— O valor aumentou. — "Tenho espiões, sabe", ela podia ouvir Gino dizer. — O silêncio vale ouro, se é que me entende.

— Acho que não — respondeu Ada. — Não mais.

Ela passou pelo *maître d'hôtel* e foi para o bar, sentou no lugar de sempre e pediu um *White Lady*. Tirou seus cigarros da bolsa, colocou-os sobre a mesa, pegou um e o enrolou entre os dedos. Não tinha esquecido.

Ela mesma o acendeu, deu um trago profundo, que agitou seus pulmões, e bebeu seu drinque em dois goles, o amargor do álcool ardendo em sua garganta ao engolir.

— Você gostaria de mais um? — A voz era gentil. Ela tentou se concentrar no homem a seu lado, usando paletó de *tweed* e calça de veludo cotelê. Ele devia estar transpirando com aquela roupa. Estava de pé olhando para Ada, sorrindo, cachimbo na mão, a haste entre os lábios. Havia algo de modesto nele, paternal. Um homem gentil. Um homem para quem voltar, com chinelos ao lado da lareira. — Você parece estar precisando. — Ada o encarou atordoada e não disse nada quando ele chamou o garçom. "Mais um." — Parece ter visto um fantasma — continuou o homem. — Quer falar sobre isso? — Ela fez que não com a cabeça. — Às vezes conversar ajuda. Você é uma mulher tão bonita. Não aguento vê-la tão aflita.

— Você não me conhece — respondeu Ada. — Por que se importaria?

— Se a guerra me ensinou alguma coisa, é que precisamos cuidar uns dos outros. Não estou tentando seduzi-la, não me entenda mal — acrescentou. Ada riu, raivosamente e de maneira amarga. — Como preferir — disse ele, se afastando. — Só estava tentando ajudar.

— Não — disse Ada. — Fique.

O homem puxou uma cadeira e se sentou.

— Sou Norman.

Ada o encarou.

— Ada Vaughan.

Foi uma sensação boa. Ada Vaughan. Modista.

O garçom trouxe outro drinque e um martíni para ele.

— Saúde, Ada — disse ele, levantando a taça. — Beba.

Uma onda de exaustão tomou conta dela. Ada não queria conversar. Não queria companhia. Queria ficar sozinha.

— Na verdade, você se importa de me deixar sozinha?

O homem levantou uma sobrancelha, parecendo perplexo e ofendido. Ele deu de ombros, levantou e se afastou, sem dizer nada. O cheiro do cachimbo foi na direção dela. "St Bruno." Era o que seu pai fumava. "Rústico." "Norman era um bom homem", avaliou ela, "em qualquer outra ocasião eu teria ido com ele." Por que os homens bons sempre apareciam na hora errada?

Ela foi a última a sair do bar, às quatro da manhã. O *maître d'hôtel* a segurou pelo cotovelo enquanto descia a escada.

— Nenhum cliente hoje, hein? — comentou. — Você não parece bem. Sua casa fica longe?

— Não — respondeu Ada. — Não.

Ela passou cambaleando pelo porteiro. O *maître d'hôtel* balançou a cabeça para o porteiro. "Nada de gorjeta dessa vez." Ela passou pelas portas giratórias pesadas e saiu para a luz fresca e delicada do amanhecer. O sol cor de lima lançava sombras, e o céu de topázio pálido prometia umidade.

— É preciso uma tempestade para limpar o ar — comentou o porteiro.

A cabeça dela estava leve. Ada apoiou a mão na vitrine da loja da esquina. Havia pisca-piscas lá dentro. Ela riu, sentiu uma ânsia e vomitou no pavimento. Em seguida, deu um passo para o lado. O vômito tinha espirrado nos sapatos e na barra do vestido. Precisaria lavá-lo. Mergulhá-lo diversas vezes na pequena bacia. A organza podia ser frágil, mas lutava pela vida. Ada teria de forçá-lo a ficar parado, segurá-lo até submergir. Seus pés estavam escorregando nos sapatos, então ela tentou tirá-los, pulando num pé só, depois no outro, puxando as tiras e chutando-os. Ada os levou na mão. "Andando na ponta dos pés, pelas tulipas."

Havia um policial na porta do prédio, um bom e velho oficial. "I know a fat old policeman, he's always on our street." Seu pai costumava cantar quando ela e os irmãos eram crianças. "Fat, jolly red-faced man, he really is a treat."[19]

Ela se aproximou dele, ainda tonta.

— Seu guarda.

— A senhorita não pode entrar. Houve uma fatalidade.

— E o que é isso, o que aconteceu?

— Um assassinato — respondeu o policial. — Em inglês claro.

— Nossa! — Ada piscou surpresa. — Mas eu moro aqui. — Deu um passo para trás e apontou para o alto. — Ali. No último andar.

— E você é?

— Ada — respondeu, a boca bem aberta para que as palavras saíssem altas e claras, eloquentes, *eletrocutadas*. Bêbada como um gambá.

---

[19] "Eu conheço um policial velho e gordo, ele está sempre na nossa rua/ Um homem de rosto vermelho, redondo e alegre, ele é uma figura." Versos de "The Laughing Policeman", tradicional canção infantil inglesa. [N.T]

"Modos, Ada, modos." — Ou Ava. — Ela mordeu o lábio inferior. — Você paga, você escolhe — disse, e soluçou.

Ela cambaleou e se apoiou no policial para se equilibrar.

O homem a segurou pelo pulso.

— Sobrenome?

Ada piscou. Ele não era amigável, esse guarda.

— Vaughan. Ada Vaughan.

— Bem, Ada Vaughan — disse ele. — É melhor você vir comigo para a delegacia.

— Delegacia?

Ele ainda a segurava com uma mão, enquanto procurava algo no bolso com a outra. Ele tirou um par de algemas e o prendeu nos pulsos de Ada.

— Ada! — Scarlett veio correndo em sua direção. — Oh, Ada, declare-se culpada. Facilita as coisas. Você recebe só uma multa.

Ada estava confusa. Então um raio de lembrança sóbria atravessou a mente dela. Stanislaus. Ela deixara o gás aberto. Ele estava morto.

— Fui eu — disse ela. — Eu o matei.

O policial a conduziu, atravessando a rua até a viatura. Ada sentou no banco duro, a cabeça girando. Será que ele tinha se debatido, tentando respirar enquanto seus pulmões ardiam até queimar, e sua garganta se fechava? Teria tentado rastejar até a parede e bloquear as saídas de gás? O fedor da carne dele estaria nas chaminés?

— De-li-be-ra-da-men-te — acrescentou Ada.

Ele teve o que mereceu.

TRÊS

Londres, novembro de 1947

A̲da ficou confinada durante meses logo após a acusação em uma cela com os ladrilhos brancos até a data do julgamento. Na parede, a argamassa estava suja de fuligem e havia uma janela com barras no alto da parede. Ela podia sair uma vez ao dia para esvaziar a latrina e caminhar pelo pátio. Quase preferia estar ocupada na casa do comandante alemão a viver entorpecida naquela prisão, sem ninguém para visitá-la, nem mesmo Scarlett, porque o dr. Wallis disse que ela podia ser uma testemunha.

— Inocente. — Foi assim que ela se declarou para seu advogado, o dr. Wallis.

Ada tinha feito tudo aquilo, confessou, mas não queria ser enforcada por Stanley Lovekin, dar a vida pela *dele*. Ele não valia isso.

O dr. Wallis era jovem, parecia um estudante. Não conseguia pronunciar os "s", que saíam abafados e cuspidos. Ele lambia os lábios, chupando a saliva de volta, e a olhava. Disse que aquele era seu primeiro caso de assassinato, mas ele foi o único a aceitar defendê-la de graça. Ela compareceu ao tribunal com o uniforme da prisão, uma saia cinza que sobrava na parte de trás e uma blusa verde, folgada. Ada gostaria de ter usado suas roupas, mas o dr. Wallis disse que a senhoria do prédio tinha retirado tudo da quitinete assim que a polícia concluiu seu trabalho. A única coisa que restou foi o vestido de organza azul daquele dia, e os policiais o levaram como evidência. Que dupla eles faziam, Ada e o dr. Wallis. Ele recém-saído das fraldas, ela com o uniforme da prisão e sapatos horríveis de cadarço. Nem um toque de batom.

A galeria estava lotada, apesar de ser novembro. A neblina lá fora era tão densa que os condutores tinham de andar na frente dos ônibus. Tantas pessoas estavam ali para assistir ao julgamento, como se fosse algum tipo de espetáculo público. Sua mãe devia saber que ela estava sendo julgada. O dr. Wallis disse que estava em todos os jornais. Ada se perguntou se ela estaria lá, se a tinha perdoado. "Aconteça o que acontecer, Ada, você é minha filha, e eu a amarei incondicionalmente." Era mais provável que sua mãe a deserdasse. "Não, você está enganado. É outra Ada Vaughan. Minha Ada desapareceu, antes da guerra." Talvez seu pai pudesse vê-la lá de cima, "Está tudo bem, Ada, querida, falei com o representante do seu sindicato aqui." Sorrindo, piscando. Ela pensou em Thomas. Ele estava com quase sete anos. A galeria ficava em um mezanino acima dela e não dava para ver quem estava ali, não de onde ela estava. Se fosse absolvida da acusação de assassinato, e o dr. Wallis dizia que as chances eram boas, ela cumpriria sua pena e iria para a Alemanha, procurar Thomas, finalmente.

O júri estava sentado à sua esquerda. Doze homens, de meia-idade a julgar pelos cabelos grisalhos. Deviam ser *alguém*, esses homens, tinham propriedades, ou um bom contrato de aluguel, num bom endereço. O dr. Wallis disse que era um bom sinal serem todos homens. Era raro mulheres participarem de um júri, mas podiam ser irritáveis, especialmente com outra mulher. Ela podia usar seu charme com os homens, seria fácil com roupas alegres e salto alto. Seu vestido de *moiré* azul, o de crepe preto. Mas esses senhores a considerariam bonita, de sapato baixo e blusa verde da prisão? Sem maquiagem, sem batom? Seu cabelo estava comprido, e com uma raiz castanha de mais de sete centímetros que deixava as pontas loiras gritantes e comuns. Ela havia tentando fazer um penteado à moda dos anos 1940, prendendo-o com grampos. Ao menos a parte da frente parecia bem-cuidada, alinhada. Ela faria seu melhor. Manteria a dignidade.

Ada tinha ido ao banheiro três vezes naquele dia. O dr. Wallis disse que o caso seria difícil. O júri precisaria de muita persuasão. Ele faria seu melhor, mas não podia prometer nada. Esse juiz era inflexível, e o dr. Wallis era jovem e inexperiente, e lhe dissera que ninguém nunca tinha usado esse tipo de defesa num caso como aquele. Provocação era o termo. Só que a provocação não era um único golpe, um ato violento que vinha como uma gangorra, para cima e para baixo, e sim um estopim lento e longo que tinha queimado como uma vela ao longo dos anos, um barril de pólvora invisível, até que enfim uma faísca levou tudo aos ares, em chamas, detonando uma tempestade de fogo que tragou a razão para seu vórtice.

Todos se levantaram quando o juiz entrou, o mesmo da acusação três meses antes. Ele era velho, com um rosto que parecia uma caveira, olhos e bochechas fundos. Óculos finos estavam apoiados na ponta de seu nariz, e duas mãos ásperas pairavam embaixo da toga. Parecia um cadáver. Ada se perguntou se ele estaria doente, a amargura comendo sua alma, corroendo seu coração. Ela cravou as mãos no parapeito de madeira do banco dos réus, os dedos na parte de cima, polegares embaixo. Era áspero, lascado pelas unhas de outras pessoas, agarradas à própria vida. Ela estava enjoada.

— Por favor, declare seu nome completo para a corte.

— Ada — respondeu. — Ada Margaret Vaughan.

Margaret, em homenagem à sua mãe.

O oficial de justiça leu a acusação.

— ...na Corte Criminal Central versus Ada Vaughan... sob a acusação de assassinato de Stanley John Lovekin, na noite de 14 de junho de 1947...

O teto estava descendo, e as paredes cobertas de painéis se fechavam. Ela se sentiu pequena e frágil, o juiz alto em seu assento, e os jurados nos bancos, dr. Wallis de pé, e o dr. Harris Jones, o promotor, se vangloriando como se o caso já estivesse ganho. Ele era mais velho que Wallis, visivelmente mais experiente. Havia confiança na maneira como ele se balançava sobre os calcanhares, com suas mãos de adulto aparecendo sob as mangas da toga.

Ada começou a tremer, suas pernas pareciam precisar de um aparelho ortopédico para se manterem fortes e esticadas. Não tinha certeza se conseguiria ficar de pé. Entendeu o significado da expressão "o peso da lei". Não a mão pesada do policial no seu ombro, "é melhor você vir comigo, senhorita", mas a gravidade da justiça esmagando-a contra o chão e moendo seu corpo até só sobrar pó. Ela olhou para fora em busca da terra, do céu e do horizonte entre eles, mas as janelas eram altas, e tudo o que via era o muco verde e denso que surgia nas malcheirosas casas ocupadas ilegalmente nas vias e torres do City.

— Como você se declara?

Ela podia se declarar culpada, dar fim àquilo e voltar para a cela. Mas seria enforcada se o fizesse, e Stanley Lovekin não teria isso. Ela ia sobreviver. Era uma sobrevivente. "Sortuda."

— Inocente — disse Ada baixinho.

— Fale alto — disse o juiz.

A corte era oca, ela precisou projetar a voz. "Do diafragma." Ela podia ouvir a srta. Skinner em sua cabeça, todos aqueles anos atrás. "Você pode parecer um cisne, mas, se falar como um pardal, quem irá levá-la a sério?"

— Inocente.

"Fale com clareza."

O juiz se inclinou na direção do dr. Wallis.

— Inocente de homicídio doloso, mas culpada de homicídio culposo, por provocação — disse o advogado.

— Obrigado. — O magistrado anotou algo num bloco à sua frente. Sua caneta era de ouro. Devia valer um ou dois xelins. — Esta é uma defesa bastante *incomum* — continuou, olhando para Harris Jones. — Acredito que você tenha informado a promotoria sobre a lei da provocação?

— Sim — respondeu o dr. Wallis.

O juiz virou para falar com o júri.

— O júri deve decidir se a ré foi provocada a ponto de perder o autocontrole, ou seja, provocada *para além da razão*. Normalmente — ele fez uma pausa, encarou os jurados um por um, encarou Ada, a cabeça baixa, cutucando a cutícula — a provocação recairia sob as seguintes expectativas — levantou a mão, os dedos abertos. — Primeiro, por testemunhar a sodomia de um filho. — O juiz respirou fundo e abaixou o indicador. — Segundo, por testemunhar a adultério da esposa. — estalou os lábios com força e abaixou o dedo médio. — Terceiro, a prisão ilegal de um cidadão inglês. Quarto, os maus-tratos a um parente.

A última parte foi dita de um fôlego só, a voz cada vez mais alta, abaixando o terceiro e o quarto dedos e, ao mesmo tempo, virando-se para o dr. Wallis novamente.

— Sim, meritíssimo — respondeu o advogado.

— E existe apenas uma linha de defesa possível? Uma linha bastante improvável?

— Sim, meritíssimo.

— De uma agressão excessivamente degradante?

— Sim, meritíssimo.

— Muito bem.

O juiz grunhiu como uma morsa.

Todo o júri a estava observando. Já estavam julgando. Aparências importavam, Ada sabia disso, mais que todos eles. "Achei que você fosse uma das clientes, tão elegante." Eles a veriam com a roupa do presídio, parecendo *culpada*, condenada antes de começar seu julgamento. O primeiro jurado tinha bigode e uma fileira de fitas no bolso superior. Herói de guerra. Ada não confiava em homens de bigode, não depois de Stanislaus. Ela levou a mão ao cabelo, para se certificar de que tudo estava no lugar, e viu o dr. Harris Jones se levantar, empilhar as pastas sobre a mesa à sua frente e virar para se dirigir ao júri.

— O caso para a promotoria — disse ele, olhando para os jurados — é claro. Não há dúvida de que o falecido foi assassinado pela administração de gás enquanto estava inconsciente. Existe uma confissão, corroborada por provas, que podem ser interpretadas de maneira rápida. A única questão é se houve uma agressão excessivamente degradante que a fez perder o controle em circunstâncias em que uma pessoa razoável em sua posição e com sua formação teria agido da mesma forma.

Medo. Ela se lembrou do gosto do medo, de como ele tomava conta de seu corpo como um motor e a deixava tremendo nas bases. Havia um policial de pé atrás dela no banco dos réus. Ela virou, querendo fazer contato visual com ele, obter uma migalha de solidariedade, mas o homem olhava fixamente para a frente, sem expressão.

— O caso de *agressão excessivamente degradante*, membros do júri — pronunciava as palavras devagar, com cuidado, como se fosse uma língua estrangeira que ninguém compreendesse —, data de cerca de dez anos, do início da guerra.

O dr. Harris Jones expôs o caso: Stanislaus von Lieben. Sedutor. Um cafajeste e um covarde, sem dúvida. Mas teria ele abusado da ré? Agredido ou a insultado? Ele moveu a mão como quem diz "mais ou menos". Ele a abandonou? Ou os dois foram separados na anarquia da guerra, sem nenhum culpado? O promotor expôs a vida de Ada como a um cadáver, dissecando-o. Aqui está a cabeça, aqui estão os pés, o intestino grosso, o intestino delgado. Mas não havia nada sobre o amor, a coragem, a mágoa ou o medo, nada sobre o que havia dentro dela, Ada Vaughan.

Aprisionamento pelos nazistas. Gravidez e parto secretos. *Herr* Weiss. Anos confinada naquele quarto. Talvez assustada, faminta.

Um garotinho, Thomas, com outra pronúncia em alemão. *Alemão*, membros do júri. A perda dessa criança.

— Estaria ela tão assombrada por essa lembrança? *Movida* a cometer um assassinato por causa disso? — A voz dele continha sarcasmo.

O promotor olhou para Ada, compelindo o júri a acompanhar seus olhos, vê-la vestida como uma vilã ordinária, incapaz de distinguir o certo do errado.

Lovekin. Stanley Lovekin. Stanislaus von Lieben. Ele teria sido o arquiteto de seus tormentos pelos últimos dez anos, a causa de seu sofrimento? Sua desgraça, seu mergulho em uma vida de pecado e de desespero? "Abandonai toda esperança, vós que entrais!" Ou seria ele um homem como outro qualquer?

— Qual teria sido a natureza da agressão? Seu reaparecimento? — O promotor parou e encarou o júri, homem a homem, fazendo contato visual com cada um, antes de voltar a olhar para Ada. Ela estava de pé no banco dos réus, pouco acima do peitoril, como um animal enjaulado, ou uma maluca. — Se é que de fato era ele?

— Era! — gritou Ada.

— Silêncio — ordenou o juiz.

Ele não tinha coração, esse homem. Ada podia ver.

O júri tinha sua confissão. Eu, Ada Margaret Vaughan... ela a tinha assinado. Um policial relatou como encontrou o corpo na cama, usando apenas camisa e colete, sem calça. Fedendo a uísque. Um detetive disse que as únicas impressões digitais na torneira do gás eram de Ada e também no caixilho da janela, onde ela fechara os vãos das cortinas, assim como na base da porta, que ela bloqueara a passagem do ar. Esses eram os fatos do caso. Incontestáveis. Culpada de assassinato. Mas homicídio culposo? "Agressão. Excessivamente. Degradante?"

A irmã Brigitte tinha ganhado peso desde a guerra. Ela estava de pé no banco das testemunhas, véu engomado e escapular cinza escuro sobre a túnica preta, o crucifixo de latão brilhando sob as luzes artificiais. Era estranho vê-la ali em Londres. Parecia que a freira pertencia a outro lugar, à Europa continental, à guerra.

Sim, Ada buscou refúgio no convento em Namur. Elas entenderam que ela tinha sido separada do marido, Stanislaus von Lieben. Depois que os nazistas ocuparam a Bélgica, as freiras inglesas foram encarceradas, levadas para Munique, forçadas a cuidar dos idosos.

Irmã Brigitte.

Ouvir aquelas palavras foi um sopro de vida nas lembranças de Ada, reanimando o cadáver que o sr. Harris Jones havia dissecado. Ada sabia que estava tremendo. Podia ouvir as bombas e os gritos, sentir o cheiro de pólvora e de queimado, e o medo que a cercava naqueles dias em Namur.

— Se tivessem se recusado a cuidar deles, as senhoras teriam sido fuziladas? — perguntou o dr. Harris Jones.

— Possivelmente — respondeu a irmã Brigitte. — Nunca pagamos para ver.

— As senhoras não fizeram nenhuma tentativa de resistência?

Ela lançou um olhar firme ao dr. Harris Jones, como se pudesse ver através da alma do homem.

— Nossa vocação — disse ela — é cuidar dos idosos, onde e quando quer que seja necessário. Nossa vocação desconhece política ou guerra. Tampouco a velhice.

— Princípios louváveis — disse o dr. Harris Jones. — Convenientes, diante do regime mais maligno da história, a senhora não acha?

— Apenas aqueles sem princípios apelam para o cinismo — respondeu a irmã Brigitte, encarando-o.

Ela manteve o contato visual até o promotor desviar o olhar, para as próprias anotações. Ela enfrentara nazistas. Não se deixaria abalar por um advogado nojento, mesmo que fosse o promotor público.

— Pelo que me consta, a senhora ficou em Munique por diversos meses após o término da guerra — continuou o dr. Harris Jones. — Pode me dizer por quê?

— Não podíamos abandonar os idosos. Não até que tivéssemos certeza de que seu bem-estar estivesse garantido.

— A ré, Ada Vaughan... — disse o promotor.

— Irmã Clara.

— Irmã Clara. Era como ela era conhecida?

— Sim.

— Ela trabalhava?

— Sim. Não tinha formação em enfermagem, mas realizava as tarefas mais básicas.

— E ela se comportava como uma freira?

— Sim — respondeu a freira. — É óbvio.

— E os nazistas nunca desconfiaram que ela não fosse quem dizia ser? Mesmo grávida?

— Ela usava um hábito emprestado, de uma freira muito maior. Não dava para perceber a barriga.

— E quando deu a luz?

— Felizmente, não houve complicações. O bebê nasceu à noite. Nosso dormitório ficava fora do alcance dos ouvidos dos guardas.

— Coincidência.

— Não, sorte. — A irmã Brigitte sorriu. — Nós rezamos. — Ada conhecia aquele sorriso. — A Virgem Maria estava olhando por nós.

— E o bebê? O que aconteceu com ele?

A irmã Brigitte engoliu em seco e olhou para Ada. Quem ela via no banco dos réus? Em que estava pensando?

— O bebê nasceu morto.

"Não." Sua pele delicada, com as veias roxas e azuis, como a parte de dentro de um livro de orações. Ela tirou a ponta da toalha de seu rostinho, para poder se lembrar dele. Os olhos estavam fechados e inchados, dobras profundas ao redor da cavidade ocular. As mãos estavam fechadas em pequenos punhos, pressionando os dois lados do rosto. Ele não tinha cabelo, e a cabeça estava molhada de sangue e muco. O bebê estava deitado ali com os ombros nus e rugas no pescoço. Estava dormindo. Estava vivo.

Ada se lembrava da estola preta tremulando na sacola do padre Friedel por causa da respiração de Thomas, suas narinas se abrindo enquanto o ar enchia seus pulmões, enquanto seu peito expandia, "inspirando, expirando, inspirando, expirando". Era a respiração dele, não o ar se movendo quando a sacola foi fechada.

A irmã Brigitte o batizou, para que ele não fosse para o Limbo, e segurou a mão de Ada quando o padre Friedel foi embora.

— Que a alma dele descanse em paz. Repita comigo, irmã Clara.

— Não — disse Ada. — Ele não está morto.

— Repita comigo, irmã Clara: "Que as almas dos fiéis que partiram, pela misericórdia de Deus, descansem em paz. Amém."

Não. Thomas estava vivo e estava bem.

— Ele estava vivo! — gritou Ada. — Irmã Brigitte, ele estava vivo.

— Srta. Vaughan, silêncio — repreendeu o juiz.

— O que aconteceu depois?

— O padre nos ajudou. Ele levou o corpo do bebê embora, clandestinamente.

— Para onde?

— Nós não sabemos. — A irmã Brigitte deu de ombros.

— Como ele se desfez do corpo?

— Não sabemos. Mas havia funerais quase todo dia. Ele poderia ter colocado o corpo do bebê em um dos caixões. Ninguém saberia.

— E a irmã Clara?

A irmã Brigitte olhou para Ada. Havia ternura, mas também remorso.

— Ela teve dificuldade em aceitar.

— Que o bebê estava morto?

— Sim.

— E o que a senhora fez?

— Depressão pós-parto é algo terrível — disse a irmã Brigitte. — Não podíamos deixar piorar. Era prudente de modo geral tentar apaziguá-la.

— Isto é, mentir para ela? Fazê-la acreditar que o bebê estava vivo?

— Às vezes, uma pequena mentira é para um bem maior. Deus perdoa esses pecados veniais.

"Não", pensou Ada, "não". Não foi isso o que tinha acontecido. Thomas estava vivo. A irmã Brigitte sabia disso. Por que ela estava dizendo essas coisas?

— E quando ela voltou, no fim da guerra, as senhoras mantiveram essa pequena mentira?

— Foi preciso — respondeu a freira. — Ela estava num estado deplorável. Estava quase morta, totalmente fora de si. Não suportaria essa notícia.

— Ela tentou encontrar o filho?

— Sim.

— E a senhora contou a verdade nessa ocasião?

— Achamos que seria melhor ela tentar encontrá-lo e descobrir por conta própria que ele não poderia ser localizado em vez de dizermos que a criança estava morta. Achamos que se ela ainda tivesse esperanças ajudaria na recuperação.

— A senhora sabia que ela estava mentindo, não sabia?
— Como assim?
— Sobre ser casada.
— Não fiz nenhum juízo de valor.
— A irmã Monica contou que Ada Vaughan não era casada com Stanislaus von Lieben. O passaporte dela trazia o nome Vaughan. Este era seu sobrenome de solteira. Temos uma declaração juramentada da irmã Monica que comprova isso. Membros do júri — ele virou para os homens nos bancos, as mãos nos arquivos. — Item 1 nos seus materiais. Ada Vaughan usava um aro de cortina como aliança. A senhora devia saber que ela era uma mentirosa. Uma fantasista.
— Estávamos em uma guerra — respondeu a irmã Brigitte. — Era tudo muito confuso. Terrível. As pessoas faziam qualquer coisa para sobreviver. Eu não condenaria uma pessoa por isso.
— A senhora disse que estava acima da guerra.
— Você está distorcendo minhas palavras. Eu disse que a velhice desconhece a guerra.

Era o que esses advogados faziam, mostravam os fatos fora de contexto, para ficarem distorcidos, como um quadro torto na parede ou um desses espelhos nos parques de diversão que mostram a pessoa achatada ou esticada. Ada queria gritar para o júri: "Vocês não estão vendo o que ele está fazendo?"

— Ada Vaughan visitou a senhora após seu retorno à Inglaterra?
— Infelizmente, não — A irmã Brigitte balançou a cabeça. — Teria sido bem-vinda.
— Vou perguntar mais uma vez: a senhora tem certeza de que o bebê estava morto?
— Não havia pulso, nem batimentos cardíacos, nem respiração. Ele nasceu morto. Sem dúvidas.
— Ada Vaughan estaria mentindo ao dizer que ele estava vivo.
— Ela estava iludida. Existe uma diferença.
— Fantasista — disse o dr. Harris Jones. — Não há nenhuma diferença.

A irmã Brigitte desceu do banco das testemunhas, beijou seu crucifixo e saiu dali sem olhar para trás. Ada devia tê-la visitado, devia mesmo. Mas sobre o que elas teriam conversado? Lembra quando…? Não havia alegria ali, nenhuma felicidade de que se recordar. Apenas vazio e tristeza.

Ada voltou para a cela ao final do primeiro dia. O dr. Wallis chegou com um pacote de sanduíches e uma garrafa de refrigerante de gengibre, o rosto parecido com o de uma fuinha ferida.

— O bebê nasceu morto. Você não me contou isso.

— Eu não sabia — respondeu ela.

As palavras da irmã Brigitte ressoavam em seus pensamentos. Ada queria bater a própria cabeça contra a parede, expulsar os demônios que estavam ali.

— Não posso defendê-la se você não me contar o que aconteceu.

— Juro por Deus — disse Ada. — Eu não sabia.

— Ou você negou, para si mesma?

— Por que eu faria isso? — perguntou ela. Sua voz estava trêmula. — Eu não faria isso.

— Não?

Era uma pergunta cruel. O dr. Wallis mordeu o sanduíche, e Ada ficou observando aquela pequena boca se mover. Ela não conseguiu comer, não naquele momento. Tudo o que conseguia ver eram as valas vazias e a pele manchada dos cadáveres enterrados. O pequeno Thomas deitado em um caixão com um estranho, um idoso que havia esvaziado a própria vida e junto dela todo o amor.

— Morte. — Ela estava sentada com as mãos cravadas na cintura, se balançando, para frente e para trás, como se sua mente estivesse se partindo em duas, as memórias de desespero criando um vão entre as duas partes. — Morte e escuridão.

— Converse comigo, Ada — pediu o dr. Wallis. — Conte-me o que aconteceu?

Ada fez que não com a cabeça, se balançando sem parar.

Na manhã seguinte, a galeria estava igualmente cheia. Ada se virava no banco dos réus, tentando ver quem estava ali. Talvez sua mãe tivesse aparecido.

O dr. Wallis a avisou de que a promotoria faria surpresas, como aqueles bonecos que saltam da caixa, chamando testemunhas para que o júri a visse de uma certa maneira. Era o trabalho deles provar que não houve provocação. Ele havia dito que Scarlett seria intimada, ainda que Ada não entendesse o porquê. Scarlett não tinha nada a ver com a guerra, nem com Stanislaus; não sabia sobre Thomas, nem havia visto nada naquela noite em que Stanley Lovekin morreu. Ada estava de pé no banco dos réus, nervosa e aflita.

Scarlett adentrou a corte. Sapatos de salto baixo, casco puído, um lenço amarrado na cabeça, nenhum vestígio de maquiagem. Podia ser qualquer uma, uma mulher comum, anônima.

— A senhorita pode dizer seu nome? — pediu o dr. Harris Jones.
— Joyce Matheson.

Era a primeira vez que Ada ouvia seu verdadeiro nome.

— Sua relação com a ré, Ada Vaughan?
— Amigas.
— Boas amigas?
— Bem, sim. Nós nos ajudamos.
— E sua profissão?

Scarlett levantou o queixo e olhou direto para o júri.

— Sou uma prostituta.

Scarlett não tinha medo da lei. "E daí?" Ela provavelmente já havia tido mais encontros com a lei do que Ada jantado bem.

— Joyce Matheson é seu único nome?
— Às vezes me chamo de Scarlett. Quando estou trabalhando.
— E todas as prostitutas usam pseudônimos? — perguntou o promotor. — Ada Vaughan também?

Ada respirou com dificuldade. Estavam retratando-a como uma vadia. Dois membros do júri faziam que não com a cabeça. Ela conhecia o tipo. Malditos cristãos. Batistas. Sentiu vontade de gritar: "Aquele que não tiver pecados que atire a primeira pedra." Estava em um turbilhão, subindo e descendo, girando sem parar, apavorada com o que mais pudesse acontecer.

— Ah, sim — disse Scarlett. — Ela se chamava de Ava Gordon. Ava, em homenagem à estrela de cinema, sabe, Ava Gardner. — O dr. Harris Jones assentiu, deixando-a falar. — Não sei de onde veio o Gordon. Do gim, talvez. Ela gosta de *Pink Ladies*. — sorriu, cada vez mais à vontade. — Scarlett vem de ...*E o vento levou*. Já assistiu?

O promotor a estava enrolando e criou uma armadilha em que Scarlett caiu. Ada podia vê-la se mexendo, inquieta.

— Você descreveria Ada Vaughan como uma prostituta comum?
— Comum, não — respondeu Scarlett, olhando para Ada. — De classe. Cobrava mais que as garotas do West. — Sorriu, formando um bico satisfeito; tinha *orgulho* de Ada, orgulho de ser sua amiga.

— Mas, até aí, não era uma coisa de apenas 15 minutos o que ela oferecia. Ela ficava no Smith's.

— Como eu disse — o dr. Harris Jones fez uma expressão de escárnio, — uma prostituta comum.

— Não — disse Scarlett, suas faces estavam vermelhas, e Ada podia ver que ela estava irritada. — Ela não era uma prostituta de rua. Não se oferecia. Nada do tipo. Quero dizer, ela fazia para ter um dinheiro extra. Não tem nada de errado com isso.

— Dinheiro extra ou para sobreviver, não importa. Vender o corpo para sexo é prostituição.

— Ela era uma acompanhante — disse Scarlett. — Só isso. Um coração de ouro. Os cavalheiros demonstravam sua gratidão.

— Em dinheiro?

O cabelo grisalho do dr. Harris Jones se revelava cacheado sob a peruca de advogado. Ela podia vê-lo no Smith's. "Está sozinha? Posso me sentar com você?" Tinha encontrado alguns advogados. Juízes também. Talvez Harris Jones fosse um deles, ela nunca o teria reconhecido de peruca. Ele tinha o perfil de um cliente. Comportava-se como um deles. Culpando-a por seus pecados após o sexo, como se fosse ela a responsável por ele ter deixado a esposa cuidando da casa e com um pouco de dinheiro extra recebido dele. E o que era aquilo, se não um pagamento? Era o que o casamento fazia. Tornava o sexo legalizado. Que hipocrisia. Ela não aceitava aquilo. Era tão boa quanto qualquer uma daquelas esposas. Não matou Stanley porque era uma prostituta. Ada o matou porque ele era mau, era um canalha desonesto.

— Qual era a relação entre Ada Vaughan e a vítima?

Scarlett se mexeu.

— Eu nunca o conheci.

— Mas nunca ouviu falar dele?

— Não — disse ela, dando de ombros.

— Qual era a natureza dessa relação?

— O que você acha? — disparou Scarlett.

— Obrigado — disse o dr. Harris Jones. Em seguida, ele olhou para suas anotações, levantou a cabeça e encarou Scarlett. — Só mais uma pergunta. Ada Vaughan alguma vez mencionou ter estado na guerra?

"Claro que não", queria gritar Ada. Por que faria isso? Ela sempre manteve sua vida privada.

— Não — respondeu ela. — Nunca falamos sobre a guerra. É melhor deixar essas coisas para trás, é o que sempre dizemos.

— Obrigado, srta. Matheson — finalizou o dr. Harris Jones. — Sem mais perguntas.

Scarlett encarou Ada, lançando um olhar de solidariedade. "Desculpe, querida. Fiz o melhor que pude." Ela tinha de revelar os fatos, o dr. Wallis disse, não podia disfarçar. Ainda assim, Ada não entendia por que sua amiga estava ali, contando ao júri o que ela fazia por um dinheiro extra.

— Eu fiz pelo Thomas! — gritou Ada. — Estava guardando dinheiro por ele, para trazê-lo para casa. Mas agora vocês acham que ele está morto.

— Srta. Vaughan — o juiz inclinou o corpo —, minha paciência está acabando. A senhorita terá a chance de expor sua defesa mais tarde. Até lá, precisa ficar em silêncio ou vou removê-la da corte.

O dr. Wallis disse que não tinha perguntas.

A senhoria foi a próxima a ficar parada no banco das testemunhas, segurando a Bíblia, jurando por Deus. Ada não a tinha perdoado por jogar fora suas coisas, deixando-a sem nada para vestir. Pagou adiantado pelo quarto. Ela não tinha o direito de se livrar dos pertences dela. Provavelmente o faria de novo. Extorsionária.

O dr. Harris Jones se levantou.

— A senhora tinha conhecimento da ocupação da ré quando alugou um quarto para ela?

— Você só é acusada de manter um bordel se todos os quartos são usados para isso — respondeu a mulher. — Eu estava limpa.

— Eu conheço a lei que diz respeito a isso — respondeu o promotor. — Eu perguntei se a senhora sabia o que ela fazia.

— Ela disse que trabalhava no Lyons — respondeu a senhoria. — Eu me perguntava como conseguia pagar pelo quarto com o salário de garçonete, mas como ela saía todo dia de manhã de uniforme, não questionei.

— Quando foi que descobriu a verdade?

— Bom, quando ela começou a levar seu cafetão para lá. Ou seu gigolô. Seja lá quem for.

— Stanley Lovekin?

— Não, outro. Um nome estrangeiro. Um *negro* — respondeu a mulher, pelo nariz, estendendo as vogais, um *neee-groooo*.

O juiz se inclinou e limpou a garganta.

— A senhora estaria se referindo a Gino Messina?

— Sim, ele mesmo.

Ada já sabia o que o júri estava pensando. Apenas prostitutas saem com homens morenos. Moral discutível. A senhoria disse isso de propósito. Gino não era negro. Ada somente disse que ele era seu noivo. A mulher não sabia nada além disso. Estava inventando coisas.

— Por que a senhora acha que a relação entre os dois era de cafetão e prostituta?

— Meu quarto fica logo abaixo do dela. Dava para ouvir todo tipo de coisa. A cama fazia barulho como um burro com dor de dente.

— Isso nunca aconteceu! — gritou Ada.

A audácia daquela mulher. Gino e ela nem sempre faziam sexo, nem toda semana. Agora lá estava ela dando a entender que era a noite toda, sem parar, com qualquer Tom, Dick ou Harry.

— Srta. Vaughan — alertou o juiz, olhando por sobre os óculos. — Mais um aviso. — E assentiu para o promotor: — Continue.

— O que mais a senhora ouvia? — perguntou ele.

— Discussões. Brigas terríveis. Dava para ouvir do outro lado do rio.

— Sobre o que eram essas discussões?

— Dinheiro. Toda vez. Ou ela não estava lhe entregando o suficiente, ou ele não estava lhe dando o suficiente.

— Você está mentindo! — gritou Ada.

— Srta. Vaughan — o juiz interferiu, seu tom de voz mais grave. — Chega de explosões ou a senhorita será removida da corte.

— Mas essa vaca intrometida devia estar com o ouvido grudado na porta — disse Ada, vendo o cenho franzido do juiz. — Desculpe.

O dr. Harris Jones, que estava olhando para o juiz, virou para a testemunha.

— E na noite do assassinato?

— Bem — a mulher juntou os lábios e balançou a cabeça. — Quem quer que estivesse com ela tinha tomado todas. Era visível. Cambaleando na escada. Ouvi os dois gritando, depois tudo ficou em silêncio. Sinistro, se o senhor me entende. Não era normal. A cama rangeu um pouco. Achei que os dois estavam dormindo. Eu a ouvi caminhar até o lavatório, que fica no andar de baixo, nos fundos. Não houve mais nada, mas depois senti o cheiro de gás.

— E?

— Olhei para o andar de cima e vi aquela salsicha, que ela usava para bloquear as correntes de ar, do lado de fora da porta. Bati na porta com força, mas não houve resposta. Não quis entrar. Então, desci as escadas correndo, direto para o White Lion. Pedi para chamarem a polícia e os bombeiros.

— Tem certeza de que não havia mais ninguém com eles, ninguém entrou ou saiu do quarto?

— Tenho — respondeu a mulher. — Eram só os dois. É preciso passar pelo meu apartamento. Eu escuto tudo. *Tudo*.

Ada sabia que a senhoria fez fila para testemunhar contra ela. Tudo para chutar um cachorro morto. Provavelmente ficou com todas as suas roupas e vendeu para ganhar dinheiro. O dr. Wallis balançou a cabeça, como se estivesse assustado demais para se pronunciar e desafiá-la. Seu próprio advogado não podia ver que a mulher estava mentindo? Ele não podia fazer um daqueles jogos de palavras espertos que os advogados usavam para fazê-la dizer a verdade? Mas Wallis se levantou, e movimentou a toga como ela tinha visto o promotor fazer. Advogados deviam fazer isso, o gesto lhe dava uma sensação de grandeza.

— A senhora bebe? — perguntou ele.

— Gosto de uma taça de vinho do porto à noite — respondeu a mulher —, pois me ajuda a dormir.

— Obrigado — sorriu o dr. Wallis, como se tivesse ganhado uma discussão. E não se deu ao trabalho de perguntar mais nada.

— Não vão chamar Gino, vão? — Ada perguntou ao advogado depois que a sessão foi encerrada. — Eu não aguentaria vê-lo. Não sei o que faria.

— A promotoria quis chamar — respondeu o dr. Wallis. — Mas ele se recusou a testemunhar.

— Por quê?

Ada sabia que Gino não se importava, mas talvez ele tivesse alguma decência, afinal. Talvez não quisesse manchar o nome dela.

— Você não sabe? Ele está preso — respondeu o dr. Wallis.

— Preso? Por quê?

— Foi condenado a três anos por agredir uma prostituta em Mayfair.

"Consequências, Ada, consequências." Gino deve ter batido muito nela para ter ido parar na cadeia por tanto tempo.

— Ela está bem? — perguntou Ada. — A mulher? Está bem?

— Acho que sim — respondeu o advogado. — Mas, se ele testemunhasse agora, correria o risco de ser indiciado por ganhos ilícitos.

Ela fechou os olhos e os punhos. Como fora estúpida. Tão *idiota*.

A gerente foi a próxima. Bem-vestida, num *tailleur* preto, sapatos pretos de salto grosso. Teve a audácia de usar a meia-calça que Ada lhe vendeu. Ela quis perguntar, para que a corte toda ouvisse: "Onde você conseguiu essas meias?"

A mulher confirmou que Ada trabalhava como garçonete, que se perguntou como ela conseguia pagar a quitinete, com a escassez de imóveis baratos e tudo o mais.

— E o que a ré disse?

— Que a avó dela tinha morrido e deixado uma pequena herança.

— Acreditou nisso?

A gerente ajeitou o casaco e encarou Ada.

— Não.

— Achou que ela estava mentindo?

— Deveria estar.

Hipócrita. Ela tinha aparecido com violetas, tomado chá. "Que lugar bom você conseguiu, Ada."

Ada vendia meias-calças para as garçonetes, contou a gerente. Cupons de roupas. Cupons de pão. Um sem-fim de provisões.

— Ela disse onde obtinha esses produtos?

— Não — respondeu a gerente. Ela se moveu na cadeira. Não podia ter adquirido aquelas coisas. — Nunca comprei nada, o senhor me compreende? Não do mercado negro.

Ada abriu a boca para chamá-la de mentirosa, mas o som ficou preso em sua garganta. O juiz franziu o cenho.

— Nunca aconteceu dentro do estabelecimento — disse ela. — Nem no Corner House. Nem no Lyons.

— Atenha-se à pergunta. Onde ela obtinha as provisões?

— Acho que ela tinha um namorado.

— Uma última pergunta — disse o dr. Harris Jones. — A ré alguma vez disse aonde esteve durante a guerra?

— Não. Tudo isso é novidade para mim.

A gerente olhou para Ada, como se nunca a tivesse visto antes, e desceu do banco das testemunhas. Ela observou a mulher se afastar, um pequeno fio puxado na meia, perto do calcanhar, coberto por um borrão de esmalte vermelho.

Ada se perguntou quantas supostas testemunhas o promotor chamaria para distorcer a verdade. Ele a estava retratando como nada além de uma prostituta ordinária e gananciosa. Estava esperando a mãe a qualquer instante. "Minha filha? Fugindo com um homem charmoso? Desonesta, de ponta a ponta." A srta. Skinner. "Ada Vaughan? O pardal que queria ser um cisne? Pura fantasia." Seus cavalheiros não colocariam a mão no fogo por ela. "Tive sorte de escapar." E o que diziam para as esposas? A sra. Bottomley e as amigas se livrariam dela como uma batata quente. "Não conheço." Vacas esnobes. Ao menos a sra. B. poderia testemunhar em favor do caráter de Ada. O problema era que o dr. Wallis disse ter procurado por ela, mas descobrira que ela havia morrido na guerra, dentro da loja, durante o bombardeio da Luftwaffe. "Madame DuChamps, *modiste*." A única pessoa que teria acreditado em Ada, que apostou nela. Feita em pedaços.

— Ouso dizer que a Ada Vaughan mentiu para obter um passaporte — continuou o dr. Harris Jones. — Provavelmente falsificou a assinatura do pai. Ela mentiu para as freiras, para a chefe, para a senhoria. E nunca falou sobre suas experiências de guerra. Por quê?

"Por quê?" Ada queria gritar. "Não falei nada porque ninguém teria ouvido." Existe um limite para o que as pessoas querem saber sobre a guerra, e o limite é *nada* se a sua história não se encaixar em suas expectativas. É melhor ficar de boca fechada.

— Mulheres não sabem guardar segredos — sorria o promotor com afetação enquanto falava, um homem que sabia das coisas do mundo, falando com outros homens vividos. — Conhecemos as mulheres. Tagarelar é isso que fazem. Mas em nenhum momento Ada Vaughan mencionou essas coisas. Incluindo *a perda de um filho*.

Ele parou, o rosto tomado pela solenidade. "É um ator", avaliou Ada, "nada além disso, tratando o júri como se aquilo fosse uma peça, e eles fossem a plateia. Tudo faz de conta."

— Que tipo de mulher nunca fala sobre seu luto? Ela nunca falou sobre perder seu filho na guerra. Varreu a história para debaixo do tapete como se fosse poeira. Um bastardo, porque isso, membros do júri, era o que o bebê era. Aquilo poderia ter sido a pedra fundamental da provocação de Stanley Lovekin, a ponto de fazê-la abrir mão de todo autocontrole? E assassiná-lo? Por causa dessa criança, sobre a qual nenhuma palavra foi dita, com a qual, podemos supor, ela não se importava? — Ele respirou fundo. — Além do mais, ela gostaria de fazê-los acreditar que a vítima, Stanley Lovekin, era ninguém mais ninguém menos que Stanislaus von Lieben, um cidadão húngaro com quem ela supostamente teve uma questão que remetia às suas experiências de guerra, essas mesmas experiências sobre as quais nunca falou. Ela nunca mencionou Stanislaus von Lieben, uma só vez, até agora, na corte. Ele é uma testemunha silenciosa e ausente. Às vezes são as melhores, as testemunhas que não podem depor. — O promotor pegou a pasta. — Por favor, consultem o item 2. Como veem, os registros de Stanley Lovekin revelam que ele nasceu em Bermondsey, ao sul de Londres, em 1900, e nunca deixou o país.

"Bom, claro que não estaria nos registros", ela queria berrar, "ele não tinha passaporte. Não um britânico". O passaporte dele era roubado, estrangeiro. Ele a tinha feito obter um passaporte antes da viagem, para se garantir, para poder usá-la. Ada sabia disso agora.

— Claro, isso era outra fantasia — dizia o dr. Harris Jones —, inventada pela ré para se justificar. Não existem provas de que Lovekin e von Lieben são a mesma pessoa, muito menos de que ele a levou para o exterior e a abandonou. Se existem, deve ser um segredo muito maior que a fórmula da bomba atômica.

O promotor parou, olhando mais uma vez para o júri, esperando sua anuência. Ele movimentou a toga e se sentou.

O dr. Wallis estava com a faca e o queijo na mão, Ada podia ver. "Vai ficar tudo bem", diria ele, naquela sala de interrogatório ao fim do dia, com o barulho dos portões de metal fechando e ecoando pelo corredor. "Mantenha a calma." A verdade vai surgir, como tijolos empilhados, um por um. Stanislaus, Stanley. Como ele a tinha abandonado, se livrado dela sem se importar. Como Ada ainda sentia aflição, preocupação, como um coelho encurralado — foram oito longos anos. Ada não pôde enfrentar Stanley quando o reencontrou.

Não conseguiu fugir com Gino Messina atrás dela. Precisava ganhar tempo, esperar o momento certo. "Você vai ver", disse o dr. Wallis, "quando eu a colocar no banco das testemunhas".

★ ★ ★

Ada fez o melhor que pôde. Ela pegou um pouco de *rouge* emprestado com uma das guardas, lavou a cabeça, escovou o cabelo até fazê-lo brilhar, enrolou-o e prendeu-o com grampos. Colocou um cardigã sobre a blusa, fechou os botões até o pescoço e tentou limpar a mancha de molho para fazê-la parecer limpa e apresentável. Cuspiu nos sapatos e os esfregou para que brilhassem. "A confiança vem de dentro. As aparências importam."

Ela nunca fez um discurso sequer. Nunca precisou falar ao público. "Seja você mesma", aconselhou o dr. Wallis. "Conte o que você sabe." Ada tinha repassado a própria história mentalmente, desde o nascimento de Thomas, todas as noites, sem parar. Mas nunca havia feito isso em voz alta.

O dr. Wallis a direcionara, ensaiando com ela. "Vamos começar do começo, srta. Vaughan." A voz dela falhou mais de uma vez, ficou presa como um *rayon* nas bordas da memória, puxando os fios.

— E Thomas? — perguntou o dr. Wallis. — Fale sobre o bebê, Thomas. — Ada agarrou o banco das testemunhas para se conter. — Ele nasceu vivo ou morto?

Ela não tinha o costume de chorar, mas sentiu as lágrimas se formando atrás dos olhos, sabia que a menção ao bebê as fariam rolar como uma cachoeira. Nunca falava sobre Thomas, jamais dissera o nome dele em voz alta, não até aquele momento, quando teve de falar sobre ele para o dr. Wallis e tudo mais, *tudo* o que havia acontecido a ela na guerra, a guerra de uma mulher tão distante da guerra de sua mãe. "Você não faz ideia do que nós sofremos." Estava longe da guerra dos soldados, com seus heróis, seus mutilados e os "Citados nos despachos, por ação meritória diante do inimigo". Uma guerra que não existira. De que ninguém ouvira falar, até aquele momento. Ninguém tinha se importado.

— Não sei — estremeceu e tentou afastar as lágrimas.

— O que a senhorita não sabe?

Ela parou e olhou para o júri. Havia solidariedade nos olhos deles? "Você podia ser minha filha. Apenas uma garota comum, envolvida em uma tragédia."

— O senhor já viveu com a morte? — perguntou ela. — Não a morte do dia a dia, dos tempos normais. Mas a morte, todo dia, toda hora. Viver e trabalhar com cadáveres tomados por gás e fumaça, ver a pele ressecar e fermentar, lavar a carne e senti-la cair nas suas mãos.

Eles estavam ouvindo, Ada sabia. As palavras emergiram de algum lugar escondido, bem fundo.

— Eu tinha 19, vinte anos. Uma criança. Não podia votar, nem me casar. Mas podia ser levada como prisioneira, dormir com o fedor da morte, sonhar com a podridão e a decomposição. — Ela tentou encontrar as palavras. — O senhor já esteve lá? O vale das sombras da morte? Só que ao lado de um túmulo, protegido, no alto, com o padre em suas vestes?

Um dos homens meneou a cabeça quando ela citou o salmo, olhando diretamente para Ada. Ela fez contato visual com o jurado. E virou para o homem à esquerda, falando diretamente com ele também.

— A morte estava dentro de mim e ao meu redor. Eu a vivia e respirava, a levava comigo como ossos na sacola de um açougueiro. A morte estava no meu âmago. — Ada manteve o olhar fixo. — No meu âmago. Eu levei a morte dentro de mim. E dei à luz na fábrica da morte.

Ela estava chorando. Tinha esquecido o lenço. Então limpou o nariz com o canto da mão.

— Mas eu queria dar à luz a algo vivo. Eu queria esperança, viver. Em todo aquele inferno, eu queria gerar vida, uma alma, um ser vivo de tecidos, fibras, sangue e amor. Já sentiu essa necessidade?

O dr. Wallis a estava observando, assentindo.

— Já precisou tanto de vida que seria capaz de conquistar a morte?

Ada não sabia de onde saíram aquelas palavras. Bem dentro de seu ser, amor e emoção estavam enterrados tão profundamente que ela nunca pensou que os veria de novo.

— E depois? — perguntou o dr. Wallis.

— Thomas viveu. Ele viveu na minha mente e em minha memória. Não houve um dia sequer que passei sem revê-lo, que não toquei sua cabeça, ou senti seu cheiro de recém-nascido. Eu o via crescer, cantava para ele. "She was as beautiful as a butterfly, and as proud as a Queen." Eu o vi dar seus primeiros passos, ouvi suas primeiras palavras. Eu beijava seus machucados, passava hamamélis em seus galos. Meu filho Thomas *me manteve viva*. Ninguém pode dizer que ele estava morto. Ele não morreu.

Ela olhou para os outros homens do júri, um por um, o careca de terno da dispensa militar, o homem baixo de cabelo ruivo em seu *tweed*, o primeiro jurado, com seu bigode curvado para cima, casaco cinza com as fitas do exército. Ada tinha dignidade e orgulho. Não era uma vadia, nem uma prostituta comum. Era uma mulher cuja dor chegava às entranhas da terra, que tinha gritado para o horizonte, e ninguém ouvira. Uma mulher que sobreviveu, apesar de tudo.

— E Dachau? — perguntou seu advogado.

— Dachau — repetiu ela.

"Dachau." Ela falou. E contou como tinha sido a guerra, as surras e a fome, o fedor das chaminés e os gases que estas liberavam, enquanto caminhava em meio à miséria do mal.

— O que aconteceu com Stanislaus von Lieben? Você o viu de novo?

— Ele estava em Dachau — disse Ada. — Na cidade de Dachau. No fim da guerra.

— O que ele estava fazendo lá?

— Eu não sabia na época. Só descobri depois. Negócios, pelo que soube.

— Conversou com ele?

— Eu o vi atravessando a rua. Corri atrás dele, mas ele desapareceu. Havia muita gente.

— Tem certeza de que era ele?

— Tenho.

— E Stanley Lovekin. O que a faz pensar que ele e Stanislaus von Lieben eram a mesma pessoa?

Ada começou a mexer no punho da blusa, puxando um fio que estava solto como uma mola enrolada.

— Eu o reconheci. Ele tinha a mesma voz, só que sem o sotaque. É que, quando Stanislaus ficava animado, seu sotaque ia embora, e ele às vezes falava como um londrino. Eu já me perguntava a respeito disso, mesmo naquela época.

— A aparência era a mesma?

— Estava um pouco mais gordo. Perdeu um pouco de cabelo. Mas os olhos eram os mesmos.

— Mais alguma coisa?

Ada colocou todo o peso na lateral de um sapato. Era difícil admitir, considerando tudo o que Harris Jones havia feito, mas precisava provar ao júri que estava certa.

— Sim — disse ela, em voz baixa.

— Por favor, conte ao júri o que a fez ter certeza de que Stanley Lovekin e Stanislaus von Lieben eram a mesma pessoa.

Uma nuvem de calor tomou conta do pescoço dela, deixando-a ruborizada. Ela passou a língua nos lábios e engoliu em seco. Não queria dizer nada, mas o dr. Wallis lembrou que seria necessário. Não podia ficar constrangida.

— Ele era circuncidado — disse Ada. — Nunca disse que era judeu. Quero dizer, nem só judeus são circuncidados. Mas Stanley era. Stanislaus também. E não são muitos os homens que o são. — Ada conteve as últimas palavras, mas elas escaparam. — Que eu saiba.

O primeiro jurado fez uma careta, e o homem com o terno da dispensa, o que provavelmente era batista, balbuciou alguma coisa. Ela não conseguiu se conter.

— Não foi minha intenção ofender — Ada se desculpou, olhando para os dois.

— Mais alguma coisa?

— Ele me disse que esteve em Namur com outra pessoa quando os alemães invadiram. E se referiu a ela como uma vadia idiota. Essa era eu.

— Ele não a reconheceu?

— Ele me achou parecida com ela. Mas eu também mudei. A guerra faz isso com você. Preciso usar óculos agora. E tingia meu cabelo de loiro. Eu estava mais magra também.

— E como você se sentiu quando ele disse isso?

— Foi como se ele apertasse um gatilho — disse Ada. — Todos aqueles anos em Dachau, a perda de Thomas, meu bebê, *nosso* bebê, a volta para casa, a rejeição. Anos de miséria e infelicidade. Tudo explodiu, como uma bazuca.

O dr. Wallis assentiu. Ada estava respirando com dificuldade, segurando o peitoril do banco das testemunhas, as articulações dos dedos brancas, sob sua pele clara.

— E o que aconteceu depois? O que você estava pensando?

— Ele tinha bebido muito. Xingou-me. Foi chocante. Negou ter me engravidado. Foi ofensivo.

— Como?

— Ele disse que eu era uma vagabunda. Mas eu nunca fui — disse Ada, olhando para o primeiro jurado. — Nunca fui uma prostituta. Mas era o que ele achava de mim.

— E?

— Achei que talvez era o que ele queria que eu fizesse em Paris. Fazia sentido. Ele conhecia Gino Messina, desde antes da guerra, durante a guerra, só que alguma coisa aconteceu naquela época, e fez com que seus planos caíssem por terra.

— E depois?

— Eu quis fugir, mas sabia que ele me encontraria ou contaria para Gino. Os dois tinham espiões, foi o que Gino me disse. Seria o meu fim. Pensei, ou eu ou ele. Ele estava apagado. Não consegui me conter. Abri o gás. Era a única maneira de me livrar dele e de Gino, e de fugir.

Pronto, Ada admitiu de novo. Mas Stanislaus tinha pedido por isso. Eles não conseguiam ver?

— O senhor não vê? Ele me levou a isso. Ele me ofendeu. Ele... — Ada hesitou, mas *precisava* dizer — ... ele *abusou* de mim, me agrediu. Ele me *estuprou*. Eu não estava conseguindo pensar direito.

O primeiro jurado levantou as sobrancelhas, e o homem do terno ajustou a gravata. O juiz olhou para ela por sobre os óculos e assentiu para que o dr. Wallis continuasse.

— Você viu o passaporte de Stanislaus? — perguntou o advogado dela.

— Ele não tinha passaporte — respondeu Ada. — Ao menos, não um passaporte inglês. Portava alguns documentos, mas eram roubados.

Stanislaus e Stanley. A mesma pessoa. Os joelhos de Ada cederam, e ela caiu no chão, o rosto tomado pelas lágrimas, o nariz escorrendo. O policial a ajudou a levantar.

— Obrigada, srta. Vaughan — disse o dr. Wallis.

Ele sorriu, com uma expressão de orgulho, quase afetuosa. "Muito bem", ela podia ler nos olhos dele. Provocação. Provocação lenta. "Agressão. Excessivamente. Ofensiva."

No dia seguinte, Ada olhou mais uma vez na direção da galeria pública. A terceira vez traria sorte. Mas as pessoas no banco da frente eram os mesmos estranhos dos dias anteriores. Sua mãe não apareceria, nunca, e ela sabia disso agora.

Era a vez do dr. Harris Jones de questioná-la. Ele jogaria sujo, o dr. Wallis havia alertado. Era o trabalho dele. Ada tinha contado a própria história. Não seria o suficiente? O júri precisava acreditar nela. Tinham ouvido a verdade. Homicídio *culposo*. Três anos. Talvez quatro. Bom comportamento.

— Dachau — começou Harris Jones. — Você não estava de fato no campo de concentração, estava, srta. Vaughan?

— Não — respondeu Ada. — Eu trabalhava na casa do comandante.

— E quem era ele?

— *Obersturmbannführer* Weiss. Depois, quando ele foi embora, *Obersturmbannführer* Weiter.

— Qual era a natureza do seu trabalho lá?

— Era trabalho forçado. Dia e noite. Costurar. Lavar roupa. Passar.

— Então, nada exaustivo?

Ada lançou um olhar intenso para o promotor.

— O senhor já fez trabalho doméstico? Já esfregou e enxaguou lençóis pesados, torceu-os à mão e os pendurou no varal? Já os passou?

Ele sorriu afetadamente.

— Você está falando do tipo de trabalho que toda mulher casada na Inglaterra faz por obrigação para com o marido e a família?

— Não — disse Ada. — Era mais do que isso. Eu passava o dia com os braços em água escaldante e bórax, e a noite toda costurando e remendando.

Mas os homens do júri não entenderiam isso. Aquilo não era trabalho de homens.

— Quanto mais você conta, srta. Vaughan, mais normal parece — disse Harris Jones, sorrindo afetadamente para o júri.

— Eu estraguei minha visão. Quase morri de fome. Quase não dormi. Eu estava sozinha.

— Mas você não morreu de fome, srta. Vaughan — disse ele. — Você não morreu. Não estava no campo de concentração. Aquelas pobres almas conheciam a natureza do trabalho forçado, da fome. Quantos morreram em Dachau? Você ao menos sabe? — O promotor encarou o júri, e virou nos calcanhares para Ada. — Mais de 32 mil mortes documentadas. *Trinta e duas mil pessoas.* E você está reclamando de um pouco de bórax e pouca comida. — Ele mais uma vez se dirigiu ao júri. — Os alemães comem muito chucrute. Repolho fermentado. Eu mesmo não suporto, mas o capitão Cook levava em suas explorações. E nenhum marinheiro morreu de escorbuto. Nenhum. — Harris Jones virou mais uma vez para Ada, como um relógio-cuco. — Sua guerra foi bem fácil, não foi, srta. Vaughan?

— Não. Foi trabalho duro, trabalho *forçado*. À base de sopa de repolho, nada mais.

— Você tentou fugir?

— Não.

— Por que não?

— Eu ficava trancada num quarto. Havia barras na janela.

— Você ficava no quarto o tempo todo? Nunca a deixavam sair?

— Eu era solta para lavar roupa. Pendurar no varal. Esvaziar meu balde.

— E por que não fugiu?

— Eu era vigiada — disse Ada. — O tempo todo.

Anni não a teria impedido, mas Ada não contou isso. De todo jeito, aonde teria ido? Logo teria sido capturada e fuzilada.

— Você desempenhava bem suas tarefas?

— Eu era punida caso não trabalhasse bem.

— Como?

— Com um cinto. Eu levava uma surra.

— Você não fez nada para resistir? Para se defender dos alemães?

— Como eu poderia me rebelar? — perguntou ela, acrescentando. — Eu tentei.

— Como você tentou, srta. Vaughan?

Ada expirou por entre os lábios e inspirou de novo. Suas mãos estavam meladas. Uma das ligas de sua cinta tinha se soltado, e a meia estava caída na parte da frente, aparecendo no meio da coxa.

— Eu tentava contaminar as roupas. Eu as vestia antes de entregá-las, esfregava as peças na minha pele para que células minhas grudassem nas costuras e na trama. Sabia que tinham nojo de mim.

— Só isso?

— Eu colocava pedaços de rosas mosquetas nas junções e pregas das roupas de *frau* Weiter. — Ada virou para o júri novamente. — Ela usava aquelas saias e blusas *dirndl*, então havia muitos cantos. Eu a deixei cheia de feridas.

Harris Jones riu nesse momento.

— Estão vendo, cavalheiros do júri? Enquanto nossos garotos estavam combatendo Hitler, sacrificando a vida pela causa da liberdade, Ada Vaughan estava experimentando roupas e colocando plantas nas dobras para causar irritações na pele. — O promotor virou para Ada. — Muito bem, srta. Vaughan. Isso fez uma grande diferença na guerra.

Um sino de igreja soou lá fora, sonoras badaladas. St Sepulchre's. "When will you pay me, said the bells of Old Bailey."[20]

Ada contou. Meio-dia. O juiz não disse nada. Ada apenas ouviu o roçar dos pelos enquanto ele esfregava o queixo com a mão. Ela mudou o peso do corpo de lugar. As meias grossas, com "H.M. Prison Holloway" impresso na parte de cima deixaram sua panturrilha coçando e ela levantou um pé para esfregá-lo na perna. O cordão dos sapatos estava desamarrado. O promotor a estava diminuindo, estava zombando dela.

— Não foi assim. — Ada havia perdido a paciência. — O senhor não sabe como foi, eu era uma escrava. Estava à mercê deles. Trancada. Todo dia. Sem ninguém com quem conversar. Sem esperança. Sem conseguir fugir. Trabalho forçado. Árduo. O senhor já foi escravizado alguma vez?

— Já chega, srta. Vaughan — disse o juiz, inclinando o corpo para a frente, olhando por sobre o nariz como um corvo sobre a carniça. — A senhorita foi avisada muitas vezes.

— Eu não tinha ninguém — continuou Ada, ignorando o juiz e encarando Harris Jones. — Fiz o que pude. O que o senhor teria feito no meu lugar?

— Tenho certeza de que você fez o melhor que pôde, srta. Vaughan. — A voz de Harris Jones estava tomada por ironia. — Tenho certeza.

Ele revirou os papéis em sua mesa, tirou uma folha da pasta e a virou para baixo. Ela desejou que o promotor mudasse de assunto, falasse de Stanley Lovekin, ou Stanislaus, como ele era, o canalha que era.

---

[20] "Quando você vai nos pagar, disseram os sinos de Old Bailey". Letra de uma tradicional cantiga infantil inglesa, "Oranges and Lemons". [N.T.]

— Você pode me dizer, srta. Vaughan, como foi parar na casa do comandante?

— Eu não sei — respondeu Ada. — Um dia fui levada para lá de carro.

— Você foi voluntariamente?

— Não tive escolha.

— O que a senhorita pode me dizer sobre *herr* Weiss?

Seu rosto magro inundou sua visão. Ela podia sentir os dedos trêmulos envolvendo os seus. Ada tremeu e moveu os pulsos para se livrar dessa sensação.

— Ele era um dos idosos de quem cuidávamos.

— Qual era a natureza desses cuidados?

— Cuidávamos para que os idosos fossem limpos e alimentados, para que tomassem seus remédios. O de sempre.

— Havia alguma coisa especial sobre *herr* Weiss que resultava em um tratamento diferente?

— Ele era um professor aposentado. Era muito respeitado, pelos guardas em especial. E ele falava inglês. — Por que todas essas perguntas sobre *herr* Weiss? Ada olhou para seu advogado em busca de orientação, mas ele estava concentrado nas próprias anotações. — E me pediu para conversar com ele em inglês, para pode praticar.

— Você tirou vantagem disso?

— Como assim?

— Você explorou essa atenção dele?

— Ele me ensinou alemão em troca. Sou grata por isso.

— Mais alguma coisa?

— Não — respondeu Ada.

— Você não prestou serviços de uma natureza mais íntima?

Ele estava supondo. Só poderia estar. Ada nunca contou sobre os abusos para ninguém, nunca.

— Responda a pergunta, srta. Vaughan — ordenou o juiz, de sua plataforma.

— Ele era um pouco ousado às vezes — respondeu Ada. — E me forçava a segurar o pênis dele enquanto ele se aliviava.

— Ele se aliviava. E você gostava disso?

— Claro que não.

— Ele era bem-relacionado, não era? Em Dachau. No partido nazista.

— Ele era parente de Martin Weiss, o comandante.

— E você pediu para ser colocada na casa do comandante, em troca de favores sexuais?

— Não — disse Ada.

Não. "Ela nunca pediu aquilo."

— A vida pode ser mais fácil para você, *meine Nönnerl*, sabia? — *Herr* Weiss sussurrou em seu ouvido, fazendo-a sentir seu hálito quente no rosto, seus pelos contra sua pele.

O que era sua vida naquela época além de um gotejar constante de morte em meio aos moribundos?

— Só um pequeno favor, e tudo pode ser arranjado — disse ele.

Ada concordara? Que escolha ela teve?

A pele dele solta sobre os ossos, como um casaco grande demais.

— E você — disse ele, pegando a bengala e movendo a barra do hábito de Ada. — Tire a roupa. Quero observar.

A pele dele era oleosa, se esfregando nela, misturando-se à dela. O velho a estava beijando, enfiando a língua na boca dela. Ada ficou imóvel.

— Não vai doer — disse *herr* Weiss. — *Adelheid*. Ada. Como posso lhe dar prazer? Diga-me o que fazer.

Ada queria dizer: "Deixe-me em paz." Não sabia do que ele estava falando. Os lábios de *herr* Weiss estavam próximo aos dela, babando sobre ela.

— Esqueci que você é uma freira. Mas você não é virgem, não é, *meine Nönnlein*?

Ada sentiu quando ele a penetrou, ouviu seus dentes rangendo, a concentração. O corpo do velho era mole e pesado sobre o seu.

— Sou um homem de palavra. Sempre cumpro o que prometo. Vou tornar sua vida agradável. Você vai gostar. — Ele se desvencilhou e rolou para o lado, um braço atrás da cabeça como um homem mais jovem. — Conheço alguém que precisa de uma costureira. Você gostaria de fazer isso?

— Uma costureira?

— *Ja* — respondeu ele. — Vai ser nosso segredo, *Adelheid*. Meu e seu.

Ada puxou o vestido do hábito e cobriu os seios. Ele ficou observando enquanto ela se vestia e lhe entregou a chave.

— Abra a porta.

Ela saiu e atravessou o corredor. *Herr* Weiss avistara uma pessoa por trás da carne. *Adelheid*. Ada. Uma mulher. Fazia muito tempo que isso não acontecia.

E uma costureira.

— Mesmo nessa época, você vendia seu corpo para ter uma vida melhor — dizia Harris Jones. — Sua alma também. Corpo e alma. Para os nazistas. Um pacto que deixaria Fausto orgulhoso.

— Como o senhor pode achar isso? — perguntou ela. — Como *pode*?

A vida não tinha sido mais fácil na casa do comandante. Ela se perguntara mais de uma vez se estaria melhor com as freiras na casa geriátrica. Lá ela tinha companhia, amizade, proteção.

— O comandante era casado? — perguntou o dr. Harris Jones.

— Havia uma mulher lá, com uma criança. — A voz de Ada tremeu de novo. Pobre garoto. Gritando sem parar até estourar uma veia.

— A esposa dele?

— Descobri, depois, que ele não era casado. Não sei quem ela era.

— Você fazia roupas para essa mulher. Fazia roupas para mais alguém?

— Ela trazia as amigas.

— E você fazia roupas para elas também?

— Sim.

— Conte como a coisa funcionava, srta. Vaughan. Um dia típico.

Isso não tinha nada a ver com a provocação, nem com Stanislaus. Ele estava desperdiçando o tempo do júri, o tempo de todo mundo. Bom, ela também podia fazer isso. O promotor não era o único que podia arrastar as coisas.

— Eu acordava. A luz do dia me despertava. Arrumava minha cama improvisada e usava o balde. Pegava a costura em que estivesse trabalhando. Às vezes algum reparo ou uma barra. Esperava até me deixarem sair. Às vezes vinham cedo. Em outros, eu esperava até o meio-dia. Não havia café da manhã. Nada para comer nem beber. Eu pegava meu balde, tomando cuidado para não derrubar, porque às vezes ficava bastante cheio, saía para...

— Poupe-nos desses detalhes. Queremos saber da costura. O que acontecia quando as mulheres iam até a casa?

— As mulheres traziam o tecido. E uma foto ou uma imagem de um vestido. Eu tinha que fazer o modelo para elas.

— O que isso implicava?

— Tirar as medidas, dar ideias. Aconselhar. Desenhar um vestido adequado. Criar um padrão, um molde. Cortar. Marcar. Costurar. Finalizar.

— Desenhar. Sob medida. Criar o modelo — disse o Harris Jones. — Isso requer habilidade. Você não era uma costureira comum, não é, srta. Vaughan? A senhorita era uma *couturière*.

O promotor estava jogando com sua vaidade, Ada sabia, mas ela apreciava o reconhecimento, não tinha como evitar.

— Acho que sim.

— Você acha? Você criou um belo séquito em Dachau. Essa mulher, que você achava ser *frau* Weiss, era sua chefe. A dona da casa. Ela era uma modelo? Que belo negócio. A costureira de Dachau, *couturière* dos nazistas.

— Não — Ada arranhou a pele solta em seu polegar. — *Não*.

— Seu próprio ateliê.

— Não era isso. Não sei por que o senhor está dizendo isso, e o que tem a ver com Stanislaus.

— Você tinha orgulho do que fazia?

O polegar de Ada estava sangrando. Ela chupou o sangue e limpou a unha na saia.

— Aquilo me manteve viva, a costura.

— Eu perguntei se você tinha orgulho de seu trabalho — insistiu o dr. Harris Jones.

— Sim — respondeu Ada, levantando a cabeça e encarando-o intensamente. — Sim, eu tinha orgulho do meu trabalho. Aquilo me tornava humana. — Ela travou os dentes e falou entre eles: — O que você acharia? — E virou para o júri. — Eu não tive escolha. Eu estava presa lá. Nunca fui paga. Como poderia ser? Nem recebi favores especiais. E daí que *frau* Weiss me arranjasse trabalho, usasse minhas criações, ela e as amigas. *E daí?* Aquilo me manteve viva. Eu fiz o que foi necessário para sobreviver.

— Você fez o melhor para aquelas mulheres, não fez, srta. Vaughan? Você se alimentava dos elogios, se banhava nos aplausos.

— Elas nunca falavam comigo. Apenas uma delas foi gentil comigo e, sim, eu me deliciei com aquilo. Eu buscava afeição. E não espero que o senhor entenda isso.

O dr. Harris Jones estava levantando a folha que tinha tirado da pasta e a estava colocando sobre a mesa, virada.

— Item 9 do material — indicou ao júri, aproximando-se e entregando o papel a Ada. Era uma foto. Ada a observou, as características entrando e saindo de foco, "agora você vê, agora, não". Era inconfundível. E os cachorros. Ada se esforçou para lembrar os nomes. Terrier escoceses. Negus, Stasi.

— Você conheceu esta mulher, srta. Vaughan?

— Sim — respondeu Ada.

— Quem ela é?

— Era uma das mulheres que iam até a casa.

— Você sabe o nome dela?

— Não — disse Ada. — Eu não sabia o nome de ninguém.

— Já ouviu falar de Eva Braun? — perguntou Harris Jones.

Ada engoliu em seco.

— Eva Braun?

— Sim. Eva Braun.

— Ela não tinha algo a ver com os nazistas?

— Está fingindo ignorância, srta. Vaughan?

— Não entendi.

— Eva Braun — disse Harris Jones, se balançando nos calcanhares, satisfação estampada no rosto — era a amante de Adolf Hitler.

Ada ouvira algo sobre isso no rádio, mas fazia tempo. Ela não costumava ler os jornais, e nunca olhava as fotos. Não queria reviver o passado.

— Eu repito. Você conhece esta mulher? — O promotor levantou a fotografia com as duas mãos.

— Eu já disse — respondeu Ada. — Eu a encontrei.

— Esta mulher — Harris Jones inflou o peito, fazendo sua voz ecoar pela corte — é Eva Braun.

As palavras dele a atingiram como um trem a vapor. Ada cambaleou com o golpe e segurou o parapeito para se equilibrar.

— Eu não sabia quem ela era. Ninguém nunca disse seu nome na minha frente.

— Ninguém contou para você?

— Não. Por que contariam? — perguntou Ada. — As pessoas não falavam comigo. Nunca a chamaram pelo nome. Às vezes, falavam sobre uma *fräulein*, aquela *fräulein*. Como se ela fosse lixo, ordinária. Nunca diziam quem ela era. Não a amante de Hitler. Na época, não.

O dr. Harris Jones levantou a sobrancelha.

— É mesmo? Seu círculo era bem-conectado. A amante de Hitler? Com quem ele se casou na noite que antecedeu seu suicídio? *Ninguém* fazia fofoca?

Ada engoliu em seco. Eva Braun havia lhe agradecido, elogiado. Ela tinha adorado aquilo, e o tempo todo era a amante de Hitler.

Ada não sabia de nada.

— Você reconhece o vestido nessa fotografia, srta. Vaughan?

Ada o conhecia bem, cada prega e cada ponto, o corpete único. Ela ficou tentada a mentir. "Não. Nunca vi." Mas Harris Jones deveria saber, ou não estaria mostrando aquilo. "O que quer que você faça", dissera o dr. Wallis, "não minta".

— Sim — respondeu.

— Você o fez, não fez?

Ada assentiu.

— Responda.

— Sim.

— Desenhou, cortou, costurou. Mostrou a Eva Braun como usá--lo, onde colocar a flor. Esse foi o vestido que ela usou quando se casou com Adolf Hitler. Usou o mesmo vestido, sem a flor, quando morreu com ele.

Alguém do júri tossiu. Ada viu o primeiro homem do júri se inquietar, cruzando e descruzando as pernas, movendo os pés.

— Como foi ser a costureira de Eva Braun, srta. Vaughan? Ter feito seu vestido de noiva e de sua mortalha?

Ada não sabia. Ela nunca soube.

— Eva Braun — estava dizendo Harris Jones. — Amante do homem mais poderoso da Europa, se não do mundo. Certamente o mais maligno. Você ainda está orgulhosa de seu trabalho? — Aquela era a questão. — Essa foi sua contribuição aos nossos esforços de guerra? — Não foi assim. Ela não fez nada de errado. — Ou ao nosso *inimigo* na guerra?

— Eu estava tentando me manter viva. Não tive escolha — respondeu Ada.

— Apenas cumprindo ordens, não é, srta. Vaughan?

— Não — Ada estava com a cabeça entre as mãos. — Não. O senhor está distorcendo as coisas. Não foi assim.

— Você foi uma colaboradora, srta. Vaughan.

— Não! — berrou ela. Não sabia que tinha tanto som dentro de si. — Eu fui forçada. Eu era uma prisioneira. Não fiz isso voluntariamente. — E virou para o júri, ali sentado, olhos furiosos perfurando-a. — Vocês precisam acreditar em mim. Os fatos não dizem a verdade, não explicam como tudo aconteceu. Vocês não sabem como era lá, naquela casa.

O primeiro jurado com as medalhas estava assentindo. Talvez ele entendesse.

— A guerra — continuou ela — é uma confusão. Uma bagunça. Fazemos coisas na guerra, para sobreviver, de um dia para o outro. Não existe futuro certo. Eu nunca acreditei nos nazistas. Mas eu tive que viver com eles. Isso é colaboração? Se eu tivesse resistido, a irmã Brigitte poderia ter sido fuzilada. Como eu poderia viver com isso? Isso teria sido o correto a se fazer? — O dr. Harris Jones levantou uma sobrancelha. — Vocês são tão puros assim? — disse ela, lançando um olhar cortante para ele, e depois para o júri. — Tão corretos? Com suas armas e suas bombas? Trocando cigarros por heranças de família, ou pelo corpo de uma garotinha? Eu vi isso. Nossos soldados fizeram isso também.

Ela viu o juiz suspirar, como se estivesse prestes a falar. Aquilo era demais. Ela sabia que estava passando do limite, mas precisava se pronunciar.

— Vale tudo no amor e na guerra. Mas não se você for uma mulher — Ada bateu o punho no banco das testemunhas. — Achei que estivesse sendo julgada por assassinato. Não por traição. Isso não tem nada a ver com Stanley Lovekin. Você está agindo como se eu fosse uma nazista em Nuremberg.

Ela virou para o júri que estava sentado, mudo, os paletós abotoados, dedos se mexendo nos bolsos. Esses homens raspariam a cabeça dela, a deixariam nua e a fariam percorrer as ruas, se pudessem:

— Eu nunca traí meu país. *Nunca*.

O primeiro jurado havia ido para a guerra. Todos foram. Fizeram sua parte pela coroa e pelo país — se não nessa guerra, na anterior. Antigos camaradas, todos eles. Os membros do júri, Harris Jones, o juiz.

Falavam a mesma língua, a dos velhos soldados, dos homens. Eles entendiam uns aos outros. Ada podia vê-los olhando de cima a baixo para o dr. Wallis. "O que você fez na guerra, garoto?"

O dr. Harris Jones foi cheio de empáfia até o júri, irradiando sucesso. "De homem para homem." Olhou com desdém para o dr. Wallis, como se este fosse o pior aluno da sala.

— Agressão excessivamente degradante — começou ele, uma sobrancelha levantada como se fosse um ponto de interrogação, meneando a cabeça para Ada e para o júri. — Isso, vindo da mulher que fez o vestido de noiva de Eva Braun. Que tinha orgulho do trabalho que fazia para os nazistas. — Ele prolongou as palavras "orgulho" e "nazistas", para que o júri não esquecesse. — Isso está muito distante do assassinato de Stanley Lovekin por asfixia a gás de carvão. Uma morte bastante desagradável, precisamos destacar.

Ele batucou a caneta na mesa e olhou para o relógio. "Estava achando que o jogo estava ganho, que estava tudo decidido", pensou Ada. Um ou dois jurados a encaravam enquanto o promotor falava, ainda que ela não tivesse certeza de que estivessem procurando inocência. Ficou tentada a encará-los de volta, mas sabia que precisava estar arrependida.

— Isso não é uma questão de autodefesa. Tampouco pode ser uma questão de provocação. Ada Vaughan é uma mentirosa. Ela mente para qualquer um tolo o bastante para ouvi-la. Ela mente para subir na vida. Mente para si mesma. Não existe nenhum Stanislaus von Lieben. Não existe bebê algum. Não havia nenhuma *frau* Weiss. Não existem provas de nada disso. Havia um negócio de confeccionar vestidos. Havia Eva Braun. Havia prostituição e mercado negro. Ada Vaughan foi em busca de seus próprios interesses de uma forma amoral, imoral e implacável.

Ele bebeu um gole de água, olhou para suas anotações e depois para a frente.

— Os fatos em questão são claros. Ada Vaughan, também conhecida como Ava Gordon, na noite de 14 de junho de 1947, assassinou Stanley Lovekin no número 17, Floral Street, Covent Garden. A ré admitiu sua culpa na cena e subsequentemente assinou uma confissão escrita na delegacia de polícia. As evidências da perícia comprovam que a confissão é verdadeira. Não existem circunstâncias atenuantes nem questões de autodefesa que expliquem suas ações.

"Isso mesmo", refletiu Ada. Se ele se ativer aos fatos e me deixar de fora, isso vai dar ao dr. Wallis uma chance de pleitear meu caso. Não *o que* aconteceu, mas o *porquê*.

— Não foi nenhuma briga de amantes. Mas uma disputa entre criminosos sobre os ganhos oriundos de seus crimes. Ada Vaughan, uma mulher sem moral ou sensibilidade, uma mentirosa inveterada e fantasista, estava de conluio com Stanley Lovekin, atuando no mercado negro e, com seu parceiro no crime, Gino Messina. Todos formavam uma quadrilha. O assassinato dele foi resultado de uma discussão sórdida entre um cafetão e uma prostituta, um contrabandista e sua receptora, foi sobre dinheiro, o que resultou em uma maldosa premeditação da ré ao abrir o gás, que Stanley Lovekin terminou por inspirar, vindo ao óbito. Uma agressão excessivamente degradante? Provocação? Estamos falando de uma vadia aqui, não de uma freira.

— Não foi assim! — berrou Ada. — Vocês não podem achar que foi assim. — Ela virou para o júri. — Eu sei o que parece, a maneira como ele coloca as coisas. Mas não foi assim.

— Srta. Vaughan! — A voz do juiz soou alta.

— Mas não foi o que aconteceu — disse ela. — Deixe que eu conte.

— Srta. Vaughan. Este é seu aviso final.

O juiz assentiu para o dr. Harris Jones continuar.

— Ada Vaughan esperou até Stanley Lovekin ficar desacordado, abriu o gás e se retirou, fechando as frestas nas janelas e na porta ao sair. Ela queria que ele morresse. — Harris Jones olhou para o júri, como se falasse de igual para igual, como se estivessem tramando algo. — A perda de autocontrole é instantânea. Só pode acontecer no momento. Quando ocorre provocação, seja o que for, é tão severa que faz toda a razão se esvair. Não pode vir anos depois. Não é como comprar um vestido no crediário, ou construir um muro, passo a passo. Ela acontece — Harris Jones estalou os dedos — assim. Em um *instante*.

Ele se sentou, olhou para o advogado de defesa no outro extremo da mesa.

O dr. Wallis gaguejou. Começou desajeitado, tropeçou nas consoantes, engasgou nas vogais, cambaleou nos "s". Ada podia ver as mãos dele tremendo. Ele tossiu, piscou, parou.

— Deixem-me recomeçar — disse ele — do início.

Respirou fundo, e então as palavras saíram claras e formadas, como se ele tivesse encontrado a própria voz, e a história por trás dela, tudo junto, pronto para ser contado. O dr. Wallis era bom com as palavras, Ada precisava admitir, e usava termos difíceis e corretos. Ela prendeu a respiração e cruzou os dedos nas costas, torcendo.

— Uma bazuca — estava dizendo o advogado. Ele passou a língua nos lábios, chupando a saliva. — Essas foram as palavras de Ada Vaughan. "Foi como se ele puxasse o gatilho. Tudo explodiu, como uma bazuca." — Ele apertou os olhos, encarando cada um dos membros do júri. — "Ele me levou a isso." A provocação de Stanley Lovekin foi tamanha que qualquer homem *razoável* — ele fez uma pausa e virou para Ada — ou *mulher*, perderia o controle. Em outras palavras, cavalheiros do júri, se os senhores estivessem na situação de Ada, também teriam agido como ela agiu. — Ele estava respirando pela boca, tomando fôlego. — Agressão. Excessivamente. Degradante. — O dr. Wallis fez as palavras deslizarem. — Tamanha que qualquer *homem* sensato — ele falou como se uma *mulher* não pudesse ser sensata — perderia o controle. A srta. Vaughan não testemunhou um ato de sodomia, adultério ou violência para com um parente. Ela não era um marido nem um pai. Não estava vendo um *cidadão inglês* ser privado de sua liberdade injustamente. Isso era Floral Street, não Burma. Ou a Itália.

O jurado que vestia o terno da dispensa abriu um sorriso afetado. O dr. Wallis ajeitou a toga, levantou a cabeça e arqueou os ombros como se isso fosse fazê-lo crescer.

— As expectativas normais da provocação não se aplicam aqui. Ela tampouco, pegou um machado, uma faca de cozinha, ou uma frigideira de fundo pesado grosso e matou Stanley Lovekin em um acesso de fúria.

Ele parou, recuperou o fôlego e inclinou a cabeça na direção de Ada. "O dr. Wallis também estava atuando", analisou ela. "Dando um espetáculo."

— Mas ela tampouco premeditou matá-lo. — Projetou o peito. — Não foi um único ato de agressão excessivamente degradante que a provocou. — O advogado balançou a cabeça com uma preocupação paternal. — Não é como as mulheres pensam. O raciocínio delas funciona de maneira diferente.

Ada pensou que ele devia estar colocando ideias na cabeça do júri, não tirando.

— Esse é o legado de um abuso que se manteve dormente por sete anos. E que foi reinflamado por Stanley Lovekin. Stanislaus von Lieben. A mesmíssima pessoa. As evidências físicas correspondiam. O comportamento correspondia. Ele estava em Munique e confessou tê-la abandonado em Namur. Esse homem arruinou a vida dela. Era um homem sem empatia nem remorso.

O dr. Harris Jones assoou o nariz, uma corneta barulhenta que atravessou o silêncio da corte, rompendo a concentração. Ele guardou o lenço no bolso com um floreio de desprezo, ajeitando a toga, puxando-a para baixo. O dr. Wallis esperou.

— A dor a que a srta. Vaughan foi submetida com a perda de seu filho e como vítima do programa nazista de trabalhos forçados não foi uma dor a respeito da qual alguém estivesse preparado para ouvir. Se ela fosse um soldado, uma prisioneira de guerra, se tivesse retornado de Colditz ou Burma, talvez ganhasse um público. Mas ela precisou enterrar sua dor dentro de si, onde a mesma cresceu como uma fístula, drenando a razão, de modo que quando Stanley Lovekin confessou *e* a menosprezou como uma vadia idiota, um insulto sob qualquer ponto de vista especialmente rude e degradante, dada sua origem, e *então* abusou sexualmente dela, a srta. Vaughan abriu o gás, sabendo que provocaria a morte dele. Ela não pensou nisso. Não houve *intervalo de tempo* entre a confissão dele e as ações dela. Ela perdeu o autocontrole naquele mesmo instante. A provocação, por outro lado, crescera com o *passar do tempo*. Injustiças históricas têm um jeito próprio de deteriorar pessoas. Ela não nega ter matado Stanley Lovekin.

O primeiro jurado estava inclinado para a frente. O juiz cadavérico estava revirando seu arquivo.

O advogado de defesa esperou, e o juiz voltou os olhos para a corte:

— Ela se declara inocente por homicídio doloso — disse ele, deliberada e cuidadosamente, forçando as palavras como se estivesse empurrando um pedregulho ladeira acima. — Mas responsável por homicídio culposo, sob efeito de provocação.

Ela roeu as unhas por uma hora. Foi o tempo que demorou. Ada sabia, do momento em que o primeiro jurado levantou, ombros para trás, peito para a frente, as fitas de heroísmo presas na lapela, que não teria nenhuma chance. Podia ter se poupado o trabalho, podia ter se declarado culpada de uma vez, e dar um fim àquilo.

— O senhor irá me visitar, dr. Wallis? — A noite estava caindo, e a única lâmpada em sua cela formava longas sombras nas paredes. Ela não tinha mais ninguém no mundo. — Antes de eu ir?

Ela sabia que nunca mais o veria.

As guardas eram gentis com ela. Não tinham nada a perder. Ada também não. Não podia fugir. A cela era grande. Tinha seu próprio banheiro, *um banheiro*, com uma banheira e um lavatório de verdade. Mesa, guarda-roupa, ainda que não tivesse o que guardar.

Ela só podia ficar sentada contando os dias. Queria que eles tivessem resolvido ali no mesmo momento, em vez de fazê-la esperar. Ela teria tempo de sobra. Seriam seus últimos momentos. E então, o julgamento. Engraçado olhar para o passado. Para os fatos. Isso ou aquilo, preto ou branco. O que havia entre os dois extremos? A verdade, que conectava um fato ao outro? O crepúsculo? Se você lesse sobre as coisas nos jornais, ou em um livro de história, eles não contariam o que de fato aconteceu. A guerra de Ada seria esquecida.

— Um caderno de exercícios? — disse a guarda do dia. Era uma mulher mais velha, o bastante para ser sua mãe. Seu busto era caído e sua barriga, mole. Ada queria dizer que ela devia usar uma cinta e arranjar um sutiã melhor, mas teria sido uma ousadia de sua parte.

— E um lápis — disse Ada. — Ou dois.

— Apontadores não são permitidos — explicou a guarda.

Ada sabia o porquê. Abrir os parafusos, tirar a lâmina e pronto, o algoz ficaria sem trabalho. Albert Pierrepoint. Ela sabia o seu nome.

— Albert Pierrepoint. Ele cuida de todos — havia dito a guarda noturna. Elas conversavam à noite. Ada não conseguia dormir, e não podiam apagar as luzes. — É limpo, bem-feito. Rápido. Nada com que se preocupar.

Ele parecia um homem alegre, comum, como um comerciante em uma mercearia, talvez. Ada podia vê-lo com um macacão de gabardine marrom por trás de um balcão. "Cupons? Obrigado. Cinquenta gramas de cheddar. Vinte e cinco de manteiga. Dez gramas de chá." Sotaque de Yorkshire. Fumando um cachimbo enquanto a media. Que tipo de vida era aquela? Ada esperava que ele tivesse uma fita métrica ao redor do pescoço, como um alfaiate. Do tamanho do pescoço, 33 centímetros, justo, como um corpete. "Comprimento", tanto, "folga", tanto. Ela não sabia que uma corda podia ter tantos lados.

Ada preencheu um caderno inteiro, usando letras pequenas em todas as linhas. Ninguém mais diria a verdade, ou contaria sua história, *sua* guerra. Era isso que ela queria dizer: "Aconteceu assim." A guarda trouxe outro caderno, e uma borracha.

— Mesmo que você não tenha pedido.

Trouxe seis lápis HB. Ela tentava não apagar demais para não manchar a página. Ganhou um calo no dedo médio de tanto escrever, e a lateral de sua mão ficou cinza por causa do grafite.

Havia feito mais provas com o sr. Pierrepoint do que a vida toda com a sra. B. Tudo em uma semana. Seria esta sua última?

— Eu era costureira — contou. — Do pescoço à cintura, entendo de medidas.

Ele não disse nada, o cachimbo entre os dentes, gotículas de saliva nos lábios, o cheiro pungente de fumo Capstan Navy Cut entrando nas narinas dela.

— Casa de Vaughan — continuou ela. — Eu ia chamar meu ateliê de Casa de Vaughan. Como Chanel. Estilo próprio também, como o dela. O meu seria um corpete. Um corpete vermelho. Como...

Por que ela estava dizendo isso? Ele não se importava. A guarda assentiu para ela e sorriu. Ada se dirigiria a ela, contaria suas histórias.

— Sonhei com Paris — disse. — *Rue* Cambon. Você já foi lá? Cortei no molde. Meus vestidos. Quando esse racionamento acabar, é o que vou fazer. — Ela parou e se corrigiu. — É o que eu teria feito.

É o que deveria ter feito. Ada desejou nunca tê-lo conhecido. Poderia ter ficado rica sem ele. Bem-sucedida e feliz.

Trabalhado bastante. Casa de Vaughan. Paris. Londres. E Thomas. Seu bebê, seu amado filho. Se tivesse sobrevivido, Ada cuidaria dele, lhe daria um lar, com sua própria cama. "Seu pai morreu na guerra." Seria tudo o que teria dito. Como a irmã Brigitte disse, às vezes é preciso contar pequenas mentiras. Ele jamais saberia. Teriam sido felizes, só os dois. Uma pequena família.

A mão da guarda a segurou pelo cotovelo.

— Vou levar você para o lavatório.

Ada entrou no banheiro. Ladrilhos brancos, horizontais, sem tranca na porta.

— Eu não preciso ir.

— Por garantia — disse a guarda, "antes de você partir", como se Ada fosse fazer uma viagem. — Sinto muito — continuou ela —, você precisa colocar isso.

Uma ceroula branca de algodão forrada.

— Sabe colocá-la?

— Sei — respondeu Ada.

Seus dedos tremiam enquanto ela puxava as fitas e as amarrava com força. Iam deixar uma marca.

— Quanto tempo leva?

— Você não vai sentir nada — disse a guarda.

— Onde vou ser enterrada?

— Na prisão.

— Não posso ser enterrada com Thomas?

— Vamos encontrá-lo — prometeu a guarda. — Vamos encontrar o túmulo dele. Trazê-lo até você. Cuidaremos disso.

Era uma mulher gentil.

— Obrigada.

— O padre chegou.

— Não quero vê-lo — disse Ada.

O que a igreja havia feito por ela? Sua mãe nunca a visitara. Nenhuma vez. Nem seus irmãos e suas irmãs. Ocupados demais com o catolicismo para serem cristãos. Scarlett foi a única a visitá-la e não colocava o pé em uma igreja há vinte anos. "Nunca", disse ela. "Você foi um azarão." E acrescentou: "Lembre-se, eu teria feito o mesmo."

Ada tirou os óculos.

— Não vou precisar disso — disse. E os colocou sobre a mesa com os cadernos.

A guarda pegou a mão de Ada e a apertou.

— Adeus, Ada.

Ela ouviu a porta se abrir e avistou o sr. Pierrepoint. Ele a cumprimentou com um gesto de cabeça e foi até a parede do outro lado da cela.

O sr. Pierrepoint abriu uma trava e empurrou o guarda-roupa para o lado. O móvel ficava sobre um trilho, e Ada nunca soube. Havia uma porta, para outro cômodo. Ele a abriu e segurou, indicando que ela fosse à frente, como se a estivesse levando para jantar. O cômodo estava vazio. As paredes de tijolos estavam pintadas de verde, escuro na metade de baixo, claro na de cima. O chão era feito de concreto, tão polido que brilhava. Havia uma janela pequena bem no alto, com barras, e o sol de fevereiro brilhava por ela, lançando uma luz fraca. Aquela não podia ser a última vez que ela veria o sol, que veria uma manhã. Não fazia sentido. Não havia luz. Ada não conseguia pensar. Por que a sala estava vazia? Aonde ele a estava levando? Havia outra porta adiante. Ele a abriu, pegou Ada pelo cotovelo e a conduziu.

Ela podia ver o nó da corda, sabia onde iria: exatamente no ponto abaixo da orelha, podia ver a madeira crua do alçapão no chão de pedra polida. Ela estava suando. Estava com frio. Por que não podiam deixar o aquecedor ligado?

O cordão da ceroula, logo acima do joelho direito, estava apertado demais. Machucava quando ela andava, apertando um nervo. Era desconfortável. Precisava afrouxá-lo. O sr. Pierrepoint estava arrumando alguma coisa atrás da cabeça dela. Ada ia perguntar, quando ele terminasse. Gostaria de abaixar, "por favor", e soltar o cordão.

A guarda estava parada na porta.

— Esses cadernos — disse Ada. — Eu os guardei. Está tudo neles. É a verdade. A minha verdade.

— Você está pronta?

— Não — respondeu ela. — Não.

NOTA HISTÓRICA

Ainda que a Segunda Guerra Mundial componha o pano de fundo deste romance, as histórias e as personalidades atribuídas aos personagens históricos são fictícias.

O campo de concentração de Dachau foi estabelecido em março de 1933, poucas semanas depois de os nazistas chegarem ao poder, e serviu como um protótipo. Ele foi construído originalmente para prisioneiros políticos, mas depois foi expandido para abrigar outros tipos de detentos, incluindo pessoas de minorias religiosas, sexuais e étnicas, judeus e cativos de guerra originários de países não aliados. Os números aumentaram drasticamente nos últimos meses de guerra conforme detentos dos campos na linha de avanço aliada foram transferidos para Dachau. Estes chegavam doentes e esquálidos, contribuindo para a lotação e o aumento das condições anti-higiênicas que já existiam. Ainda que não fosse um campo de extermínio, dezenas de milhares de prisioneiros morreram ali; os corpos foram cremados em grandes fornos. Dachau, com seus campos-satélite, foi o segundo a ser libertado, mas o primeiro a permitir a entrada de repórteres, e é uma figura emblemática na história das atrocidades nazistas.

Prisioneiros civis de guerra na Alemanha, muitos dos quais trazidos de territórios ocupados, foram usados para trabalho escravo em fábricas, hospitais e até casas. Não sei se o comandante da casa de Dachau fazia uso desse tipo de trabalho. Isso foi invenção minha. Mas o que sei é que minha tia, uma freira, foi capturada quando os nazistas ocuparam a França e começou a cuidar de idosos, ainda que a casa geriátrica do romance e sua localização sejam de minha criação e não necessariamente representem com exatidão todo o cuidado com os idosos no Terceiro Reich.

Martin Weiss foi o comandante de Dachau de janeiro de 1942 a setembro de 1943, e novamente, por um período breve, em abril de 1945. Wilhelm Eduard Weiter foi o comandante de setembro de 1943 a abril de 1945. Weiss, mais tarde, foi executado por crimes de guerra; Weiter cometeu suicídio. Weiss nunca se casou. Sua amante é um personagem fictício, assim como *herr* Dieter Weiss, *frau* Weiter e outros membros daquela casa, incluindo, obviamente, Ada. Não existe nenhum registro, que eu saiba, de uma costureira de Dachau.

Fontes dos Arquivos Nacionais Britânicos sobre a logística de repatriamento de cidadãos ingleses (ou os *Distressed British Subjects* — "Cidadãos britânicos em perigo" — como eram chamados) aprisionados na Alemanha ou na Europa ocupada revelam que cidadãos ingleses casados com alemães que desejaram retornar ao Reino Unido depois da guerra eram tratados como imigrantes para fins de racionamento. Para eles, e para outros, era necessário que a família pagasse pelo repatriamento do parente. Se não pudessem (ou não quisessem) pagar, a Cruz Vermelha era responsabilizada pela jornada de volta para casa dos DBS e fornecia roupas de emergência a eles caso necessário; o consulado britânico organizava a viagem e notificava a família sobre o retorno; a volta de cidadãos ingleses aprisionados na Alemanha acontecia de navio de Cuxhaven a Hull; a liberação de Hull até o destino final era pago pela Cruz Vermelha e pelo Escritório Central de Refugiados. Ao chegar ao Reino Unido (pelo porto, não pela estação ferroviária), eles completavam seu registro nacional e recebiam uma caderneta do racionamento civil. O Comitê de Assistência ajudava com a manutenção semanal e acomodação nos casos de destituição; um oficial do Ministério da Saúde ou do D.P.A.C. (*Displaced Persons Assembly Centre*, ou Centro de Organização de Pessoas Desalojadas) fornecia cupons de vestimenta se houvesse necessidade imediata. Mulheres nascidas britânicas, no entanto, precisavam organizar sozinhas sua chegada ao Reino Unido.

Tomei liberdades com os procedimentos porque queria que Ada visse o rio Tâmisa quando chegasse em casa, uma vista que só é possível do trem vindo de Southampton, mas não de Hull.

A família Messina possuía bordéis em Mayfair e traficava mulheres pela Europa. Dos cinco irmãos, Eugene (Gino) Messina era o mais implacável. Ele atuava em Londres, Bruxelas e Paris, e foi considerado culpado em 24 de junho de 1947 por agressão grave, mas somente em 1956 uma corte em Bruxelas o sentenciou a seis anos de reclusão por explorar mulheres com a prostituição. Sua esposa e filho são imaginários.

A Inglaterra para a qual Ada voltou e, especialmente, a cidade de Londres que ela encontrou fora devastada pela guerra. O governo de guerra de Churchill foi derrubado no ano de 1945 em uma vitória esmagadora do partido socialista Labour Party, que prometeu mudanças, além de dar um fim às desigualdades da Inglaterra pré-guerra. Eles colocaram em prática vastas reformas, nacionalizando indústrias fundamentais, instituindo o Estado do Bem-estar Social (Welfare State) e um Serviço Nacional de Saúde (ou NHS), em 1948, e abrindo oportunidades educacionais e de auxílio jurídico, em 1949. Enquanto essas instituições foram populares (o Estado do Bem-estar Social e o NHS, em termos mais amplos, continuam em atividade, ainda que sob cada vez mais ataques), a continuidade de políticas de austeridade, incluindo o racionamento de roupas e alimentos, não foram aclamadas pela população, e o governo do Labour Party foi deposto em 1951. As pessoas estavam cansadas das dificuldades e das mazelas. O mercado negro, que fornecia tanto os produtos de primeira necessidade quanto os de luxo, incluindo cupons de vestuário falsos, entre outros, prosperou.

Ainda que as reformas de 1945 tivessem sido pensadas para tornar a Inglaterra uma sociedade mais justa e menos desigual, no pós-guerra o país estava desesperadamente pobre e se manteve conservador com os mesmos preconceitos de classe, gênero e raça que a caracterizavam antes mesmo da guerra. Mulheres da classe operária, em particular, eram duplamente discriminadas, e mulheres que iam parar no sistema judiciário tinham um destino infeliz. Elas eram julgadas não apenas pelo crime, mas por um crime contra o gênero, como os julgamentos de Edith Thompson em 1922, ou Ruth Ellis em 1955, comprovam. Ambas as mulheres foram acusadas de homicídio (do marido e do amante, respectivamente); ainda que houvesse questões sérias cercando a veracidade de seus testemunhos e a condução do julgamento, ambas foram consideradas culpadas e enforcadas. Os clientes de Ada, homens respeitáveis de classe média, nunca teriam sido amigos dela nem, dadas as acusações, a teriam defendido. Ao contrário, teriam se esforçado para se manter o mais distante possível dela.

A Londres de Ada não existe mais. Os bairros proletários da cidade, de antes e depois da guerra, foram ainda mais estratificados por ocupação e status. Chalés na Theed Street e nas vizinhas Roupell Street e Whittlesey Street eram conhecidos, de modo informal, como "ruas de cortina branca" — ainda que as cortinas finas raramente se mantivessem brancas por muito tempo. As ruas das margens do Tâmisa eram famosas pelas indústrias nocivas, os comércios e os níveis intoleráveis de poluição. A vizinhança de Ada era habitada por famílias de classe operária, "respeitáveis" da aristocracia proletária — homens qualificados com empregos regulares, que podiam pagar aluguel e fornecer três referências para o senhorio. As esposas não saíam para trabalhar (ainda que pudessem fazer trabalhos em casa), definindo seu status, e indicavam sua limpeza, esfregando os degraus da frente e a calçada, polindo a entrada da casa com cera vermelha ou fazendo um arco branco ao redor dela.

O desejo de Ada de subir na vida era típico. A idade para sair da escola tinha subido para 15 anos em 1936, mas a maioria dos filhos da classe operária concluía apenas o ensino fundamental. Havia uma sede por educação, e as instituições surgiram para satisfazê-la, entre elas, o Instituto Politécnico Borough, que tinha aulas noturnas de disciplinas vocacionais, acadêmicas e recreacionais. O prédio original — que ficava na Theed Street e nas ruas adjacentes — sobreviveu ao bombardeio da Segunda Guerra Mundial. O Borough — um bairro de Londres que fazia fronteira com a margem sul do Tâmisa, e ficava em frente ao City na margem norte, o centro financeiro londrino — hoje é mais conhecido por seu mercado de comida gourmet. Na época, era um bolsão proletário de Londres, com áreas mais respeitáveis e também rudes.

Por fim, havia o sistema judiciário em 1947: rigoroso, formal e misógino. O júri, o juiz e os advogados eram homens, e sentimentos antigermânicos estavam mais fortes com o fim da Segunda Guerra Mundial. Antes do Legal Aid and Advice Act de 1949 (que fez parte das reformas do Estado do Bem-estar Social no governo do Labour Party no pós-guerra), réus pobres não tinham direito de serem representados legalmente e dependiam da boa vontade de advogados. Provavelmente Ada teria de fato contado com um advogado jovem e inexperiente que prestou seus serviços *pro bono*, buscando experiência profissional em sua carreira. A linha de defesa que ele utilizou no tribunal recaía sob a lei da provocação da época, uma lei arcaica e sexista que foi revista desde então. Ada não tinha nenhuma chance.

AGRADECIMENTOS

Minha agente talentosa e inspiradora, Juliet Mushens, ganha o topo da lista por sua ajuda, seus conselhos e seu apoio exemplares — assim como sua versão americana, Sasha Raskin, e meus editores Cassie Browne, na HarperCollins, e Anna Pitoniak e Kate Medina, na Random House. Suas sugestões editoriais foram inestimáveis. Também preciso agradecer a Ann Bissell e sua equipe na HarperCollins.

Estou em dívida com meu habilidoso e inspirador grupo de escrita: Cecilia Ekbeck, Vivian Graveson, Laura McClelland, Saskia Sarginson e Lauren Trimble. Nós nos conhecemos em 2009, quando éramos alunas de mestrado em escrita criativa na Royal Holloway, Universidade de Londres, e temos criticado e desfrutado dos nossos trabalhos individuais desde então. Seu apoio e sua orientação estão sempre em minha mente quando escrevo, e seus comentários são sempre certeiros. Agradeço também a Susanna Jones, Andrew Motion e Jo Shapcott, pela tutoria dedicada ao longo do curso.

Também sou imensamente grata a Bob Marshall-Andrews, QC, que foi um vigoroso e generoso crítico do meu trabalho ao longo dos anos, que me ofereceu a defesa de Ada, como teria sido em 1947, e sugeriu a arma do crime. Eu também gostaria de agradecer a Judith Walkowitz, que me indicou fontes sobre a prostituição em Londres nos anos de 1940; Sally Alexander, Jane Caplan, Julia Laite e Jerry White, para quem liguei sem ter o direito pedindo respostas rápidas para perguntas complicadas. Sally Alexander, em especial, pois leu o romance para mim, e seus comentários foram muito bem-vindos. Eu não poderia ter tido um grupo mais distinto de consultores históricos. Agradecimentos também são devidos a Sylvia Kieling, que conferiu meu alemão para checar os diminutivos regionais, e Thibaud de Barmon, por me ajudar a inventar os nomes da ordem das freiras.

Todos os erros linguísticos e históricos, no entanto, são de minha responsabilidade.

Todas as minhas filhas contribuíram com o livro: Rosie Laurence, com seus conselhos editoriais; Kate Lane, com seus conhecimentos em costura; e Alice Lane, com seus conhecimentos jurídicos. Obrigada, meninas!

Finalmente, eu gostaria de agradecer a Bill Schwarz e Ursula Owen que ajudaram em minha pesquisa sobre o Old Bailey e o fictício Manhattan Bar no Smith's, na Strand Street, respectivamente — assim como a Stein Ringen, meu amado marido, que também me ofereceu apoio e amor infinitos, e que em um comentário de última hora, deu a ideia final.

As fontes a seguir também foram úteis:

Os Arquivos Nacionais, Kew, Reino Unido
Sally Alexander, *Becoming a Woman* (1994)
Ian Buruma, *Ano zero — uma história de 1945*. Companhia das Letras (2015)
Mary Chamberlain, *Growing up in Lambeth* (1989)
C.H. Rolph (ed.), "Women of the Streets". *A sociological study of the common prostitute* (1955)
Matthew Sweet, *The West End Front. The wartime secrets of London's Grand Hotels* (2011)
Christina Twomey, "Double Displacement: Western Women Return from Japanese Internment in the Second World War". *Gender & History*, vol. 21, No. 3 (novembro de 2009), pp. 670-84
Judith Walkowitz, *Nights Out — Life in Cosmopolitan London* (2012)
Marthe Watts, *The Men in My Life: The Story of the Messina Reign of Vice in London* (1960)
Jerry White, *London in the Twentieth Century: A City and Its People* (2001)

Este livro foi impresso no Rio de Janeiro, em 2021,
pela Edigráfica para a HarperCollins Brasil.
A fonte usada no miolo é Iowan Old Style, corpo 10,5/14,5.
O papel do miolo é avena 80g/m², e o da capa é cartão 250g/m².